1그램의 무게

일러두기

— 본문에 사용된 은어, 비어, 속어 등은 소설의 사실적 표현을 위해 윤문 없이 표기하고 각기 각주 처리하여 내용 정리하였음을 밝혀둡니다.

— 소설의 특성상 사투리나 대화문에서 간혹 맞춤법을 무시한 언어 표 현들의 경우 저자의 의도에 따라 표준어법을 적용하지 않고 발음 그 대로 표기하였음을 밝혀둡니다.

1그램의
무게

임제훈 실화소설

북레시피

독자분들께

안녕하세요. 임제훈이라고 합니다. 저는 마약을 밀수하였고 SNS(텔레그램)로 판매하였습니다. 교도소에서 4년을 살고 1년 전쯤 출소하였습니다.

마약을 투약하지는 않았습니다. 이것은 자랑도 자위도 아닙니다. 저는 어디에나 있을 법한 젊은 청춘이었습니다. 누구나 힘들게 살아가지만 저는 쉬워 보이는 길을 선택했고 돈을 가지고 싶었기에 당시 그 선택에 많은 고민은 없었습니다.

구속되고 난 뒤 투약자들과 한방에서 지내며 알게 되었습니다. 내 손으로 밀수하고 판매했던 마약은 이전에 막연하게 알고 있던 그것과는 전혀 다르다는 것을요.

마약은 가진 자들만 즐기는 여흥거리라 생각하였습니다. 하지만 이것이 커다란 착각이었음을 교도소에 수감된 뒤에야 분명히 깨닫게 되었습니다.

제가 경험한 모든 일들을 교도소 감방 안에서 몸에 문신을 새겨넣듯 공책에 한 글자씩 기록하였습니다. 제가 모르고 저지른 일들을 잊지 않기 위해, 저의 잘못을 되새기고 뉘우치며 있는 그대로를 적었습니다.

지금 이 순간에도 마약을 파는 사람과 사는 사람들이 있습니다. 아마 멈추지 않을 거고, 멈추지 못할 것입니다. 여러 가지 이유로 힘든 시간을 겪는 상황 속에서, 또는 단순한 호기심으로 마약에 손을 뻗치게 되는 사람이 한 명이라도 적어지기를 바라며 이 글을 썼습니다.

소설 속에 등장하는 여러 인물은 저를 제외하고 모두 가명입니다. 그렇지만 실제로 우리와 함께 세상을 살아가고 있는 사람들입니다. 그 한 명이 당신일 수도 있고 지금 당신 옆에 있을 수도 있습니다. 앞으로 당신 옆에 나타날지도 모릅니다.

저는 이 한 가지만은 확신합니다. 마약은 팔아서도, 투약해서도 안 된다는 것입니다. 많은 분들이 마약은 왜 해서는 안 되는지, 왜 팔아서는 안 되는지 제 글을 읽고 알게 되기를 간절한 마음으로 바랍니다.

이 소설은 제가 2017년부터 캄보디아에서 마약 밀수 및 SNS로 마약 판매를 하다가 감옥에 가게 된 일을 적은 실화입니다.

저는 2018년 1월 체포되어 상선(두목) 체포에 도움을 주었지만, 상선은 며칠 후 유유히 탈출하고 2년이 넘게 도망 다니다가 2020년 결국 다시 체포되어 한국으로 송환되었습니다. (소설에서는 상선의 송환 시기를 2021년으로 설정하였습니다.)

차례

체포

1. 캄보디아 이민국

2018. 02. 06. 화요일, 오후
캄보디아 이민국

프놈펜 국제공항 바로 맞은편에 위치한 이민국 2층 2호실에는 나와 껭 그리고 중국인 한 명이 있다. 2층에는 총 일곱 개의 유치장이 있는데 2호실만 유일하게 문이 개방되지 않는다. 아래층에서 껭과 나 둘이서만 유치장 하나를 쓰다가 2월 4일 오후에 2층으로 이사 왔다. 이민국의 모든 곳에서 한국인은 나와 껭이 유일하다. 1층과 2층의 구조는 동일하다. 화장실은 가림막이나 문도 없이 시원하게 뚫려 있다. 물을 받아서 쓸 수 있는 커다란 플라스틱 통 그리고 물을 풀 수 있는 바가지 하나가 전부다. 차이점은 벽이다. 1층 벽에는 한자와, 어느 나라 글인지는 모르겠지만 동남아시아 언어로 보이는 글자들이 빼곡히 낙서되어 있었다. 나도 한글로 기념 낙서를 남겼는데 껭한테서 재수없게 뭐 하는 짓이냐 한 소리 들었다.

2층 벽에는 영어나 스페인어, 프랑스어 등 코 큰 애들의 낙서가 적혀 있다. 벽에 돌로 긁은 것들이 대부분이라 정신 사납다. 사이코패스 방이 이럴까. 2호실 철문 쪽으로 서양 애들이 자주 찾아온다. 다른 방에는 없는 물건들이 이 방에 몇 가지 있기 때문이다. 담배와 야외용 접이식 침대. 그리고 치킨과 피자, 콜라와 생수도 있다. 서양 애들은 대부분 비자가 만료되어 구류된 상태라 돈은 없지만 비교적 자유로운 상황이고 우리는 돈은 있지만 자유롭지 못한 상황이다. 스코틀랜드에서 온 젊은 청년과 독일에서 온, 40대 정도로 보이는 남자가 매일 밤 말싸움을 한다. 아주 시끄러운데 그럴 때마다 담배를 한 개비씩 주면 고맙다 하며 조용해진다. 지금이 그 시간이다. 담배가 필요한 시간.

"저 새끼들 또 시작이네. 씨발. 오늘은 또 머땜에 싸우는 거지?"

깽이 재밌다는 듯 침대에 똑바로 앉으며 장난스러운 목소리로 이야기한다. 귀찮다. 누워서 천장에 붙어 빙글빙글 돌아가는 선풍기인지 풍차인지 모를 프로펠러를 멍하니 바라보며 난 대답하지 않는다.

"난 영어 못 하잖아. 심심하다. 통역 쫌 해줘봐라."

"……이 상황에 참 여유롭네? 그게 궁금해지나?"

"아따 마. 새끼 참. 게안타! 머 우짜끼고? 이래돼뺐는데. 빨리!"

배포가 큰 건지, 우리 상황을 포기한 건지, 경험자의 여유인지는 모르겠지만 머릿속이 아주 복잡한 나와 달리 여유로워 보이는 녀석이다. 저절로 새어 나오는 한숨과 함께 몸뚱이를 일으켜 철창 너머의 두 놈에게 물어본다. 왜 싸우느냐고. 독일 놈은 답하고 스코틀랜드 놈은 큰 소리로 웃는다. 역시. 별거 아니었다. 아. 저놈들에게는 별거인가?

"어린놈이 돛대 티바갔단다."*

* '훔쳐 갔다'라는 의미의 경상도 사투리.

"배째네?* 담배 꿍치둔 게 있었는갑네? 담배 주지 마라."

깽이 웃으며 담배 배급을 중단하라 했지만 난 못 들은 척 딴 말을 한다.

"시끄럽다…… 조용히 시키고 잠 좀 자자."

"잠이 오나? 이 상황에?!"

깽이 냉소를 지으며 말했고 난 할 말이 없어져서 침대로 돌아간다.

"Hey, nice Koreans! Can I have a cigarette?"

독일인이 철창을 붙잡으며 부탁했고 독일인을 놀려먹던 어린놈도 맛집 앞에 줄 서듯 다가온다. 초롱초롱한 눈을 뜨고서.

"담배 달라 카제? 씨가렛. 그건 내도 알아듣지!"

나는 구겨진 표정으로 고개를 끄덕인다. 깽은 담배를 꺼내 물고 불을 붙인 뒤 창틀 가까이 다가가 둘의 얼굴을 향해 길게 연기를 내뿜는다. 기분이 상할 만한데 둘은 웃으며 깽의 비위를 맞추고 있다.

"봤제? 징역 별거 없다. 없는 것들은 돈 있고 힘 있는 놈 밑으로 들어오게 되어 있다. 알고나 있으라고."

2층은 우리를 빼고 모두 서로 자유롭게 왕래하고 다닌다. 열다섯 명의 서양인들이 2층에 머물고 있다. 비자가 만기된 줄도 모른 채 여행을 다니다가 잡혀온 러시아 남자, 마리화나를 피우고 술집에서 싸우다가 강제송환을 기다리는 네덜란드 남자, 돈

---

* '웃긴다'라는 의미의 경상도 사투리.

없이 술집에서 술 먹고 도망치다 잡혀온 미국 남자 등등 각자 자국으로 추방되기 전 이곳에 구류되어 있다. 이곳에서는 밥은 주지만 물은 주지 않는다. 돈이 없으면 화장실에서 나오는 물을 마셔야 한다. 푸세식 수준의 화장실은 항상 냄새가 난다. 거품이 나는 비누로 청소를 해보아도 아무 변화가 없다. 수돗물이 얼마나 깨끗할지는 모르겠지만 비위생적일 것이기에 물은 돈 주고 사서 마신다. 이 안에서는 모든 것이 비싸다. 밖에서 담배 한 갑은 2달러도 안 되는데 여기선 부르는 게 값이다. 깽이 말했었다. 한국에서는 요즘 돈이 있어도 담배 피우기가 힘들다고. 그 말을 듣고 나니 돈만 있으면 담배도 구할 수 있는 이곳이 더지낼 만할 것 같다. 아니. 지낼 만해졌다.

경찰서에서 이곳으로 왔고 며칠을 지내니 여기에도 자연스레 적응되고 있다. 벽과 천장에 붙어 있는 도마뱀과 이름 모를 온갖 벌레들도, 단단해 보이지만 녹슬어 삐걱거리는 철창도, 벌레 시체와 누런 얼룩이 가득하여 앉을 생각이 들지 않는 바닥도, 내 몸에 붙어 피를 빠는 모기도, 걸핏하면 귀 옆에서 윙윙거리며 신경 쓰이게 하는 파리도, 옆방에서 매일 싸우는 두 남자도, 밤 12시만 지나면 기타 치고 노래하는 프랑스인도, 영어를 못 하는 같은 방 중국인도 이제는 적응되어버렸다.

언제쯤 한국으로 송환될지 매일이 기다림이다. 점점 지쳐간다. 검찰에서 일부러 엿 먹이는 걸까…… 왜 이렇게 오래 걸리는 건지 화가 나면서도 송환 연락이 오지 않았으면 하는 마음 또한 공존해 혼란스럽다.

"박사야. 머가 그리 걱정되노? 징역? 어무이? 제수씨? 뭘 그리 두려워하노? 두려워하지 마라. 그게 뭐든…… 두려워하면 할수록 그게 니 스스로를 무너지게 하는 늪이 된다. 내가 있짜나! 겁묵지 마라."

2018. 02. 08. 목

중국인이 돈을 내고 풀려났다. 누군가가 와서 데려간 것이다. 그*와 같이 있던 놈이었는데 중국인은 아무런 조사도 없이 풀려났다. 한국 상황을 파악하여 말을 맞춘 뒤 들어가고 싶지만 우리 휴대폰은 압수된 상황이었고 다른 열다섯 놈 아니, 중국인까지 열여섯 놈들의 전화기는 시간을 확인하는 시계 기능만 될 뿐이었다. 직원에게 만 달러를 내밀어도 전화기는 안 된다고 한다. 사정도 해보고 욕도 해보았지만 전화기만큼은 받지 못했다. 그 새끼** 때문이다. 그 새끼…….

밤이 되자 오늘도 기타 소리와 노랫소리가 들려온다. 담배를 피우며 듣고 있자니 상황에 어울리지 않게 나름 운치가 있다. 이런저런 상념에 잠겨 있는 나를 보며 깽이 말한다.

"박사야. 가서 그냥 입 다물고 있거나 무조건 아니라고 오리발만 내밀면 안 댄다. 니는 내랑 같이 있었던 것뿐, 니가 자수하라고 했는데 내가 자꾸 시간 끌었고 니 혼자라도 들어와서 오

---

* 깽과 박사의 상선인 호만택으로, 후반부에 다시 나오겠지만 붙잡혀 있던 이민국의 창살을 자르고 유유히 도망쳤다. 강소장이라는 이름으로도 불린다.

** 호만택을 말한다.

해 풀려고 했지만 내가 못 가게 해서 친구인 내가 불쌍키도 하고 또 자수한다고 약속해서 믿고 기다렸다고, 마약이랑은 관계가 없다고 최대한 불쌍하게 연기 잘해라. 나머지는 애새끼들이 진술해놓은 상황 보고 내가 진술하는 거에 맞다, 아니다 대답만 해라. 박사야…… 니가 살아야 뒤를 기약할 수 있다. 내가 니는 꼭 살린다. 내보낼 끼다. 나와가 준비 단디 해놓고 있그라."

나는 그냥 듣는다. 깽의 말대로만 된다면 얼마나 좋을까. 하지만 그렇게 쉽지만은 않을 것이다.

"검사 새끼들 보통 아이다. 수사관들도 그렇고. 막상 조사받을 때 되며 오만 생각 다 들고 존나 후달릴 끼야. 절대로 휘둘리지 마라. 달콤한 말에 속지도 말고! 불쌍한 척, 연기하면서 내한테 싹 밀면 된다."

'그래. 그럴게.'라고 답할 수가 없다. 대답을 하는 순간 더없이 초라하고 비참해질 것 같다. 결국 깽을 팔아 나만 죄에서 벗어나게 되는 것이다. 먼저 잡힌 놈들이 칼춤을 추었겠지만 증거가 없기 때문에 전과가 없는 나는 빠져나올 수 있을 것이다. 가능성은 있다. 그런데…… 그게 쉬울까? 판검사들이 병신도 아니고 나 하나 찜쪄먹는 건 일도 아닐 텐데. 형민이에게 자신 없다는 말을 할 수도 없다. 미안하다고 포기하자고 말할 수도 없다. 대답 없이 바닥만 보고 있는 내 머릿속을 들여다보기라도 한 듯 형민이 다시 이야기한다.

"친구야. 니가 살아야 나도 산다. 입장을 바꿔서 내가 나갈 수 있는 확률이 높으며 내가 니보고 안고 가라 하기도 전에 니가 안고 간다 했을 끼다. 니 맘 안다. 아는데…… 제훈아. 니가 일단 살고…… 니부터 살고…… 다음은, 다음에 생각하자. 니가 내를 버릴 놈이었으며 이 상황에 나도 안고 갈라 카겠나? 그라고 니가 내보다 상선이라 캐도 어차피 아무도 안 믿는다."

내 안의 붉은색 놈이 '깽의 말이 옳으니 죄책감 따위는 저 멀리 묻어버리고 앞으로 살 궁리나 해! 나가서 친구 수발이나 잘하고 출소하면 잘 살 수 있게 파라다이스를 건설해둘 생각만해!' 하고 속삭인다. 반면에 내 안의 푸른색 놈은 '다 니 탓이야! 너 때문에 이 상황까지 돼버린 거야! 너 혼자 뭘 할 수 있어? 깽한테 기대고 떠넘기기만 해서 이렇게 된 거야! 너도 인정한다 하고 우겨서라도 니가 상선이 돼! 깽이 조금이라도 형을 적게 살도록 하라고! 그게 최선이야!' 두 놈이 소리친다. 확실히 푸른색 놈의 말이 죄책감이 덜하다. 두 놈이 계속 팽팽하게 말다툼하며 내 머리를 혼란스럽게 만든다. 그나마 희망이 있는 죄책감을 선택할까 아니면 죄책감을 줄이며 철창을 선택할까. 두 선택 모두 어렵고 두렵다.

"니 내하고 같이 징역 살면 맘 편할 거 긋나? 적어도 6년은 봐야 되는데…… 자신 있나? 같이 우정놀이 하며 교도소에서 사이좋게 썩어보까? 그게 좋겠나? 그건 같이 죽자는 것밖에 안 된다. 내 계획대로 니가 잘되가 나가며 더 말할 것도 없이 우린 미래를 계획할 수 있다. 만약 잘 안 돼도 니가 내보다 절반 이상은 적게 받는다. 그라이 먼저 나가가 길 닦아봐라. 그게 최선이고 나를 위한 기다."

"알겠다……."

결국 붉은색 놈의 승리로 끝이 난다. 링 위에서 치열하게 벌어지던 난타전은 깽이 울리는 종소리에 끝난다. 붉은색 놈의 손을 들어주며 꽉 막혔던 가슴속이 교통 정리된다. 적어도 두 놈의 싸움은 수십 번은 벌어졌다. 그때마다 깽은 붉은색 놈의 손을 들어주었다. 난 비겁하게 뒤에 숨어 놈의 승리를 구경만 한다. 깽이 분위기를 환기시키려는 듯 슬기로운 징역살이 방법에 대해 말해준다. 기억나는 징역 이야기도 주절거린다. 그건 잘 저장되지 않는다.

점심시간이 지나고 느닷없이 우리는 1층으로 강제 이사를 왔다. 오늘이구나! 마음의 준비가 안 되었는데…… 되었다고 생각했지만 막상 그 시간이 다가오니 전혀 준비가 되지 않았다는 것을 알게 된다. 머릿속이 딱딱하게 굳어버린다. 먼지 하나도 찾을 수 없는 무균실이 되어버린다. 깽이 어떻게 하라고 했더라? 무슨 말을 하라고 했지? 깽을 바라보며 입을 열려는 순간 그의 진한 눈썹이 낮아진 듯해 입이 떨어지지 않는다. 깽은 지금 깊은 생각에 빠져 있는 것이다. 대본 이야기 대신 담배를 입에 물었다. 불을 붙이는 라이터 소리에 깽의 의식이 돌아온 듯 담배를 물고 얼굴을 들이민다. 얇고 긴 담배가 향처럼 보이는 건 왜일까? 향에 불을 붙여준다. 향초는 아주 진하고 무거워 보이는 연기로 변하여 주변을 맴돈다. 담배를 피울 수 있는 시간도 얼마 남지 않았다. 마지막 사치라도 부리듯 우리는 담배만 피운다.

시간이 흐르고 캄보디아의 태양이 피곤한 눈꺼풀을 감을 즈음 봉고차 두 대가 들어온다. 앞차에서는 우리를 인계하러 온 현지 형사들이 내렸고 뒤차에서도 남자들 여럿이 내린다. 그중 한 사람은 낯설지만 익숙해 보이는 얼굴이었다.

"박사야. 저 새끼 조진웅 안 닮았나? 내만 그래 보이는 기가?"

"아니. 내 눈에도 그렇게 보인다. 얼굴 긴 조진웅이네."

"씨발. 존나게도 마이 왔네? 전투력 상승시키주네?"

현지 마약반 경찰 여섯과 수원지검에서 우릴 송환하기 위해 온 여섯. 도망칠 수도 없고 도망칠 생각도 없다. 아니, 있기는 했지만…… 초반부터 기가 팍 죽는다. 한국에서 온 여섯 중 다섯은 평범한 사무직 회사원 같다. 위압감 따위는 없다. 터프할 줄 알았는데…… 다섯은 생각했던 것과 달리 유약하고 순해 보인다. 하지만 조진웅을 닮은 사람은 다르다. 185 이상 되어 보이는 기다란 키에 운동을 꽤나 한 듯 벌어진 어깨, 거기다 왼쪽 뺨에 가로로 그어져 있는 흉터까지. 저 사람만큼은 상상 이상으로 강해 보인다. 나잇살인지 자신의 코보다 돌출된 뱃살과 아래위로 길어 보이는 얼굴이 터프함을 감소시켰지만 위압감은 남달랐다.

그중 한 무리가 송환 절차를 밟으려는 듯 사무실로 들어간다. 우리가 저들을 탐색하며 바라보듯 저들도 우리를 살핀다. 무심한 듯 조진웅은 우리를 차가운 눈길로 천천히 훑어보며 한 걸음씩 다가온다. 철창 앞까지 다가와서는 높은 턱선을 유지한 채 눈동자만 아래로 내리고 우릴 번갈아 본다. 정적.

조진웅이 바닥에 죽어 떨어진 하루살이들을 내려다보던 눈동자를 들어 깽에게 고정시키고 입을 연다.

"김형민이…… 유감이다. 진짜 잡을 줄은 몰랐는데…… 어쨌든 협조 잘하면 정상참작은 될 거니까. 쉽게 가자."

전혀 유감스럽지 않은 표정과 말투다. 부드러운 응대를 기대했던 건 아니지만 가슴이 서늘해지는 것은 어쩔 수 없었다. 깽은 아무 말이 없다. 몸에 솟아난 땀까지 차가워지는 것 같았고 시간이 멈춘 듯 적막만이 감돌았다. 깽을 보는 것인지 나를 보는 것인지 분명치 않은 조진웅의 눈길은 얼음 같다. 갈색 얼음. 얼음 뒤에 짙은 갈색 나무가 보인다. 불이 붙은 나무는 탁, 타닥 소리를 내며 서서히 타오른다. 얼음 뒤에서. 결국 얼어붙은 적막을 부순 건 조진웅이다.

"여기였구나? 그 허술한 곳이?"

"정계장님. 그 허술한 곳으로 참, 빨리도 오십니다."

깽이 비꼬았다. 조진웅은 머쓱한 표정을 지을 법도 한데 변함이 없다.

"뭐든 순서가 있고, 절차가 있는 거 아니겠냐. 비꼬지 말아라. 속 쓰린 건 나도 마찬가지니까. 그 순서와 절차를 무시하면 너희처럼 되는 거야. 지금처럼 가끔은 순서와 절차를 지키다 난처한 상황이 오기도 하지만."

말을 마치며 한쪽 어깨에 걸치고 있던 가방을 앞으로 돌리더니 지갑에서 신용카드를 꺼내듯 수갑 두 개를 꺼낸다. 그리고 카드 계산하듯 가볍게 철창 안으로 밀어 넣으며 말한다.

"이건 한국 수갑이다. 아쉽게도 비행기에 탑승한 뒤에나 쓸 수 있겠지. 그게 절차라서."

정계장의 말이 끝나기 무섭게 사무실에서 그 순서와 절차라는 걸 끝냈는지 회사원들이 나왔고 현지 경찰들과 함께 우리가 있는 곳으로 몰려온다. 동물원 원숭이가 된 기분이다. 강태공들이 대어를 낚은 후 기록을 남기듯 너나없이 우리를 둘러싸고 영상과 사진을 찍어댄다. 이거…… 초상권 침해 아닌가? 인권 유린 아닌가? 어디에 신고하면 되지?

웃으며 다가온 현지 마수대(마약범죄수사대) 팀장이 철문을 열고 들어와 카메라를 의식한 듯 어깨를 펴고 영어로 미란다 원칙을 읊었다. 형사들은 수갑을 채우고 양쪽에서 팔짱을 끼워 봉고차로 우리를 에스코트한다.

난 캠코더에 뒤통수만 나오게끔 반대쪽만 보면서 봉고차로 끌려간다. 차가 출발한다. 아주 느린 속도로 움직인다. 하지만 공항까지는 3분이 채 걸리지 않는다. 차에서 내리기 전 우리 캐리어에서 반소매 셔츠 두 장을 꺼내 수갑을 가려준다. 가려지긴 했지만 누가 보아도 범죄자고 수갑을 차고 있는 모습이다. 차문이 열리자 캠코더맨과 카메라맨이 다시 촬영을 시작한다. 공항 안에서도 관광객들이 기념사진 남기듯 출국장으로 향하는 에스컬레이터 앞에서 우리 사진을 찍는다. 두 나라의 대표들이 악수를 나누자 마침내 촬영이 끝난다.

출국 심사받는 곳에서 캄보디아 수갑이 풀어지고 수사관들이 양쪽에서 우리 팔을 하나씩 나누어 가진다. 정계장은 뒤에서 따라오고 한 명은 선두에서 길을 만든다. 이 포지션은 비행기 좌석에 앉을 때까지 계속되었다. 좌석에 앉힌 뒤 친절하게 벨트까지 채워준다. 양 손목에 서늘한 한국 수갑이 채워지고 작은 목소리의 미란다 원칙이 다시 내 귀에 차갑게 떨어진다. 정계장이 앞자리에 깽과 앉았고 나는 바로 뒷좌석에 회사원 한 명과 합석했다. 정계장이 말한다.

"둘 중 누구냐? 여자인 척한 거? 진짜 여자인 줄 알고 다른 공범 있는 것 아닌가 생각도 했었다. 누구냐? 임제훈이 너냐?"

맞다. 내가 여자인 척 장사했었다. 내가 아니라고 부정하기도 전에 깽이 먼저 대답한다.

"접니다."

"니가 아이스걸이라고? 그럼 초마는? 초마는 임제훈이…… 박사라고 불러야 하나? 너냐?"

내 별명까지 알고 있다. 초마가 아니라 마초인데. 바로 정정해주고 싶었지만 대답은 다시 깽이 한다.

"그것도 접니다. 초마가 아이고, 마춥니다. 마초."

닉네임 지을 때 필로폰이 대마초와 다른 것인 줄은 알았지만 마약을 하면 없던 호랑이 기운도 솟아난다고 해서, 같은 마약이고 또 『삼국지』의 마초와도 이름이 같아 마초라고 지었다. 손님들 눈에도 잘 띄고 기억되기 쉬울 듯해서 지은 건데. 두 개의 분야가 다르다는 것은 닉네임을 만들고 난 후 대마초를 찾는 손님 때문에 알게 되었다. 1그램도 팔지 못하고 있던 시절에.

[에피큐리언 - 떨 있나요? 1그램 얼마죠?]

떨? 떨…… 전문 용어인가? 또 새로운 걸 배우는군. 마초남처럼 무게 있게 말하자. 아니, 입력하자. 첫 손님부터 한 작대기구나. 샘플 거지만 아니기를…….

[마초 - 80. 물건 좋습니다.]

[에피큐리언 - ???]

[마초 - ???]

물음표에 물음표로 답하자 고객은 대화를 삭제한 후 나가버렸다. 알고 보니 떨은 대마초였다.

"김형민이 니가 다 했다고? 이런 식이라 이거지…… 쉽게 가자고 했는데…… 도착할 때까지 다시 생각해."

비행기 바퀴가 앞으로 구르기 시작했고 바퀴가 바닥에서 떨어지는 것이 발바닥부터 느껴진다. 땅이 멀어져간다. 밝았던 빛들이 점차 약해지고 창밖이 어둠으로 가득 찼을 때 처지에 어울리지 않게 졸음이 몰려온다.

귀가 아파온다. 잠이 덜 깬 상태로 침을 한번 삼킨다. 그래도 여전히 먹먹해서 양쪽 귀에 압박을 주고 풀어보려 손을 들어 올리는 순간 현실을 깨닫는다. 수갑 때문에 양쪽 귀를 동시에 압박하는 것은 불가능하다. 옆을 보니 수사관은 잠들어 있다. 얼마큼 왔는지 궁금해 모니터를 통하여 위치를 확인한다. 캄보디아에서 한국으로 가는 하늘길을 세 시간 정도 날아온 위치였다. 두 시간 뒤면 한국 땅 도착이다. 어떻게 해야 하는 걸까. 어떤 질문에 어떻게 대처해야 할지 아무것도 생각나질 않는다. 잠에서 아직 덜 깨어난 뇌가 문제일까? 두려움과 초조함 때문일까?

수백 번을 시뮬레이션했는데 그 모든 것들이 뒤죽박죽 섞여서 하나의 덩어리로 반죽되어버렸다.

멍하다. 모든 생각과 감정들이 섞인다. 흐물흐물해지고 단단해지기를 반복하다가 불안이라는 덩어리로 뭉쳐버렸다. 우리만 알고 싶은 사실과 진실이 어디까지 밝혀졌을지…… 끔찍하다. 어머니에게는 무어라 변명해야 할까. 벌써 한 달 가까이 연락이 끊겨 걱정하고 계실 건데…… 어떻게 받아들이실까? 무척 강했던 분이 이젠 나이가 들어 연약해지셨는데…… 혹시 충격으로 쓰러지시면…….

미치겠다. 눈을 떠도 불안하고 눈을 감아도 불안하다. 잠은 저 멀리 달아났다. 창밖엔 아무것도 보이지 않는다. 어둠으로 물든 세상은 아무것도 보여주지 않는다. 별도 달도 보이지 않는다. 구름 속일까? 어둠이 구름까지 품은 걸까? 머릿속은 하얗고 세상은 검게 물들어 있다.

*

창밖이 점점 밝아오면서 구름 사이로 바다가 보이기 시작한다. 섬들이 작은 점으로 보인다. 그러다 육지가 두 눈에 가득 들어온다. 2월의 시작쯤이고 겨울의 중심에 있는 땅이 낯설고 삭막하게 느껴진다. 얼어붙은 땅 위에 초록빛은 찾아볼 수 없고 새하얀 눈들이 뿌려져 있다. 비행기는 점차 고도를 낮춘다. 나무는 앙상한 가지만 남았고 논과 밭들은 삭발이라도 한 듯 메

마른 흙뿐이다. 추운 날씨 때문인지 동물도 사람도 보이지 않는다. 고향이 우리를 환영하지 않는 듯하다.

곧 인천공항에 도착한다는 기장의 안내방송이 나온다. 승무원들은 안전한 착륙을 위해 승객들을 살핀다. 내 옆의 회사원은 아직 꿈나라다. 자세히 들리지 않지만 정계장과 깽은 대화를 나누고 있다. 일반 승객들이 먼저 모두 내린 뒤 우린 기내에서 나올 수 있었다.

당연히 입국 심사장으로 갈 것이라 예상하고 있었지만 범죄자로 왔기 때문인지 우린 일반 여행객이 다니는 쪽으로 가지 않는다. 긴 무빙워크를 여러 개 지난 후 좁은 사무실로 들어간다. 입국 심사를 따로 받은 후 사람들이 없는 통로와 엘리베이터를 이용해 1층 출구에 도착했다. 이곳에도 사람은 우리뿐이다. 정계장이 우리의 옷차림을 보며 무뚝뚝하게 말한다.

"많이 추울 거 같은데 어쩌냐? 차가 오고 있다니까 안에서 기다리자."

"계장님. 겐찮으이끼네 담배나 하나씩 주이소."

우린 위아래로 타이즈를 입고 그 위에 반소매 셔츠와 반바지를 입고 있다. 2월 초의 한겨울에 건물 밖에서 담배를 피울 복장은 아니다. 수사관들은 언제 꺼냈는지 모두 두꺼운 점퍼를 걸치고 있다. 출구 앞으로 걸어가자 자동문이 열리고 차가운 공기가 덮쳐온다. 몇 초도 지나지 않아 몸이 떨리기 시작한다. 공포나 불안 때문이 아니라 추위 때문에. 담배를 피우고 있는 몸이 진동모드의 휴대폰처럼 계속 떨린다.

두 개비를 피울 동안 차는 오질 않는다. 다행히 우려했던 취재진들은 없다. 세 개비째를 피우고 있을 때 스타렉스 한 대가 우리 앞에 멈춘다.

　차에 오르자 따뜻한 공기가 떨림을 줄여준다. 회사원들 사이에 끼워 맞춰져 앉는다. 살갗을 에는 추위 속에서 따스한 차 안으로 들어오니 스멀스멀 잠이 몰려온다. 창밖으로 눈이 내린다. 2년 만에 보는 새하얀 눈이다. 다 잘될 거야, 대본대로만 잘하자, 그런데 대사가 뭐였더라, 정신 차리자, 여러 생각들이 떠오르고 흩어지는데 그 와중에 나는 또 잠에 빠진다.

2018. 02. 09. 금요일, 밤

아침에 탔던 것과 똑같은 스타렉스지만 지금 타고 있는 차는 느낌이 다르다. 차 옆면에 '법무부'라고 적혀 있었고 안쪽 창문은 모두 검정색 막대기들로 둘러싸여 있다. 그리고 뒷좌석과 운전석 사이에는 투명한 아크릴판이 설치되어 있다. 겨울 복장의 남자 세 명과 가벼운 차림의 우리 두 사람은 구치소로 향하는 길이다. 겨울 도로 위에 내린 눈들은 오가는 차들에 의해 녹아버렸지만, 나무 위나 도로 한쪽 구석에는 아직 하얀 눈이 남아 있다. 아침에 비행기에서 내려다본 순백의 눈은 땅에서 보니 회색과 검정색으로 변해 있었다. 하지만 금세 어둠이 내려 때 묻은 눈은 다시 하얗게 보였다.

"박사! 정신 바짝 차리라! 오늘처럼 아가리 꾹 다물고 있으며 안 된다! 상황 바끼다고 수없이 말했다! 인자부터는 따로 검취(검찰 취조) 딸 수도 있으이끼네. 맘 단디 묵그라!"

사복 입은 남자가 말하지 말라고 경고했지만 깽은 들리지 않는 듯 무시한 채 계속 이야기한다. 나는 고개를 끄덕이는 것으로 답을 대신한다. 구치소에 들어가면 무엇을 하게 될까? 들어가자마자 죄수복으로 갈아입고 영화에서 본 것처럼 머그샷을 찍으려나? 옆에는 키를 측정하는 숫자와 줄들이 그어져 있을 테고, 이름과 수감 번호 등이 적혀 있는 검정색 네모 판을 들고 있으면 플래시를 터뜨리려나? 캄보디아에서 그런 건 안 했는데…….

스타렉스가 수원구치소 입구로 좌회전한다. 차단기가 올라가고 경사진 도로를 올라간다. 과속 방지턱 두 개를 지나고 차는 오른쪽으로 꺾여 커다란 철문이 열릴 때까지 기다린다. 철문이 서서히 올라가고 차가 철문 안으로 들어가 엔진을 멈춘다. 철문이 다시 닫히고 철문 사이에 멈춘 차를 교도관들이 살핀다. 한 명은 차 안의 인원을 파악하고 한 명은 시동이 꺼진 차 바닥을 살핀다. 바닥에 밀대 같은 걸 밀어 넣고 있다. 혹시 자말*이…… 매달려 있으려나. 아니, 그럴 리가 없지. 두꺼운 철문 사이에 갇혀 있던 차는 안쪽 철문이 위로 올라가자 엔진 소리를 크게 내며 나아간다. 작은 운동장 넓이의 공간이 나타났고 주변에 콘크리트 건물이 육각형으로 높게 세워져 있다. 여기가 구치소인가? 생각한 것과는 많이 다르구나. 캄보디아와는 많이 다르다.

차가워 보이는 철문 앞에 차가 멈추자 작은 철문이 열린다. 우리는 문 안쪽으로 이끌려 들어가 교도관들에게 넘겨진다. 철문이 닫히고 잠긴다. 초능력이 있지 않은 이상 그 문은 열 수 없을 듯하다. 교도관들은 우리의 손목에 채워진 수갑을 풀어준다. 도망갈 수 있으면 가보라는 듯이.

---

* 박사의 캄보디아 현지 보디가드.

교도관들의 인도하에 나는 깽의 뒤를 따라 걷는다. 노란색 선으로 이등분된 회색 바닥 복도를 걷다 보니 왼편으로 환하고 조금 어수선한, 대합실처럼 보이는 공간이 나타난다. 버스터미널 대합실에나 있을 법한 의자들이 줄 맞춰 바닥에 고정되어 있다. 의자 군데군데에 앉아 있던 사람들이 들어오는 우리를 노려본다. 니들은 왜 왔니, 눈 깔아, 그런 말을 하는 눈빛이다.

"공범끼리 대화하지 마시고, 이쪽 그리고 저쪽에 앉으세요."

교도관이 우리에게 자리를 알려주며 서로 멀리 떨어뜨려 앉힌다. 우리가 앉은 자리 앞에 사무용 책상이 있고 그 위에는 컴퓨터와 서류철들이 보인다. 뚱뚱하고 나만큼 엉덩이가 무거워 보이는 교도관이 눈꽃 하나가 그려진 계급장을 양어깨에 달고 앉아 있다. 나뭇잎 세 개씩을 매달고 있는 저 남자보다 계급이 높은가 보다. 눈꽃을 단 교도관 머리 위쪽으로는 TV가 걸려 있고 그곳에서 안내 문구가 계속 파노라마처럼 지나간다. 내용을 보고 따르라 하는데 아무것도 머릿속에 들어오지 않는다.

대합실에는 우리를 제외하고 다섯 명이 더 있었다. 한 명은 젊은 남자이고 네 명은 중년이다. 우리는 TV 시청 후 옆방으로 이동해 옷을 벗으라는 명령을 받는다. 교도관이 바바리코트 길이의 더러운 가운을 나눠줬다. 속옷까지 벗은 뒤 칸막이가 쳐져 있는 곳으로 들어가 변기에 앉듯 쭈그려 앉는다. 바닥에는 발바닥 그림이 그려져 있고 그 사이에 CCTV같이 둥그런 렌즈가 있다. 항문 속에 숨긴 물건이 없는지 확인하는 것 같다. 부끄럽긴 하지만 시키는 대로 한다. 보는 사람도 기분이 좋지는 않겠지.

옷을 모두 벗고 가운만 입고 있으니 문신의 유무가 확인된다. 일곱 명 중 다섯 명이 문신을 했다. 난 왼쪽 팔에, 깽과 젊은 남자는 전신에. 젊은 남자는 시스루를 입은 것처럼 라인만 그려져 있다. 깽처럼 화려한 색으로 속을 채우지는 못한 상태다. 중년 남자들 몸에는 장미와 살찐 고양이가 새겨져 있는데 오래된 문신인 듯 색이 연하다.

우린 가운만 걸친 채로 차례를 기다린다. 이름이 호명되어 교도관이 앉아 있는 책상으로 가자 입고 온 옷과 물건들을 책상 위에 올리라고 한다. 올려진 물건들은 옷가지들과 열쇠 하나 그리고 달러와 캄보디아 돈 4,000리엘이다. 신발까지 모두 녹색 포대에 담긴다.

"얼어 죽으려고 그렇게 다녀요? 아무리 젊어도 그렇지, 이 추위에 그런…… 안에 들어가서 씻고 나오세요. 조깅하다 잡혀온 거요?"

교도관은 포대에 넣은 것들을 확인시켜주며 지장을 찍게 한 뒤 포대를 묶는다. 그리고 남성용 손지갑 크기의 투명 지퍼백과 초록색 작은 수건을 준다.

"씨부럴. 이 추운 날에 난닝구랑 사각 빤스만 주는 거요?"

자주 드나들었던 듯 중년 남자가 툴툴거렸고 교도관들은 그러려니 하고 무시한다. 남자도 무시당할 줄 알았다는 듯한 표정이다.

"아이고 추워라~ 얼어 죽겠네~"

남자는 혼잣말을 하며 샤워실로 들어간다. 따라 들어가 보니 샤워실은 일곱 명이 쓰기에는 많이 비좁다. 지퍼백 속에서 자그마한 칫솔과 치약 그리고 비누를 꺼낸다.

"박사야. 인자 온수 샤워하기 힘들 끼야. 누리그라. 정신 바짝 차리고! 아마 연휴 끝나고 바로 검취 딸 끼야. 말해줬던 대로 잘 해라. 얼어 있지만 말고. 포기하지 마라, 친구야. 알겠제? 사고 치지 말고. 절대로 싸우면 안 된다! 징벌 묵지 마라. 재판 끝날 때까지는 무조건 참아라! 알았나?"

깽이 머리를 감으면서 이야기한다. 난 대답하지 않고 씻기만 한다.

"올라가머 먼저 병아리통*에 드갈 끼야. 거기 며칠 있다가 본방 갈 끼다. 사람 믿지 말고. 이상한 말, 특히 니한테 불리한 말은 하지 마라. 뽕쟁이들은 안에서도 편지로 검사한테 작업치는 새끼들 있다. 병아리통에도 있을지 모르이끼네 입조심해라."

난 고개를 끄덕인다. 몸이 전부 닦이지도 않는 얇은 수건으로 몸의 물기를 아래로 내리며 문을 열고 나가니 겨울의 한기가 훅 끼쳐 몸이 자동으로 흔들리기 시작한다. 그리 도움이 되진 않겠지만 없는 것보단 나을 듯해서 하늘색 민소매 러닝과 중후한 느낌의 사각팬티를 입는다. 먼저 나온 사람들은 교도관이 캐비닛에서 꺼내주는 죄수복을 받고 있다. 내게 지급된 누런 죄수복을 입고 그보다 조금 더 연한 색의 얇은 양말을 신고 하얀색 고무신에 발을 끼워 넣는다.

---

* 구치소에 처음 들어가서 본방 배정되기 전에 머무는 곳.

하루 종일 검찰청의 무겁고 딱딱한 분위기에 눌려 제대로 된 연기도 못하고 지쳐서 왔다. 처음 겪는 상황에 심장은 계속 두근거린다. 좋지 않은 두근거림이다. 병아리통이라는 곳이 캄보디아 유치장보다 열악하진 않겠지. 젖은 수건과 세면도구가 들어 있는 지퍼백을 들고 있는데 교도관이 20센티 정도 되는 딱딱한 플라스틱을 나눠주며 말한다.

"목찰*입니다. 잊어버리면 안 됩니다. 이름 부를 테니 두 줄로 서주세요."

나는 시스루와 함께 오른쪽에 섰고 그와 같은 방으로 배정받는다. 깽은 왼쪽 줄에 선다.

"어여. 어디 식구고?"

깽이 시스루에게 부드럽게 말한다.

"현역 아닙니다, 형님. 복귀 준비 중입니다,** 형님. 아우 문종훈이라고 합니다, 형님."

젊은 남자는 깽에게 깍듯이 고개 숙이며 대답했다.

"아우야. 니 뒤에 있는 놈이 히야 친구다. 쌩초라서 뭣도 모른다. 니가 신경 쫌 쓰그라. 박사, 준비 잘하고 있그라. 밥 잘 챙기 묵고! 내 말 잊지 말고!"

나는 말없이 고개만 끄덕이는데 시스루는 씩씩하게 대답한다. 나는 나동, 깽은 가동으로 간다. 복도를 걸어가다가 내 줄

---

* 교도소 내에서 사용되는 신분증 같은 것. 이름, 나이, 죄명, 형량이 적혀 있다.

** 현역이 아니라 함은 현재 조직 생활을 안 하고 있다는 뜻이고, 복귀는 다시 조직 생활을 시작한다는 의미.

은 왼쪽으로, 깽이 선 줄은 조금 더 앞으로 가서 오른쪽으로 향한다. 끝까지 나를 돌아다보며 걷던 깽의 모습이 사라진다. 엘리베이터는 8층에서 멈췄고 교도관을 따라 걸으니 정면을 바라보고 오른쪽이 1사 왼쪽이 2사라고 적혀 있다. 1사의 첫 관문은 카드키 방식의 두꺼운 철문이다. 철문 윗부분에 작은 철창이 있어서 안쪽이 보인다. 교도관은 카드가 없는지 인터폰을 누른다.

"신입자 세 명 들어갑니다."

철문이 열리고 안으로 들어서자 바로 왼편에 나무 벤치가 있다. 교도관이 그 위에 놓여 있던 푸른색 모포 두 장과 크기가 각기 다른 하얀색 플라스틱 그릇 세 개 그리고 초록색 수저를 들고 가라고 말한다. 사무실 안에 있던 담당 근무자가 나오더니 카드키를 숫자 8이 적힌 철문 옆 네모 박스에 가져다 댄다. 딸깍 소리가 나며 철문이 열린다.

"신입 세 명 왔으니 싸우지 말고 잘들 지내세요. 들어갑시다! 고무신은 신발장에 넣고 들어가셔야지."

난 마지막으로 방 안으로 들어간다. 먼저 와서 모포를 깔고 있던 일곱 명 모두 철문 쪽을 바라본다. 고운 시선이 아니다. 서먹함과 함께 적대감이 느껴진다. 뒤돌아보니 A4 용지로 도배되어 있는 철문이 다시 딸깍 소리를 내며 닫혔다.

마른 체형의 안경 쓴 중년이 곱지 않은 시선으로 우릴 위아래로 훑으며 스캔한다.

"문종훈. 스물일곱. 여기 건달 있습니까!?"

같이 온 시스루가 우렁차게 건달부터 찾는다.

"여기 생활하시는 분은 없고…… 제가 일단 봉사원을 하고 있습니다."

안경 쓴 중년과 시스루가 대화를 나누는 동안 난 방 안을 살펴본다. 방 안은 세로로 긴 직사각형 구조다. 정면 가장 안쪽 벽에는 나무로 된 사물함이 붙어 있는데 가림막이 없다. 철문 바로 앞은 화장실이다. 화장실 옆에는 싱크대가 있고 바닥에는 오래돼 보이는 장판이 깔려 있다. 벽에 발라져 있는 벽지의 도배 상태가 엉망이다. 온갖 낙서와 찢어진 곳도 보인다. 여기저기 곰팡이가 새까맣게 피어 있다. 바닥 중간중간에는 노란색 박스테이프가 붙여져 있다. 무언가를 감춘 듯 보인다. 장판에서는 따뜻한 온기가 올라온다.

밤 10시가 넘은 시간이었지만 방에 있던 일곱 명은 아무도 잠을 자고 있지 않았다. 나이 많은 사람 두 명의 머리에는 새집이 지어져 있고 기름져 있다. 시스루가 도발적으로 이야기한다.

"내가 당분간 봉사원을 하려는데 불만 있는 사람 일어나세요."

일어나는 사람은 없다. 그냥 보고만 있다.

"형님, 이쪽으로 오시죠."

내게 형님이라고 호칭하며 가장 안쪽으로 나를 데려간다. 가장 안쪽에는 시스루가 앉았고 그 옆에 내가 앉는다. 모두 두 칸씩 모포를 옆으로 옮겼는데 불만을 표하지는 않는다. 다만 표정이 약간 구겨졌고 옆 사람에게 짜증을 낸다. 깽에게 들은 게 이것이다. 강자론.

"형님, 아우가 먼저 씻겠습니다."

"어…… 그래."

나도 모르게 대답이 튀어나왔다. 방금 온수 샤워를 하고 왔는데 또 씻는다니. 자리를 옮길 때 몇몇의 표정이 안 좋은 것을 보고 일부러 그러는 걸까? 잘 씻지 않아 지저분해 보이는 사람들을 향한 경고인가? 그런데 여기도 온수가 나올까? 여러 생각이 꼬리를 문다. 시스루는 옷을 홀렁 벗고 몸에 새겨진 문신을 쫙 펼치며 화장실로 들어간다. 화장실 문은 아래위로 나누어져 아래쪽만 모자이크 처리가 되어 있는 아크릴 문이다. 물 뿌리는 소리가 크게 들린다. 청소라도 하는 걸까? 사람들이 화장실 쪽을 힐끔거린다. 슬며시 바라보니 시스루가 곧추선 채 머리 위에 물을 연거푸 끼얹고 있다.

"시원합니다, 형님! 씻으시겠습니까?"

난 고개를 끄덕이면서 일어선다. 왠지 씻어야만 할 것 같다. 팬티를 제외하고 모두 벗은 뒤 화장실 문을 여니 냉동실이다. 검지를 물통에 넣으니 쓰라리다. 물은 차갑다 못해 얼음장이다. 바가지에 물을 퍼 머리 위로 쏟아부으니 두피와 손이 얼얼하다. 머리에 비누를 문질러보지만 거품은 잘 일어나지 않는다. 시스루처럼 춥지 않은 척하는 게 어렵다. 밖에서 힐끔거릴 인간들에게 약한 모습을 보이고 싶지 않다. 얼음물을 맨살에 퍼붓다 보니 이런저런 잡념들이 사라진다. 몸에서 열기가 배출되며 하얀 수증기가 피어오른다. 머리와 몸을 닦는데 두피와 살가죽에 닿는 수건의 감각이 멀게만 느껴진다.

냉동고에서 나가니 시스루가 몇몇과 이야기 중이다. 자리에 벗어둔 관복을 입고 모포 위에 앉아 벽에 기댄다. 서로들 어떻게 들어오게 됐는지 묻고 답한다. 방 안 사람이 열 명인데 가로로 긴 대형에 아홉 명이 모포를 좁게 깔아 눕고 한 명은 발아래에 눕는다. 그 상태로 나누어져서 대화를 하니 사람들의 목소리가 뒤섞여 들려온다. 정신이 멍해진다. 내뱉어진 모든 단어들과 소리가 섞이어 웡웡거린다. 천장엔 커다란 LED등이 있다.

시간이 지날수록 의미를 지닌 대화는 줄어들고 코 고는 소리와 알아들을 수 없는 잠꼬대가 많아진다. 아직 어머니와 민경이에게는 소식도 전하지 않았다. 검찰청에서 수사관이 연락하겠냐 했지만 사양했다. 뭐라고 해야 할지 몰라서. '나 여기 수원지검인데, 마약수로 잡혀왔어요. 아, 걱정하지는 마세요. 전 지은 죄가 없으니 곧 나갈 거예요.' 이런 말? 못하겠다. 어머니와 민경이 그리고 노랭이를 생각하니 나도 모르게 감정이 북받친다. 눈물이 볼을 타고 흘러내린다. 잠이 오지 않는 밤이다. 양쪽 어깨에는 시스루와 전 봉사원의 어깨가 닿아 있다. 꺼지지 않는 LED등과 함께 뜬눈으로 새벽을 맞이한다.

2018. 02. 10. 토

　오전 6시 30분, 장엄한 느낌의 BGM과 함께 여성의 목소리가 정갈하게 들려온다. '수형자 여러분 좋은 아침입니다. 이제 기상하여 거실을 정리 정돈해주시고 근무자의 지시에 따라 점검 대형으로 앉아주시기 바랍니다.' 여성의 목소리가 흘러나오기 전에 대부분 잠에서 깬 듯하다. 머리에 새집을 짓고 앉아 있던 노인들은 밤사이 화장실을 자주 왔다 갔다 했었다.

　"씨발! 영감, 징역 안 살아봤어? 화장실 문 좀 살살 닫으라고!"

　화장실 앞에서 자던 20대 초반의 남자가 노인에게 욕을 했고 노인은 무시한다. 멀리서 소리가 들려온다.

　교도관이 소리친다.

　"점검! 각방 차렷! 1방! 2방! 3방! 4방!"

　사람들이 서둘러 자리를 찾는다. 빈자리를 찾아 앉으니 다섯 명씩 두 줄로 앉게 되었다. 각지거나 늘어진 다양한 톤의 외침 소리가 들려왔고 8방이라는 소리와 함께 우리도 하나부터 열까지 센다. 마지막 사람은 '열 번호 끝'이라 맺는다. 목소리들이 작다. 가끔 큰 목소리도 들렸지만 우리 방에는 없었다.

연휴가 끝나도 검취를 가지 않았으면 좋겠다고 생각하며 밥을 먹고 씻는다. 주말이 끝나면 설 연휴가 시작된다. 시스루 덕분에 청소도 설거지도 하지 않고 구경만 한다. 때문에 잡생각이 많이 든다.

시간이 고약하다. 이 작은 공간에서 모든 것이 혼란스럽고 생판 모르는 이들은 서로 강한 척, 있는 척하는 연기들을 해댄다. 드라마 배우 같은 그들의 연기를 보고 싶지 않지만 작은 방에서 함께 지내야 하기에 볼 수밖에 없다. 내게는 파란색으로 된 한 장의 작은 천*이 주어졌고 시스루가 그 수번(수용자 번호)을 딱풀로 관복 상의 왼쪽 가슴에 붙여준다. '퍼4022'라는 숫자를 사람들이 자주 힐끔거린다. 내가 만들지 않은 벽이 생긴 느낌이다. 상관은 없지만 왠지 기분이 별로다.

오전 9시 반이 되자 TV가 켜지고 노래와 함께 애니메이션이 나온다. '법은 어렵지 않아요. 법은 불편하지도 않아요. 법은 우릴 지켜주어요.' 그 뒤로 변경되지 않는 유일한 채널**에서 아침 뉴스와 방송들이 나왔고 난 멍하게 바라본다.

"제훈 씨, 투약? 판매? 판매하면 돈 많이 번다면서요?"

전 봉사원이 내게 말을 걸었다.

"아입니다. 친구랑 같이 있다가 끌려왔을 뿐입니다."

"투약하면 느낌이 어때요?"

---

* 각기 다른 색의 수용자 명찰 가운데 파란색은 마약 범죄자에게 부여되는 명찰.

** 교도소에는 '보라미방송'이라는 법무부방송 채널이 유일하다.

시비 거는 건가? 아니라고 했는데…….

"마약 안 했습니다. 그냥 재수 없게 얽힌 것뿐입니다. 본 적도 없습니다."

말을 마치고 나도 모르게 주위를 둘러보게 된다. 전부 안 믿는 눈치다. 전 봉사원은 낮은 감탄사로 내 대답에 불신을 표현했다. '다들 그렇게 말합디다.'라는 뉘앙스다.

2018. 02. 19. 월

설 연휴가 끝났다. 9시가 되자 짐을 싸라는 교도관의 말에 얼마 되지도 않는 짐을 챙겨 시스루와 작별 인사를 나누었다. 나는 엘리베이터를 타고 2층으로 내려가 2사 4방 앞에서 고무신을 벗는다. 철문에는 '마약 초범방'이라고 적혀 있다. 두렵다. 어떤 사람들이 있을까? 들어서니 병아리통보다 반쯤 작은 공간에 다섯 명이 앉아 있다. 전부 거만하고 건방진 표정이고 양쪽 가슴에 파란색 천을 하나씩 붙이고 있다. 왼쪽은 수번, 오른쪽은 방 표식. 난 아직 방 표식은 없다.

다들 나와는 다른 죄수복을 입고 있다. 두꺼워 보이는 하늘색 죄수복. 내가 입고 있는 죄수복이 옛날 군복 같다면 저들의 죄수복은 공장 직원들의 작업복처럼 보인다. 나만 튄다. 다섯의 표정은 다양하다. 키 크고 마른 남자는 주먹왕 랄프를 닮은 놈과 함께 불편한 내색이고 무섭게 생긴 사람은 무관심한 듯 손에 쥐고 있는 책으로 시선을 돌린다. 하얀 얼굴을 한 남자와 누런 얼굴을 한 남자는 무슨 표정인지 모르겠다. 그냥 노골적으로 뚫어지게 쳐다본다. 딸깍 소리와 함께 문이 잠긴다.

"씻고 왔어요?"

누런 얼굴이 밝은 목소리로 묻는다. 반기는 느낌은 아니다.

씻고 왔다고 하니 자기소개를 하라고 한다. 무엇을? 어떻게? 내가 어리둥절하게 서 있으니 나이와 이름, 죄명을 말하라고 알려준다. 신용카드 영업을 다닐 때 고객들에게 셀 수 없이 많은 거짓 소개를 해봤지만 지금 내 소개는 뭐라고 해야 할지 애매하다. 마지막 질문 탓에 불편하다.

"서른셋. 고향은 대구고 임제훈입니다. 잘 부탁드리겠십니다."

마지막 질문은 패스하고 소개를 했다. 무섭게 생긴 사람 빼고 다들 멀뚱멀뚱 바라본다.

"단투(단순 투약)? 소지? 판매? 대마? LSD? 허브? 코카인? 역시 뽕이려나?"

키 큰 남자가 여러 가지 곤란한 질문들을 퍼붓는다. 난감하다. 투약했다고 말하기는 싫다. 내가 마약 때문에 온 것은 확실한데 대답이 궁하다. 버퍼링에 걸려버렸다. 무서운 형이 뻘쭘한 상황을 풀어주려 한다.

"형님. 남는 게 시간인데 나중에 이야기하시죠? 짐부터 풀어."

"홍석아. 신입이 무슨 짐이 있냐. 뭘로 들어왔냐고?"

누런 얼굴이 끼어들자 무서운 형이 짜증을 낸다.

"눈치 없는 만세야. 너는 내가 짐이 많아서 짐 풀라고 했겠냐!?"

왜 만세라고 부르는 걸까? 하여간 누런 얼굴이 안색을 붉히며 입을 다물었다. 키 큰 남자도 자연스레 입이 다물어진다. 저 사람이 이 방의 강자인 것 같다. 그런데 겉모습과는 달리 속이 깊은 사람처럼 보인다. 정말 얼마 없는 짐을 배정받은 곳에 내려놓자 강자가 말한다.

"그것들 다 버리고 이거 써."

강자가 내게 알록달록한 이불 두 장, 두꺼운 회색 라운드 티, 두꺼운 흰 양말, 칫솔, 노란색 수건, 스판 팬티를 꺼내어 준다.

"아입니다. 괜찮십니다."

"너는 괜찮아도 내가 안 괜찮아. 받아."

강자의 말이 이해가 안 된다. 두 눈을 끔뻑이며 앉아 있으니 물건들을 내 쪽으로 밀어주며 다시 말한다.

"관 러닝, 관 팬티, 관 양말을 누가 입거나 신고 있는 게 보이면 내가 짜증이 나거든."

관제 옷이라도 다 입을 만하였고 내게 괜한 동정은 필요 없다. 그리고 아직 구매를 못 했을 뿐이지 돈이 없는 게 아니었다. 하지만 일단은 그의 호의를 받아들이기로 하였다. 투박한 말투지만 가시나 유리 조각 같은 날카로움은 느껴지지 않았으니까.

"고맙십니다. 잘 쓰게요."

"너 나랑 친구네! 친구! 나 상만이야. 말 편하게 하자. 징역에서 동갑 만나는 게 쉬운 일이 아니야. 그리고 방금 너한테 빤스 준 홍석이는 85년생인데 내가 빠른 86이라서 나랑도 친구야. 너도 86이니까 친구하자, 우리 셋 다! 여기 키 큰 형은 경우 형. 저기 키 작은 형은 민수 형. 여기 막내는 성훈이. 그래, 편하게 앉아!"

사회에서 빠른 연생을 왜 찾지? 홍석이라는 남자는 사람이 좋구나. 생긴 거와는 다르게…… 근데 저 사람하고 호칭 정리는 어떻게 해야 하지? 상만이하고는 친구 먹어도 홍석이라는 사람하고는 영…… 복잡해지네.

"상만 씨. 족보 꼬이니까 고마, 상만 씨도 홍석 형과 같이 형 대우해드리겠십니다."

만세는 계속 우기기 시작한다. 그럼 자기하고만이라도 친구로 지내자고. 결국 개족보를 받아들인다. 여기 있는 것 자체가 개 같은 상황이니까. 어느 정도 정리가 되자 키 큰 남자가 거만하게 말한다.

"오늘, 내일은 다른 사람들 하는 거 잘 보기만 해. 이따 물 받고 바닥 쓸고 닦으면 돼."

뭐라는 거야. 내일부터 하라는 건가. 언제부터 하란 거야? 나도 강한 척을 해야 하나? 8층에서 아침을 먹고 가져온 식기들과 수저는 씻어서 두어야 할 자리에 두었다. 화장실 앞자리에 앉아서 모든 것을 보고 듣는다. 만세는 시끄럽고 말이 많다. 홍석 형은 조용히 책만 읽는다. 키 큰 남자는 만세와 말다툼만 세 번을 했고 막내 랄프와 대화를 많이 한다. 랄프는 싫은 내색을 하면서도 다 받아준다. 민수란 사람은 하루 종일 말 한마디 없이 TV를 보거나 편지를 쓰고 잠을 잔다. 참으로 조용한 형이다.

오늘 설거지 당번은 키 큰 남자였다. 키 큰 남자는 밥을 많이도 먹는다. 날씬한 체구에 비해 많이 먹는다 싶어 내심 놀랐다. 그런데 보고 말았다. 키 큰 남자가 설거지를 끝내고서 목에 손가락을 집어넣는 것을. 토하는 것을.

"아이. 더럽게시리. 저렇게 체중 관리해서 뭐 하려고 참나! 이제 은퇴 좀 하지. 나가면 현역 다시 뛴다고 저러고 있다. 선수야 선수. 호빠."

묻지 않아도 만세가 설명해준다. 선수였구나. 정신없는 사이 어느덧 나동 2층 2사 4방에서의 첫날 밤이다. 저녁 9시. TV가 꺼지자 만세와 선수 그리고 조용한 형이 철창 쪽 벽에 붙어서 각자 무언가를 꺼내놓는다. 크기와 색들이 다양한 알약들이다. 만세가 블랙커피를 개봉해서 푸른색 플라스틱 컵에 넣는다. 선수는 컵들 속으로 이불 사이에 끼워두었던 따뜻한 물을 붓는다. 조용한 형은 A4 용지 두 장을 꺼내 한 장은 길게 반으로 접어 바닥에 내려두고 다른 한 장은 4등분으로 접어서 찢는다. 그동안 만세는 화장실에서 빈 커피 봉지를 물로 씻어 나오고 휴지를 그 안에 밀어 넣어 빙글빙글 돌린다. 선수는 전동 면도기를 해체해서 면도기 망을 분리했고 휴지를 뺀 커피 봉지를 만세가 조용한 형에게 다양한 알약들과 함께 넘기자 조용한 형은 알약들을 봉지 안에 넣어 벽에 대고 식기로 지긋이 돌려가며 누른다.

셋은 일사불란하며 은밀하다. 만세는 쇠창살 쪽에 귀를 붙여 레이더를 가동하고 선수는 큰 키로 철문 앞에 서서 스트레칭을 하며 조용한 형을 몸으로 가린다. 조용한 형의 작업이 끝났는지 커피 봉지를 면도기 망에 대고 그 내용물을 조금씩 체에 거르듯 흔들어 넣는다. 다양한 색이었던 알약은 하얀색 가루로 변해서 망에 걸러졌고 망에 남은 찌꺼기들을 다시 봉지로 옮겨가며 정밀한 작업을 반복한다.

다양한 색의 껍질만 남을 때까지 가루를 만들어냈다. 그리고 길게 접은 A4 용지 위에 톡톡 면도기 망을 치면서 하얀색 산맥을 만들고 그 산맥을 다시 세 개의 산맥으로 나눈다. 사이좋게 찢어놓은 종이들은 동그랗게 담배처럼 말아졌고 세 사람은 종이의 끝으로 산소를 이용해서 산맥을 콧속으로 끌어당긴다.

"제훈아, 이거 괜찮아. 물론 뽕에 비할 수는 없겠지만 아주 조금 느낌은 와. 오늘은 양이 적어서 못 주고 내일은 줄게."

만세가 말했다. 내일은 준다고. 내일 저걸 하라고. 저 짓을 하라고.

"아이다, 상만아. 게안타. 투약 안 했다, 나는. 그거 안 해도 게안타."

다들 나를 본다. 이런 눈빛 같다. '뭘로 왔냐 대체?' 혹시나 질문을 해올까봐 옆에 앉아 있는 홍석 형에게 말을 걸기로 한다.

"형님. 무슨 책 읽으십니까?"

"추리소설. 왜? 책 좋아하냐?"

"예. 좋아합니다."

"선반 위 가방에 책 많이 들어 있다. 보고 싶은 거 골라서 봐. 깨끗하게만 보면 된다."

홍석 형도 코로 약을 흡입하는 쪽을 보며 눈살을 찌푸린다. 역시 나만 보기 안 좋은 게 아니었다. 흡입한 세 명은 각자 행동이 다양해졌다. 선수는 텐션이 올라가서 스도쿠를 풀고 있는 랄프에게 장난을 치며 놀았고 조용한 형은 가족사진을 보며 편지를 쓴다. 만세는…… 특이한 행동을 하고 있다. 족집게같이 생긴 걸 꺼냈다. 물어보니 아크릴 거울을 부러뜨려 테이프로 감아서 만든 거라고 한다. 그걸로 임신 9개월 차에 접어든 것 같은 똥배의 배꼽 주위 짧은 털들을 뽑는다. 보기에 좋지 않다. 배꼽 주변을 주로 공략한다.

"또 시작이네, 시작이야. 야! 오늘은 벽에 사진 붙이고 떼고 하지 마라. 알겠냐?"

홍석 형이 주의를 주지만 만세는 대답 없이 배털 한 가닥에 집중하고 있다. 홍석 형은 고개를 절레절레하더니 귀마개를 꽂고 안대를 쓴다. 병아리통과는 분위기가 많이 다른 곳이다. 어제 잠들지 못해서인지 눈꺼풀이 무겁다. 눈을 감으니 부스럭거리는 소리가 들려온다. 봉지 뜯는 소리. 종이 뜯는 소리.

눈이 떠진다. 고개를 드니 홍석 형과 나를 제외한 네 명이 둘러앉아 다과회를 열고 있다. 콜라, 비스코티, 소시지, 떡갈비, 컵라면, 초코파이, 감자칩, 딸기샌드, 소보루빵 등을 꺼내어 신문지 위에 펼쳐두고 먹고 있다. 병아리통에서는 볼 수 없었던 컵라면과 과자, 음료수 같은 먹거리들이 쌓여 있었다. 먹으라고 권했지만 먹을 기분이 아니라 사양했다.

아마…… 내일 검찰에 불려가겠지? 난 눈을 감고 이불을 머리 위까지 뒤집어쓴다.

2018. 02. 20. 화

6시 반. 똑같은 기계음이 들려온다. 기상점검 시간이 돌아왔다. 난 화장실 앞에서 잠을 잤다. 여섯 명이 발을 맞대고 누우니 방이 꽉 차서 발 디딜 틈이 없다. 비몽사몽간에 몇 번이나 다리를 밟히고 차였고 화장실 냄새에 후각이 테러당했다. 변기 물 내리는 소리를 몇 번 들었는지 모르겠다. 에어컨 바람은 덤이었다. 제대로 잠을 못 잤다. 점검이 끝나자 다들 장판 위에 그대로 누워버린다. 빈자리를 찾아 팔짱을 끼고 누워 있으니 8시 30분쯤 인터폰이 나를 부른다.

"4022. 4022."

"예."

지지직 소리가 들리고 다시 나를 찾는다. 크게.

"4022! 4022!"

"네!"

나도 크게 소리쳤다.

"출정 준비하세요."

"연휴 끝나자마자 걸렸네. 너 대체 뭐 하다 왔냐?"

만세의 질문에 쓴웃음을 짓고 얼음물 샤워를 하러 화장실로 들어간다. 씻고 나와 옷을 입고 기다리니 교도관이 인터폰으로 나오라고 말하며 딸깍 소리와 함께 문을 연다. 신발장에 넣어둔 고무신을 신으려 하자 홍석 형이 부른다.

"제훈아. 거기 왼쪽 위엣것 신발 신고 가라. 한 번 신은 거다."

홍석 형이 철창 안에서 깨끗한 운동화를 손가락으로 지목하며 신고 가라고 한다.

"괜찮습니다, 형님. 마음만 받겠습니다."

"안 된다! 향방*의 자존심이 있지. 신고 가. 우리 방 거진 줄 알겠다."

어이없는 이유이지만 고맙게 호의를 받기로 한다. 긴 복도에서 사동 철문 쪽으로 걸어가는 건 나 혼자다. 3방은 '강력 초범방', 2방은 '외국인방', 1방은 '사회복귀실'이라고 적혀 있다. 1방과 철문의 사이에는 소화전과 불조심 포스터가 함께 붙어 있다. 소화전 앞 나무 벤치에 엉덩이를 붙였다가 차가워서 바로 일어선다. 기다리며 주위를 둘러보다가 벤치 위 창문을 통해 나무를 보았다. 가지만 앙상한 나무. 거리가 먼데도 나뭇잎이 없어서인지 새 둥지까지 또렷이 보인다. 새들은 둥지를 비운 듯 보이지 않는다. 작은 창문에도 쇠창살들이 있어 나무 전체가 보이지는 않는다.

"4022? 나오세요."

교도관이 사동 철문을 카드키로 열며 나오라고 했다. 엘리베

---

* 마약수 전용 방.

이터를 타고 1층으로 내려간다. 검색기를 통과하고 신발 속과 몸 검사를 끝내고서 출정대기실로 들어간다. 여기도 버스 대합실 같다. 다만 다들 건들거리며 수갑에 채워지고 포승줄에 묶인다는 것이 다르다. 깽과 함께 조사받았으면 했는데 깽은 보이지 않는다. 버스에 오를 때도, 검찰청에 도착해서도, 비둘기장*에서 포승과 수갑을 풀 때도 보지 못한다.

명령대로 3번 방으로 들어간다. 왜 비둘기장이라고 하는지 알 것 같다. 짧은 시간이지만 공범들이 만나서 중요한 말을 전할 수 있는 장소였다. 교도관들이 저지해도 그때뿐, 여기저기 비둘기장 안에서는 저들끼리 서로 호구 조사를 하며 지인이나 공범들의 소재를 파악하고 전하고 싶은 말을 부탁한다. 난 구석에서 무릎을 감싸고 고개를 파묻어 대화를 거부한다. 온몸으로.

9시 40분쯤 이곳에 도착했었다. 방에서 한 명 한 명 검사의 호출을 받고 나가는데 나는 부르질 않는다. 벌써 한 시간이 지났다. 왜일까? 여기도 10급 공무원이 있다. 역시나 공무원이라서 할 일을 제대로 하지 않는 건가. 화장실은 더럽고 냄새가 난다. 방 가운데 테이블에는 플라스틱 컵과 물병이 놓여 있는데 그 입 주위에 찝찝하게 무언가가 번져 있다.

"점심 먹을 거예요?"

3방에서 검사의 부름을 받지 못한 건 나 혼자다. 나머지는 포승하고 점심을 먹으러 구치소로 돌아갔다. 먹을 기분도 상황도

* 검찰 조사 전에 대기하는 유치장.

아니다. 대답하지 않자 10급 공무원은 식판을 들고 지나간다.

"보소. 아지아."

10급 공무원이 뒷걸음으로 되돌아와 창살 사이로 귀찮아 죽겠다는 눈을 하고서 나를 본다.

"언제 부릅니까? 저 아직 안 불렀는데……."

"그걸 내가 어떻게 알겠어요? 오전은 끝났어요. 검사들도 밥은 먹겠죠?"

10급 공무원의 말투가 곱지 않다. 어려 보이는데…… 속이 부글부글 끓어오른다. 차가운 바닥에 장판이 깔려 있으나 군불은 올라오질 않는다. 벽에 기대어 눈을 감는다. 된장국 냄새만 곱게 올라온다. 소란스러운 소리에 눈을 뜨자 재소자들이 말린 생선처럼 포승줄에 묶여 들어온다. 오전처럼 방에서 한 명씩 사라졌다가 나타났고 오후 3시 30분이 되자 교도관들이 사무실에서 우르르 나오며 철문들을 개방한다. 재소자들은 열린 문을 통해 복도로 나갔고 빠르게 포승줄과 수갑에 묶여 세 명씩 로프로 연결된다.

"저기…… 저는 아직 검사님 못 만났는데요? 이대로 드가도 댑니까?"

나를 묶는 교도관에게 물어보았다. 교도관은 짜증스러운 말투로 왜 이제야 이야기하느냐며 상급자에게 보고한다. 풍채 좋은 교도관이 와서 잔소리를 하더니 담당 검사실로 연락해본다며 사무실로 들어간다. 나를 어중간하게 구속하고 있던 교도관이 말한다.

"구속된 거 처음이에요? 교도관이 말하면 잘 들어요. 뭐든지! 그래야 싫은 소리 안 들을 테니까."

사무실로 들어갔던 상급자가 짜증을 내며 나온다.

"4022! 내일 다시 부른다니까, 오늘은 그냥 가!"

추운 곳에서 초조하게 기다리게 만들고서 내일 다시 부른다고? 그냥 가라고? 저 뚱보는 왜 반말일까. 기분이 나쁘다. 하지만 난 속박되어 있다. 왜 반말이냐고 따지면서 화내고 싶었지만 깽이 참으라고 했다. 조건 없이 참으라고 했다. 침묵으로 대응하며 버스로 끌려간다. 호송버스 창 너머로 사람들이 여기저기보인다. 사람들은 횡단보도에서 신호를 기다리거나 인도 위를 걸어 다녔고, 정류장에서 버스를 기다리기도 하고 육교를 오르락내리락한다. 자유로워 보인다.

법무부 호송버스가 구치소에 들어섰고 나올 때와는 반대 순서로 나동 2층 2사 4방으로 향했다. "어서 와라." "어서 와." "다녀오셨어요?", 다섯 명이 동시에 반겨준다. 조금 어색하긴 했지만 괜찮았다. 그런데 잠시였다. 만세의 속사포 질문에 오늘 있었던 일을 이야기해야만 했다.

"너 검사한테 찍혔네. 내일도 그냥 비둘기장에만 있다가 올지도 모르겠다."

만세의 이야기를 듣고서 상황을 유추한다. 역시나…… 그런 건가?

"제훈아. 너 무슨 상황인 거냐? 너에 대해서 뭐든 알아야 우리가 도움을 주지."

51

홍석 형이 부드럽게 묻는다. 연습 삼아, 만들어둔 대본이나 외워볼까…….

"친구가 중고폰 수출할라 캤는데 영어를 못 하거든요. 제가 예전에 태국에서 가이드 일을 한 적이 있어 친구가 같이 가자 캐가 캄보디아에 갔습니다. 그런데 막상 가보니까 세금이 높아가 마진이 안 맞는 겁니다. 중고폰만으로는 안되겠다 싶어 거기 한국인들 상대로 카지노에서 돈놀이도 하고 환전소도 해가며 법인회사 신청해놓고 속옷 사업 준비하고 있었습니다. 그런데 친구가 마약을 밀수해서 팔고 있었더라고요. 저까지 인터폴 수배된 거 알게 되면서 상황 파악이 됐습니다. 친구가 자수할 끼라고…… 자기가 한국 가서 모든 오해를 풀어주겠다고 기다리달라 캐가 혼자 버리고 오기 뭐해 안 들어오고 있다가 이렇게 됐십니다."

다섯 모두 내 얘기를 귀 기울여 들었다. 표정들이 다양하다.

"너 그럼 캄산이구나? 뽕이지? 나도 캄산 먹어봤는데. 친구 닉네임이 뭐였어?"

만세가 대수롭지 않게 다른 것을 더 궁금해한다.

"마초랑 아이스걸."

내 대답에 임선수는 등을 벽에 기대며 눈동자를 위로 올렸고 랄프는 순진한 얼굴로 자신도 투약은 하지 않았다고 말한다. 임선수가 혼자 다른 아이디들을 중얼거린다.

"그런 아이디들은 못 봤었는데…… 유명한 건 내가 다 아는데……."

"마약왕 납셨네. 마약왕 납셨어. 아니지. 구매왕이지."

만세가 옆에서 임선수에게 핀잔을 줬고 임선수는 눈을 계속 위로 뜨고 무시한다. 생각에 빠진 듯하다. 홍석 형이 걱정되는 듯 내게 물어온다.

"같이 온 친구는 어떻게 조사받았냐? 말은 맞추고 온 거냐? 다른 공범들은 없고? 너도 참 드라마틱하다. 형은 공범 친구가 잡혀 베트남에서 자수했는데 인정을 안 해주네. 검사 새끼가. 지태순 개새끼. 내 친구는 나 내리고 공적 쌓고 자수도 인정받았는데. 첨에는 친구 놈 공적 주고 자수 인정해준다고 해서 들어왔더니 싸가지 없이 조사받는다고 인정 안 해주고 있다. 웃기지 않냐?"

내 담당 검사인데. 지태순 검사.

"너도 담당이 지태순이겠네. 수원에 마약 검사 그 새끼뿐이야. 지태순이가 부산에 있을 때는 공적도 잘 받고 약속도 잘 지켰다던데 여기서는 좆같이 하네. 아주 지 꼴리는 대로야."

홍석 형의 말에 다들 공분하면서 검사를 깐다. 공동의 적인가?

"내일 구매장 나가는 날이야. 너 이불하고 사야지? 구매는 어쩔래? 당장 힘들면 안 나가도 돼. 우리가 넉넉하니까."

만세가 물어온다. 자신들은 모두 풀 구매라고 말하면서. 구매라…… 가져온 달러들은 당장 사용할 수가 없어 곤란한 참이었는데 깽이 영치금 200만 원을 보내왔었다. 필요한 거 사 쓰라면서. '니가 페북 내리라 캐가 애새끼들이 돈 번 거 안 믿고 안 움

직거리잖아. 이참에 거를 놈 거르지 뭐. 힘들겠지만 힘내라!'라
고 적힌 메시지와 함께 어떤 도우미가 창살 사이로 던지고 갔었
다. 벌써 비둘기도 날아오느냐며 만세가 호들갑을 떨었었다. 여
긴 여기만의 비둘기가 많은 것 같다.

"나도 룰에 따라야지. 이것저것 알아가 필요한 것들 쫌 시키
도. 뭘 알아야지 내가."

얼음물을 끼었고서 점검을 받는다. 저녁을 먹고 간식도 먹는
다. 정성 들여 만든 산맥을 코로 흡입하는 것은 사양했다. 천장
에 달린 LED등 불빛이 조금 약해지자 슬며시 눈을 감았다. 이
상황에서도 잠은 온다. 아무것도 한 것이 없는데 피곤하다.

2018. 2. 21. 수

검취를 나갔다. 오늘은 깽과 함께다. 공범 분리 때문에 멀리서 얼굴만 볼 수 있었지만 그것만으로도 기분이 좋다. 오늘도 난 비둘기장에서 오들오들 떨며 종일 기다렸다. 깽은 오전 오후 모두 조사를 받으러 갔고 나는 계속 비둘기 신세였다. 왜 비둘기장이라는 이름으로 불리는 걸까? 앵무새장이라고 하면 안 되나? 이런 쓸데없는 생각을 하면서. 4방으로 들어갈 때 내 표정이 밝아 보였나 보다. 만세가 묻는다.

"오, 밝다!? 좋은 소식이라도 있냐?"

"아니. 친구 얼굴 봐가 카는 갑다."

"아. 같이 조사 잘 받았나 보네."

"아니. 친구만 조사받고 나는 계속 대기였고."

"너 친구는 인정하고 간댔지? 그래서 너를 괴롭히나 보다. 지태순! 떱때가! 밥이나 먹자."

2018. 02. 22. 목

검취. 검찰 조사라고도 부르지만 다들 검취라고 한다. 오늘도 나는 대기조였다. 깽의 샤우팅만 듣고 돌아왔다.

"훈아! 내일 내 믿고 내가 말하는 대로만 대답해라!"

난 다급하게 "어!"라는 말만 뱉어냈다. 무슨 일이 벌어지고 있는 걸까? 깽이 오기 전에 말했던 협상이란 것이 잘 풀리고 있는 건가? 아…… 미리 한국에 돈을 좀 보내놓을 걸 그랬나. 변호사라도 빵빵하게 살 수 있게. 한국에 있는 사람들을 너무 믿지 못했나. 같이 공범 취급을 받을까봐 신경 쓰이기도 했지만, 잡힐 날을 정해두고 잡힌 게 아니라서 결정을 하지 못한 것도 있고…… 지금 어디까지 협상이 진행된 걸까. 잘되고 있는 거겠지. 그러니까 신호를 주고받을 수 있게 검사가 여기에 날 대기시켜둔 거겠지. 비둘기장의 진정한 의미와 용도가 이런 걸까? 초조함과 긴장감으로 지치게 만들고 혼자 있게 해서 많은 생각을 하도록 유도한다. 수많은 상상. 그 상상과 생각들이 나를 조금씩 갉아먹는다.

한국에 도착해서 밤늦게까지 조사받을 때 나는 단답형으로만 부정의 대답을 했다. 그럴 수밖에 없었다. 연기는 할 수가 없었다. 그곳의 공기는 무겁게 나를 짓눌렀고 숨을 고르기조차 힘들었다. 그들의 눈빛은 내겐 살인자의 눈빛이었다.

"너, 이런 식으로 나오면 나중에 후회한다? 다음에 살려달라고 빌지 말고 쉽게 가지. 임제훈이…… 니가 마초지?"

난 답을 하지 못했었다.

"계장님. 그거 내 꺼라 안 캅니까! 내 꺼라 카는데 와 사람 말을 안 듣는겨!"

"김형민이. 너는 가만히 있어. 너한테 묻는 거 아니다."

나는 떨리는 목소리로 작게 답했다.

"제 꺼 아닙니다."

"검사님이 니들 좋게 보고 계시는데…… 이런 식이면 곤란해. 계속 이러면 최대구형 주실 거야. 임제훈이, 너만 나가고 김형민이는 오래 갇혀 있는 게 좋냐? 니 친구는 언제 나갈지 몰라! 김형민이 혼자서 다 했다는 게 말이 된다고 생각하냐? 잠도 안 자고, 하루 종일 그랬다는 게 말이 돼? 나보고 그걸 믿으라는 거야?"

가능한데…… 나 혼자서 했는데…… 쏭과 광수의 도움이 있기는 했지만, 혼자 충분히 가능한데…….

"계장님. 두 달까지는 장사도 안 됩디다. 내 혼자서 했다 안 캅니까! 점마는 내하고 같이 있었을 뿐이고. 안 믿는 기 계장님 일이니까 그렇다 치드라도. 진짠 거를 우짭니까? 카머 원하시는 대로 거짓 진술합니까. 내, 최대구형? 주이소! 나는 다 인정한다 안 캅니까. 예?"

깽이 날 대신해 정계장 앞에서 대본을 읽었다. 내 감정 연기는 억울함과 불쌍함이었는데 결국 나는 하질 못했고 깽이 나 대신 답답한 감정을 표현했다. 난 그날 입을 거의 다물고 있었다. 이런 식의 협박이나 분위기를 이미 경험했던 깽의 이야기를 듣고 또 들으며 이민국에서 수많은 연습을 했지만 현실은 달랐다.

"임제훈이…… 어차피 니 밑에 공범들 진술이 있어서 너 못 나가게 하는 건 일도 아니야. 쉽게 가자. 어!"

책상 너머 앉아 모니터에 얼굴이 반쯤 가려졌던, 깡패처럼 생긴 수사관. 우릴 데리러 왔었던, 조진웅을 살짝 닮은 그 남자가 무심한 눈빛으로 노려본다. 내 목젖에 날카로운 무언가 들이밀어진 것 같았다. 그의 눈빛, 목소리, 앉은 자세, 쭉 뻗은 어깨의 각도. 그에게서 풍겨 나오는 모든 것이 위협적이었다. 검사실의 다른 수사관들은 똑같이 생긴 책상과 모니터 뒤에서 키보드를 두드리고 있었다. 그 모든 상황이 나를 무겁게 짓눌렀다. 결국 내 머릿속의 대본은 하얗게 증발되었다.

"점마 생긴 걸 보이소! 마약, 그런 걸 팔 수 있을 것 같십니까? 카고 점마하고 내는 투약도 안 했는데. 무슨 밀수랑 판매를 자꾸 낑굴라 캅니까? 내가 다 했다 안 캅니까! 점마는 내 때문에 같이 있었을 뿐이고. 저 새끼 저거 돈놀이나 하고 환전소에서 빈둥거리고 있었는데 무슨…… 인터폴 뜬 사실 알고 나서 지 먼저 들어올라 카는 거 내가 붙잡아가 같이 있었던 깁니다. 내 친구라가 밑에 아들이 오해한 거 긋은데 점마 전과도 없는 놈이고 검찰 조사도 당연히 받아본 적 없십니다. 바짝 얼은 놈 데리고 말 안 되는 기획 만들지 마시지예. 날아간 실적 이렇게 채울라 카는 깁니까? 내랑만 이야기하입시다. 그 인상에 아가 쫄아가 말도 제대로 못 하고 있다 아입니까. 내한테만 물어보소!"

나는 침묵하거나 "예." "아니요." 같은 단답만 했다. 어깨는 축 처져서 좁아진 채 앉은 자세는 한없이 공손하였고, 깍지 낀 두 손은 허벅지 사이에 쏙 들어가 있었다. 지태순 검사는 취조 마지막쯤에 나타나 우리 뒤를 스쳐 지나가며 한마디 했다.

"너거가? 대구 망신시킨 놈들이? 하필이면 고향 놈들이고. 마음 약해지게. 약은 와 안 먹었노? 약 안 먹고 판 게 더 나빠 새끼들아! 정계장, 조서는 마무리됐지요?"

"아직입니다. 한 놈이 인정을 안 하네요."

"그럼 그대로 마무리하고 보내세요. 징역 더 받고 싶다는데 원하는 대로 해줍시다."

"임제훈이. 이렇게 마무리하면 판사들이 더 안 좋게 볼 텐데, 감당되겠어?"

검사는 대구 출신이었다. 대구 망신? 대구 출신 검사님은 고향의 위신을 더 걱정하시는구나. 그게 우선이구나. 투약을 안 한 건 왜 나쁘다는 걸까? 처음부터 차라리 마약은 왜 팔았냐고 화를 내지…… 그는 권위주의자로 내 기억 속 깊이 각인되었다.

2018. 02. 23. 금

호송버스를 타고 구치소를 벗어날 때마다 지나치는 길. 그곳에 설치되어 있는 차단기가 위로 올라가면 심장이 철렁거린다. 차단기는 버스가 지나가면 내려갈 것이다. 단두대의 칼처럼 떨어지는 그 움직임에 때론 심장이 옥죄는 듯하다. 창밖에서는 사람들이 자유로이 걷고 서고 운전한다. 신호 대기 중 옆 차선에 멈춰 선 차의 운전자가 보인다. 두 손이 자유로운 남자. 왼손에는 담배가 들려 있고 창문은 반쯤 열려 있다. 자유가 이렇게 부러운 거였던가.

법원과 검찰청이 한 장소에 있는 곳에 버스가 들어선다. 비둘기장으로 들어가기 전 그 앞에 커다란 철문이 버티고 있다. 그 문이 올라가고 내려져야만 버스에서 내릴 수 있다. 비둘기장에 도착하니 드디어 곧바로 호출되어 올라간다. 깽과 포승줄이 연승되어 가까운 거리에서 뒷모습을 보며 걸어가던 중 깽이 뒤로 고개를 돌리며 환하게 웃는다.

"여, 박사. 봇짐 쫌 장만해놨나?"

"필요한 것들 시키달라 캐놨다."

"초범방이라 아는 것들이 있을라나…… 일단 침낭 하나하고 여름 이불 두 개 사라. 더 사머 짐 된다. 여기는 군불 때주니까 안 추울 끼야."

대답하고 싶지만 하지 않는다. 젊은 교도관의 협박이 예사롭지 않다.

"징벌 가고 싶습니까? 재판에 불리하게 만들어줘요? 공범끼리 이야기하지 말라고 몇 번을 말해야 됩니까?!"

무시할 수 없는 협박이다.

"아따 마, 우리 신뺑님이 FM이시네. 때가 덜 타셨어. 안부 묻는 긴데…… 쫌 봐주이소. 사건 이야기하는 것도 아인데."

장난스럽게 내뱉는 깽의 친근한 말투에 나뭇잎 세 개를 단 부장이 피식 웃으며 끼어든다.

"형민아, 안 되는 건 안 되는 거야. 자기 할 일 잘하는 애기한테 왜 그러냐?"

"오부장님요. 너무 빡빡한 거 아입니까? 후배가 본다고 안 하시던 FM을 할라고 하시네요."

친한가 보다. 깽이 친근하게 대하고 있다. 오부장도 웃는다.

"으이그. 너 때문에 니 친구만 고생이네, 고생이야."

"그라이깐요. 검사가 뭐땜에 약 올라가 저카는지는 너무 잘 알겠는데, 치사하게 애먼 놈 잡을라 카네요. 점마 저거 불쌍합니다. 부장님, 혹시라도 사동 배치되며 잘 쫌 챙기주이소."

"다음에 어디로 배속될지 모른다."

깽과 오부장의 대화를 들으면서 무거운 공기 가득했던 검사실로 다시 이끌려왔다. 깽과 오부장의 대화가 끊긴다. 깡패 계장의 앞에는 의자 두 개가 놓여 있다. 포승줄과 수갑에서 풀려난 난 뒤 깽과 나는 의자에 앉혀진다.

"커피? 녹차?"

정계장의 사무적인 물음에 깽이 나를 보며 농담하듯 가볍게 답한다.

"주시면 묵지요. 드립 커피 한잔 주이소. 아, 아이스로. 니는 뭐 물래?"

"……커피숍 커피는 아니지만 마실 만할 거다. 정석 씨. 카누로 준비해줘. 교도관님 피곤하실 텐데 차 한잔하시면서 잠시 쉬고 계시죠. 제가 책임지겠습니다."

오부장이 곤란한 표정으로 안 된다고 이야기한다. 검사가 뒤에서 자신이 책임진다는 한마디를 보태니 오부장이 고개를 절레절레 흔들며 의자에 털썩 앉는다. 그만의 항의 표현 같다. 검사는 서울 말투를 쓰려는 듯했지만 중간중간 경상도 억양이 튀어나왔다. 깡패 계장과 정석 씨가 우리를 휴게실이 아닌 외부 계단으로 데려간다. 계단 층계에는 여러 종류의 담배꽁초들이 버려져 있고 가래침들로 지저분하다. 꽁초를 버릴 종이컵이 있지만 계단이 재떨이가 되어 있었다.

"김형민이. 결정했냐?"

깡패 계장이 깽에게 묻는다. 결정 여부를.

"선택의 여지가 없네요? 우리 먹살 잡고 계신 분들한테 맞차야지요. 그란데…… 믿어도 댑니까? 변호사 대동해가 조서 꾸미고 싶은데. 예쁘게 검사님 원하시는 대로."

깽의 결정에 깡패 계장은 불편한 표정이 된다. 계장이 우리에게 담배를 한 개비씩 내민다. 니코틴이 적고 얇은 담배지만 보름 만에 피우는 거라 그런지 몸속에 들어간 담배 연기가 온몸을 전율시킨다. 설명할 수 없는 기분이 느껴진다. 다시 한번 깊숙이 빨아들이고 길게 내뿜는다. 추위 속에서 피우는 담배 연기는 숨 쉴 때 나오는 입김과 똑같다. 하얀색. 진한 하얀색이다.

"김형민이…… 이 상황에 변호사를 부르면 검사님이 협상 안 하실 거다. 검사님이 약속은 꼭 지킨다고 하셨으니까. 생각 잘해. 검사님이 마지막 기회를 주는 거야. 미안한 부분이 없지 않으니까."

"나는 캄보디아에서도 약속했던 거 지켰습니다. 누구들이 굼벵이처럼 느리 터지가 빠그라진 거지."

"그래서 결론은?"

"훈아. 내 믿나?"

눈썹을 갈매기 모양으로 만들며 깽이 말한다. 자기를 믿느냐고. 지금 믿을 사람은 너뿐인데. 깽은 무언가 선택을 한 것 같다. 분명 그게 최선이라 선택했을 것이다. 이 상황이 아니더라도 이제 내가 숨 쉬며 살아갈 세상에서 믿을 수 있는 사람은 세 명뿐. 어머니와 민경이 그리고 깽. 그러니까 어떤 결과가 나오더라도 깽의 선택을 믿는다.

"믿는다."

"그래. 계장님이 묻는 거에 내가 말하는 거 고대로 따라 해라. 알았제?"

갈매기 눈썹이 날갯짓을 하듯 점점 아래로 내려온다. 나는 고개를 끄덕인다. 깡패 계장이 들어가자 말하곤 시원하게 오줌이라도 갈긴 듯 부르르 떨며 옷깃을 여민다.

"한 대 더 풋고 드가입시다. 언제 또 필지 모르는데. 둘이서 피우게 해주며 더 좋고."

"……그러든가."

계장이 얇고 약한 담뱃갑을 내민다.

"아, 쫌! 쎈 거 피우이소! 생긴 대로 놀아야지 사람이……."

계장이 담뱃갑을 거두며 한숨을 쉰다. 담배 연기만큼 새하얀 입김이 크게 퍼져 나온다. 계장이 옆에 있던 허수아비를 바라본다. 허수아비는 밀짚모자 대신 야구 모자를 쓰고 있다. 허수아비는 떫은 표정으로 말보루 라이트를 꺼낸다. 아섭다. 난 레드가 좋은데. 우린 서로의 얼굴에 연기를 뿜어내며 흐릿한 시야 사이로 미소를 보낸다. 미소가 쓸쓸해 보인다. 확신은 없는 걸까? 하긴, 무엇을 확신할 수 있을까? 돈은 모두 다른 곳에 있다. 그것이 이제 우리의 전부다. 심해에 머물다가 수면 위로 올라갔을 때 다시 가라앉지 않게 해줄 구명줄이다.

"시작하자. 임제훈이 니가 마초지?"

조서 꾸미기가 시작되었다.

"아입니다. 마초는 김형민이고. 형민이가 잘 때 연락 오면 깨워준 적은 있습니다."

옆에서 깽이 말하고 나는 앵무새처럼 따라 읊는다. 계장은 타이핑을 한다. 검정색 키보드를 누른다. 느리다. 느긋한 건가?

"그럼 너가 쓰던 아이디는?"

"뽕구. 인터폴 수배된 거 형민이한테 듣고 곧장 한국으로 들어올라 캤는데 형민이가 말렸습니다. 저 혼자 한국 드가며 오해 풀기 어려울 거라고. 형민이 상황이 불쌍하기도 해서 같이 한국에 오려고 했습니다. 그러다가 경제적으로 힘들어서 계정을 만들기는 했지만 마약을 판매하지는 못했습니다."

"광고는 누가 했지?"

"뽕구 아이디는 제가 광고했습니다."

"2017년 9월 10일 강수종이하고 통화한 적 있어 없어?"

"형민이 부탁으로 통화했었습니다. 그런데 그게 밀수였다는 것은 몰랐습니다. 인터폴 수배 사실도 뒤늦게 알게 되었고 그때서야 그게 밀수였다는 걸 알게 되었습니다."

"문강규, 강수종이가 김해공항 2번 게이트 앞에서 만날 수 있게 해줬지?"

"네."

"처음에 마약이랑 관계가 없었다면 캄보디아에는 왜 간 거지?"

"형민이가 중고폰 수출입 사업을 하자고 해서 갔습니다."

"사업은 했고? 증명할 수 있는 내역은 있어?"

"아뇨. 시작도 못 했습니다. 세금을 대당 30달러씩 매겨서 단가가 맞지 않아 포기하고 화장품 법인회사 신청하고 허가 나올 때까지 환전소랑 개인 돈 대출해주고 있었습니다."

"우정근, 조영강, 문강규 알지?"

"예. 얼굴은 본 적 있습니다."

"우정근, 조영강, 문강규는 니가 마초라고 일관되게 진술했는데. 거기에 대해서는 어떻게 생각해?"

"제가 형민이 친구고, 같이 있었으니 그렇게 추측했을 거라고 생각합니다."

"문강규는 체포되던 날 100그램을 도매거래 했었는데, 임제훈이 니가 지시해서 갔다고 진술했어. 맞아?"

"아입니다. 만나게 해준 건 맞지만 지시한 적은 없습니다. 지시는 형민이가 한 것으로 알고 있습니다."

"일정 부분은 관계가 있고, 인터폴 수배 후에 마약 판매를 시도했었고, 광고도 했었다. 그치?"

"예."

"압수된 장부 속에는 1그램 70, 1그램 80, 등등 여러 가지 내용들이 구체적으로 적혀 있어. 넌 판매를 하지 않았다는데 장부속에는 왜 박사라는 별명 옆에 판매 금액과 무게들이 적혀 있었을까?"

"김형민이 직접 판매하는 걸 호만택이 싫어했고, 그래서 제별명을 적어 넣은 걸로 알고 있습니다."

"손빈은 니가 휴대폰을 여러 개 가지고 다니면서 '장사해야해서 바쁘다.'라고 말했다고 했어. 왜 그런 말을 했지?"

"돈 빌려준 사람들이랑 환전소 손님들과 연락을 유지해오던 중이었습니다. 손님을 구분해서 관리했기에 휴대폰 두 개를 가지고 다녔습니다. 손빈이 오해한 것 같습니다."

66

"2017년 6월 25일에 캄보디아로 출국 전, 우정근은 임제훈이니가 자기한테서 체크카드와 공인인증서가 들어 있는 USB를 받아 갔다고 말했어. 사실이야?"

"형민이한테 전해달라고 부탁해서 받아 간 겁니다. 박스로 되어 있어서 그 안에 그런 게 들어 있는지 몰랐습니다."

"마지막으로 하고 싶은 말은?"

"죄송합니다. 모르고 했더라도 잘못이라고 생각하고 반성합니다. 전화 몇 번 문자 몇 번이지만 용서를 구합니다."

깡패 계장은 조서를 프린트했고 반듯하게 정리해서 가져왔다.

"읽어보고 틀린 부분 있거나 고치고 싶은 부분 있으면 말해. 없으면 지장 찍고."

확인할 필요도 없는 서류들을 확인할 동안 깡패 계장과 깽이 대화를 나눈다.

"김형민이. 정리 확실하게 해, 알겠냐?"

"알겠심다. 계단에서 커피 한잔 안 줍니까?"

"적당히 해라. 교도관님들 곤란해하신다."

깡패 계장이 푹신한 의자에 등을 기대고는 목 뒤로 깍지를 끼우며 말한다. 후련한 표정과 찝찝한 표정이 섞여 있다. A4 용지에는 지장을 찍을 곳이 많다. 허수아비가 A4 용지를 반으로 접고서 접힌 경계선에 겹치게 지장을 찍으라고 한다. 몇 번이나 찍었는지 모를 만큼 여러 차례 지장을 찍고 나자 가보라고 한다. 우리가 플라스틱 의자에서 일어나자 교도관들이 다가와 수갑을 채우고 포승줄을 묶는다. 깽이 밝게 이야기한다.

"훈아. 내가 우찌 해볼 테이끼네. 참고 기달리라. 그래도 향방이라가 재미는 있을 끼야."

"재미없는데? 존나 시끄러운데!"

깽은 내 대답에 킥킥거린다. 상상이 된다는 듯이.

"제훈이? 말 편하게 해도 되지? 너희 방 애들도 코킹하냐?"

오부장님이 내게 질문한다.

"……그런데 코킹이 뭔지……?"

"코로 약 먹는 애들 없더냐?"

"있습니다."

"그래. 없을 리가 없지."

"니는 하지 마라이. 주기뿐다."

오부장님의 말이 끝나기 무섭게 깽이 충고와 협박을 한다. 하얀 산맥을 코로 흡입하는 것을 코킹이라고 하는구나.

"박사야. 말뿐인 약속이긴 해도 지킬 끼다. 지검사가 약속은 잘 지킨다 카드라. 내 캤제? 니는 나가게 해준다고. 생각 정리나 하고 있그라. 먼 뜻인지 알제?"

깽이 걸음을 앞으로 옮기며 뒤에 매달려 가는 내게 말한다. 따뜻하다. 마음이 포근해진다. 비둘기장으로 돌아오니 오후 3시 반이 지나 있다. 2월 말이 다가오고 있다. 4시가 거의 다 되어서야 버스는 출발한다. 창밖의 사람들은 여전히 움직이고 멈춰 선다. 움직여야 할 때와 멈춰 서야 할 순간에 자유 의지로 걷거나 멈춰 선다. 나도 저런, 사소하지만 소중한 자유가 있었는데…….

2018. 02. 27. 화

어제도 오늘도 검취는 없었다. 혹시 형민이만 검사와 깡패 계장이랑 그 암울한 검사실에서 홀로 싸우고 있는 걸까? 방에서 내가 말을 들어만 주어서인지 만세와 임선수가 번갈아가며 내게 말한다. 귀찮다. 귀가 많이 피로하다. 둘은 틈만 나면 말싸움을 한다. 며칠 전엔 서로 욕을 하며 주먹을 든 채 이마를 맞대기도 하였다. 아무도 말리지 않아 내가 말리려 하자 홍석 형이 그런 나를 말렸다.

"냅둬. 말뿐이야. 둘 다 못 싸워. 집유 받으려고 하거든. 둘 다 희망 사항이긴 하지만."

만세와 임선수는 매일 싸우면서 코킹 시간만 되면 협력한다. 약을 합치고 망을 본다. 코킹할 때만큼은 동맹군이다. 하얀 산맥이 사라지면 각자의 구역으로 돌아간다. 만세는 배꼽 주위의 털을 뽑고 임선수는 눈을 감고 벽에 기댄다. 둘 다 킁킁거리면서 축농증 걸린 것처럼 불편해한다.

운동이 없는 일요일과 일주일에 한 번뿐인 야외 운동을 제외하면 평일에는 30분의 운동을 좁은 공간에서 한다. 흡연실 같은 작은 공간에서 두 방씩 차례로 운동을 시켜주기에 그날그날 운동 나가는 사람들이 다르다. 임선수가 뒷짐 지고 슬렁슬렁 걸으며 내게 필요 없는 주의사항을 말하고 충고를 하였지만 내게는 쓸모없는 것들이다.

"나가면 단약해라. 형은 꼭! 단약할 거다. 그리고 상만이 새끼랑 친하게 지내지 마라. 니 인생에 도움 안 될 새끼다. 병신 중에 상병신이지. 만세조*는 가까이 두는 게 아니다."

나는 속으로 말한다. '임선수 니가 하루에 한 번은 가장 가까워지던데. 상만이가 그렇게 나쁜 놈 같지는 않고.' 임선수가 운동을 나가면 나는 가능한 한 나가지 않으려 한다. 상만이는 오전 오후 가리지 않고 코를 골며 잔다. CRPT**가 와서 깨우지 않으면 일어나질 않는다. 사동 주임도 포기한 자유로운 탱크다.

"내가 저 새끼를 존나게 싫어해! 여자나 등쳐먹는 새끼가 방배동에 카페를 가지고 있었는데 여기 들어오면서 변호사 통해 정리했다는 거야. 내가 동생 시켜 확인해봤는데, 씨발! 구라였어. 입만 열면 구라치고 모사치고 진짜 나잇값 못 하는 새끼야. 저 새끼하고는 멀리하는 게 좋아. 병신이 무통장 입금할 때 ATM 기계 하나에서 돈 뽑고 입금해 잡힌 새끼야. 멍청해. 뇌가 없어, 뇌가."

난 어쩔 수 없이 듣고만 있다. 청각을 사라지게 할 수는 없으니까. 대답은 하지 않는다. 그들 사이에 엮이거나 꼬이고 싶지

---

* 약에 취해 스스로 쫓기는 기분 탓에 자수한 사람을 뜻하는 은어.

** Correctional Rapid Patrol Team. 법무부 기동순찰대의 영어 약자. 검은색 기동복을 입고 다녀 수용자들 사이에서 까마귀라 불리기도 한다.

않다. 조용한 형은 상고재판 때문에 어제 아침 여주교도소로 이송을 갔다. 요즘 난 잡생각을 하기 싫어서 홍석 형의 책들을 읽고 있다. 책 속으로 도망쳐 들어가면 현실을 잠시 잊을 수 있다. 나와 깽의 재판 결과, 그리고 어머니와 민경에게 아직 연락하지 않고 있는 마음의 짐까지.

"만세야! 씻고 밥 먹어! 쩝쩝 소리 좀 그만 내고!"

만세를 향해 임선수가 도발적으로 말한다. 맞는 말이긴 한데 그 속에 기다란 가시가 박혀 있다.

"뭐라는 거야. 일부러 오바이트나 하는 새끼가 어따 대고 지적질이야? 아까운 음식 처먹지를 마!"

답은 더 길고 날카로운 가시가 되어 돌아간다.

"만세 친 병신이 징역 와서도 병신 짓만 골라 하는구나! 벌벌 떨면서 살려달라고 누가 쫓아온다고 파출소 입구에 공손하게 주차하고 대한민국 짭새 만세를 외치면서 지랄했겠지, 병신."

임선수가 또 다른 뾰족한 가시를 날린다. 오늘도 둘은 정해진 일과처럼 가시 돋친 말들을 주고받는다.

"둘 다 그만! 밥맛 떨어지게…… 시원하게 주먹으로 맞붙든가! 징벌이 그렇게 무섭냐? 제대로 싸우지도 않을 거면서 매일 뭐하는 거야!!!"

홍석 형의 불같은 호령에 둘은 다시 조용해진다. 만세와 임선수는 단투였고, 홍석 형은 밀수 판매로 잡혔다. 홍석 형은 집행유예를 기대하지 않는다. 그래서 둘 다 홍석 형에게는 찍소리도 못 한다.

"홍석아. 징벌이 무서운 게 아냐. 난 집유 때문에 참는 거야! 알지? 너도 저 새끼 나잇값 못 하는 거?!"

만세가 홍석 형에게 조신한 어투로 이야기한다.

"너도 똑같아 새꺄! 성훈이 앞에서 안 부끄럽냐? 쌍집*은 꿈 깨! 니가 재벌 3세라도 되냐? 준재벌이라도 돼?"

홍석 형의 논리적인 핀잔에 만세가 랄프를 보았다가 홍석 형에게로 고개를 돌린다.

"성훈이한테는 부끄럽지. 근데 성훈이도 저 호빠 새끼 싫어해!"

"너는 좋아할 것 같냐? 정신 좀 차려, 병신아."

홍석 형의 마침표. 그 뒤로 취침약이 나올 때까지 방은 조용해진다. 뽕쟁이들이 약을 먹는다. 수면제와 신경안정제 그리고 허가를 받아 처방전으로 들어온 다이어트약까지 다양하게. 이들에게는 그냥 일반인들이 먹는 두통약이나 다를 바 없다. 저 약들을 코로 흡입하고 난 뒤 벌어지는 파티를 보면 다이어트 같은 건 안중에도 없다는 게 빤히 드러난다. 일련의 반자동화 공정이 끝나자 코로 약을 먹은 뽕쟁이들은 각기 밤을 보내기 위해 자리를 잡는다. 홍석 형의 눈치를 봐서인지 눈만 감고 있을 뿐 배털을 뽑거나 잡지를 찢거나 헛소리를 하지 않는다. 그리고 들려오는 메아리들.

9시 10분쯤 되면 누군가를 미워하는 건지 그리워하는 건지

---

* 두 번 연속 집행유예를 받는 것.

다양한 괴성들이 구치소 안을 울리며 맴돈다. 오늘은 누군가를 그리워하는 모양이다. 커다랗게 이름을 부른다. 저 이름의 주인은 어디에 있을까? 옆방에서는 누군가가 노래를 부른다. 김광석의 「이등병의 편지」다. 두 소절쯤 불렀을 때 욕 소리가 터져 나왔고, 이어 다른 목소리가 백지영의 「총 맞은 것처럼」을 부른다. 듣기 불편하지 않다. 쉽게 잠들지 못하는 밤, 노랫소리가 어둡고 좁은 공간 속으로 부드럽게 녹아든다. 노래가 끝나자 만세가 박수를 치며 호응한다.

"캬! 잘 부르네. 어느 방 누구실까? 그럼 나도 한 곡 뽑아볼까. 첵첵 암 언더……."

약발이 올랐는지 이제 눈치고 뭐고 없다. 무슨 단어인지 도통 알아들을 수 없는 랩을 한다. 누구의 랩인지는 첫 소절에서 바로 알아챘지만 읊어대는 가사는 엉망진창이다. 그 대신 사동이 빵 터져버렸다. 양 옆방 사람들의 웃음소리가 끊이질 않는다. 우리 방도 너나 할 것 없이 배를 잡고 웃는다. 박수가 비트처럼 내려오고, 앵콜 요청이 끊이질 않는다. 사동에 장문복이라는 별명이 생길 것 같다. 웃을 일 없는 이곳에 가끔 웃음을 주는 사람도 있다.

2018. 02. 28. 수

 뉴스에서 마약 사건 보도들이 끊이질 않는다. 구치소의 마약 사범들은 이런 때 재판 받는 것이 자신들의 재판에 불리한 건 아닌지 걱정을 한다. 물론 나도 마찬가지다. 작년 7월에 터진 정치인 아들의 마약 사건 관련 보도도 나온다. 기억난다. 당시 사건은 사회적으로 크게 이슈화되었고 그 때문에 특례법인가 특가법인가 하는 것까지 만들어졌다. 내가 캄보디아에서 한국으로 송환되기 이전에 필로폰 4그램을 밀반입한 전 경기도지사 아들이 채팅 어플에서 함께 마약을 즐길 여자를 찾다가 성북경찰서 여경한테 모텔에서 현행범으로 체포되었다고 한다. 그는 과거 마약 전과가 없다는 이유로 서울중앙지법 1심에서 징역 3년에 집행유예 4년을 선고받았다.
 또 다른 뉴스에서는 SNS로 마약을 구입하고 투약하는 국민들이 점점 많아지고 있다고 보도한다. 어둡고 무거운 사회적 이슈가 되어가는 것 같다. 마약 유통 판매책들은 불특정 다수에게 인터넷으로 마약을 마구잡이로 판다고 한다. 맞다. 내가 그렇게 팔았다. 돈만 준다면 약을 주었다. 누가 약을 사가는지 알 필요도, 상관도 없었다. 그 누구도 자신이 누구인지 밝히지 않았다.

나중 안 것이지만 그런 불특정 다수의 사람들 속에는 고등학생, 가정주부, 취준생 등 길거리에서 쉽게 마주치는 일반 서민들은 물론 막일꾼까지 있었다. 당시 난 대부분의 구매자가 유흥거리를 찾는 재벌이나 연예인 혹은 돈을 가진 여유로운 사람들인 줄만 알았다. 그렇지만 아니었다. 누가 사는지 왜 사는지 관심도 흥미도 없던 난, 그저 내 손에 들어올 돈만 생각했었다. 그땐 돈 있는 자들이 더하다는 생각만 하며 값을 깎아주고 팔았다.

뉴스에서는 마약 사건과 국정농단 같은 보도들이 연이어 쏟아져 나온다. 하루 늦게 접하는 스포츠 뉴스에서는 평창 동계 올림픽 소식들이 나오고 컬링이라는 비인기종목에서 여자팀이 선전 중이고 '안경 선배'가 부르는 '영미'라는 이름이 화제가 되고 있었다. 세상과 멀리 떨어져 있다는 게 느껴진다. 하야당한 전 대통령은 친구인지 동생인지 언니인지 알 수 없는 여자에게 휘둘려 국정을 개판으로 만들고 피부 관리나 받고 다녔다는 뉴스도 볼 수 있었다. 그 중간중간에 투약자들이 체포되었다는 소식도 들린다. 그런 뉴스는 그만 나왔으면 좋겠다. 내가 받아야할 재판에 악영향을 줄 것 같았다.

내가 사라고 강요한 것도 아니었고, 허공에 약을 막 뿌려대며 마약의 나라로 만들려는 의도도 없었다. 그저 돈을 가지고 싶었다. 내가 직접 필로폰을 투약해보지 않았으니 투약을 하면 어떤 느낌이고 어떻게 되는지 알 도리가 없다. 이젠 어떻게 하면 마약으로 돈을 벌지 알 것 같다. 이곳에 있는 동안 더욱 안전한 방법을 습득해 여기서 나가면 다시 장사를 해야겠다. 오래지 않아

난 나갈 테니까. 깽이 그렇게 만들어준다고 약속했으니까. 검찰
에서도 나를 최하선으로 해준다고 약속했으니까. 석 달 정도만
견디면 되겠지? 봄과 여름의 그 사이, 볕 좋은 날에 내 가족들
을 만날 수 있겠지. 깽의 가족들도 만나서 챙겨야 하고 해야 할
일이 모래처럼 많겠구나. 기록하자. 난 뭐든 잘 잊어버리니까.
물건도. 기억도. 감정도.

아침까지 소란스럽다. 계속된 소란은 4방에서의 소란이 아니다. 어제 옆의 옆방, 독방으로 이사 온 사람이 새벽부터 지금까지 저러고 있다. 10~15분에 한 번씩 팡 소리가 나도록 철문을 내리치는 것 같았고, 20~30분 사이에는 으악! 하는 비명 소리가 요란하게 울렸다. 그 방 복도에 위치한 대부분의 방 사람들에게 피해가 갔을 것이다. 물론 다들 가만히 있지만은 않았다. 교도관도 호출했고 소리도 질러댔다. 몸이 갈 수는 없으니 목소리로라도 저자를 죽일 듯이.

"자라, 씨발놈아!"

"으악이가 누구여! 대답 좀 해주고 자라!"

"내일 운동시간 때 보자 개자식아. 죽여버린다!!!"

그렇게 새벽까지 불편한 이웃이 장악했던 지역은 아침이 오자 거짓말처럼 잠잠해졌다. 다들 뒤늦은 아침잠을 자느라 그런지 사동이 조용하다.

도우미가 와서 한탄을 한다. 향방은 항상 무엇이든 여유로우니 도우미들은 필요한 것이 있으면 우리 방을 가장 먼저 찾아온다. 올 때마다 우리는 아낌없이 주고 도우미들은 자신들이 해줄 수 있는 범위 안에서 우리에게 편의를 봐준다. 만세가 도우미 담당이다.

"썩을! 씨발. 헐렁하게 나사 풀린 놈이 하나 와서 돌겠다! 미친놈이라면 먹고 싶대서 조용히 하라는 의미로 줬더니 다 불어 터진 컵라면을 주임 지나가니까 드시라면서 식구통으로 뿌려버리네. 막둥이는 청소하고 주임은 바지 갈아입으러 가고. 난리다 난리. 맛 간 놈 때문에 당분간 고생하게 생겼어."

"에헤이. 큰일이네, 우리 형. 형 피곤한데 변비 안 생기겠어? 불가리스 좀 드려봐? 저 양반은 성함이 어떻게 되신데?"

"이름? 장호라고 적혀 있더라. 연장호? 윤장호?"

만세가 철창 밖으로 입술이라도 나가려는 듯 가까이 다가선다.

"장호야! 맛있는 거 보낼게. 많이 먹고 힘내. 사랑해!"

만세가 나긋하게 소리 지르곤 간식을 종류별로 두 개씩 꺼내어주며 말한다.

"형님도 당 충전하시고 장호도 하나씩 줘. 4방에서 상만이가 걱정 많이 한다고 전해주시고."

매일 아침 9시에 접견을 나가는 홍석 형이 철문을 나선다. 새로 온 신입도 임선수 옆에서 잠을 자고 있다. 신입도 코킹파다.

"제훈아. 너 뭐 하다가 들어온 거야? 이제 말 좀 해주라. 왜 그리 신비주의 콘셉트냐? 가족끼리 알고 지내자."

만세의 호기심은 시간과 분위기를 가리지 않는다. 시끄럽고 집착이 심하다.

"오해. 오해라고 했다 아이가. 뭐. 재판 받아보며 알긋지."

"그 전에 공소장 날아올 거야. 나 먼저 보여줘, 알았지?"

"그래, 그래. 알았다."

재판 전에 공소장이라는 게 오는구나. 공소장이 오고…… 그 다음에는 뭐가 있을까? 물어볼까? ……말자. 또 시끄러워질라.

나의 상황을 어머니와 민경이에게는 아직 알리지도 못했고 친구들은 알고 있지만 아직 연락이 없는 것을 보아하니 화가 단단히 나 있나 보다. 걱정보다는 화가 앞섰던 것이다. 아니면 수감 사유가 마약이기 때문일까?

오후 3시에서 4시 사이 편지가 온다. 등기 편지, 일반 편지, 인터넷 서신 그리고 상대가 내 편지를 받았는지 받지 못했는지 확인시켜주는 영수증까지. 그것들이 올 시간이 되면 잠시 조용해진다. 완벽한 침묵은 아니지만 철창 밖의 차들이 달리는 소리가 들릴 정도로 조용해진다.

"홍상만 씨. 이상규 씨. 최홍석 씨."

등기부장의 호명에 만세와 불곰 형 그리고 홍석 형이 다가가 등기를 받고 사인을 한다. 10분 정도 후 도우미가 영수증과 일반 편지, 인터넷 서신을 창틀에 두고 간다. 4방의 우체부는 랄프. 랄프가 나에게도 한 통의 편지를 준다. 보낸 이의 이름이 손빈이라고 적혀 있다. 편지를 보낸 사람은 내가 잘 아는 뱀새끼다. 편지는 이미 뜯어져 있다.

편지의 시작은 '친구야'다.

친구야.

니가 싫어하는 겨울도 곧 있음 지나간다. 잘 있제? 첫 징역이
라 여러모로 고달프고 신경 쓰이는 게 한두 가지가 아닐 낀
데…… 우짜든지 참고 견디라. 내가 어떻게든 해볼 테니까.
일단 나는 기소가 밀반입, 판매, 광고 등등이 붙을 꺼야. 요즘
은 나도 검취 안 나가고 있다. 안 따네? 근데 니는 기소가 어
떻게 붙어도 초범이고 특히 단순 가담이기 때문에 집행유예
나올 확률이 높다. 너무 기대하지는 말고. 니는 반성문이나
존나게 써라. 판사가 귀찮아 뒤질 정도로. '죄가 없으니 난 나
가야 한다.' 이런 태도가 아니라 의도치 않게 휩쓸렸고 그저
내만 믿고 같이 있었던 것뿐이라고. 약은 팔지 않았다고. 무
슨 뜻인지 알 거라고 생각한다.

　오사장은 무조건 모르쇠로 무죄 싸움하고 있다. 지검사는
내→오사장→강규 순으로 상선 라인을 보고 있던데 니 위치
를 어디다가 둘지…… 약속을 지키는지 두고 보자. 검취 나가
보며 대충 분위기 나올 낀데 안 따네. 그라고 저번에 검에서
강규를 서울에서 땡기가 내하고 대질했는데 밀반입 키로수
올릴라 카드라. 내가 샤우팅 지르메 지랄병 떨어가 조사 안
하고 보냈고 담 날 나가가 사건 추가 안 떠우기로 했다. 니도
그냥 알고만 있으라고. 강규 새끼는 내가 모습 보여줬으니 재
판 때 지키보자. 강규 아직 한참 덜 나왔다. 그쟈? 이 새끼들
은 우리가 잡힐 일 없을 거라는 병신 같은 생각에 처불었다고
카는데…… 말 안 되는 개소리고.

니 증인 서는 거 보고 결단 내리자. 우리 입 뻥긋하며 싹 다 죽이는데. 그래도 그렇게까지 가고 싶지는 않다. 애새끼들도 대가리가 있으며 니가 나가야 다 산다는 걸 알고 있겠지. 근데 이것들이 빙시들이라서 만약에 누구한테든 핸들링 당하거나 딴생각 품고 나불대며 그땐 죽인다. 그라고 니 나가며 우리 작전 알제? 캄 잔존세력들 씹긋은 것들 다 박살내라.

애먼 데 돈 쓰지 말고 침낭, 여름 이불(엠보이불) 두 개, 면도기, 평상복, 고급운동화, 반바지 두 개, 고급 반소매 러닝 두 개, 고급 스포츠양말 다섯 개 사놔라. 우리 재판이 길어질 수도 있을 거 긋다. 나머지 공범들이 시간을 질질 끌 생각이네. 1심에서 밑통* 반년 꽉꽉 채우겠다는 생각인 거 긋다. 누가 머라 캐도 밍크 담요는 절대로 사면 안 된다. 너거 방 초짜 방이라가 걱정된다. 붕신아, 여기는 그래도 군불 올라오이끼네 춥지도 않네. 난 여기가 징역인가 싶다. 이런 징역 첨 살아본다. 캄보디아 거기에 비하며…… 알제? 느낌 팍 오제? 암튼 박사야, 힘내라. 힘내자. 사랑한다.

여기까지가 형민이가 전해달라는 내용이야. 고생해라 친구야. 필요한 것 있으면 연락하고. 밖에 일 볼 것 있으면 이야기해줘. 정리할 것도 많다며? 언제든 연락해.

친구 빈이가.

---

* 재판 받는 기간을 추후 복역 기간에 인정해주는 것.

여기가 그곳에 비하면 시설은 천국이긴 하지. 초범방이기는 하지만 편지로 사라는 것들 이미 다 사두었는데…… 여전히 쓸데없는 걱정이 많은 놈이다. 3개월보다 더 걸릴지도 모르겠구나. 석 달이면 90일 이상이겠지만 나가게만 된다면 견딜 수 있다. 밍크는…… 사버렸는데, 비밀로 해야지. 편지 내용이 두루뭉술하게 쓰여 있고 봉투가 찢어져 있는 것을 보고 나니 답장하기가 애매하다. 그리고 뱀새끼를 통해 보내기는 더욱 싫다. 검찰에서 주시하고 있는 것 같으니 조심하는 게 좋을 듯하다. 어떻게 답장을 보낼지는 생각해봐야겠다.

손빈이 보내온 주소를 보니 사회구나. 나갔구나. 깽을 공적으로 이용하고서 자유를 만끽하고 있구나. '친구야'를 입에 달고 살더니 '친구야'를 이용했다. 살기 위해서 그랬다는 것, 이해는 된다. 그러나 모든 책임을 떠넘긴 것도 모자라 자신들이 살고 있는 건달 세계에서까지 매장해버린 것은 너무했다. 자신이 파묻히기 싫어서 파묻어버리다니. 입으론 친구라고 부르지만 행동은 교활함 그 자체다. 왜 배신자를 통해서 편지를 보냈을까? 배신자에게 경고라도 하기 위해서일까? 아니면 용서한 걸까? 용서가 되는 건가? 이해할 수 없다.

2. 재판

2018. 03. 09. 금

"제훈아. 소식 전해야 되지 않겠냐?"

홍석 형이 뒷짐을 지고 터덜터덜 걸으며 걱정스럽게 말한다.

"겁나서 못 하겠습니다. 쓰러지시는 건 아닐지. 연락을 하더라도 어떻게 해야 할지, 뭐라고 말해야 할지⋯⋯."

"주소 모르냐? 말로 하기 힘들면 편지라도 보내."

"어무이가 글을 잘⋯⋯ 모르십니다. 그래가 그것도 깝깝합니다."

"음⋯⋯ 고충 처리반. 아니다. 먼저 우리 사동 주임한테 면담해라. 상황 설명하고 전화 한 통 할 수 없을지 부탁해봐."

홍석 형의 염려는 고맙다. 그렇지만 한편으로는 껄끄럽기도 하다. 연락할 생각만 하면 등줄기가 서늘해진다. 몸이 무거워진다. 어떤 변명을 하더라도 내가 있는 곳은 구치소다. 어머니께는 불효자식이고 민경이에게는 믿음을 저버린 남자다. 이기적이지만 몇 달 뒤면 나갈 테니 잠수를 타버릴까라는 생각도 해봤다. 매일이 스트레스고 갈증이다. 운동시간 30분이 지나고 방에서 평소처럼 홍석 형 옆에서 책을 읽는다. 주변이 시끄럽지만 귀마개를 쑤셔두고 글자에만 집중하려고 노력해본다.

"누구는 나가고~ 누구는 못 나가고~ 집에~ 가고 싶다~ 나도 가고~ 싶구나~"

만세가 들어본 듯한 트로트 멜로디에 멋대로 가사를 붙인다.

"그~만해라~ 너는~ 못~ 간다. 나~는 가~야지~"

똑같은 멜로디로 임선수가 태클을 건다.

"출금과~ 입금을~ 한~ 기계에서~ 했던 사람이~ 무얼 바라 나~ 내가 못 가면~ 당신도 못 간다~"

멜로디, 박자 다 무시하고 만세가 노래 비슷한 걸 부른다. 매일 보고 듣는, 미세하게만 조금씩 달라지는 꽁트들. 이젠 재미도 없고 짜증난다. 수용자들이 기다리는 편지가 왔다. 오늘은 주임이 일반 편지를 가져와 창틀에 두고 간다. 4시쯤 되어 해가 움직였는지 햇빛 한 줄기가 들어와 화장실 문을 통해 내 허벅지를 달군다. 매일 이때쯤 공허함과 외로움이 몰려온다. 이 시간만 되면 아우성치며 우르르 달려든다. 나를 집어삼킨다.

"임제훈 씨."

내 이름이 들려온다. 이 시간에 사동 도우미도 아닌 교도관이 나를 부를 이유가 무얼까? 일어나 걸어가니 서류와 인주를 들고 있다. 만세가 옆에서 소곤거린다.

"저승사자다. 저승사자."

저승사자는 내 사인과 무인을 받고 서류를 넣어주고서 지나간다. 서류의 맨 위에는 공소장이라고 적혀 있다. 사건 번호와 수발신자가 보인다. 읽고 나니 무언가가 요상하다. 이것이 좋은 건지 좋지 않은 건지 분간이 되질 않는다.

머릿속이 또 하얀색으로 도배된다. 공소장의 죄명 및 적용법조가 깽과 똑같이 되어 있다. 죄명은 특정범죄 가중처벌 등에 관한 법률위반(향.정)이고 적용법조는 특정범죄 가중처벌 등에 관한 법률 제11조 1항 제2호, 마약류 관리에 관한 법률 제58조 1항 제6호 등등 하나하나 열거하기도 힘든 조항들이 많이도 적혀 있다. 죄목 이외에는 무슨 의미인지 파악할 수가 없다. 단지 피고인의 순서가 1번이 김형민이고 2번에 내 이름이 적혀 있다. 그 아래와 뒷장에는 사건 내용들이 적혀 있다.

피고인들은 마약류 취급자가 아님에도 불구하고 2017년 5월경 박재한을 통해 마약(필로폰) 밀수 및 판매 방식을 알게 되었고 캄보디아로 건너가 인터넷 광고를 통하여 국내에 있는 오지환, 문강규, 손빈 등을 섭외한 다음 국내로 필로폰을 공급하고 인터넷으로 필로폰 광고를 하였다. 연락해온 사람들과 휴대전화 SNS 어플리케이션 '텔레그램'으로 거래하여 속칭 '대포계좌 및 비트코인'으로 돈을 받았고 이들에게 필로폰을 은닉한 장소의 사진을 전송해주며 찾아가게 하였다. 피고인들이 캄보디아에서 보내준 필로폰을 오지환, 조영강, 문강규를 통하여 소량으로 나누어 포장하게 한 다음 서울, 인천, 수원, 대전, 부산 등 전국 각지의 배전함, 창틀, 소화전, 우체통 등의 장소에 은닉하고 그 장소의 사진을 촬영하여 피고인들에게 전송해주는 역할을 시켰고 우정근, 손빈 등에게 필로폰 판매에 사용할 대포계좌 및 비트코인 계정을 지속적으로 공급받을 수 있도록 역할을 지시하며 아래와 같이 범행하였다.

필로폰 판매 광고

필로폰 판매

필로폰 밀수

내 포지션은 깽의 바로 아래인 건가? 약속은? 그냥 보여주기식인 거겠지?

폐방 점검 소리가 들려온다. 머릿속이 다른 색들로 물든다. 만세와 임선수가 멍하게 있는 나에게 말을 건다.

"공소장이지? 기소 어떻게 붙었어? 봐도 돼?"

나는 침묵한다.

내 손에서 공소장을 살며시 가져가는 만세. 대체 어떻게 돌아가고 있는 걸까? 검사가 뒤통수를 때린 걸까? 끼워졌다가 빠진 퍼즐 대신에 나를 끼워 넣은 걸까? 뒤죽박죽되어 뭐가 뭔지 아무것도 확실한 게 없다. 다른 이들이 내 공소장을 한 장 한 장 넘기며 떠들썩하다.

"와, 제훈이 너 사이즈가 남다르네. 캄보디아에서 잡혀왔다는 게 사실이었네."

임선수의 질문. 사이즈가 달라? 그래서 그렇게 기분 좋은 표정인가. 너보다 많이 썩을 것 같아서?

"오, 큰손이다, 큰손! 제훈아, 나가서 널 기다리고 있을게! 나중에 나랑 같이 해외 나가서 놀자!"

진심이 느껴지는 만세의 제안. 홍석 형과 랄프는 조용히 각자의 자리로 돌아간다.

"어? 정아름? 이 통장 니가 썼던 통장이야? 경우 형이 이 계좌로 입금하고 걸린 거잖아! 모른 척했었네. 제훈이가 형 상선이었네! 형, 잘보여야겠어요. 앞으로. 하.선.으.로."

만세가 임선수를 놀린다. 임선수는 입을 열지 못한다. 임선수가 내 손님이었다고?

오전 10시 사동 주임이 인터폰으로 나를 호출한다. 사동 관리실로 가 김주임에게 인사를 하니 미소로 답하며 익숙한 플라스틱 의자를 당겨 앉으라고 한다.

"보고전은 처음이네? 방에 무슨 일 있어?"

나이 차이가 많이 나도 툭하면 인권 문제 같은 게 거론될 수 있기 때문에 교도관들도 수감자에게 어지간하면 존댓말을 사용한다. 한데 반말을 들었어도 기분이 나쁘지 않다. 연륜 탓인지 눈빛과 목소리에서 걱정스러움이 느껴진다. 반말이 뭐 어때서? 이런 관심과 따뜻한 말 한마디가 긴장과 스트레스의 연속인 이곳에서 얼마나 위로가 되는지 안 겪어본 사람은 모른다. 주임님에게 그간의 사정을 설명하고 어머니께 연락할 수 있는 방법을 여쭈어보았다. 이곳에서 해주는 연락은 걱정이 되니 내가 직접 연락을 취할 수 있는 방법을.

"음…… 잠시만."

곧장 어디론가 전화를 건다.

"어, 전주임. 날세. 잘 지내지? ……사정이 이런 친구가 있어. 방법이 없을까? 어. 어. 그래? 제훈아, 너 언제 입소했냐?"

"2월 9일 밤에 들어왔습니다."

"들었지? 못 들었어? 아, 참. 이 친구 귀가 안 좋아졌구먼? 2월 9일이래. 어. 그래. 잠시만. 제훈아, 그동안 접견은 했고?"

"한 번도 안 했습니다."

"들었지? 에이 거참. 안 했대. 그럼 되겠네? 신청 좀 해줘. 보자…… 퍼4022 임제훈이야. 빠르게. 어, 부탁 좀 함세. 그래. 그래. 전화카드? 어어. 알겠어."

김주임님이 어딘가에 있을 전주임과 밝은 목소리로 통화를 하고 나서 환하게 웃는다.

"된다고 하네. 3주간 접견 없으면 전화 신청이 된다는구먼. 접수는 해뒀고. 전화카드가 필요한데 있을 리 없고…… 방에 들어가서 다른 애들 있는지 물어보고 없으면 이야기해. 도우미 통해서 구해줄 테니. 알겠지? 내일이나 모레쯤 부를 거야. 설명 잘하고…… 새끼! 그러게 왜…… 아이그……."

정확한 나이는 모르겠지만 적어도 스무 살 이상은 차이가 날 것이다. 삼촌처럼 걱정하고 안타까워해주신다. 원래 눈물샘이 커다랗기도 하지만, 울컥한다. 눈앞이 서서히 흐릿해진다. 고개 숙여 인사하자 어깨를 세게 두드려주신다. 고통은 없다.

"여긴 사연들이 넘치고 넘친다. 그 사연이 진실인지 거짓인지 나는 모른다. 28년을 근무하면서 수많은 수용자들을 만났는데 그런 거 있잖냐, 직감이나 촉? 아. 이건 진짜일 수도 있겠다, 그런 거…… 니 사건이야 내가 모르니까 동정을 할 수도 비난을 할 수도 없지만 어머니와의 사연만큼은 진짜 같으니 도와주는 거다. 특별히 너만 우대해주는 것도 아니니 부담 갖지는 말고. 술 한잔 사기로 했어. 그러니까 힘내고. 어머니 놀라지 않으시게 이야기 잘해. 울지 말고. 사내놈이 질질 짜기는……."

떨어지는 눈물과 콧물 때문에 이상한 목소리로 "네."라고 대답한다. 술 한잔과 사연. 감사한 김주임님에게 인사를 드리고 방으로 돌아간다.

면담 내용을 이야기하며 물어보니 다행히 홍석 형이 쇼핑할 때 궁금해서 사두었던 전화카드가 있었다. 민경이에게는 편지를 썼다. 사정을 설명하고 재판이 끝날 때까지 기다려달라고. 미안하다고. 괜찮으니 접견은 오지 말라고. 어차피 나갈 테니까…… 걱정하지 말라고. 어머니와 민경이가 나를 어떻게 대하더라도 나는 그들을 비난하거나 서운해할 자격이 없다.

여자의 감이었는지, 아님 내가 이상하게 보였던지, 캄보디아로 떠나기 전 막창집에서 민경이는 우려의 말을 했었다. 그때 나누었던 대화가 선명히 떠오른다.

"캄보디아에 일할 게 생겨서 쫌 갔다 오께."

그때는 가는 것이 최선의 선택이라고 생각했었다.

"니…… 뭐 나쁜 짓 하러 가는 거 아이제?"

내가 어떤 놈인지 이미 그때 알았던 건가?

"뭐, 내가 사고만 치고 다니는 놈이가! 태국에서 하던 거랑 비슷한 거 하러 가는 기다."

사실 예전 태국에서 했던 일도 합법적인 건 아니었지. 그저 니 곁으로 되돌아왔으니 그렇게 말할 수 있었어.

"또 사고 치면…… 알아서 해라 진짜. 도박은 하지 마라. 절대로."

니가 하지 말라던 그 도박은 아니지만 다른 도박을 하러 갔던 거지. 미안해. 나는 너에게 그저 또 미안해하고만 있어.

"니 교도소 가면 난 면회 같은 거 안 간다. 알아서 해라 진짜."

솔직히 그 말이 현실이 될 줄은 몰랐는데 지금 상황이 이렇네. 미안하다. 정말 미안해.

2018. 03. 13. 화

공소장을 빼앗아 본 뒤부터 홍석 형만 빼고 다들 나를 대하는 태도가 많이 달라졌다. 공소장을 보기 전까지만 해도 약이 덜 깬 약쟁이 대하듯 가르치려 들고 자신들보다 아래로 생각하며 말하고 행동하던 이들이 이제는 모든 잡일에서 열외로 해주고 가만히 누워만 있으라고 한다. 몸은 편하지만 정신은 편하지가 않아 독서를 하며 시간을 보낸다.

오전 9시 30분에 접견을 나갔던 만세가 눈은 붉어져 있지만 밝은 얼굴로 돌아온다. 홍석 형이 책에서 시선을 거두지 않고 묻는다.

"누구냐? 불륜? 염산?* 동생? 어머니는 아닐 테고?"

"불륜이라니? 사랑이라니까! 아, 그리고 제훈아. 벌써 소문 쫙 났더라? 캄보디아에서 잡혀온 상선이 여기 있다고!"

그 소문을 퍼 나른 것이 너일 것 같은 기분은 뭘까?

"그, 성훈이 상선인데, 배성진이라고 여기 있거든. 그 사람 상선도 캄보디아에 있었다던데. 너 아냐? 만났었어?"

---

* 투약하는 여성을 비하하여 부르는 말.

"아니. 나는 마약하고 관련된 줄 몰랐다고 안 카드나! 몇 번 말하노? 어!"

만세의 얼굴이 붉어지더니 아무 말도 못 한다. 버럭한 덕분에 분위기가 싸해졌다. 조용하던 방 안에 12시만 되면 들려오는 라디오의 사연과 노랫소리만 흐른다. 가만히 눈을 감고 듣는다. 다른 교도소로 이송 간 친구의 생활을 응원하기도 하고, 검정고시 시험 합격을 기원하기도 한다. DJ의 음성을 빌려 조금은 특별하게 전국의 교도소 수감자들끼리 마음을 전한다. 사연들과 함께 사회에서 많이 듣던 음악이 흘러나온다. 「잠시만 안녕」, 「어느 60대 노부부 이야기」, 「눈의 꽃」, 「첫눈처럼 너에게 가겠다」 그리고 트로트와 팝송 몇 곡…….

DJ는 사연에 따라 어떤 이야기는 신나게, 어떤 이야기는 진지한 목소리로 들려준다. 가족을 그리워하는 사람에게는 위로의 말을, 자책하는 사람에게는 그 상황을 이겨내기 바란다는 응원의 말을 전한다. 라디오에서 이어지는 익숙한 멜로디가 마음속의 그리운 사람들을 끌어올린다. 아무런 신호도 없이 갑자기 눈물이 터진다. 안경을 벗고 왼팔로 두 눈을 가려본다. 그러나 멈추지 않고 방울방울 눈물이 흘러나온다. 들키지 않으려 벽 쪽으로 돌아눕는다.

"제훈이 형 일어나세요. 주임님이 전화 접견이래요."

랄프가 두꺼운 손으로 나를 흔든다. 잠들었었나 보다. 열린 철문이 다시 닫혀 잠기지 않도록 홍석 형이 앉은 채로 한 발을 뻗어 밀고 있다.

"다녀오겠습니다."

"전화카드는 챙겼냐?"

홍석 형의 말에 전화카드가 생각났다. 문은 이미 닫혔다.

"어디 뒀어? 리빙박스? 성훈아, 가져와. 자, 여기. 잘 다녀와
라."

수감방 창살 사이로 밀어주는 3,000원짜리 공중전화카드. 왼
쪽을 보며 주임님에게 감사의 인사를 하고 오른쪽으로 걸어 나
간다. 잠시 후 교도관이 왔다. 둥근 모양의 안경을 썼지만 오히
려 인상이 더 날카로워 보인다. 엘리베이터 문이 열리자 교도관
은 내게 짜증스레 말한다.

"가장 안쪽으로 붙어 서서 말하지 마세요."

당신과 나 둘뿐인데? 난 대답하지 않음으로써 소심한 항의를
대신한다. 엘리베이터가 3층에서 멈추고 문이 열린다. 교도관이
나가더니 두 사람을 더 데려온다. 한 명은 동남아시아 사람 같
다. 4층과 7층에서도 사람들이 탔다. 엘리베이터가 가득 찼다.
소란스러워졌고 교도관은 까칠한 목소리로 소란을 잠재운다.
말하지 말라고 한 이유가 있었구나. 8층에서 모두 내려 1사와
2사 사이의 전화 접견실로 들어간다. 접견실 안에는 투명한 전
화박스가 있고 전화기 옆에는 통화녹음에 사용되는 것으로 보
이는 기계가 있다.

"주의사항을 들은 사람도 있을 거고 처음 듣는 사람도 있을
겁니다. 들었던 사람들도 다시 잘 들으세요. 두 번 걸어서 받지
않으면 접견 중지됩니다. 내일 다시 부를 겁니다. 내일도 안 되

면 취소되니 그땐 다시 신청하세요. 떠들면 바로 스티커* 발부하겠습니다. 내가 부르면 들어오세요. 카드도 내가 말하면 넣으세요. 이해 못 하신 분?"

나뭇잎 세 개를 단 부장은 불친절하고 권위적이며 일방적이다. 밖에서도 훤히 보이는 전화박스 안으로 까칠한 부장이 들어간다. 날 포함한 일곱 명의 미결수들은 박스 밖에 남겨졌다. 경고에도 불구하고 누군가 떠든다. 나와 외국인만 명령대로 조용히 있다. 첫 번째로 들어간 사람이 실수로 전화카드를 반대로 넣었나 보다. 부장이 익숙한 손놀림으로 기계를 열고 카드를 꺼내는 내내 짜증을 내며 무안을 준다. 실수할 수도 있지. 저렇게까지 무시하며 상처를 줄 필요가 있을까?

첫 번째 사람의 통화가 시작되었다. 괜히 내가 긴장된다. 가족 중 누군가와 통화하며 집에 별일은 없는지 가족들은 건강한지 묻고 있는 듯하다. 얼굴이 점점 밝아지며 목소리가 커진다. 그런데 통화가 끝나고 밖으로 나온 그는 조금 전과 달리 많이 슬퍼 보인다. 어깨가 축 늘어져 있다. 두 번째로 나를 부른다. 뭐라고 말해야 하지? 들어가서 파란색 플라스틱 의자에 앉는다. 딱딱하고 차갑다. 그 느낌이 온전히 의자 탓만은 아닌 것 같다.

"통화 시간은 3분입니다. 수화기 들고 전화카드 넣으세요."

3분. 짧구나. 전화카드를 넣으려다가 나는 멈칫한다. 부장이 의아하게 바라본다.

---

* 스티커 3장을 발부받으면 징벌을 받게 되는 반면, 두 달 동안 스티커를 받지 않으면 1장 차감된다.

"저…… 부장님. 제가 첨이라가 그란데요…… 어디가 앞면입니까?"

실수해서 싫은 소리를 듣느니 질문을 택했다. 부장은 대답조차 귀찮은 듯 카드를 빼앗아 반대로 돌려 넣는다.

"010. 801. 5124 맞죠? 어머니시고?"

헤드셋을 걸치고 있던 부장은 앞에 있는 녹음장치의 버튼을 누르고서 전화기의 숫자 버튼을 자신이 직접 누른다. 빠르고 정확하게 누른다 싶더니 "에이씨." 하며 끊고 다시 조금 천천히 숫자들을 누른다. 3,100원이라고 표시되어 있던 전자금액이 아래로 떨어지며 딸깍 소리가 들려온다.

"엄마……?"

말하는 동시에 부장이 나를 흘깃 노려보고서 사무적으로 말한다.

"여기는 수원구치소입니다. 김춘심 씨 맞으신가요? 임제훈 씨가 전화 통화를 원하는데 받으시겠습니까? 네. 시간은 3분이고 녹취됨을 알려드립니다."

부장은 말을 마치고 스위치를 위로 올린다. 그리고 아무런 소리도 들리지 않던 수화기에서 소리가 들려온다. 지지직. 부스럭. "제훈아……" 하는 목소리. 울지 말자. 울면 안 된다.

"엄마!"

"어! 그래! 니 머했노? 와 이리 연락이 안 됐노! 수원구치소는 또 뭐꼬? 거기서 와 전화를 하노? 다친 덴 없나? 아픈 데는 없고!?"

흥분한 듯 빠르게 말씀하시는 어머니. 감히 끼어들 수가 없다. 어머니의 목소리에서 조급함이 느껴진다. 안 돼. 울지 마. 울면 안 돼.

"아. 친구랑 같이 있다가 오해가 생겨 여기서 전화하네요. 전화기 뺏겨 연락 못 했어요. 죄송해요. 나? 아픈 데 없지! 잘 있어요! 엄마는? 어데 아픈 데 없고? 당뇨? 병원은? 약은? 약 무머 게 안타 캐요? 잘 챙기 드셔! 나? 난 괜찮다니까. 잘못한 거 없으이 곧 나갈 꺼예요. 걱정 마! 아니야, 오지 마! 멀어요. 오지 마요!"

울지 않고 목소리도 떨지 않았다. 아마도. 괜찮으시겠지. 삐삐삐 소리가 울린다. 부장이 두 손을 쫙 편다. 10초 남았다는 의미이겠지. 벌써 2분 50초가 지났나? 빠르다. 너무 빠르다. 더 듣고 싶은데. 어머니의 목소리가 이토록 달콤하게 들린 적이 있었던가.

"엄마! 인제 가야 돼요. 3주에 한 번씩 전화할 테니까 걱정 말고 건강하게 지내세요! 끊을게요!"

'끊을게요'는 듣지 못하셨을 듯하다. 수화기를 제자리에 올리자 전화카드가 뱉어진다. 눈에 눈물이 그렁그렁 매달린 게 느껴진다. 고개를 들어 크게 한번 숨을 들이켜고 내쉰다.

"다른 사람들 기다려요. 나가서 추스르세요."

부장이 박스에서 쫓아낸다. 대기실 구석에서 마음을 추스르려 애써본다. 하지만 쉽지 않다. 모두의 통화가 끝날 때 즈음 마음의 안정을 되찾았다. 복도와 엘리베이터 그리고 철문을 지나 4방 앞으로 되돌아온다. 이곳밖에 갈 데가 없다. 지금은.

"다녀왔습니다."

"어머니하고 연락되었나 보네? 잘됐네."

홍석 형이 붉게 충혈된 내 눈을 보고 짐작했나 보다. 이곳에 오면 나이 상관없이 눈물이 많아지나 보다. 접견을 다녀오는 사람들은 거의 모두 붉어진 눈으로 돌아왔다. 홍석 형은 그런 적이 없었던 것 같지만. 잘 숨기는 건지 한 번도 눈물의 흔적을 찾을 수 없었다. 랄프와 조용한 형은 TV로 드라마나 영화를 보며 그리 슬프지 않은 장면에서도 눈물을 훔친다. 자신의 예전 기억이 겹쳐져서겠지. 나 또한 그러니까. 곧장 관복을 벗어 개켜두고 온몸에 찬물을 끼얹었다. 얼음장같이 차가운 고통이 슬픈 감정을 벗게 한다.

"임제훈 씨 싸인요."

등기 편지다. 역시나 개봉되어 있다. 조직과 마약수들의 편지는 개봉해서 봉투 속에 반입금지 물품이 들어 있는지 확인한다고 한다. 내용까지 살피는 걸까?

To. 박사

잘 있나? 살은 쫌 빼고 있나? 나는 80까지 찌뿠다. 인자 더 찌머 안 되는데…… 관리 들어가야지. 도석이는 일이 잘 안 풀리는갑다. 얼마 전 검취 가서 통화했다. 다 터져서 그렇다 카던데…… 자말이 빨리 사셔와야 될 낀데. 일단 변호사는 내가 다른 쪽으로 알아보는 중이니까 국선 배정되면 사선 선임할 끼라 카고 돌리보내라.

공소장 받았제? 내랑 조항이 똑같은데…… 여기서 중요한 건 니는 쌩초에 단순 가담이란 거다. 기소는 상당히 축소되어서 붙었다. 문제는 강규 인마가 연락이 없네. 중간에서 장난질 치는 긴가. 암튼 우리가 판단할 때 재판 과정에서 이건 아이다 싶은 생각이 들면 요것들 다 나가는 날이 제삿날 되도록 만들 끼다. 나는 재판에서 진흙탕 싸움, 죽이니 살리니 그딴 거 하기 싫다. 그라머 그랄수록 전부 니를 걸고 넘어질라 칼 끼야. 내 아픈 손가락이 니니까. 먼 말인지 알제? 쫌만 기다리보고 강규 연락 없으머 판 다시 짜놓을게. 검에서도 니 관련해 충분히 이해하고 있고 재판에서 크게 다툴 소지가 없기 때문에 증인들만 잘 해주머 큰 문제는 없지 싶다. 검사가 공소장 외에 재판장에 의견서라고 판사한테 제출하는 기 있는데 구형 줄 때도 다 감안해서 참작해가 줄 끼니까.

잘될 끼야. 만약 최악의 경우가…… 온다 캐도 다 생각해놓은 게 있으니까. 어쨌든 살길은 있다. 운동도 쫌 하고 기름기 너무 많이 먹으면 얼굴에 피지 존나 난다. 암튼 힘내고. 재판부 곧 정해질 끼다. 반성문 잘 쓰고 많이 써라. 항소이유서에 쓰면 된다. 지금 니가 읽고 있는 종이가 항소이유서다. 생필 시킬 때 많이 사놔라. 초짜방이라가 알겠나? ㅜㅜ 걱정이다 걱정이야. 아이다. 약간 모지라게 쓰는 것도 나쁘지 않겄다. 귀찮다고 가만히 있지 말고 반성문 써라. 존나게 컨셉 잘 잡아서. 알제? 니 컨셉.

깽의 편지다. 답장은 하지 말자. 나중에 접견으로 가자.

만세와 임선수는 오늘도 역시 주둥이로만 갸르릉대며 투닥거린다. 익숙해졌지만 지겹고 시끄럽다. 수면용 귀마개를 꽂으니 완벽히 차단되지는 않지만 조금은 조용해진다. 홍석 형이 한쪽 귀마개를 빼면서 내 어깨를 두드린다.

"왜? 안 좋은 소식이라도 왔냐?"

"아뇨. 그런 거 아입니다."

"그럼 다행이고. 야, 씨발! 장호야! 닥치라고 좀!!!"

홍석 형은 복도 쪽을 보며 얌전히 있는 장호를 찾았다. 조용해졌다. 장호가. 아니, 장호들이. 4방에 있는 장호들. 조용히 있던 진짜 장호는 억울하겠다. 자고 있나? 반응이 없다.

"개씨발, 장호 새끼 말은 잘 처듣네."

누구인지 알 것 같은 장호들은 아무 말도 못 하고 얼굴에 피만 쏠려 있다. CRTP들도 저 장호들처럼 얌전하면 좋을 텐데. 오부장처럼 착하면 얼마나 좋을까? 매일 한 번씩은 꼭 지나쳐 가며 그들은 하지 않아도 될 지적을 하고 반말로 명령을 한다. 키도 덩치도 좋은 놈들만 뽑아놓은 집단. 맹목적 의식으로 똘똘 뭉쳐진 교도소 안의 보헤미안 조폭들. 법의 경계선상에서 아슬아슬하게 외줄을 타며 행패를 부리는 집단.

"거기! 일어나! 누가 누워 있으라고 했어?"

누워 있던 만세가 한마디 들었다.

양반은 못 되는구나, 상놈들. 만세는 느리적느리적 일어나 앉는다.

"스티커 끊어줘? 저 신문은 뭐야? 안 보이게 치워. 4방. 언제 검방* 할지 모르니 조심들 해."

신문은…… 왜? 돈 주고 산 건데…… 거슬리면 팔지를 말든 가. 위치가 왜? 보이는 게 왜? 반말인지 존댓말인지 애매하게 말하며 항상 사람 감정을 긁고 지나다닌다. 수갑과 전투봉을 기본 장착하고 캠코더를 들고 서너 명씩 몰려다닌다. 그냥 서로 적당히 거리를 두면 좋을 텐데. 아닌가. 아직 얼마 안 지내봐서 드는 생각인지도 모르겠지만 서로가 서로에게 스트레스를 주며 함께 갇혀 있는 것 같다. 수감자와 법무부의 방패들은 서로 갉아먹을 수밖에 없는 관계인 걸까?

---

* 교도관들이 불시에 방 안을 조사하는 일.

2018. 03. 14. 수

　오전 10시, 변호사가 접견을 왔다. 최악을 생각해야 하기에 공소장을 가지고 나왔다. 변호인 접견실에는 다양한 사람들이 차례를 기다리고 있다. 누구는 서류가 전혀 없기도 하고 누구는 노트북 세 개를 포개놓은 만큼의 서류를 노란색 대봉투에 넣고서 초조하게 기다린다. 단골인 듯한 노란색 수번표의 사람들은 뒷자리를 차지하고서 통방을 하고 있다. 다른 사람들도 인사를 나누고 통방을 한다. 자신들의 사건을 이야기하며 누가 더 억울한지 배틀하는 사람들도 보인다. 남아 있던 자리에 앉으니 교도관이 뒤에서 시끄럽게 떠드는 사람들한테 주의를 준다. 잠시 조용해지다가 금세 다시 소란스러워진다.

　"임제훈 씨 5호실로 들어가세요. 4022 임제훈 씨 5호실로 들어가세요."

　스피커에서 나오는 안내 방송에 따라 5호실로 향한다. 투명 칸막이 반대쪽에 정장 코트를 입은 남자가 앉아 있다. 칸막이를 사이에 두고 우린 마주한다.

　"반갑습니다. 국선변호사 김민석입니다."

　목소리가 얇은 편인데 듣기에 거북하지는 않다. 피곤해 보이는 얼굴에 나른한 표정이다. 이 사람도 엘리트겠지? 무려 변호사니까.

"임제훈 씨 공소장 받으셨죠? 반성……."

"네. 여기……."

내가 내미는 공소장은 변호사의 눈길을 받지 못한다. 변호사가 깍지를 끼고 테이블 위에 팔꿈치를 올린다.

"보고 왔습니다. 안 주셔도 됩니다. 반성문 많이 쓰시고요. 일주일 후에 다시 뵙겠습니다."

뭐가 그리 바쁜지 2분도 지나지 않은 듯한데 일어서려 한다.

"저기! 잠시만! 내용 보셨다니…… 대충 아시겠네요? 수많은 케이스를 보셨을 테니…… 어떻게 될까요? 저."

변호사는 나를 내려다보며 말한다.

"함부로 장담할 수 없습니다. 판사와 법의 재량에 따라 다르겠죠."

자동응답기 같은 기계적인 목소리와 대답. 그리고 그 눈빛에서 느껴지는 귀찮음.

"대충…… 예상치라도?"

"……10년? 짧게 잡은 겁니다. 다음 접견 때 뵙죠. 반성문, 많이 쓰세요."

"저기요. 이제 안 와도 됩니다. 사선 구할 테니까. 오지 마이소."

"그럼 변호인 변경 신청 빠르게 해주세요."

재수 없는 새끼. 툭 던지고 나가버린다. 10년? 10년이라고! 뭘 보고 온 거야? 망할 자식. 본인 일 아니라고 막 던지고 가면 다야? 반성하라고? 10년 동안? 뭘? 무슨 반성? 어떻게? 니가 뭔데 10년 형을 때리는 건데?

"나오세요! 변호사님은 갔는데 안 나오고 뭐 합니까!?"

배려심 넘치는 교도관이 짜증을 낸다. 10년이면 강산이 변한다는데 지금 내가 서른셋이니까 마흔셋에 나간다는 건가? 그때 나가서 뭘 하지? 민경이에게 어떻게 설명하지? 기다려줄까? 개소리. 어머니는 어쩌지? 뭘 어째. 모든 것을 내가 망친 거지. 아냐. 부정적인 변호사가 내지른 헛소리일 거야. 그래. 내가 무슨 그렇게 큰 죄를 지었다고 10년이나 징역을 살라는 거야? 내가 살인을 했어, 강간을 했어. 테러리스트도 아니고 쿠데타를 일으킨 것도 아닌데. 인신매매를 한 것도 아니잖아…… 그래. 신경 쓰지 말자. 무시하자.

"잘 다녀왔어?"

4방의 사람들이 반겨주며 궁금해한다.

"왜? 국선이 뭐라고 하디? 안색이 안 좋다. 제훈아."

만세가 걱정스러운 표정으로 묻는다. 머리는 까치집을 만들고서.

"아, 나 10년이래! 10년 산다 카네."

"미친 새끼네! 좆도 모르는 놈이 막 씨부렸네! 신경 쓰지 마."

그래, 신경 쓰지 말자. 나만 스트레스지. 점심을 먹고 라디오를 듣는다. 신경을 안 쓰려고 해도 머릿속에서 10년이라는 시간이 흘렀다가 되감아진다. 늙었다가 젊어지고. 홀로 빈집에서 술을 마시다 잠드는 모습도 보인다. 변호사 새끼한테 욕이라도 해줄걸 그랬나? 아냐. 사고 치지 말랬어. 무조건 참자.

"제훈이 형! 일어나세요! 순시한대요. 보안과장 순시!"

눈을 뜨니 2시다. 앞뒤로 세 명씩 우린 순시 대형으로 앉는다. 멀리서부터 들려오는 수용자들의 인사 소리가 조금씩 다가온다. CRPT 한 명이 앞서와 방 안을 살핀다.

"신문 가지런히 놓고. 화장실 창틀에 있는 거 내려. 거기 4022 지퍼 올려."

고개를 숙여 지퍼의 위치를 확인한다. 끝까지 올려져 있지는 않지만 복장 불량이라고는 할 수 없는 위치까지 지퍼가 올라와 있다.

"이 정도면 단정해 보이는데……요?"

"끝까지 올려."

"반말 그만하죠? 명령도 그만하고. 이상한 꼬투리를 잡네? 그렇게 잘보이고 싶습니까? 보안과장님한테? 그리 살아야 진급이 빠른가?"

CRPT가 노려보며 듣고 있다가 뒤로 물러난다. 보안과장이 4방을 대충 스캔하며 지나간다. 랄프의 선창으로 인사한다. 인사받으러 다니는 건가? 대체 뭘 보고 가는 거지? 뭘 바꿀 생각은 있는 걸까? 매주 한두 번씩 오면서 한 달 넘도록 단 한 가지도 바뀐 것이 없다. 순시라면 모르게 와서 보고 가야 의미가 있는 것 아닌가? 인사는 왜 해야 하는 거지?

"씨발. 징역 좆같네."

참고 있던 혼잣말이 입 밖으로 툭 튀어나왔다. 크진 않았지만 분명 들렸으리라. 현재 사동은 거의 침묵으로 가득하니까.

"방금 욕한 사람 누군가요?"

보안과장이 되돌아와 권태로운 목소리로 묻는다. 화가 난 표정도 아니다. 그냥 차분히 묻는다. 뒤에 깡패 새끼들을 대동하고서.

"······접니다."

조용히 대답하자 이유도 묻지 않고 가던 길을 걸어간다.

"4방. 4022."

아까 그 깡패가 나를 외우려는 듯 본다. 난 눈을 마주쳐준다.

"계~속, 근무하겠습니다! 순시해제!"

주임님의 우렁찬 목소리가 들려온다. 그리고 우리 방 창살 앞에 멈춘다.

"아까 누구야? 누가 욕했어?"

"제가······ 그랬습니다."

"왜?"

"혼잣말이었습니다. 죄송합니다."

"국선이 접견 때 제훈이 보고 10년 산다고 했답니다!"

내가 왜 그랬는지 알겠다는 듯 만세가 나를 옹호해준다. 주임님이 한숨 쉬며 말한다.

"걸릴 거 있으면 다 버려. 너희 방에 많은 거 아니까. 무조건 다 버려, 아끼지 말고. 검방 바로 올 거다. 제훈이는 마음 가라앉히고······."

"네······ 죄송합니다, 주임님. 괜히 폐 끼쳤습니다."

"죄송하긴. 10년이 하루 이틀도 아니고, 지가 살아보라 그래! 그런 거 잊어버려. 상만아. 분명히 경고했다. 검방 온다."

만세는 두 눈을 동그랗게 뜨며 억울하다는 표정이다. 죄 없는 우리 방 사람들만 곤란하게 만들어버린 것 같다. 주임님이 가자 모두들 말없이 움직인다. 만세와 임선수는 모아두었던 약들 가운데 입속에 털어 넣을 만한 것을 재빠르게 선별한다.

"상규 형. 약 버리든가, 지금 먹어요."

만세가 불곰에게 경고한다. 진짜 데인저러스한 상황이라면서.

"괜찮아. 검방 오면 먹어도 돼. 난 신경 쓰지 마."

다들 나를 탓하지 않는다. 솔직히 찜찜하긴 하지만 후회하진 않는다. 속이 후련하기도 하고. '내가 이런 놈이다.'라는 유치한 생각이 떠오르기도 한다. 10년이라는 시간이 주는 압박감이 조금은 사그라진다. 가슴에 쌓였던 것이 비워져 편해진 듯하다.

만세와 임선수는 계속 바쁘다. 약을 털어 넣고, 시계를 분리해서 갈아놓은 깔*을 숨기고, 지금 입에 털어 넣기는 아까운 약들은 어딘가 숨길 곳을 찾는다. 찾은 곳이 하필 거기인 것은 맘에 들지 않는다. 더러운 꼴을 보았다. 약을 휴지에 말아서 귀마개통 속에 넣고 속옷 속으로 집어넣는다. 어디까지 넣냐? 만세야? 붙냐, 그게?

"오! 상만아. 내 약도 같이 좀 넣어주라."

---

* 수용소 내에서 몰래 가지고 있는 물품인데 날카롭게 벼려 만든 것으로, 칼이라고 하기에는 작기에 깔이라고 부름.

임선수가 만세의 그곳에 약들을 보호하고 싶어한다. 무임승차로. 본인의 거기는 싫은 걸까? 차라리 본인의 거기가 괜찮지 않을까? 인상 쓰며 거부하는 만세.

"딱 세 개만. 응?"

"두 개 주면 생각 좀 해볼까나?"

"한 개 반."

협상에 들어가는 임선수.

"한 개하고 한 개의 3분의 2."

조율에 들어가는 만세. 그런데…… 3분의 2가 정확히 구분이 되는 건가? 계량기도 없이? 조건에 항의하는 임선수. 약으로 인한 둘의 단합. 속옷에서 꺼내어 뚜껑을 여는 만세. 그 속에 약을 넣는 임선수. 매일 약으로 단결되는 둘. 저곳은…… 확실히 확인하기 힘든 곳이긴 하다. 만세는 저길 건들면 성적수치심을 느꼈다고 고소할 거라며 낄낄거린다.

"제훈아! 접견이다. 나와라."

3시가 조금 지난 시간, 인터폰에서 주임님이 나를 나오라고 한다. 변접(변호사 접견)은 끝났고 일반 접견이라는 건데…… 설마…….

"제훈아. 안 들리냐!"

"예! 들립니다. 나가겠습니다!"

딸깍 소리에 두꺼운 철문이 열린다. 철문을 밀고 나가는데 유독 많이 묵직하다. 손과 발, 겨드랑이에서 땀이 흘러 끈적끈적해진다. 고무신이 무겁다. 설마…… 하는 생각에 벌써 눈이 뜨거워지고 눈물 댐의 수위가 높아진다. 2사의 입구에서 감정을 식혀본다. 식히고 추슬러야만 한다. 절대로 울면 안 된다. 절대로. 철문이 열리고 교도관이 내 이름을 호명한다. 눈으로 수번을 확인한 뒤 나오라고 한다. 접견표를 건네준다.

혹시나 했는데 맞았다. 지하 1층으로 내려갔다 다시 접견실로 올라가는 계단의 수는 정확히 34칸. 올라가는 것이 너무 짧게만 느껴진다. 더 길었으면 좋겠다. 눈물 댐이 넘실거린다. 계단 중앙에 설치된 안전봉을 잡고 올라가본다. 울지 말자고 재차 다짐한다. 활짝 웃어야 한다. 그래야 안심하실 테니까. 계단 끝에 자동문이 열린 채로 있고, 문 너머 공간의 좌우 벽에는 그림 몇 점이 걸려 있다. 그곳에 소파가 놓여 있고 두 명의 교도관이 앉아서 쉬고 있다.

대기실 의자에 앉아 중앙의 모니터를 보았다. 현재 접견자들과 다음 접견자들의 이름 그리고 호실이 확인된다. 나는 8호실이다. 접견은 단 10분이기 때문에 그 시간 동안 안심시켜드릴 이야기들을 머릿속에 정리해야 한다. 눈물 댐의 수위도 조절해본다. 스피커에서 여성의 안내 멘트가 흘러나온다. 감정이 들어가지 않은 사무적인 목소리. 접견하는 동안 내가 보여야 할 태도가 바로 이런 건데. 접견실로 가는 문이 다른 수용자의 손에 의해 열렸고 나는 그의 뒤를 따른다. 좁은 복도에 똑같은 문들이 일정한 간격으로 늘어서 있고 그 앞에는 플라스틱 의자들이 놓여 있다. 난 앞번호의 방들을 지나고 모퉁이를 돌아 8호실 앞에 놓인 의자에 앉는다.

예전에 도석이와 형민이가 안동과 청송에서 징역을 살고 있을 때 어머니와 나들이 겸 접견을 간 적이 있다. 그때 난 어머니가 내 친구들을 나쁘게 생각하실까봐 술 마시다 관계없는 싸움에 휘말려 억울하게 징역을 살고 있다고 거짓을 말했었다. 난 어머니에게 진실했던 적이 별로 없던 것 같다. 걱정하실까봐, 화내실까봐, 미움받을까봐, 하는 이유들을 가져다 붙이며 나 스스로를 합리화시켰다. 어머니한테 솔직하게 말하지 않는 것이 어머니와 나를 위한 거라 생각했었다. 방음이 안 되는 접견실에서 울고 웃는다. 사과하고 사과받는다. 화를 내고 울부짖는다. 걱정 말라며 큰소리친다. 나도 들어가서 웃으며 걱정 마시라 큰소리 탕탕 쳐야 한다.

접견실 문을 열고 수감자들이 비슷한 타이밍에 나온다. 대부분 표정들이 좋지 않다. 난 얼굴에 웃는 표정을 만들고 8호실로 들어선다. 영업할 때처럼 웃자. 계속 웃고 있자고 다짐하며 의자에 앉아 고개를 드니 강화 유리 너머로 앙상한 나뭇가지처럼 주름이 여러 갈래로 펼쳐진 어머니 얼굴이 보인다. 하얀 머리카락이 검은 머리카락보다 많아졌다. 낡은 연보라색 스웨터를 입고 얇은 외투는 팔에 걸치고 계신다. 어머니도 나도 한동안 말없이 서로를 살핀다. 그리고 마지막으로 눈을 마주한다.

"앉으세요. 앉아. 엄마! 시간 없어요. 앉아."

"니가 와 여 있노? 무신 오해란 말이고?"

"죄송해요. 서울 간다는 거…… 거짓말이었어요. 형민이랑 사업 한번 해보려고 캄보디아에 갔었어요. 중고폰 수출사업 한번 해보려고…… 내가 영어를 좀 하잖아? 근데 거기서 이상한 상황에 엮여버려서…… 엄마도 알잖아! 내가 마약 같은 거에 손댈 놈이 아니라는 거. 형민이도 중고폰 안에 마약이 들어 있는지 몰랐고. 곧 나갈 꺼예요! 형민이가 변호사도 사났어요. 엄마? ……엄마? 내 게안아요 진짜. 여기도 사람 사는 곳이고. 옛날처럼 뚜드리 맞고, 패고, 신고식, 신입식, 왕따 이런 거 없어요. 내 어릴 때처럼 뚜드리 맞고 왕따당하고 안 그런다니까. 엄마. 말 좀 해봐요. 응?"

웃는 얼굴로 할 수밖에 없는 거짓말. 어머니는 앉지 않고 내 얼굴만 보고 있다. 말씀도 없다. 계속 무표정하다. 닫힌 문 앞에 마냥 서 계신다. 침묵. 억지로 웃음을 만들고 있는 얼굴에 힘이 들어간다. 양쪽 옆방의 접견 소리가 들려온다. 쓸쓸한 미소가 번져온다. 한계다.

"엄마…… 이야기 좀 해요…… 예? 머 해. 거기서."

"니는 거기서 머 하노…… 니가 와 여 있냐꼬…… 두 달 동안이나 연락 안 되디만. 여 있었던 기가? 야이, 자슥아! 내가 보고 싶다고 안 카드나…… 보고 싶다꼬…… 아들내미 얼굴 잊아뿌겠다꼬…… 그런데 와 이런 데 있었노? ……댔다. 살아 있으며 댔고 얼굴도 봤으이 댔다. 오해 잘 풀그라. 검사님하고 판사님한테 설명 잘하고 버릇없이 굴지 말고. 아랐제? 재판은 언제고?"

고개가 숙여지며 간신히 막고 있던 댐이 터져버린다. 무너져버린다.

"야야. 울지 마라! 오해라메? 그라머 씩씩하이 있그라! 괴롭히는 사람은 진짜로 없꼬?"

고개를 들 수도 없고 대답을 할 수도 없다. 누르고 눌렀던 눈물이 제어되지 않고 쏟아져 나온다. 말을 해야 하는데…… 안심시켜드려야 하는데…….

"훈아…… 고개 들어라. 얼굴 쫌 더 보고 가자. 2분 남았단다. 자슥아! 얼른! 고개 들어라!"

고개를 든다. 어머니의 눈에서도 눈물이 흘러내린다. 그렇게도 강한 어머니가 울고 계신다.

"엄마. 머니까 인자 오지 마요. 곧 나가서 내가 찾아뵐게. 3주에 한 번씩 내가 전화할게."

감정 없는 여자의 목소리가 1분 남았다고 알려준다.

"예~"

감정 없는 여자의 말에 어머니가 대답하신다.

"훈아. 안에서 밥 잘 챙기 묵고 사람들하고 간수님들하고 잘 지내고. 간수님들 말 잘 듣고! 아랐제?"

"네. 엄마 건강만 챙기고 있어요! 엄마만 건강히 계시면 돼요, 내는."

"접견이 종료되었습니다."

"예~ 간다, 아들! 필요한 건 없나?"

어머니가 말을 하시는데 잘 들려오지 않는다. 내 말도 들리지 않을 것 같다. 기계의 숫자가 0이 되어 있다. 어머니가 손을 흔들며 미소 짓는다. 나도 미소로 손을 흔든다. 우린 서로를 마주 보고 뒤로 걷는다. 등이 문에 닿을 때까지. 어머니의 얇은 겉옷이 마지막으로 보였고 나는 밖으로 나온다. 접견을 같이 끝낸 사람들의 뒤를 따라 걷는다. 올 때와는 다른 대기실에 들어가 앉는다. 잠시 막아둔 댐이 다시 터진다. 거칠 것 없이 쏟아져 나온다. 고개를 숙이고 양 손바닥으로 얼굴을 감싸보았지만 흐느낌은 막을 수 없다. 대기실이 내 흐느낌으로 가득하다. 대기실로 들어온 교도관이 모두 나오라고 말한다. 일어서려 하였지만 쉽게 일어설 수 없다. 지금이라도 뛰어나가서 어머니를 안아보고 싶다. 어머니 품에 안기고 싶다.

그때 누군가 어깨를 토닥인다.

"힘들죠? 갑시다. 가서 건강하게 살아야 나가서 보고 싶은 사람도 만나지. 갑시다!"

교도관이 나를 부축하며 일으켜준다.

"혼자 걸을 수 있겠어요?"

교도관의 친절한 말에 정신을 차리고 눈물 콧물 범벅이 된 얼굴을 대충 닦고 걸음을 옮긴다. 교도관은 내가 걱정되는지 옆에서 같이 계단을 내려가준다.

"힘내요. 힘들겠지만 가족들을 위해서, 마약 꼭 끊으세요. 다시는 이런 슬픔 겪지 마시고."

투약자가 아니라고 바로잡고 싶지만 가슴에 부착된 파란색 명찰만 보고 한 말이기에 그냥 감사 인사를 한다.

"어머니 오셨냐?"

"예…… 형님. 저 씻고 나오겠습니다."

얼음물을 몸에 부으며 슬픈 감정을 삭이고 추슬러본다. 일상 점검 후 책을 읽으며 다른 곳으로 신경을 돌려보려 하지만 글자가 눈에 들어오지 않는다. 해가 지며 노을로 물들어가는 세상이 쇠창살 달린 작은 창 안에 그림처럼 끼워진다.

밤 8시. 까마귀들이 언제 들이닥칠지 몰라 원래 자던 자리가 아닌, 취침 순서대로 이부자리를 편다. 만세가 제안하고 홍석 형이 이에 동의했다. 불곰 형은 화장실 앞으로 가야 해서 불만스러워 보였지만 투덜거리지는 않는다. 나는 만세와 불곰 형 사이에 누웠다. 양옆에 시동 걸린 3,000cc 오토바이 두 대가 놓여 있는 것 같다. 어머니 생각에 바이크 소리가 더해져 잠이 오질 않는다. 멍하니 천장의 LED등만 바라보고 있을 때 철문이 갑자기 열렸다.

"취침 자리 확인합니다. 그대로 있어!"

자던 사람들은 잠에서 깼고 자려던 사람들은 앉았다.

"빨리 확인합시다. 잠 좀 자게."

홍석 형이 문 앞에서 짜증스럽게 답한다.

"확인합니다. 관복 착용하세요."

"꼭 이렇게까지 해야 합니까?"

홍석 형이 대들 듯 일어서며 말한다. 그런 그를 까마귀가 천연덕스럽게 마주 바라본다. 그 뒤에 까마귀 세 마리가 더 날고 있다. 하나만 걸리라는 표정이다. 그중 하나는 캠코더를 들고 방 안을 비추고 있다.

"지시 불이행입니까?"

"이거 보복 검방 같은데 해보자는 거지요? 밖에서 한번 짖어 볼까요? 인권국, 법무부장관, 교정청, 변호사 시켜서 짖어봐요? 짖어서 소란스럽게 해볼까요?"

"지시 불이행입니까?"

"아닙니다. 형님, 참고 옷 입으시죠. 죄송합니다. 저 때문 에……."

달래며 말하자 홍석 형이 한숨을 쉬며 주섬주섬 느긋하게 관복을 입는다.

"본인 관복들 착용한 거 맞지요? 손부장 대조해봐."

까마귀 하나가 서류를 보며 이름과 수번을 호명하고 확인한 다.

"맞습니다."

"잘 지키고 계시네요. 잘하고 계십니다. 4022 지금까지 사고 없이 잘 생활하시더니…… 오늘부터는 아닐 수 있겠네요. 잘 지켜보겠습니다."

그 말을 끝으로 날아가는 까마귀. 발소리가 멀어진다. 만세는 자신의 의심이 확신이 되니 의기양양하게 웃는다. 홍석 형은 화가 단단히 난 듯하다. 이불을 머리 위까지 올리고서 대화를 거부한다. 나도 얼른 잠들어야겠다. 바이크들이 시동을 걸기 전에.

CRPT들은 교도관이지만 옷이 다르다. 검정색 전투복을 입고 있다. 이름도 적혀 있지 않다. 국정원 요원들처럼 이름을 숨긴다. 자신들이 못되게 굴고 다니기 때문에 밖에서 보복당할까봐 이름 대신 CRPT라는 영문 철자들로 가슴을 수놓은 거라고 수감자들은 수군댄다. 그들이 다녀가면 모두 욕한다. 상상 살인도 한다. 누군가는 검방으로 문이 열릴 때 CRPT에게 주먹을 날렸다고 한다. CCTV가 없는 곳에서는 반대로 말 안 듣는 수감자들이 맞았다는 이야기도 들렸다. 물론 가족도 없어 접견도 못하는 수감자일 것이다.

일단 보복 검방이 있다는 것은 분명히 확인되었다. 그렇다면 다른 소문들도 사실일지 모르겠다. 난 블랙리스트에 올랐는데 그 리스트는 내가 가는 교도소마다 따라다닐까? 아냐. 아냐! 무슨 상상을 하는 거야? 나는 나갈 거야. 나갈 거야. 나갈 수 있어.

2018. 03. 15. 목

 이젠 오전 5시에서 6시 사이 항상 잠에서 깬다. 몸에 알람 기능이 생겨난 듯 시간에 맞춰 일어난다. 6시 30분 기상점검. 7시 아침 배식. 8시 개방점검. 9시부터 일과 시작. 도우미들이 일을 시작하는 시간. 각 방에서 쏟아져 나오는 보고전들을 주임에게 전달하고 실, 바늘, 인주, 스테이플러, 커피 물 등등을 배달하는 가운데 가석방이나 범치기*를 노리며 일하는 시간.
 8시 40분 홍석 형은 여느 때처럼 접견을 나간다. 9시가 넘자마자 우르르 달려오는 발소리가 들린다. 딱딱한 검정색 군화 같은 걸 신고 있는 까마귀들이 뛰어오는 소리다. 긴장의 끈을 놓지 않고 있던 사람들은 마음의 준비를 했고 불곰은 모아둔 약 수십 알을 입 안으로 집어넣는다. 털컥, 까마귀가 만능키로 문을 열고 4방을 급습한다. 마약수 소굴을 소탕하기 위해서.
 "모두! 그대로! 한 명씩 천천히 나옵니다. 검방을 실시하겠습니다."
 철문에서 가까운 순서대로 걸어 나간다. 만세는 성공했다. 총

---

* 돈 있는 사람을 범털이라 하는데 그런 사람의 수발을 들고 돈이나 우표, 먹을 것, 입을 것 등등을 보상으로 받는 걸 말한다.

다섯 명이 와서 세 명이 군화를 신은 채로 방으로 들어간다. 한 명은 우리를 뒤돌아 앉게 하고 한 명은 캠코더로 촬영한다.

"뒤돌아보지 마세요. 벽 보고 앉으세요. 몸이 불편해서 앉기 힘든 사람은 벤치로 가서 앉습니다."

세 명이 벤치로 간다. 불곰과 나는 복도 신발장 앞에 쭈그려 앉아 있다. 그런데 불곰의 눈빛이 이상해진다. 방 안에서는 이 것저것을 꺼내어 밖으로 던진다. 불법 제작물, 제비집,* 이름 표시가 없는 책과 잡지들, 시침을 한 이불과 침낭들까지. 가만히 있던 불곰이 일어선다. 눈이 풀려 있다.

"씨발! 뭐 하는 거야!"

"……지금 뭐라고 했습니까?"

캠코더를 들고 있던 근육 돼지가 캠코더를 가져다 대며 불곰에게 포커스를 맞춘다.

"씨발이라고 했다! 뭐 하는 거냐고 물었다! 왜?"

불곰은 약 기운 탓인지 자존심 때문인지 분노했다. 계속 씨발이라고 말하며 주먹으로 벽을 때린다.

"어어? 지금 자해하는 겁니까! 위협 행동하는 겁니까?"

까마귀는 말리지 않고 캠코더만 찍으며 더 약을 올린다. 그렇게 보인다. 여기서 섣불리 나선다면 이 사람들이 원하는 대로 징벌방으로 가게 되겠지. 그럼 재판에 불리해질 테고. 참아야 한다. 본 지 며칠 안 된 약쟁이일 뿐이다.

---

* 여러 장의 A4 용지들로 네모난 통을 만들어 벽에 붙여둔 수납 공간.

"자해행위. 위협행위로 간주하고 강제 연행 시작합니다."

까마귀 세 명이 불곰에게 달려들어 양옆에서 잡아끌고 간다. 카메라맨과 근육 덩어리가 방 밖으로 던진 물품들의 주인을 하나하나 확인한 후 스티커를 발부한다. 나머지 것은 끌려간 불곰의 것이라고 임선수가 말해서 다들 스티커 한 장씩만 받고 끝이 난다. 시침한 이불은 찢기고 밖으로 나온 것들은 모두 압수되어 버려진다. 방 안은 난장판이 되어 있다. 신발 자국과 흐트러진 짐들. 벽지는 다 찢어지고 뜯겨 있다. MB와 최순실이 나처럼 말했어도 이렇게 똑같이 당했을까? '카더라' 통신에 따르면 MB 혼자 사동 전체를 쓴다던데…… 우리는 과밀 수용으로 비좁아 숨막힐 것 같다.

국정농단의 주범과 측근들의 수감생활은 어떨까? 우리와는 다르겠지. 아직 재판 중이긴 하지만 정권이 바뀌면 정치사범과 경제사범은 사면을 받겠지. 그런 걸 해줘야만 국민 화합이 되는 걸까? 이런 곳에서도 불평등이 존재하는 건 어쩔 수 없는 현실일까! 한때의 실수로 죄를 지은 건 같은데. 이곳에서조차 공정과 평등은 찾을 수 없는 걸까. 순간 피식 웃음이 새어 나온다. 그럴 리가 없다는 것을 뻔히 알기에.

"제훈아. 형이 가서 너 땡겨볼게. 장담은 못 하지만…… 잘 지내고 있어라."

홍석 형은 밖에서 가족들이 매일 신경 쓰고 있었고 어제의 까마귀 사건도 함께 항의해 2인 거실로 전방을 가게 되었다. 그간 감사했다는 인사와 함께 보내드렸다. 붙잡을 수는 없기에.

홍석 형이 떠나자 네 명이 된 방의 분위기가 이상해진다. 눈치 볼 사람이 사라져서인지 임선수와 만세는 물 만난 고기들처럼 하고 싶은 대로 다 해버린다. 아침잠도 자지 않고 투덕거리며 좁은 방에서 주도권이라도 잡겠다는 듯 나와 랄프에게 정치인처럼 수작을 부린다.

입으로 공수표를 날리고 지키지 못할 공약들을 내뱉는다. 라디오도 듣지 못하게 오후 1시가 다 되도록 때 묻은 정치인들처럼 선거전을 한다. 랄프는 이러지도 저러지도 못한 채 난감해했고 난 무시하고 누워 있다. 어쨌든 두 정치인은 표 한 장 얻지 못하고 선거전을 끝낸다.

"상만아. 신입 받아라. 사고 치지 말고."

신입방에서 온 듯한, 50년대 군복을 입은 두 명의 남자가 리빙

박스 위에 모포 두 장을 올려두고 들어온다. 얼마 전의 나처럼.

"숨 막힌다 진짜! 하루를 못 가네, 하루를! 경우 형, 들었죠? 내가 방장이라고 주임이 공식적으로 공표하는 거? 주말은 넓게 쓰나 했더니…… 방에서 큰소리 안 나게 합시다. 앉아요."

두 남자 모두 마른 체격에 볼이 홀쭉하게 들어가 있다. 핼쑥하다. 한 명은 눈의 초점이 희미하다. 주임이 이름을 콕 찍어 불러주어서인지 만세가 권력을 잡은 듯 목소리를 깔고 거만하게 말하기 시작한다.

"이름. 나이. 죄명. 쭉 풀어놔보세요."

"이기헌입니다. 서른아홉이고 무상 교부에 투약입니다."

손등과 목의 혈관이 뚜렷이 보이는 마른 남자가 자신을 소개했다. 초점이 희미한 남자도 인사를 한다.

"김대훈이고 쉰하나요. 내가 나이가 가장 많은 듯하니 말 편하게 해도 되지? 나는 단투."

희미한 남자는 만세만 바라보며 자기소개를 한다.

"말 편하게 하는 건 서로 편해지면 하시고. 두 분 다 싸이즈들이 영…… 나는 판매. 저 형이랑 여기 덩치 큰 애기도 판매. 그리고 저기 내 친구는 밀수 판매. 캄보디아에서 인터폴한테 잡혀왔죠."

난 만세에게 어이없는 눈길을 보낸다. 나는 왜 파는 거지? 그리고 너랑 임선수는 판매가 아닐 건데? 공소장에 없는 죄명이잖아. 왜 부풀리는 거야? 젊은 남자가 쭉 둘러본다. 눈빛을 반짝거리면서.

"키야~ 다들 싸이즈들이 남다르시네요? 잘 부탁드립니다! 라인 넓혀서 나갈 수 있게 좀 도와주십시오!"

"두 분 다 초범에 단투면 금방 나가시겠네. 좋겠다. 나랑 여기이 형도 단투. 근데 우리 둘 다 집유 기간에 다시 온 거라. 간당간당하네요. 쌍집 퐈이팅!"

만세가 부풀렸던 공소사실을 바로잡으며 두 남자를 부러워한다. 남자들은 머리에 둥지를 짓고 왔기에 한 명씩 씻으러 들어간다. 반강제로. 그런데 두 명 다 몸에 멍과 작은 구멍이 많다. 구멍은 바늘 자국처럼 보인다. 젊은 남자가 비교적 덜하지만 멍자국들이 핏줄들 옆에 붙어 있다. 늙은 남자는 오른쪽 팔과 다리의 안쪽에 바늘 자국들이 문신처럼 새겨져 있다.

밤이 되자 만세는 두 남자가 투서를 넣을 수 없도록 유혹하여 코킹파에 가입시켰다. 난 홍석 형을 그리워하며 눈과 귀를 막고 잠을 청한다.

"으악! 아니, 씨발 깜짝이야! 거기서 뭐 하는 거예요! 안 잘거면 얌전히 누워 있든가! 내 자리에 와서 뭐 하냐고!!! 저기요. 이보세요. 김사장? 김대훈! 우와~ 씨발!"

만세의 고함 소리에 눈을 떠보니 늙은 남자가 만세의 잠자리에서 까치발을 한 채 쇠창살을 잡고 서서 계속 창살 너머로 시선을 주고 있다. 입은 다문 채로. 만세가 욕을 하고 밀쳐내도 꿈쩍하지 않는다.

"미친, 씨발! 경우 형. 아까 내가 말했죠? 덜 깼다고! 얼마나 달리다가 온 거야?"

"갔네. 갔어. 멀리 갔어. 플백* 왔나 보다. 상만아. 무시하고 자라. 답 없다."

임선수가 웬일인지 만세를 다독거리고 다시 누워 안대를 쓴다.

"미친! 잠이 오겠어요? 돌아버리겠네 진짜."

이상한 사람이 와버렸다. 홍석 형이 떠나니 마음을 공유하고픈 사람이 없다. 더 쓸쓸해졌다. 견딜 수 있을까 여기서⋯⋯ 주말이 끝날 때까지 김사장은 밥도 먹지 않고 점검 시간을 제외하면 창문에 붙어서 떨어지지 않았다. 이젠 창살을 잡고 제자리에서 방방 뛰기까지 한다. 민원이 빗발쳤다. 추우니까 창문 좀 닫아라, 정신 사나우니 그만 폴짝거려라, 밥이나 먹어라, 창문은 닫고 뛰어라, 하는. 김사장은 모든 민원을 무시하고 10분 뛰고 3분 쉬기를 반복하며 아무 말 없이 창살 밖을 보고 또 봤다. 점검도 받지 않으려 한다.

"점검 방해로 징벌 가고 싶어요? 앉으세요. 앉아! 안되겠네, 이 사람 이거. 이리 나와요!"

교도관이 무전기를 꺼내며 문을 열어 나오라고 부르지만 김사장은 하던 일을 계속한다. 까마귀들을 부르고서 교도관은 목찰을 빼 확인한다. 김사장이 끌려가는 줄 알고 우리 다섯의 얼굴에는 묘한 흥분과 기대감이 각기 다른 표정으로 떠올랐다. 그런데 목찰을 본 교도관은 한마디 하며 까마귀들에게 오지 않아도 된다고 말한다.

---

* 플래시백. 마약을 갑자기 끊었을 때 일어나는 환각 증세.

"아직 덜 깨셨구먼. 잘들 챙겨줘요. 방 식구들이."

혀를 차고는 우리에게 김사장을 당부하며 가버린다. 모두의 얼굴에 실망하는 기색이 떠오른다. 랄프는 머리를 쥐어뜯으며 방을 뒹굴었고, 김사상을 제외한 다섯의 흥분 섞인 기대감은 불시에 사그라들었다. 서로가 그것을 함께 느낀다.

나는 이 방에 갇혀 있는 사람들과 싫든 좋든 상관없이 유대감이 쌓여간다. 호의와 적의가 보이지 않게 차곡차곡 쌓여간다. 방귀 냄새, 입 냄새, 똥 냄새, 발 냄새, 겨드랑이 냄새, 사상, 종교, 생각, 목소리, 코 고는 소리까지 자연스러워진다. 좋은 건 하나도 없다. 이건 스트레스다. 생각과 사상, 말투와 억양, 취향과 습관 등 몇십 년씩 다르게 살아온 사람들을 한곳에 넣어두고 있으니 크든 작든 부딪칠 수밖에 없다. 서로 상처주지 못해 안달난 사람들처럼 변해가는 것은 당연한 일 같다. 나도 마찬가지다. 사람 좋은 척, 착한 척을 할 수가 없다.

홍석 형이 기둥처럼 잡아주던 밸런스는 무너졌고 김사장과 이기헌의 등장은 춘추전국시대를 여는 마지막 퍼즐 조각이었다. 퍼즐이 맞춰지자 매일이 더 시끄러워졌다. 하루에 한 번 단합되던 코킹 시간 중에도 단합되지 않고 서로 조금이라도 많이 흡입하기 위해 전쟁을 한다.

"제훈이 형. 죄송해요…… 도저히 여기서는 못 지내겠어요. 건강하세요."

랄프는 구치소에 단 세 개뿐인 마약 초범방 가운데 공범이 없는 곳이 있어서 그곳으로 떠나버렸다. 나도 벗어나기 위해 신청

했지만 공범들이 방마다 하나씩 자리를 잡고 있고 트레이드마저 거부당해 이 방을 떠날 수가 없다. 흑돼지 새끼들. 두고 보자. 랄프의 빈자리는 바로 채워졌다. 사십 대 후반이며 일본에서 의류 사업을 하던 사람이라고 자신을 소개했다. 역시나 정상은 아니었다. 당연하게 코킹파에 가입했고 여섯 명 중 나 혼자만 벽에 기대어 모든 것을 보기 싫어도 봐야 하고 듣기 싫어도 들어야 한다. 시간이 흐를수록 저들이 정상인지 내가 정상인지 구분이 어려워진다.

며칠이 지나 김사장은 약 기운이 빠졌는지 창살에서 지내는 시간이 줄어들었다. 대신 이번에는 또 이곳저곳을 찌르고 다녔다. 젊었을 적 자신이 펜싱 국가대표였다며 젓가락을 들고 방에서 앉으나 서나 뭐든 찔렀다. 공기까지도. 사람은 살살 찌른다. 운동시간에는 펜싱 선수처럼 스텝을 밟으며 집게손가락을 펴고 찌르고 다녔다. 약 기운이 다 빠진 게 아닌가 보다. 밤이 되니 다시 철창을 잡고 방방 뛴다. 그래도 대화는 된다. 민원이 제기되면 민원 수리를 해준다. 다만 행동이 멈춰지니 쉬지 않고 입을 연다. 이태원에서 명품시계 수리 가게를 했었다는 이야기. 강력방이랑 마약방은 다른 것 같다는 이야기. 그리고 그 뒤에는 언제나 약과 여자 이야기가 이어졌다.

다섯 명은 돌아가며 전쟁한다. 임선수는 자동차와 명품 관련해서 권위자였고 만세는 돈과 노래에 관하여 석사였다. 김사장은 못하는 게 없다며 자신을 조물주라고 했고 이기헌은 검색창이라는 별명이 붙을 만큼 모르는 것이 없었다. 팩트가 확인되지 않으니 그냥 그런가 보다 하고 있다. 서로가 자신의 말만 맞는다고 우겨 조용할 수 없었고 그러다 여자와 약 이야기가 나오면 서로 잘났다고 자랑을 늘어놓았다.

"검색창! 저기 나오는 호텔은 어디 있는 거냐? 좋아 보이네."

"선수 형님. 저긴 바이쉐라톤 호텔인데 구로점 같습니다. 저기서도 제가 파티를 자주 했었는데. 손님들 물이 아주 죽여줬었습니다. 연예계 쪽인데. 아, 이건 비밀! 어쨌든 저기서 제가 인젝션으로 넣어줬었거든요? 저기 지배인이 저랑 친한데 소개시켜드려요?"

"모르는 곳이 없네. 호텔스컴바인이냐? 트리바고야? 가이드 일했던 건 아니고? 나 좀 소개시켜줘."

"김사장님은 거기 가셔도 방방 뛰거나 펜싱만 할 텐데 뭐하러 가요? 모텔이나 뚝딱 만들어 거기서 놀아요."

"동생 말에 가시가 있다? 항상 호텔에 사는 것 같던데. 외제차 딜러 하면서 돈을 그렇게 잘 벌었나 봐? 연예인들이 사줬어? 그런데…… 밥은 호텔에서 안 먹었어? 거기서 쩝쩝거리며 밥 먹기 쉽지 않은데…… 그치? 쌍만아?"

"쌍만이? 쌍만이~? 참나…… 이 양반은 모르는 호텔이 없고, 모르는 연예인이 없고. 김씨는 못하는 게 없으니 둘이 나가서 뭐든 하나 같이 해봐. 대박 치겠네!"

"어이! 만세조. 말조심해! 위아래 없어? 김씨라니!"

"그럼 좆씨라고 불러드릴까? 여기 징역이야. 나이 영치 안 하고 올라왔냐? 지금이라도 영치시켜."

"세상이 거꾸로 돌아가는구나. 집안 믿고 설치는 놈한테 이런 수모를 겪다니……."

"들어올 때부터 돌아 있었으면서 뭔 세상이 돌아? 니가 돌아 있는 거지."

"만세 저 새끼가 진짜. 버르장머리 좀 고쳐줘야 하나? 내가 검만 있었어도 그냥, 아우!"

"어이! 호빠! 니가 내 이야기 했냐? 너지!"

"이 씹새끼가 진짜 뒈질래? 나 아니다. 사과해라. 나 아니라고 분명히 말했다!"

"그래? 확실히 너 아냐? 미안. 야, 검색창. 그러지 말고 연예인 누구누구 만났냐? 응?"

"비밀이지. 특급 비밀! 다 존나 이쁘고 잘생겼다. 여기까지만 말해준다."

"미친놈. 그게 오픈이냐? 어디 어디 찔러줬냐? 그런데 넌 왜 못생겼냐?"

"난 파티 플래너니까. 외모는 상관없지. 목, 팔, 다리, 성기, 어디든! 원하는 곳에 혈관이 안 보여도 다 찔러줬지! 정확하게! 내 손이 특별하거든."

"주사기만 찔렀냐? 다른 건?"

이런 대화가 무한 반복이다. 서로에게 독화살과 비수를 꽂으면서 마지막에는 약과 섹스 이야기로 돌아간다. 뫼비우스의 띠. 전부 자신이 마약왕이라고 말한다. 얼마나 자주 했고 한 번 투약할 때 얼마의 양을 몸속에 집어넣었는지 대결한다.

이미 1회 투약 양은 765그램이 넘었다. 치사량을 훨씬 넘어선 양이다. 저놈들은 불사신이다. 하선은 얼마나 많은지, 상선은 누구인지, 유명인 누구와 했는지, 어떤 자세까지 해봤는지, 자랑하고 공유한다. 내가 겪은 일들은 명함도 못 내밀 수준이다. 이들은 모두가 마약왕이다.

가짜 거울을 들여다본다. 선명하고 뚜렷하게 보이지는 않지만 반사되는 내 얼굴이 초췌하다.

권씨를 일본에서는 콘상이라고 부른다 하여 랄프 대신 온 사람의 별명은 콘상이 됐다. 콘상은 자신을 스스로 오타쿠에 게이 혐오자라고 말했고 세일러문 피규어를 모으는 것이 취미라고 한다. 그리고 날씬한 여자에게는 흥미가 없고 돼지처럼 뚱뚱한 여자만이 자신을 흥분시킬 수 있다고 한다. TV에 잘생기고 스캔들이 없는 남자 연예인만 나오면 그는 버릇처럼 중얼거린다.

"저 새끼 게이야. 100프로 게이야."

콘상은 남자 연예인을 게이로 만들고 검색창과 만세는 날씬한 여자 연예인을 모두 투약자로 만드는 것도 모자라 그들과 만나서 놀았었다고 말한다. 임선수와 김사장은 TV와 신문에 등장하는 모든 인간들이 마약을 한다고 말한다. 특히 정치인들은 모두 어떤 마약이든 했을 거라고 장담하듯 말한다. 투약을 하지 않고 저런 행동과 말들을 할 수는 없다며.

나는 투약하지 않아서 얼마나 다행인지 모르겠다. 구속되어 투약자들과 지내보니 확신이 생겼다. 마약이 있는 한 투약자들은 끊지 못할 것이고 투약자들이 있는 한 마약 장사는 망할 일이 없을 거라는.

전쟁터는 특정 시간이 되면 잠시 휴전상태가 된다. 1대 코킹파 수괴인 만세의 주도하에 코킹 파티가 벌어지고 뒤풀이로 먹식이 잔치가 열린다. 나는 여기서 홀로 비투약자이고 저들에게는 파티에도 참석하지 않는 도도한 마약수다.

만세, 임선수, 검색창은 근육이완제와 다이어트약을 코킹하고 김사장과 콘상은 졸피뎀, 디아제팜, 루나팜, 자낙스를 코킹한다. 그리고 뒤풀이가 끝나면 각자만의 세계로 빠진다. 만세와 임선수는 원래 그 세계로. 검색창과 김사장은 이상한 주제로 말다툼인지 말장난인지 모를 재판을 열고 심리가 붙는다. 오늘의 주제는 '손흥민은 왜 잘하나?'이다. 콘상은 운동시간에 운동도 하지 않으면서 헬스 잡지를 본다. 근육질의 남자를 보는 건지 운동 자세를 보는 건지 알 수 없다.

귀마개를 꽂고 안대를 쓰지만 귀마개를 뚫고 들어오는 소리는 저들이 뭘 하고 있는지 고스란히 눈앞에 그려놓는다. 나도 약을 먹어야 하나? 먹고 계속 잠이나 잘까? 저들과 함께 있는 것 자체가 징벌이다. 왜 징역이 힘들다고 하는지 깨닫는다. 그만하라고 소리쳐볼까? 욕하면 내게 덤빌까? 한 방 후련히 날려주고 그냥 징벌방에나 갈까?

2018. 04. 04. 수

내일은 처음 열리는 재판 기일이다. 결과를 이미 알고 있지만 긴장되는 건 어쩔 수 없나 보다. 재판장의 분위기는 어떨까? 재판관은 어떤 성향의 사람일까? 보수적일까, 진보적일까? 어떤 쪽이 유리할까? 마약수에 대한 부정적인 생각을 가지고 있겠지? 4방의 뽕쟁이들은 만세를 빼고 모두 잠들어 있다. 광란의 카니발이 끝나고 취침 중이시다. 법원에 들어서게 되면 두렵겠지? 두려울 거야. 지금 긴장되는 것을 보면 알 수 있어!

"제훈아! 니 친구 만났어. 형민이 맞지? 이거 전해주라더라."

만세가 꾸깃꾸깃 접힌 종이를 은밀한 그곳에서 꺼낸다. 받아야 하는데 잠깐 망설였다.

"아…… 고맙다."

테이프가 돌돌 말려 있는 편지 봉투다.

TO. 박사

읽은 뒤 찢어버려라. 만약 테이프가 찢어져 있으면 그 새끼가 본 거니까 그 새끼한테 캐라. 죽인다고. 내가 누군지 이야기해주고 죽기 싫으면 아가리 싸 물어라 캐라. 마약 못 하게 양

팔 짤라뿐다 캐라. 거시기도. 본론으로 들어가서, 인천 생활하는 한 해 위에 형님 한 분 만났었다. 박뽕하고 연관돼 있다면서 도움 원하시더라. 그래가 이리저리 알아보고 있었는데 며칠 전에 형님 친구라 카면서 편지가 왔다.

형님이 며칠 전에 자살하셨단다. 유서 남겼는데 유서 내용에 내한테도 말을 남기셨더라. 형님이 혐의 부인하니까 지검사가 쪽지 구형 19년 줬단다. 공범들이 형님 크게 만들어서 살아 나갈라고 기를 썼다 카네. 유서 내용을 읽고 지태순이의 약속을 믿기가 힘들어졌다. 호만택 어디 있냐고 물었단다. 공범들이 다 불어 호만택이랑 형님 장인의 연결고리를 알아냈다면서. 형님은 모르는 일이라고 부인했고, 지검사가 내랑 니 도움 받을 생각은 접으라고 말했단다.

우리 조사 내용도 대충 알고 계시드라. 그래가 마약 전문 변호사 잘나간다 카는 것들 다 만나보이 온전히 지검사의 약속을 믿기가 어렵겠다. 재판이 어려워질 것 같으니 그리 알고 있그라. 다른 방법 찾아보고 있다. 우찌 될지 모르겠다만, 판 짜고 있으니까. 법정에서 이야기 전해주기 힘들 것 같아서 이래 전한다. 쏭하고 자말 들어왔다. 자말이 USB 가꼬 왔는데 비번 알리도. 돈 풀어가 작업 드가구로.

우짜든지 빨리 나가게 해주께. 정신 잡고 있그라.

쏭과 자말이 한국으로 들어왔다. 와주었다. 다행이다. 버리지 않아주어서 고마울 뿐이다. 다행이기는 한데······.

자살이라…… 자살. 쪽지 구형이 무엇이기에 그런 선택을 한 것일까. 왜 19년이라는 쪽지 구형을 주면서까지 압박하고 선택하게 만들었을까. 어떤 마음으로 그런 선택을 했을까. 그 선택지밖에 없었을까? 지태순이라는 사람은 뽕쟁이를 역겨워할 만큼 싫어하는 건가? 얼마나 싫어하면 19년이라는 시간으로 압박했을까. 마약과 관련된 개인적인 사연이라도 있는 걸까?

아니면 그냥 마약이니까? 4방의 뽕쟁이들은 눈물도 많고 겁도 많다. 한심한 또라이들이긴 했지만 살인을 한 사람은 없다. 다른 뽕쟁이들은 만나보지 못해서 모르겠지만 여기에 있는 뽕쟁이들은 자신의 마약 일대기를 이야기하면서도 누군가를 해코지한 적은 없다고 했다. 누군가가 자신을 죽이려는 것 같고 쫓기는 것 같은 느낌은 항상 느낀다고 했다.

모르겠다. 저들의 이야기가 오롯이 진실한지는 확인할 수 없다. 사람을 중독시키는 것은 그게 무엇이든 좋은 것은 아니라고 말한다. 검사는 그 어떤 것에도 중독되지 않았을까? 혹시 권위주의와 권력에 중독된 것은 아닐까? 구치소 안의 자살 소식은 TV나 신문에서 찾아볼 수 없다. 매일 아침 9시 30분부터 30분간 하는 뉴스에도, 조선, 동아, 중앙, 한국, 경향, 매일경제, 한겨레까지 모든 신문을 찾아보아도 구치소 안 자살 소식은 없다. 마약 중독자의 죽음은 한 줄 글자로 남길 일도 아니라는 걸까?

2018. 04. 05. 목

한 달 넘도록 만나지 못했던 세상은 따스하다. 벚나무에는 꽃이 피어 있고 보도블록 틈 사이사이에는 잡초들이 기지개 켜듯 올라와 있다. 사람들의 옷차림도 얇아져 있다. 구치소 안은 여전히 겨울인데 밖은 봄이다. 호송차 안은 수감자들로 가득하다. 모두 오늘이 재판일이거나 검취 때문에 나왔을 것이다. 어라? 재판을 받으러 왔는데 검찰청으로 왜 온 거지?

아…… 검취는 2층 비둘기장으로 올라가고 재판 받을 사람들은 지하로 내려가는구나. 3인 1조의 가운데에 서서 포승줄을 잡고 지하로 내려간다. 눅눅하고 습한 통로를 걸으니 넓은 강당 같은 장소가 나온다. 지하 길을 통해 검찰청에서 법원으로 이동한 듯하다. 강당에는 다섯 명이 앉을 만한 나무 의자가 놓여 있다. 들어온 순서대로 세 사람을 연이어 묶은 줄이 풀리고 포승된 채로 의자에 앉혀진다.

"여러분들 중에 처음 듣는 분도 계실 것이고 여러 번 들었던 분도 계실 겁니다. 잘 들으시고 지시사항에 따라주세요. 여기에서도 법정에서도 정숙해주셔야 합니다. 소란을 피우거나 지시에 따르지 않을 경우 스티커 및 조사 징벌로 처벌될 것이고 재판 기간 중 조사 및 징벌 기록이 남게 된다면 재판에 악영향을 받을 수 있으니 주의하시기 바랍니다. 지금부터 호명되는 사람은 큰 소리로 대답하며 앞으로 나와주십시오. 편의상 존칭은 생략합니다."

수감자들의 이름이 불린다. 제각각 대답하며 일어나 일렬로 늘어선다. 법정 호실별로 구분되어서 계단을 올라간다. 난 익숙한 오부장님의 목소리에 일어나 앞으로 나간다. 깽의 이름도 호명되었고 같이 연승되어 법정을 향해 올라간다. 오랜만에 만난 깽의 모습은 덩치가 커져 있다. 가슴과 팔이 두꺼워진 듯하다. 얼굴이 포동포동해 보이지는 않는 것이 근육을 키운 듯하다.

좁고 짧은 층간을 오르다 보니 108호 법정과 110호 법정 사이의 공간으로 계호되었고 수갑만 차고서 강당에 있던 나무 의자에 앉혀진다. 주위는 너무도 고요하다. 법정 안으로 들어서기도 전에 무거운 분위기가 온몸을 짓누른다. 깽은 가장 뒷줄에, 나는 가장 앞줄에 앉아 있다. 뒤를 돌아보자 깽이 소리 없이 웃어준다.

"뒤돌아보지 마! 앞만 봐, 앞만! 공범들끼리 뭐 하는 거야!"

나이 지긋한 교도관이 공범 분리를 위해 소리 지른다. 비번 알려줘야 하는데…… 대기실에는 고요함이 깔려 있어서 내가 조금만 움직여도 절그럭, 철그럭대는 소리가 울려 퍼진다. 108호 법정의 문이 열리면서 다른 수감자가 들어가고 나온다. 표정이 좋지 않다.

"김형민 씨, 임제훈 씨 준비해주세요."

검정색 슈트를 입은 남자가 우릴 부르자 오부장님과 교도관이 우리의 수갑을 풀어준다. 법정 문이 열리고 깽의 뒤를 따라 안으로 들어간다. 법정 안에도 무거운 고요함이 그득하다. 들어선 문 앞에 피고인석이 있고 국선변호사 두 명이 앉아 있다. 처음 보는 공판 검사는 서류를 높이 쌓아두고 무슨 서류를 찾는 것인지 우리의 등장에는 관심도 없다. 법정 가장 높은 곳에는 세 명의 판사가 앉아 있다. 법정의 고요함과 무거움은 그들의 표정에서 만들어지는 것 같다. 중앙에 자리한 판사가 우리의 인적 사항을 확인하고 앉으라고 명한다.

"박사. 받았나?"

깽이 속삭인다.

"어. 안 뜯어봤더라. 비번 1109566이다."

판사가 우리의 죄명과 사건의 개요를 말하고 있을 때 깽이 질문하는 학생처럼 손을 번쩍 든다.

"……네. 피고인 말씀하세요."

"사선 변호인 선임 문제로 재판 연기를 신청합니다!"

"좋습니다. 받아들이겠습니다. 다음 재판 때는 사선 변호인을 선임해서 재판에 참석하십시오. 4월 26일 목요일 오후 2시에 재판을 재개하도록 하겠습니다."

2018. 04. 09. 월

코킹파 이인자인 임선수가 나를 적대관계로 등록하고서 떠났다. 마약은 상선이나 하선의 관계가 되면 적대 신청해서 방을 옮길 수 있다고 한다. 임선수가 가고 트레이드되어 빈자리를 채울 사람이 곧바로 들어온다. 임선수와 비슷한 키에 머리카락이 없다. 체격이 크다. 시침된 침낭 위 리빙박스와 투명 비닐 가방 두 개에 물건들과 옷들이 가득하다. 무거워 보이는데 내색도 없이 들고 온 물건을 거실 한가운데 내려두고 앉는다.

"스물일곱입니다. 단투로 들어왔고 밑통 한 달 정도 됩니다. 잘 부탁드립니다."

억양이 조금 이상하지만 대차게 인사를 한다. 시키지도 않았는데 먼저 인사를 했다. 다들 조용하다. 기에 눌린 듯하다. 나 또한 그런 것 같다. 민머리에 핏줄이 튀어 올라와 있다. 문어를 닮았지만 무섭게 생겼다. 아무도 인사를 받아주지 않자 문어는 익숙한 듯 이불을 올리고 짐을 정리하고 빈자리에 가서 앉는다.

"야. 너 조선족이냐? 새터민?"

김사장이 문어에게 질문을 한다. 문어는 자신이 새터민이라고 답한다. 서먹서먹하게 밤을 맞이했고 코킹파는 파티를 벌이려 준비한다. 파티 준비를 시작하자 서먹해하던 문어가 자연스레 파티 준비를 돕는다. 초대받은 적도 없는데 파티에 찾아갔고 스스로 코킹파에 가입했다.

"야. 너 뭐야! 약도 없이 뭐 하는 거야?"

만세가 문어에게 자격도 없으면서 파티에 왜 참석하려 하느냐며 코킹파 가입을 막는다.

"형님들. 내일부터 설거지 제가 다 하겠습니다! 끼워주십시오!"

문어는 설거지를 도맡아 하겠다며 코킹파에 가입 신청을 한다. 코킹파들의 상의 끝에 문어는 가입되었고 파티가 열렸다.

"북한산 뽕이 그렇게 지린다던데 미쳤냐? 여긴 왜 와?"

수괴인 만세가 북한의 필로폰을 찬양하며 문어를 타박한다.

"거기 뽕이 최고이긴 하죠. 여기 와서 맛본 것들은 그냥 뭐 음료수 같았습니다. 부모님이랑 목숨 걸고 넘어왔는데. 다시 갈까 봐요. 이번에 나가면 혼자서라도 돌아갈까 고민 중입니다."

문어는 필로폰 때문에 다시 북한으로 넘어가는 고민을 심각한 표정으로 말한다.

"그렇게 좋냐?"

만세가 궁금해하자 다들 문어 쪽으로 상체를 기울이며 대답을 기대한다.

"와, 이걸 어떻게 설명해야 하지? 설명이 될까요? 안 될 것 같은데……."

문어의 대답을 기대하며 풀려 있던 눈에 힘을 주는 코킹파들.

"슈퍼맨과 판다의 차이? 이해가 돼요?"

"뭔 개소리야. 판다가 왜 나와 거기서?"

"형님. 판다에 대해서 모르시네요? 판다가 하루에 40번 정도 섹스를 하거든요? 매일! 그런데 그게 다예요. 40번. 딱 그거. 그런데 슈퍼맨이 되면! 아, 잊을 수가 없습니다. 날면서 해요. 하늘을 날면서 섹스를 한다고요. 이해가 돼요?"

"……자부심이 대단하구나?"

"비교 불가. 이 한마디가 모든 것을 설명해줍니다."

문어는 북한산 뽕을 자랑하며 코킹파들에게 자신의 경험을 풀어놓는다. 전부 문어의 말에 귀 기울이며 빠져들어 있다. 난 귓속으로 매일 들려오는 코킹파의 파티와 뒤풀이 때문에 항상 잠을 편하게 잘 수 없다. 저들의 시간에 길들여져서 저들이 자야만 나도 잘 수 있다. 하루키의 『상실의 시대』를 읽으며 귀마개를 파고 들어오는 저들의 목소리를 듣는다.

"형님들 저는 한번 꽂을 때 세 칸씩 해버립니다. 한 칸으로는 아무 느낌이 안 와요. 재밌는 이야기 하나 해드릴까요? 제가 있던 방에 한 놈이 뚜껑 열려서 경찰이 잡으러 온 줄 알고 옥상으로 올라간 겁니다! 올라가서 숨을 곳을 찾다가 빨랫줄에 걸려 있던 옷 사이에 빨래처럼 12시간 넘게 걸려 있었답니다. 그걸 보고 누가 신고해서 경찰이 왔고 경찰이 '뭐 하십니까?'라고 물었더니 '나는 빨래입니다.'라고 말하고서 지금 4층에 있습니다."

문어의 말에 모두 웃는다. 그리고 각자 재밌는 이야기를 하나씩 이어 말한다.

문어는 한 번에 세 칸씩 한다고 했는데, 세 칸이면 0.9그램이다. 그 정도면 치사량 아닌가? 심장이 세 개라서 살아 있는 건가? 아니면 아홉 개의 뇌가 모두 망가진 걸까?

"나 아는 형은 수염 정리하는 거에 꽂혀서 수염만 8시간 넘게 뽑다가 정신 차려보니 얼굴이 피범벅이라 깜짝 놀란 거야! 세수하니까 멋지게 기르던 수염은 온데간데없고 군데군데 벗어진 피부만 보이더라는 거야. 병원도 못 가고 한동안 고생 좀 하셨지."

"나 아는 사람은 다니던 호텔에 가서 방을 달라고 하니까 특실로 준다는 거야. 갑자기? 그냥 원래대로 이코노미 달라고 해도 끝까지 특실을 준다는 거야. 이코노미 값만 받겠대, 지배인이. 왜냐! 이 형은 꽂으면 청소에 꽂혀서 방에 들어가 청소만 하다가 나오거든. 청소 안 한 특실을 준 거지."

"어? 그거 검색창 너 아냐?"

"어이! 김사장! 난 파티 플래너였다고. 내가 청소 따위에 꽂힐 사람으로 보여?"

만세의 이야기에 김사장과 검색창이 웃으며 싸운다.

"내가 아는 형은 투약으로만 징역 여섯 번 살고 약 끊어보겠다며 뽕 대신 술을 마시기 시작한 거야. 술 한 잔도 안 마시던 사람이 술에 취하니까 지나가는 사람들한테 계속 '죄송합니다. 잡지 말아주세요. 죄송합니다.' 이러고 다니는 거야. 다음 날에는 필름 끊겨서 기억도 못 하고 존나 웃겼어. 결국엔 다시 술 끊고 뽕으로 돌아왔지."

"나랑 노는 년이 한날은 평소보다 더 찌르는 거야. 한참 즐기고 있는데 절정을 맛보던 년이 갑자기 멈춰버리더라고. 굳은 것처럼. 난 계속했지. 그런데 하다 보니 재미없어져서 왜 그러는지 물어봤더니 이년이 말을 안 해. 그래서 이곳저곳 그냥 만지고 있었는데 이년이 드디어 말을 하는 거야. 온몸에 마비가 왔대. 둘이서 한참을 낄낄거리다가 한 작대기 더 하고 그날을 마무리했지. 크…… 달콤했지."

검색창의 이야기에 김사장이 자리에서 서서히 일어나 철창을 잡는다. 그리고 뛰기 시작한다. 김사장의 자리는 철창 앞이다. 만세는 어쩔 수 없이 좋은 자리를 포기했다. 매일 몇 번씩 찾아와 저러니 포기할 수밖에.

"김사장, 새벽에 그러면 안 돼. 그만해. 내일 강초방 꼬맹이들한테 욕먹는다?"

만세가 김사장에게 평소처럼 항의 민원을 넣어보지만 김사장은 뛰는 것을 멈추지 않는다. 검색창이 말한다.

"플래시백 왔네. 오늘은 언제까지 뛰려나?"

2018. 04. 11. 수

저녁을 먹고 문어가 화장실로 설거지를 하러 들어간다.

"북한산, 설거지 똑바로 해라. 아까 대식기에 기름기 있더라. 그딴 식으로 하면 약 안 준다!"

만세가 뒷짐을 지고 설거지 중인 문어를 감시하며 다그친다. 문어의 손길이 빨라진다.

"자, 4방 약 먹읍시다. 물 가지고 오세요."

야간 담당이 쇠창살 밖에서 약 먹는 사람들을 부른다. 나와 문어를 빼고 코킹파들이 둥지 안의 새끼 새들처럼 어미 새가 가져온 먹이를 받아먹기 위해 창살 쪽으로 다가간다. 한 마리 한 마리 먹이를 받아먹기 시작한다. 먹이를 입에 넣고 물도 넣는다. 물을 삼키고 교도관에게 입안을 보여주고서 뒤로 빠진다. 문어는 설거지 중이라며 약을 배달해달라고 부탁한다. 친분이 있는 교도관인가 보다.

"너는 여기서도 설거지야? 어떻게 볼 때마다 설거지여. 끝나고 폰 때려."

교도관이 옆방으로 이동하자 매일 보는 마술쇼가 벌어진다. 입안에서, 발바닥에서, 소매에서, 물병 안에서, 약들이 온전하게 나타난다. 하루 세 번 나는 좋은 좌석에 앉아 공연을 지켜본다. 돈 주고도 보기 힘든 구경거리다. 여기서 유튜브 방송을 할 수만 있다면 별을 왕창 받을 수 있을 텐데. 마약 장사에 비교할 수는 없겠지만 부자가 될 수 있을 것 같다.

오늘은 깽의 편지를 받았다. 뱀새끼를 통해서. 내용은 선임할 마약 전문 변호사를 정했다는 것과 한 번 더 재판을 연기시킨 후에 선임할 거라는 계획이었다. 그리고 역시나 견디라는 추신이 있었다.

나는 매일 잊지 않기 위해서 일기를 쓴다. 저들을 보고 기록할 때마다 생각한다. 마약은, 마약 장사는 영원하겠구나라고. 그리고 어떻게 하면 잡히지 않을지와 손님들은 어떻게 캐어해야 사고가 터지지 않을지까지.

"김사장? 저녁 먹고 양치 안 했지? 양치질 좀 해."

검색창이 입에서 약을 꺼내는 김사장에게 매너를 알려준다.

"너는 발 씻었냐? 쩝쩝이 새끼야!"

발바닥에서 약을 떼어내는 검색창에게 김사장도 매너를 요구한다. 설거지를 끝마친 문어가 나오자마자 인터폰을 누른다.

"마녀님. 마녀님. 약 좀 주세효!"

문어가 가성으로 미친 소리를 한다. 보라미방송에 나오는, 올바르게 약 먹기 캠페인을 흉내 낸다.

"무슨 약을 원하는 거니? 인어공주야."

친분이 있어 보이던 교도관이 문어의 장난을 받아준다.

"사람이 되는 약이효."

144

문어는 사람이 되고 싶다며 마녀에게 약을 달라고 했고, 나타
난 마녀를 만나 약을 받고 즐겁게 마무리한다.

"암! 암~ 암!"

마녀가 킥킥 웃자 문어도 웃으며 마술쇼를 하려 한다. 입에
넣어 목젖을 움직이고 말까지 한다.

"부장님~ 고생하십쇼! 단! 약!"

문어가 단약을 외치며 군인처럼 마녀에게 경례한다.

"단약은 개뿔. 개가 똥을 끊지! 니가 약을 끊어? 그래. 끊을 수
있으면 제발 끊어라. 가족들을 위해서! 앙!!"

마녀가 사라지자 문어는 축축해진 K2를 뱉어낸다.

"북한산! 너 양치질은 하고 나왔냐?"

만세의 질문에 문어는 그저 미소만 짓는다.

2018. 04. 14. 토

미칠 것만 같다. 험한 말들을 쏟아내며 날카롭게 휘둘렀지만 잠시 조용해질 뿐 오래가지 못한다. 다섯은 질리지도 않는지 했던 대화를 마치 처음인 듯 또 하고 또 한다. 한 명이 입을 열면 주제 따위는 관계없이 다른 사람 말은 듣지도 않고 각자 자신의 이야기만 늘어놓는다. 라디오 다섯 대를 각기 다른 주파수로 틀어놓은 것만 같다. 소리를 줄일 수도 없다. 다시 소리치고 화를 내보아도 소용없다. 그래봤자 나만 더 상처받는 것 같다.

투약을 하지 않은 나는 이들의 이야기에 전혀 공감할 수가 없다. 이젠 다른 곳에 가서 투약자 코스프레도 할 수 있을 것 같다. 본의 아니게 듣게 된 다양한 종류의 마약 사용법과 효능들이 빈약했던 마약 지식을 채워준다. 왜 초범방과 누범방으로 나누는지는 알 것 같다. 그럼 투약과 판매와 밀수도 나누어야 하지 않을까? 다섯 개의 라디오가 하나의 주파수로 통합될 때는 약 이야기와 섹스 이야기가 나올 때뿐이다.

이들은 나에게 묻는다. 어떻게 약을 가져왔는지. 끈질기게 묻는 그들에게 나는 모른다고만 대답한다. 문어가 무섭게 생긴 얼굴로 내게 말한다. 이해할 수가 없다는 표정과 말투다.

"아니…… 어떻게 형님은 약을 그만큼이나 손에 들고 있으면서 안 하셨지? 신기하네. 가능한 일인가?"

문어가 그렇게 말하자 코킹파들도 동의한다는 표현을 한다.

변종 돌연변이 대하듯 파티 때도 뒤풀이 때도 내 이야기를 한다. 마치 없는 사람 취급하며.

"나갈 수 있을까?"

"에이, 꿈 깨라 그래. 특가랑 특례도 붙었는데 빠져나가? 저. 저. 저. 그거 누구냐? 경기도 지사 아들내미 때문에 이번에 인터넷 판매 형량 존나 쎄진대."

"형민이라는 공범이 다 안고 가고 있는데 쌩초니까 집유는 받지 않겠어?"

"아뇨. 증인들! 그러니까 다른 공범들이 증언을 전부 제훈이형이 지시했다고 해버려서 그것도 힘들걸요? 며칠 전에 등사열람 온 거 봤는데. 아우, 안 돼요, 안 돼."

코킹파들은 내가 뒤에 앉아 있는데도 없는 사람 이야기하듯 떠들어댄다.

"나 못 나간다고? 그럼 징벌 가도 되겠네? 안 그래도 뽕쟁이 새끼들이랑 같이 있기 좆같았는데 잘됐네. 누가 같이 갈래? 문어 니가?!"

"뽕쟁이라고 하지 마라!"

"오, 김사장 니가 같이 가시게? 좋다. 가자 뽕쟁이 새끼야!"

달려가 김사장의 멱살을 잡았다. 김사장은 멱살이 잡혀도 뽕쟁이라고 부르지 말라며 소리만 치고 반응은 하지 않는다. 만세와 문어가 동시에 우릴 떼어놓는다. 호흡이 가빠지고 흥분된 상태. 콘상은 앉아서 헬스 잡지를 보고 있고 김사장은 계속 나를 노려보기만 한다. 김사장이 가만히 있으니 문어와 만세가 나를 김사장에게 가지 못하게 막고 있다. 난 옆에 보이는 것들을 집어 들어 김사장에게 던진다.

"이 씨발! 뽕쟁이 새끼야! 한 번만 더 내 사건 가지고 씨부리라! 손구락 다 뿌사뿐다!!"

"뽕쟁이라고 하지 마라!"

2018. 04. 25. 수

민경이가 사진을 보내주었다. 약속대로 접견은 오지 않았다. 한번 뱉은 말은 지키는 여자다. 보고 싶은데…… 너무 그리운데…… 그래도 부탁한 사진이라도 볼 수 있게 되었으니 좋다. 어머니 사진. 민경이와 노랭이 사진. 보고 있으니 울컥한다. 가슴이 울렁거리고 코가 매워진다. 눈물이 맺혀 흘러내린다.

"누구냐? 애인? 어머님? 뭐냐 그 개새끼는? 왜 그렇게 못생긴 개를 키워? 난 허스키 키우는데."

만세가 우리 딸을 모욕한다. 따귀를 가볍게 때려주었다.

"돌았나? 이 씨부랄 뽕쟁이 새끼가…… 개새끼? 개새끼는 니 고! 니 면상보다 훨씬 이쁘다! 같이 쫌 지냈다고 진짜 친구 긋나? 니랑 내랑! 절로 끄지라, 뽕쟁이 새끼야!"

만세가 붉어진 얼굴로 돌아가고 김사장이 벌떡 일어나며 소리친다.

"뽕쟁이라고 하지 마라!!!"

"우리 김사쟝~ 뽕으~이에 민감하네. 앉어, 앉어."

검색창이 '쟁' 자를 빼고 말하면서 김사장을 토닥이며 자리에 앉힌다.

내일은 두 번째 재판 기일이다. 연기될 거지만 떨린다. 점점 뭔지 모를 감정이 올라온다. 찝찝한 기분이…… 한 번씩 올라왔다가 사라진다. 뭘까 이건.

깽은 법정에서 선임한 마약 전문 변호사를 마음에 들어하지 않았다. 변호사는 법정에서 접견 때와는 달리 말을 버벅거렸고 변론은 정리되어 있지 않아 보였다. 깽이 옆에서 계속 귓속말로 변호사 욕을 했다. 5월 15일에 열린 1차 변론에서 변호사는 초짜처럼 자꾸만 머뭇거렸고 참을성 없는 깽은 손을 들어 직접 판사에게 이야기했었다. 얼마짜리 변호사일까? 모레 7일에는 증인들이 참석하는 재판이 진행될 것이다. 중요한 재판이지만 잘될 거라고 변호사가 변접 때 와서 자신감 넘치게 이야기했었다. 증인으로는 흑돼지 두 마리, 문강규, 오지환, 손빈을 신청했고 재판부에서 받아들여주었다. 아마 대부분 나올 것이다. 나와서 나에 대한 증언을 바꾸어주어야 한다. 그래야만 자신들도 미래가 생긴다는 걸 알고 있을 것이다. 깽이 알아서 해두었겠지.

"제훈이 형, 내일 알아서 챙겨줘요."

막내 도우미가 지나가며 모래시계 모양으로 접힌 테이프로 봉인되어 있는 종이를 던지고 간다. 나에게 배달 온 전서구. 비둘기가 내일 알아서 챙겨달라고 한다. 바라는 것은 등기우표.

To. 박사

니도 알아야 될 거 같아서 비둘기 날린다. 지검사 서울로 인사 발령되니 마니, 소문 돌더니만 결국 발령받고 갔다. 정계장이 어제 검치 따 새로 온 검사 소개시키주면서 이야기하드라. 새로 온 검사 성향을 아직 잘 모르겠다고. 지검사랑 약속하고 진행 중인 프로젝트까지 이어 할라 칼지 모르겠다 카면서 미안타고 사과하드라. 먼 말이긋노? 빠가리 났다는 기지…… 내일 증인 재판 상황 안 좋으머 내가 딜 보고 있던 카드가 있는데 그거 진행할 거다. 일단 지금은 그렇게만 알고 있그라.

PS. 성진 형님 가족들이 지검사한테 빈소에 와서 사과하라 캤는데 지태순이는 그림자도 안 비쳤단다. 서울로 그냥 간 거지. 드르븐 새끼. 비트 해외에서 정리할라 캤는데 시세가 지금 개판이라 풀기도 애매하고…… 우짜머 좋겠노? 참고로 비트 환치는 데 한 달 넘게 걸린다.

서울 발령에 대한 '카더라'가 돌더니 팩트가 되었구나. 특수부로 갔을까? 어느 부서든 서울이면 승진 아닌가. 그냥 떠났구나. 약속은 버리고. 아무리 범죄자의 장례식장이라 하더라도…… 그래도…… 한 번은 들를 수 있는 것 아닌가? 마음 한번 써주는 게 그렇게 힘들었을까.

2018. 06. 08. 금

어제 있었던 증인 재판에서 증인으로 참석한 놈들은 다들 뽕을 맞고 왔는지 갑자기 단체로 기억 상실이 온 건지 오사장을 제외하고는 모두 오리발 내미는 식의 증언을 했다. 변호사는 여전히 버벅거렸고 답답해하던 깽은 직접 손을 들고 일어나 말했었다.

"존경하는 재판장님. 검찰과 경찰은 회유와 협박, 강요로 이루어진 진술들만 가지고 임제훈을 체포하고 구속시켰습니다. 저의 친구라는 이유만으로 증인들은 모두 추측성 진술로 공적을 쌓았고 지금도 진실을 이야기하지 않고 있습니다. 임제훈이 부분적으로 혐의를 인정했던 이유도 최대 구형을 준다는 검찰의 압박에 못 이겨 진술한 것입니다. 저는 변명의 여지 없이 중대한 죄를 저질렀고 후회하며 반성합니다. 지금 이 상황을 겪고 있는 제훈이에게…… 제훈이 어머님께 너무 죄송한 마음뿐입니다. 현명하게 사건을 살피고 판단해주십시오! 검사 지태순과 정호환 수사관을 증인으로 신청합니다! 그 두 사람이 여기 이 신성한 법정에서까지 진실을 부정하고 오직 실적만을 위한 수사를 할 것인지를 확인하셔야만 합니다!"

깽의 변론에 판사가 대답했다.

"······허가합니다. 다만, 지금까지 수사 검사와 수사관이 증인으로 출석한 경우는 없었습니다. 그래도 신청하겠습니까?"

안경을 쓴 중앙의 주심 판사가 증인 채택을 허락해주며 조언 비슷한 말을 해주었었다.

나도 깽에게 전서구를 한 마리 날렸다.

To. 깽

참······ 니 말대로 쉽지 않네? 쉽지 않을 거라는 건 알고 있었지만······ 이 새끼들이 병신들인 것도 알았지만 이 정도일 줄이야······ 오사장 빼고 다 기억 상실이네. 기억이 흐릿해? 통화 내용이 기억나지 않아? 왜 그렇게 했는지 기억이 안 나? 뭐냐? 이 상병신들은. 누구를 감싸는 거냐?

그건 그렇고······ 향방에서 살다 보니 처음에는 나가서 어떻게 준비하고 어떻게 손님 관리를 해야 할지만 고민하고 확신하고 기록했는데 가끔 한 번씩 뽕쟁이들 보면서 툭, 툭, 튀어 오르는 게 있거든? 찝찝하게 무슨 감정인지를 모르겠더라고. 그런데 최근에 알았다. 죄책감이드라. 깊숙하게 쟁여두었던 죄책감이 올라와버렸다. 지금도 투약한 놈들을 보고 있는데, 두 가지 감정이 든다. 미움과 미안함. 내가 아니라도, 니가 아니라도 누군가는 팔았을 거고, 팔아왔고, 또 팔고 있겠지만 마약은 투약뿐만이 아니라······ 판매도 하는 게 아닌 거긋다.

점마들은 가족 접견 갔다가 울면서 돌아와도 그때뿐, 나가서 어떻게 약을 구할지 여자는 어디서 만날지 그런 이야기만 한다. 내가 하도 궁금해가 물어봤다. '가족이가? 마약이가?' 이구동성으로 마약이라 카드라…… 또 하나 더 물어봤다. 어이가 없어가…… '만약에 마약을 하기 전으로 돌아간다면?' 이구동성으로 한다 카드라. 안 돌아갈 꺼고, 만약 돌아가머 돈부터 벌어놓고 마약한다 카네? 할 말이 없드라…….

나는 이제 내려놓고 벌주면 받을란다. 내가 무슨 죄를 저질렀는지 깨달았다. 변호사는 증인들 증언이 애매해서 5대 5라 카는데…… 기대 안 할라고. 니가 내 빼내줄라고 고생하고 있는 거 생각하면 이라머 안 되는 거 아는데, 나는 벌 받고 나가고 싶다. 그래야 정신 차리지. 니한테는 미안타. 근데 내 이대로 나가머 까묵고 정신 못 차리고 또 약 팔지 싶다. 결심 때 봅시다.

죄의 무게

3. 최종 선고

2018. 07. 29. 일

벌써 7월도 끝이 보인다. 구속된 지 반년이 지났다. 시간이 빠른 건지 느린 건지 알 수 없다. 마음대로 시간을 쓸 수 없기 때문일까? 욕구불만인 듯하다. 내 죄의 무게는 얼마나 될까? 시간으로 계산이 될까? 어서 재판을 끝내고 향방을 떠나고 싶다.

이런 무더위 속에서도 코킹파는 열심히 빨아들이고 킁킁거린다. 항상 내 안에서는 저들에게 미안한 마음과 미워하는 마음이 팽팽하게 다투고 있다. 그 마음이 쌓여서 무너질 것만 같다. 정신이. 정말 수면제라도 먹어야겠다. 향방을 떠나 교도소로 가기 전까지만이라도.

"피고인들 최후변론 하세요."

주심판사가 말한다. 마지막으로 하고 싶은 말을 하라고. 형민이가 내 눈을 노려보며 일어선다.

"재판장님. 인정하고 죄값 치를 준비를 하고 있는 저는 엄벌에 처해주십시오. 그러나 마약 사건은 유일하게 공적이 인정되는 범죄입니다. 그렇지 않으면 마약사범들을 체포하거나 구속시키기가 어렵기 때문입니다. 임제훈은 그저 저의 공범들이 살기 위해 쌓아 올려진 공적이 되었을 뿐입니다. 저는 처벌해주시고 억울한 임제훈은 그 억울함을 풀어주시기를 부탁드립니다."

형민이는 나의 비둘기에 답장을 했었다. 딱 1심까지만 싸우자고. 해오던 대로 하자고. 죄책감은 가지되 나가서 반성하라고. 망설여진다. 앉아 있던 나를 교도관이 일으켜준다. 오늘 4방에서 나오기 전 코킹파들이 한마디씩 했었다.

"최후변론 준비 잘 했어요, 형?"

"가서 그냥 울어! 할 말 없으면 울어!"

"선처해달라고 해. 반성 많이 한다고. 근데…… 반성하냐? 난! 내 몸에 내가 찌른 건데! 왜 죄라고 하는지 이해가 안 된다!

일단 반성 안 해도 반성한다고 말해줘버려!"

"씨발. 유전무죄! 무전유죄라고 한마디 하고 와, 그냥!"

"시원하게~ 엿 먹으라고 해버려, 검사한테. 판사한테 하면 안
된다? 에이. 할 거면 공판 말고 지태순이한테 해야 되는데. 맞짱
뜨자고 지태순이 나오라고 소리 쳐러!"

"형. 오지 마요. 형 짐들은 내가 잘 쓸게요. 오지 마요, 제발."

정상적인 말들이 없었다. 지태순이는 역시나 불러도 안 나왔
고. 유전무죄 무전유죄…… 선처…… 눈물…….

"알지 못하고 판매와 밀수를 도운 적이 있는 건 맞습니다. 그
러나 알지 못하고 했던 일입니다. 모르고 했더라도 잘못했다는
것은 인정합니다. 선처를 부탁드리겠습니다."

"……검사측. 피고인들에 대한 구형. 발언하세요."

재판관은 공판 검사를 바라보며 말했다. 공판 검사가 자리에
서 일어나 준비해온 서류를 읽기 시작한다.

"피고인들은 불특정 다수의 사람들에게 마약류취급자가 아
님에도 불구하고 인터넷 광고를 통해 향정신성의약품인 메스
암페타민을 업業으로 삼아 큰 이득을 취했습니다. 피고인 김형
민은 임제훈을 감싸려는 목적을 뚜렷하게 보이고 있습니다. 존
경하는 재판장님, 피고인 김형민에게 15년을, 피고인 임제훈에
게는 10년의 중형에 처해주시기를 부탁드립니다."

"8월 23일 오후 2시, 최종 결심에서 선고하도록 하겠습니다."

2018. 08. 10. 금

　오사장은 어제 108호에서 내가 선처를 구하고 있을 때 110호에서 6년을 선고받았다. 죄의 무게는 몇 그램일까? 도지사였던 남자의 아들은 집행유예를 선고받았다. 팔고 안 팔고의 차이인가? 4그램이지만 밀수를 했는데 집행유예를 받았다는 것이 타당한 무게의 형량일까? 도대체 죄의 무게는 어떻게 판단하고 정하는 걸까? 나라의 규칙대로 만들어진 법전으로? 용서할 수 있는 죄, 용서할 수 없는 죄. 내가 지은 죄는 누가 판단하는 거지? 죄라면 누구에게 용서를 빌어야 하지?

2018. 08. 22. 수

내일 오후 2시, 형민이와 나의 마지막 재판이다. 그대로 끝내고 싶다. 항소 따위는 생각조차 하기 싫다. 내 죄의 무게는 얼마만큼의 시간으로 변환될까? 10년, 5년, 집행유예? 희망을 가져보려 하면 절망이 다가와서 괴롭히고 절망을 받아들이려 하면 희망이 저 멀리서 나를 부른다. 얼마의 세월이 지나야 어머니와 민경이 그리고 노랭이 곁으로 갈 수 있을까. 심박수가 서서히 느려지는 듯하고 허벅지는 경련이라도 온 듯 조금씩 떨린다. 온몸의 세포들이 곤두서 있어서 신경이 날카롭다. 괴로움을 견뎌내야 하는 하루하루가 힘겹다.

여전히 4방의 뽕쟁이들은 내 재판을 화두로 썰을 푸는 중이다. 자신들이 재판을 열고 다섯 모두 검사와 판사가 되고 변호사가 된다. 그러다 또 결국엔 섹스와 약을 주제로 재판을 마친다. 도저히 저들의 정체를 규정할 수가 없다. 모두 밖에서 잘나가나 보다. 모르는 사람이 없고 안 만나본 인물이 없다. 할 수 없는 것도 없다. 돈 많고 권력 있는 누군가가 힘을 써서 조만간 자신들을 꺼내줄 거라고 이야기하며 대결한다.

부럽다. 나도 저들이 말하는 인물들과의 연이 있었다면 이곳에 오지도 않았을 텐데. 마약을 팔지도 않았겠지. 평등한 세상? 민주적인 사회? 세상은 피부색과 성별로만 차별하지 않는다. 돈이 있어야 평등해질 수 있는 자격이 생긴다. 민주주의? 그 단어를 체감하려면 돈이 있어야 한다. 돈이 없으면 사회는 내게 전혀 민주적이지 않다.

세상은 돈으로 굴러간다. 마약을 팔기 전에 느꼈던 세상은 그랬다. 지금이라고 다를까? 내가 사회 부적응자일까? 그럴지도 모르겠다. 돈 없이 잘 살아가는 사람이 있을지도 모르지. 나만 모르는 어딘가에서. 과연 있을까? 무소유…….

위정자들 또한 돈 없이는 무엇도 할 수 없으니 부정부패를 일상처럼 저지르고 편 가르며 더 많은 이익을 챙기기 위해 싸우는 것 아닌가. 국정농단, 사법 농단, 민간인 사찰, 탈세, 뇌물, 청탁, 사단 비리 등등 하나하나 열거하기도 힘든 위법행위를 하고 있지 않은가. 여당과 야당은 서로 대적하며 헐뜯기 바쁜 데다 돈을 가진 자들의 법안들만 제시하고 통과시키려는 것 같다. 무식하고 어리석은 내가 보아도 서로 더 가지기 위해 편 가르고 싸우는 걸로 보인다. 그들은 '아니'라고 부정하겠지만 결국 권력과 돈을 위해 배우고 짓밟고 물고 빨면서 그 자리에 있는 것이다.

2018. 08. 23. 목요일, 오후 1시

두꺼운 철문이 열린다. 검신을 통과하고 차가운 수갑과 포승
줄에 연결된다. 열리지 않는 창문 너머로 보이는 작은 새 한 마
리가 자유로이 날아다닌다. 사소하게만 보였던 것들. 아무 생각
없이 알고 지내던 모든 것들이 자유가 구속된 후에야 아름다워
보이기 시작했다. 희망과 절망을 공평하게 절반씩 수갑 채워진
양손에 나누어 지고서 형민이와 함께 포승된 채 계단을 오른다.
저울추라도 된 듯 이리저리 흔들거리며 걸음을 옮긴다. 포승줄
과 수갑이 풀리고 108호 법정으로 들어간다. 선고가 시작된다.

"사건번호 2018 고합86 사건에 대하여 최종 선고를 시작한
다. 주문. 피고인 김형민을 징역 7년 및 벌금 1천만 원에, 피고
인 임제훈을 징역 4년 및 벌금 5백만 원에 각 처한다. 피고인들
이 위 각 벌금을 납입하지 아니하는 경우 10만 원을 1일로 환산
한 기간 동안 피고인들을 노역장에 유치한다. 피고인들로부터
공동하여 388,297,988원을 추징한다. 피고인들에게 위 벌금 및
추징금 상당액의 가납을 명한다……."

판사는 그 뒤로도 어렵고 이해하기 힘든 판결문을 차갑게 읽
어 내려간다.

형민이는 7년, 나는 4년을 받았다. 7년은 어느 정도의 시간이고 4년은 얼마만큼의 시간일까? 긴 것일까. 짧은 것일까. 내 죄의 무게는 4년인 건가? 선고가 끝나자 교도관들이 우리를 대기실로 데려간다. 교도관 한 명이 구치소에 무전을 하면서 7년 받은 사람이 있다고 말하고 다른 교도관은 우리를 포승하려 한다.

"아, 증인 새끼들 때문에…… 빙시들, 지금만 살 생각에 앞을 못 보네. 나가서 뒈져봐야지. 븅신들. 훈아. 내 약속한 거 지킨다. 알제?"

"무슨 약속?"

2018. 08. 24. 금

태풍이 왔다. 뉴스에서 며칠간 비가 많이 내릴 거라는 속보가 들려온다. 바람도 강하게 불어올 테니 조심하라고 경고한다. 내 마음속에서는 이미 태풍이 휘몰아치고 있다. 잠잠해지길 바라기에는 너무 커져버렸다. 제발 그냥 지나가기를…… 잠잠해지기를…….

"내가 그랬지? 4년 나올 거라고! 정확하지. 나가서 변호사나 할까?"

검색창이 자신의 예측이 적중했다며 자축한다.

"병신아 말 바꾸지 마. 5~6년이라고 했으면서. 그리고 변호사가 아니라 판사겠지. 쩝쩝이 새끼야."

만세가 검색창의 말을 바로잡는다.

"4년! 어떻게 살아. 나 같으면 목맨다."

콘상이 끔찍하다는 듯 몸을 부르르 털면서 말한다.

"그래도 임사장이 쌩초 카드가 있어서 4년인 거지 더 받았어야 됐어. 역시! 쌩초가 좋긴 좋아!"

김사장이 임사장은 결과가 좋은 거라고 말한다. 미안함과 죄책감이 태풍에 질 것만 같다.

"아, 내가 지금 쌩초였으면! 쌩집인데. 제발! 제훈이처럼 징역 안 받기를!"

만세가 두 번 연속 집행유예를 꿈꾸며 기도한다. 누구에게 기도하는 걸까?

"씨발! 뽕쟁이 새끼들아! 내 이야기 고마하라고!"

"뽕쟁이라고 하지 마~!"

결국 태풍에 졌다. 분노라는 태풍에. 4년. 지금 7개월 정도 살았으니 3년 5개월이 남은 건가? 아니다. 캄보디아에서의 구류 기간은 구속 기한에 인정되지 않았으니 2월 9일 한국에 도착해서 구치소 입소한 날로 계산하면······ 3년 6개월이 남은 거다. 버틸 수 있을까? 형민이가 항소를 신청하라고 했다. 여기서는 버틸 수 없을 것 같은데. 어머니와 민경이에게도 연락해야 하는데······ 하······.

빗소리가 들려온다. 쇠창살과 콘크리트 벽 너머 세상에 비가 오고 있다. 내 마음에도 이미 장마가 시작된 지 오래다. 자주 많은 비가 내린다. 우산이 없다. 비를 피할 처마도 없다. 머리 위로 드리워진 먹구름이 그저 지나가기만을 기다린다. 화창하고 푸르른 날 기분 좋은 바람이 불어와 먹구름을 걷어내주기를 기다려본다. 지나가겠지.

2018. 08. 27. 월

　아침 일찍부터 어머니가 접견을 다녀가셨다. 어머니께는 차마 진실을 이야기할 수가 없어 억울한 옥살이를 할 것 같다고 둘러댔다. 다행히 쓰러지시지는 않았다. 담담하게 말씀하셨다.

　"못 마친 대학 왔다고 생각하그라. 비울 꺼 비우고 채울 꺼 채워가 건강하게 나오이라."

2018. 09. 01. 토

보라미방송에서 영화를 틀어주었다. 〈내가 죽기 전에 가장 듣고 싶은 말〉의 아름다운 배우 아만다 사이프리드가 나온다. 가슴을 뻐근하게 만드는 영화다. 대사들이 가슴에 박혀온다. 눈물이 나온다.

'크게 실패해라.'

'실패가 너를 만들 거야.'

'니가 시작하면 자연스레 이끌게 될 거야. 너도 모르게.'

이 실패가, 마약의 무서움이, 새로운 나를 만들어주기를. 4년 이라는 시간 동안, 비워지고 채워지기를. 조금은 더 괜찮은 인간이 되어 나갈 수 있기를. 눈물이 흐른다.

"아만다도 했을 거야. 그치?"

"응. 응. 안 했을 리가 없어. 지난번에 히틀러가 말했어."

"아만다 만났을 때를 잊지 못해 나는."

"방금 나왔던 뚱뚱한 여자 연락처 줄 사람!?"

"실패하면 실패한 거지 실패가 만들긴 뭘 만들어? 내가 한번 만들어봐? 야! 루나팜 줘봐! 만들게!"

"야. 이 뽕쟁이 새끼들아! 영화 쫌 보자! 아가리 쫌 닥치라!!!"

"뽕쟁이라고 하지 마라~!"

눈물이 쏙 들어가게 만들어주는 이 인간들…… 징그럽다 진
짜.

'짭짭' 음식 씹는 소리. '쿵쿵' 발뒤꿈치와 바닥의 불협화음. 어떤 주제가 나오더라도, 본인에게 질문하지 않아도 검색창은 쉼 없이 말한다.

"리. 기. 헌. 입을. 다물고. 씹으라고! 안 돼? 되게 해주까!?"

"천천히 걸어라…… 이 짝은 방에서 뭐가 그리 급하노? 뒤꿈치 들고 걷든가! 안 돼? 되게 해주까!?"

"안 물었다! 안 물어봤다고! 도대체 누구랑 대화하는 긴데!"

아무리 눈치를 주고 구박을 해도 검색창은 꿋꿋하게 하던 대로 한다.

"김뽕! 약 기운 아직 남아 있어? 철창 쫌 잡지 말라고. 그만 쫌 뛰라. 제발! 먼지 날린다. 수건으로 골프 스윙을 와 하는 긴데? 출소하고 해. 프로 데뷔는 뭘할라고 해!?"

김사장은 뽕쟁이라고 부르지 말라고 말하며 하던 짓을 계속한다. 만세는 쌍집에 실패했고 1심에서 10개월을 받았다. 집행유예를 받았던 과거의 무게 1년 6개월도 같이 살아야 할 상황이다. 만세는 항소 재판을 시작했다. 콘상은 어제 게이로 인정되어 독방으로 갔다. 부러웠다. 독방으로 가다니.

오전에 저승사자가 다녀갔다. 항소를 신청하기도 전에 부대 항소장이 날아왔다. 검찰은 내 시간의 무게가 낮다고 보고 있다.

수원지방 검찰청

문서번호 공판 송무부 - 3842

수신: 서울고등법원

발신: 수원지방 검찰청

제목: 항소이유서

검사: 윤정오

아래와 같이 항소이유서를 제출합니다.

피고인 성명: 1. 김형민 2. 임제훈

죄명: 특정범죄 가중처벌 등에 관한 법률위반(향.정) 등

위 사건에 관하여 검사는 아래와 같은 이유로 항소를 제기합니다.

양형부당. 원심은 피고인들에 대하여 유죄를 인정하면서도 피고인 김형민이 사건 범행을 자백하고 있고 진심으로 반성하고 있는 점, 동정전력이 없는 점 등을 고려하여 김형민에게 징역 15년 및 벌금 3천만 원을 구형한 검사의 의견과는 달리 징역 7년 및 벌금 1천만 원을, 자백과는 달리 범죄혐의를 부인하고 있는 임제훈에게 징역 10년 및 1천만 원을 구형한 검사의 의견과는 달리 징역 4년 및 벌금 5백만 원을 각 선고하였습니다. 이 사건은 피고인들이 필로폰 판매를 위하여

조직적으로 역할을 분담하여 대량의 필로폰을 국내에 유통함으로써 불특정 다수에게 마약 중독의 폐해를 퍼뜨린 것으로 피고인들은 이 사건에서 약 8개월 동안 600여 회에 걸쳐 합계 3억8천만 원 상당의 필로폰을 업業으로 판매한 것입니다. 또한 구매자들에게 받은 적지 않은 비트코인 등은 추적조차 되지 않았으며 그 금액 또한 상당하리라 예측됩니다. 그 금액에 비례한 필로폰도 상당량이 유통되었을 것이라고 추정됩니다. 현재 밝혀진 사건만으로도 약 600여 명의 매수자들이 필로폰을 구입한 것으로 추산되고 있으며 또한 1회의 필로폰 구입으로써 수차례 투약이 가능한 점, 혼자가 아닌 여러 사람과 함께 투약했을 가능성이 농후한 점 등을 고려하면 피고인들이 적어도 약 1,000여 명의 필로폰 투약자를 발생시킨 것으로 가늠할 수 있으며 피고인들은 캄보디아에서 인터넷과 SNS를 통하여 판매하고 있었던 것으로 확인되는 등 이 사건 범죄 사실은 극히 일부에 불과한 것으로 보입니다. 한편 종래 전통적인 필로폰의 유통은 '밀수-> 도매상->소매상->소비자'의 과정으로 이루어져 소비자가 판매자를 직접 만나는 구조로서 그 유통의 속도가 급증하기 어려웠으며 일단 소비자를 검거하면 그 상선에 대한 수사를 통하여 판매자와 밀수자의 검거 및 그 유통의 차단이 상대적으로 용이했으나 이 사건과 같은 SNS를 이용한 필로폰 판매는 현재 대부분의 유통방식으로 해외에 거주하는 필로폰 판매자가 국내로 필로폰을 보내고 국내에 있는 공범들이 이를 특정한 장소에 숨기면 소비자의 대금 입금을 확인한 후 그 장소의 사진을 보내주게 되어 밀수자가 동시에 도·소매상이 될 수 있으며 소비자는 판매자와 대면하는 일이 없기 때문에 종래의 필로폰 유통방식과는 달리 그 유통이 급속도로 이루어지고 있으며 나아가 소비자를 검거하더라도 판매자의 인적 사항을 알 수가 없어 상선의 검거가 사실상 매우 어렵습니다. 무엇보다도 이 사건과 같은 SNS 유통방식의 가장 큰 문제점은 인터넷과 SNS에 익숙한 젊은 세대에 무차별하게 노출되어 최근의 필로폰 소비자들은 종래의 전형적인 투약자들과는 달리 학생, 가정주부, 직장인 등 일반인에까지 이르고 있다는 것이어서 이 사건 범행의 심각성은 이루 말할 수 없다고 할 것입니다. 그리하여 필로폰과 같은 마약은 강한 중독성과 환각성으로 인하여 사람의 건전한 정신을 피폐하게 할 뿐만 아니라 마약을 투약하기 위한 제2 제3의 범행은 물론 환각상태에서의 추가적인 범행으로 이어질 가능성 때문에 또 다른 불특정 다수의 피해자를 양산할 우려가 매우 높은 점을 고려하면 피고인들에 대하여 더욱 엄하게 처벌해야 할 필요성이 있다고 할 것입니다. 이상과 같은 점을 고려할 때 원심의 선고형은 과경하여 부당하므로 피고인들의 죄질 및 범정에 상응하는 형을 선고받고자 항소를 제기합니다.

부대항소의 이유는 합당하다고 생각한다. 다만 이 방에서 떠나고 싶다. 이 사람들과 헤어지는 게 쉽지가 않다.

"저는 4년을 선고받았고 투약을 하지 않아서 투약자들과 지내기가 많이 힘듭니다. 다른 방으로 갈 수 없나요?"

"힘내세요. 4년보다 더 많이 받은 사람들이 수두룩합니다. 지금 임제훈 씨 공범들이 없는 방이 없어서 다른 방으로 갈 수가 없습니다."

"2인 거실이나 독방 좀 주십시오. TV가 없어도 상관없습니다."

"지금 빈 거실이 없어요. 신청은 해드리겠지만 최소 반년 이상 걸릴지도 모르겠네요."

"계속 같이 있다가는 사고 치거나 미칠 것 같은데…… 그냥 미칠까요?"

"약을 좀 먹어보세요. 정신과 진료 신청해둘 테니까. 상담이 필요해 보이시네요."

고충처리반 담당과의 면담은 내가 원하는 대로 상담되지 않았다. 그리고 콘상의 빈자리를 채우기 위해 스물두 살 조수함이라는 놈이 왔다. 이놈도 약이 덜 깼는지 횡설수설 대화가 안 된다. 계속 붉은 눈으로 나를 본다.

"마! 멀 꼬라보노? 눈까리 안 돌리나!"

위협적으로 말했지만 조수함은 화를 내지도 않고 반응 없이 나만 노려보고 있다. 왜 이럴까? 살짝 무섭다. 코킹 파티가 열렸는데 참가도 하지 않는다. 계속 나만 본다. 무섭다. 욕을 해도 반응이 없다. 뒤풀이가 끝나고 모두 늘어져 자는데도 계속 나만 본다. 의도치 않은 긴 눈싸움이 계속된다. 잠도 자지 않을 기세다. 미칠 것 같다. 때려버릴까? 아니다. 안 된다. 내가 저렇게 만든 것만 같다. 나는 죄인이다. 내가 사람을 저렇게 만든 것이다. 사람이면서 사람 같지 않은 사람으로.

2018. 09. 20. 목

조수함이 약에서 조금씩 깨어나고 있다. 그런데 깨어나고 있
는 게 달갑지가 않다. 어제 코킹파에 가입하고 흡입한 후 나에
게 말했었다.

"섹시해요. 제 스타일이세요."

진지하게 말하는 조수함의 고백에 당황해서 말문이 막혔다.
그 후로 노려보지는 않지만 자꾸 힐끔거리는 눈길이 느껴진다.

"제훈이 형. 저 동성 맞아요. 형은 아니죠. 딱 보면 알죠. 걱정
하지 마세요! 동의 없고 마음 없는 사랑은 원하지 않으니까요."

조수함은 웃으며 아무런 거리낌 없이 자신의 정체성을 밝혔
다.

"약 덜 깼냐구요? 다 깼어요. 왜요? 왜 말하면 안 돼요? 나는
해요! 난 당당하니까요. 남자가 남자를 사랑하는 걸 이상하다고
하는 게 더 이상해요. 전 어디에서든 누가 있든 상관없이 다 말
해요. 닫고 있고 숨기는 게 더 힘들고 괴로워요. 모르죠. 제 성
격이겠죠. 가족들도 당연히 알고 있죠. 이해해주는 분들은 없지
만. 킥킥킥. 아쉽긴 해도 서운하지는 않아요. 그러니까 저를 두
려워하진 마세요."

콘상은 게이가 아닌지 의심스럽던 사람이었고 밝히자마자 독방으로 옮겨졌다. 수함이는 게이다, 동성을 사랑한다, 스스로 문을 열었다. 만세가 자다 말고 일어나 수함이에게 질문한다. 왜 내가 섹시하냐고. 내가 본인 스타일이냐고. 표정이 무척 즐거워 보인다.

"글래머러스하면서 새하얀 피부…… 그리고 어울리지 않는 와일드한 성격까지! 스케일도 크고 우수에 차 있는 눈빛과…… 돌 같은 과묵함과 묵직함? 그리고……."

"닥쳐! 무슨 개소리야! 바닥이나 닦아!"

검색창이 수함이에게 걸레를 던지며 소리친다. 수함이도 독방으로 가려나? 나도 게이라고 말하고 갈까? 그럼 독방 주려나? 마침 주임님이 인터폰에서 나를 호출한다.

"제훈아. 정신과 진료다. 나와라."

1층으로 내려가 진료대기석에 앉았다. 파란색 스머프*들도 보이지만 노란색 피카추**들도 많이 보인다. 하얀색 도우너***들이 중간중간 섞여 있다. 도우너들이 가장 많다. 내 이름이 불리고 진료실 안으로 들어간다. 의사 가운을 입고 있는 풍채 좋은 선생님은 서류만 내려다보고 있다.

"왜 왔어요?"

---

* 마약수들은 파란색으로 분류되며 그 때문에 스머프라 불리기도 한다.

** 주로 폭력조직이 이에 해당하며 보이스피싱 및 기타 단체를 요주의 인물로 분류하기도 한다. 요시찰이라고도 불린다.

*** 마약수와 요시찰 이외 기타 범죄자들을 말한다.

"힘들어서요."

"약은 왜 먹으려고? 여기 약으로는 만족이 안 될 텐데?"

"전 투약자는 아닙니다."

"음…… 죽기 싫어서 온 거예요? 죽이기 싫어서 온 거예요?"

이 옷을 고를 건지 저 옷을 고를 건지 물어보는 듯하다. 팔고
싶어하는 직원의 목소리는 아니다. 귀찮아한다. 여기서 만나는
사람들 마음 바탕엔 대부분 귀찮음이 깔려 있다.

"……그런 게 아니라……."

의사는 서류에서 눈을 떼고 시선을 올린다. '그러면 왜 왔냐?'
라는 표정이다.

"미칠 것 같아서…… 죽고 싶지는 않은데 죽을 것 같고, 죽이
고는 싶은데 죽일 수는 없고. 안 믿으시겠지만 제가 투약은 안
했거든요? 투약자들하고 살고 있고, 살아야 되는데 너무 힘듭
니다. 어떻게 해야 미치지 않고 나갈 수 있을까요?"

"……투약을 안 했어? 향방에 있으면 판매나 밀수일 거
고…… 나쁜 놈이네? 니 몸은 소중하고 다른 놈 몸은 어찌 되든
상관없다는 생각으로 사는 이기적인 싸이코패스구먼?"

의사는 환불해주지 않으려는 가게 사장처럼 쏘아댄다. 환불
할 수 있는 기한이 지났다고 말하는 듯하다.

"그냥 계속 힘들어해! 니가 그렇게 만든 걸 누구를 탓해? 잡
히질 말든가? 그런 이유의 상황을 도와줄 약은 없어. 나가."

나가라는 말에 엉덩이가 들렸다. 그런데 이대로 나갈 수는 없
다. 도움도 받고 싶고 억울하기도 하다. 어정쩡한 자세로 있으

니 이상하게 바라본다.

"왜? 할 말 있어? 그런 약은 없다니까? 자업자득이야. 같이 살 부대끼며 살아. 니가 나쁜가 다른 놈들이 나쁜가 비교하면서."

말을 마치고 다시 서류로 시선을 내린다. 관심 잠깐 주었으니 꺼지라는 듯하다. 자업자득…… 맞는 말이다.

"돈을…… 벌고 싶었을 뿐입니다. 돈이 없어가. 빚은 많고 생활비는 없고. 집도 땅도 가지고 싶었고. 돈이 필요해서 팔았습니다. 돈 없으며 살아가기 힘든 세상이니까. 아입니까? 무시당하고, 당연스럽게 굽실거려야 되고. 돈 있는 놈은 당연하다는 듯 대접받아야 되고. 돈 없으며 인간 취급도 안 해주이끼네. 마이도 안 바랐고 평범하게 살아가게 해줄 만큼의 돈만 필요했습니다. 진짜 몰랐습니다. 마약이 어떤 건지. 마약에 중독되며 우찌 되는지 몰랐습니다. 진짜…… 진짜로 몰랐습니다…… 잡히고 나서 투약자들하고 살아보이까 알게 된 깁니다. 마약이 왜 마약이고 얼마나 무서운 거고 내가 무슨 짓을 한 건지…… 팔기 전에는 팔아도 댄다고 생각했습니다. 피부로 겪어본 적이 없었습니다. 사람을 등신으로 만드는 건지 몰랐습니다…… 죄책감 느끼고 후회, 반성, 많이 합니다. 하고 있고 앞으로도 그럴 겁니다. 내가 원하지 않더라도 이젠 그럴 수밖에 없습니다. 시간이라도 되돌릴 수 있으며 되돌리고 싶습니다. 그란데…… 안 대자나요…… 되돌릴 수 없잖습니까. 방 사람들 보며 미안하면서도 미워하게 댑니다. 용서를 구하고 싶어서 미안타 카니까 와 미안해하냐고 캅니다. 약 숨기놓고 온 데나 알리달라 캅니다.

용서받고 싶은데 누구한테 빌어야 댑니까? 용서는커녕 약이나 달라 캅니다. 반성의 의미로 약이나 줄까요? 어디에 용서를 구해야 댑니까? 대통령, 국회의원, 판검사? 벌은 줄 수 있지만 용서해줄 수 있는 사람들은 아니잖습니까. 우짜까요? 그냥 같이 미치뿌까요? 마약왕을 꿈꿀까요? 같이 코킹하면서 하선들 만들어놓고 4년 뒤 나가서 필로폰을 내 혈관에다가 찌르고…… 약 주면, 그라며 용서받을 필요가 없어질까요?"

나는 하고 싶었던 말을 쉬지 않고 뱉어냈다. 이게 정신과 상담인가? 영화에서 봤던 정신과 의사들은 차분하고 냉철하게 환자의 내면을 살피며 자연스레 심중을 이끌어내 치료해주던데. 지금 내가 치료받고 있는 건가? 아니면 그냥 답답한 심정을 토로하고 있는 걸까. 의사 선생님이 날 게슴츠레 보다가 말을 꺼낸다.

"용서 빌 곳이 없으면 빌려고 하지 말고 같이 있는 사람들을 용서해주고 보살펴. 널 힘들게 해도 그걸 용서해줘. 되돌릴 수 없으니까. 반복하지 마. 괜찮다 싶은 날에는 약 먹지 말고 반납해. 먹지 말고. 주지 말고. 코킹도 하지 말고. 이것도 오래 먹으면 중독된다. 밥 먹듯 챙겨 먹지 마라. 사인하고 나가."

복도로 나오니 사람들이 보인다. 그런데 얼굴보다 가슴의 명찰 색에 먼저 눈길이 간다. 과거. 과거로 시간을 되돌릴 수 있다면 얼마나 좋을까? 형민이의 말처럼 되돌려도 반복될까? 마약에 손댄 것을 저주한다. 되돌아갈 수 있다면 언제로 가야 하지? 캄보디아에서 체포되었을 때 신에게 빌고 또 빌었었다. 부처에게. 예수에게. 알라에게. 내가 아는 신이라는 신은 다 떠올리며 빌었었다. 한 번만, 딱 한 번만 기회를 주시라고. 내가 구제 불능한 나쁜 놈이 아니라는 거 아시지 않냐고. 그렇지만 지금까지 어떤 신도 아무런 대답이 없다. 아니면, 이것이 대답일까?

신은 나에게는 존재하지 않음으로써 존재하는 걸까? 공기처럼 주변에 가득할까? 산소처럼 찾게 되지만 주위를 맴돌 뿐 보이지는 않는 걸까? 인간을 살아가게 창조했다고 누군가는 말하고 주장하지만 인간은 산소만으로는 살아갈 수가 없다. 그리고 나를 창조하고 사랑해준 건 부모님이지 신은 아니다.

신이 있다면 게으르고 편향적인 사디스트일 것 같다. 자신에게 기도하고 애원하는 인간들이 서로를 학대하고 싸우도록 내버려 두니까. 인간들이 서로를 물어뜯고 죽이고 괴롭히는 것을 지켜만 보니까. 신의 힘, 혹시 그 힘의 원천은 인간이 쏟아내는 고통의 신음이 아닐까? 신은 인간들이 흘리는 눈물을 보며 가학적인 쾌락을 누리고 있지 않을까? 인간들이 원하는 건 그런 것이 아닌 줄 알고 있으면서.

2018. 10. 01. 화

  정신과 의사는 신경안정제를 처방해주었다. 내가 안정되기를 바란 걸까? 이곳에서? 하긴 의사가 이 방에 들어와서 안 살아봤으니…… 진짜 내가 원했던 약은 없는 게 맞네. 괜찮아서 안 먹어도 되는 날이 아직까지는 없었다. 아침 점심 저녁 취침까지 하루 네 번 주는 대로 꼬박꼬박 챙겨 먹는다. 다행히도 잠은 온다. 미미하긴 하지만 약의 효과는 있다.

  잠을 잔다. 계속. CRPT가 와서 깨우면 일어나고, 스티커를 주면 받고, 지나가면 다시 잠을 잔다. 밤낮 구분 없이 잠을 자고 책을 읽는다. 약과 책으로 시간을 죽이고 있다. 다섯은 여전하다. 독방이 없기도 하려니와 성적 수치심을 일으키는 행동을 하지 않아서인지 수함이는 4방에 남아 있다. 아마 콘상은 빽이 있나 보다. 독방에 가려면 게이라는 걸 보여줘야 하는 건가? 수함이하고…… 아니다. 무슨 개 같은 생각이냐…… 이젠 별 미친 생각을 다 하네.

눈을 뜨니 모두 잠들어 있다. 『노인과 바다』를 집어 들어 읽어 내려간다. 공허하다. 세상이 멈춘 것만 같다. 시간이 멈춘 것일까? 흐름을 느낄 수가 없다. 글자를 넣고 있던 눈을 돌려 시계를 찾아본다. 항상 같은 위치. 면봉에 걸린 손목시계를 두리번거리며 찾게 된다. 분침이 움직인다. 시간은 돌아간다. 나 혼자 멈춰져 있는 것만 같아서 우울하다. 텅 빈 깡통 같다.

2018. 11. 08. 목

보라미방송에서 편성하고 방송해주는 드라마를 본다. 〈아는 와이프〉다. 좋아하는 배우들이 나오는데 연기도 일품이다. 매번 볼 때마다 눈물이 나온다. 과거와 운명 그리고 인연을 이야기하는 장면에 흐르는 눈물을 막을 재간이 없다.

"아, 투명하고 영롱한 눈물 봐…… 귀여워요. 형."

"죽여뿌까…… 저거…….

속마음이 튀어나와버렸다. 의사 선생님이 용서하고 보살펴주랬는데. 수함이의 표정이 굳어간다. 분노로 변해간다. 이놈의 속마음은 왜 튀어나와…….

"형을 좋아하는 게! 잘못된 거예요? 제가 형을 만진 것도 아닌데! 죽일 필요까지는 없잖아요! 저를 좋아해주면 좋긴 하겠지만…… 좋아해달라고 강요한 적도 없잖아요!"

틀린 말이 아니다. 사과해야 한다.

"히야가 스트레스가 쌓여서 속마음이 튀어나왔을 뿐이다. 약이 덜 깼는갑다. 미안타. 진심 아니니까 기분 풀그라."

똥 싸고 샤워할 때마다 느껴지는 시선이 부담스럽고 힐끔거리는 시선이 느껴질 때마다 스트레스가 쌓였다. 수함이는 내게

서 가장 먼 곳으로(그래봤자 거기서 거기지만) 자신의 잠자리를 정했다. 화장실 앞. 후임 두 명이 들어왔는데도 그 자리에 있다. 내게 부담되기 싫다는 이유로. 그런데 어쩌면 화장실 바로 앞에 수함이가 있어서 더 스트레스를 받는 것 같기도 하다. 용서하고…… 용서받자…… 수함이의 굳어졌던 표정이 다시 펴진다.

김사장은 얼마 전 집행유예를 선고받고 출소했다. 선고받는 날 폴짝폴짝 뛰며 4방에서 나갔고, 펜싱 스텝을 밟으며 시야에서 사라졌다. 그리고 되돌아오지 않았다. 검색창은 1년 3개월을 선고받고 항소 중이고 만세는 항소에서 기각당하고 여주로 상고재판을 하러 떠났다. 문어와 수함이는 아직 1심 재판 중이다. 새로 온 신입 두 명의 상태도 물론 좋지 못하다. 약에 취해 있고 아무것도 모르는 쌩초다. 그래도 김사장과 만세가 빠지니 그나마 조금은 조용해졌다.

최근 난 심각한 딜레마에 빠져 살고 있다. 나동 2층 2사 4방이 어쩐지 내 집 같기도 하다. 이런 느낌이 정상인지 비정상인지도 아리송하다.

"수함아. 제훈 씨 4년이잖아, 4년. 스트레스 쌓일 만해. 참아 네가."

검색창이 나를 약 올리는 건지 수함이를 진정시키는 건지 모를 말을 한다. 참자. 참아야 한다. 용서하자. 뽕쟁이다. 용서하자.

2018. 12. 25. 화

12월 19일. 드디어 항소 재판이 끝이 났다. 결과는 변동 사항 없음. 기각이다. 이제 이 방을 떠나는 일만 남았다. 빨리 기결수가 되고 급수를 받아 교도소로 떠나고 싶다. 마약수는 집에서 200킬로 넘게 떨어진 곳에 있는 교도소로만 갈 수 있다고 한다. 어머니께 접견 오지 마시라고 말씀을 드려도 계속 찾아오신다. 쏭과 자말도 자주 온다. 민경이는 여전히 약속을 지키고 있다. 이제는 약속을 지켜주고 기다려주는 민경이를 보내주어야 할 때인 것 같다. 후회하고 그리워하겠지만 결심했다. 지금 쓰는 이 편지가 미래에 나만의 후회가 되기를 바라면서.

민경아,
어떻게 편지를 시작해야 할지 막막하고 먹먹하다. 어떻게 안부를 물어야 할지조차 모르겠고. 내 재판 결과는 알다시피 4년이고, 그 시간은 이미 돌이킬 수가 없기에 너와 노랭이 곁으로 가려면 앞으로 3년이 넘는 시간이 지나야 한다. 그래서 이제 돌아가지 못할 것 같다. 언제나 함께하고 싶었는데. 그럴 자격도 기회도 내 욕심 때문에 망쳐버렸다.

너와 평범하게 살아갈 수 있는 기회는 충분히 있었는데, 내가 모든 기회들을 놓쳐버렸다. 미안하다…… 끝까지 이기적이고 멍청하고 어리석은 내가…… 너에게 할 수 있는 말은 '미안하다'라는 말밖엔…… 10년이라는 세월 동안 슬프고 행복했던 우리 둘만의 추억들. 지난날을 떠올릴수록 너에게 미안한 마음만 더해질 뿐이다. 이 편지를 보내기로 결심하기까지 수십 번, 수백 번을 망설이며 썼다 지우기만을 반복했었다. 이제는 내 미래와 너의 미래에 대해서 결단을 내려야 한다는 생각이 들어 이렇게 편지를 보낸다.

이 편지는 이별 편지다. 나 혼자 만든 이별. 시간이 벌써 1년 가까이 흘러버렸고, 이미 넌 어떤 결정이든 선택이든 할 수 있었지만 하지 않았기에, 내가 할게. 나 같은 쓰레기는 잊고 좋은 사람 만나라. 지금까지 너의 아름답고 따스했던 청춘을…… 내가 빼앗고 망친 듯해서 미안하다. 진심으로. 앞으로 살아갈 너의 인생이 행복하기를 간절히 바랄게. 미안하고 고마웠다. 행복해라. 넌 그 누구보다 행복해질 자격이 있는 여자니까. 우리는 여기까지. 나와는 여기까지. 사랑한다는 말은 안 할 거다. 사랑했었다.

익일 특급으로 편지를 보내야겠다. 늦어도 금요일에는 받아보겠지. 면회도 답장도 오지 않았으면 좋겠다. 다시 마음이 약해지면 안 될 테니까. 이미 눈물이 흐르고 있다.

2018. 12. 31. 월

"Happy New Year! 아직 멀었나? 몇 분 남았지?"

2018년이 가고 새해가 오고 있다. 죄인의 생활도 1년이 가까워온다. 이들과 한 해의 끝과 시작을 함께하게 되었다. 신나는 카니발에 오늘만 참석하라고 3대 코킹파 수괴인 문어가 유혹했지만 거절했다. 솔깃한 유혹이었지만 거부했다. 2대 수괴였던 검색창은 눈에 쥐가 나도록 밉상 짓을 해서 내려오게 만들었고 문어를 3대 수괴 자리에 앉혔다. 검색창은 옆에서 홀로 새해맞이를 준비하고 있다. 산맥의 양이 낮아서 서글퍼 보인다.

"북한산 옥토퍼스. 히야는 안 한다고 했다. 수괴 자리 내려줄까? 다시 검색창에게 준다?"

수함이가 오롯이 나의 편이고 나는 징벌을 신경 쓰지 않기에 그 누구도 나에게 찍소리하지 못한다. 피지컬 따위 상관없다. 나가느냐 못 나가느냐가 달린 저들에게는 징벌이 가장 두려운 벌이다. 직접적으로 영향력을 행사하지는 않지만 가만히 있는 것만으로도 나는 부담스러운 존재다. 언제 미쳐서 멱살 잡아도 이상하지 않을 놈으로 보일 테니까.

김사장이 다시 잡혀 다른 향초방에 있다는 소식이 들려왔다.

이번에는 무상 교부도 끼어 있다고 한다. 나간 지 얼마나 되었지? 다시 이 방으로 오지 않은 걸 감사하게 여겨야 하나. 지금도 약에 취해 있을까. 전국의 유치장, 구치소, 교도소에 있는 사람들 하나하나가 사연 없는 사람은 없을 것이다. 남몰래 눈물 훔치며 후회할 것이다.

모두가 울면서 후회하는 곳이 바로 이곳이다. 그렇지만 진실한 반성을 하는 사람은 드물다. 이곳이 교화하는 곳인지 범죄 교육소인지는 본인 스스로의 의지에 달린 것 같다. 후회하고 깨달음을 얻지만 또 다른 범죄가 이루어지는 아이러니한 뫼비우스의 띠. 다시 들어오면 또 후회하고 눈물 흘리는 바보 같은 사람들. 이래서 인간을 망각의 동물이라고 부르나 보다. 여기 인간들은 망각의 짐승들이겠지.

건너편 수원 월드컵 경기장에 모인 사람들이 카운트다운을 외친다. 수많은 군중이 모였는지 이곳까지 뚜렷하게 소리가 들려온다. 몇몇이 일어서서 군중들의 카운트를 따라 외친다. 신이 난 수함이가 나에게 새해 인사를 한 뒤 쇠창살을 잡고 사동의 사람들에게 새해 인사를 한다. 코킹파들이 미리 준비해둔 카니발을 시작한다. 검색창의 눈이 흐물흐물해진다. 잠시 쉬던 입을 열기 시작한다.

"내가 마지막 남은 한 칸을 하고 이 빌어먹을 뽕을 끊으려고 했거든? 몸에 한 칸을 채워 넣고 텔레그램 어플을 지웠어. 근데 나도 모르게 어느새 내 손가락이 다시 어플을 설치하면서 잊을 수 없는 그분을 기억해내고 연락을 하고 있는 거야……."

검색창에게 플래시백이 왔나 보다. 눈의 초점이 흐트러졌다. 여기에 자신이 존재하지 않는 것처럼 말한다.

"형, 안 궁금해요. 그만. 쉿! 쉿! 형?"

문어와 수함이가 민원을 넣지만 계속된다.

"그분에게 연락했더니 날 기억하곤 예쁘고 참한 아가씨를 소개해주시는 거야. 그 아가씨는 이태원의 어느 빌라촌에 살고 있었는데 난 들뜬 마음으로 그녀를 데려오기 위해서 빠르게 달려갔어. 난 그녀가 기다리는 게…… 기다리게 만드는 것이 너무 싫어서 도로 위 무인카메라가 두 번 번쩍이는데도 그깟 범칙금 따위 별것 아니다 생각하며 그녀의 집 앞으로 달렸어. 그리고 첫날밤을 맞이하는 신혼부부 방을 훔쳐보는 심정으로, 손가락에 침을 발라 창호지에 구멍을 낼 듯 손을 뻗쳐 에어컨에서 기다리던 그녀를 조심스레 더듬었고 마침내 찾아 내 차에 태웠어. 아~주 고귀한 몸짓으로. 언감생심! 누군가에게 빼앗길까봐 꽁꽁 숨겨서 모셨지! 그녀가 말했어. 답답하다고. 그녀의 부탁을 들어주기 위해 빠르게 돌아왔어. 또 두 번인가 세 번인가 파파라치처럼 카메라가 우리를 찍었지만 개의치 않았어. 그 정도 관심은 우리 사이를 생각하면 당연하니까. 마침내 집 안에 들어와 그녀의 옷고름을 풀어 헤치고 그녀의 속살을 마주했어. 그녀는 눈부시게 아름답고 투명했어! 달려들어 정신없이 그녀를 탐닉했지…… 그녀는 뜨겁게 달아올라 나조차도 모르는 내 속을 탐험하기 시작했어. 그렇게 삼일을 그녀와 뜨거운 밤낮을 보냈어. 그녀는 자신의 이름이 필로폰이라고 했어. 일본 이름 같지만 태국 출신이라고 하더라고. 그런데 조상 중에는 일본인이 있다고 하는 거야. 삼일이 지나자 그녀는 갑자기 사라져버렸어. 슬퍼진 나는 그분에게 다시 연락해서 그녀를 찾았어. 그런데 이번에는 미얀마 출신이라고 하더라? 그래도 어쩌겠어? 출신이 중요한 게 아니잖아? 나는 미얀마에서 온 그녀를 만나러……."

"저 형 파티 플래너라고 하더니. 혼자 놀았네. 혼자 놀았어."

"아. 나도 뭔가 오는 것 같아…… 이게 플라세보 효과인가? 슬픈 노랠 듣는 기분이야……."

문어는 검색창의 진실을 보았는지 실망했고, 신입 하나는 검색창의 개소리에 빠져든다. 약을 먹었는데 왜 잠이 오지 않을까? 약이 부족해서일까? 새해가 밝아서 그런 걸까…… 얼른 가고 싶다. 교도소에는 마약수가 없는 방으로 갈 수 있겠지? 죄를 계속 마주하는 것이 괴롭다.

2019. 01. 04. 금

얼마 전 정계장에게 편지를 보냈는데 거기에 대한 응답이 왔다. 부르르 떨며 호송버스에 오르니 히터가 버스 안을 따뜻한 공기로 채우고 있다. 검찰청으로 가는 길은 앙상한 나무들과 두꺼운 옷을 입은 사람들만 보인다. 검사실에 검사는 없다. 지태순의 후임은 어떤 사람일까?

"임제훈이. 오랜만이다? 진짜냐? 바람 쐬러 나온 거면 접견 막아버린다?"

정계장이 익숙한 목소리로 내 이름을 부르며 진실인지 거짓인지 묻는다.

"계장님. 반성하고 있습니다. 거짓을 말하러 올 리가요. 이번 약속은 좀 지켜주이소."

"아, 이 새끼 이거. 다 퍼주네. 퍼줘. 공짜로 줄 생각은 아이제?"

"김형민이. 괜히 바람 잡지 말아라."

"계장님요. 그라지 말고 간만에 계단에나 가보입시다. 그래야 훈이 기억이 똘망해질 꺼 같은데! 안 글나 박사야!?"

깽이 담배 한 대 피우자는 시그널을 보내온다. 응해주지 않을 수가 없다. 나도 원하는 바고. 내가 정계장을 가만히 보고만 있자 정계장은 그럴 줄 알았다는 듯 고개를 끄덕이며 일어선다. 그때 보았던 허수아비도 부른다. 교도관들이 곤란하다며 막아선다. 실랑이를 하고 있을 때 검사가 들어온다. 검사는 우리에게는 관심 없는 듯 주변 정리만 하고 자리로 가 앉는다. 문이 열리고 보이는 익숙한 계단. 재떨이 같은 계단.

"오, 계장님 담배가 바뀌십니까? 스트레스가 심한가 보네. 새로 온 검사가 일거리 마이 주는갑네요?"

"아니. 니들 같은 놈들 추적하느라 스트레스받아 죽을 것 같다. 사기 치는 놈들은 또 얼마나 많은지……."

구름 같은 연기를 내뿜으며 친근하게 대화를 주고받는 정계장과 깽. 오랜만에 찾아오는 그 어질한 느낌.

"아우! 어지러버라. 계장님, 요새도 사기당하고 댕깁니까!? 인자 딱! 감 잡을 때 안 됐십니까!?"

"아이디마다 다 추적해야지. 사기꾼도 잡히면 판매로 구속이다. 다 추적해야 돼. 잡고 잡아도 줄어들지가 않는다. 김형민이 너가 잡아주면 안 되겠냐? 싹 다 잡아주라."

"쭐어드는 게 이상한 거 아입니까? 세상 꼬라지가 이런데…… 안 쭐어드는 기 당연한 기지. 잡는 기야 내가 잘 잡을 수 있는데 몸이 묶여 있으니~ 풀어주머 다 잡아드릴께! 어때요?"

"다 피웠으면 들어가자. 춥다."

정계장이 발을 동동 구르면서 호들갑스럽게 우리를 보챈다.

"덩칫값 좀 하이소. 관상은 건달 상이면서 와 자꾸 찐따처럼 구십니까. 이 정도 추위에! 징역 함 살아보시야긋네."

"김형민이. 요즘 접견 오는 사람들이 다양하더라? 혹시 뭐 다른 짓 꾸미고 있는 거 아니지?"

"어라? 이거! 이야~ 접견 리스트까지 관리받아야 댑니까? 다 듣고 있으면서 내가 먼짓을 꾸민다는 깁니까? 가마이 있십니다. 아직 미결이라가 접견이 자주 오는 기지요."

"안 들리는 접견도 자주 하던데? 김형민이. 사고 치지 마라. 한 번 더 사고 치면 나가는 시간 계산 안 될 거다."

"예. 겪어봐서 잘 알지요. 그래서 확실하이 약속 지킬 수밖에 없도록 하고 사고 칠라고요. 아이머 사고 안 칠라고 맘묵었십니다. 대충 눈치까셨나 보네요? 역시! 계장님만 아십니까? 내가 그렇게 관심 끄는 놈은 아일 낀데…… 계장님 내 스토컵니까?"

"그래. 나만 관심 가지고 있다. 몸조심하면서 움직여라. 우리보다 더한 놈들이니 확실하게 해, 이번엔……."

둘이서 나누는 대화를 못 따라가겠다. 약속은 뭐고 몸조심은 뭔지…… 교도소 생활의 안부를 걱정해주는 건 아닌 것 같은데. 깽이 움직이려고 하는 건가? 뭘? 어째서?

"계장님. 점심시간 다가오는데 밥 묵고 하입시다. 밥을 무야 힘내서 찾지요. 안 글나 박사야? 긍정의 침묵 보이소. 밥 묵자 안 캅니까? 박사 머 물래? 중식, 일식, 양식? 한식은 제외하자."

정계장은 깽의 요구사항을 들어주었다. 오랜만에 먹는 사회 음식은 감격스러울 정도로 맛있다. 바삭한 탕수육. 매콤달콤한 깐풍기. 참을 수 없는 불향이 올라오는 간짜장과 단무지. 음식을 먹으며 정계장과 깽은 이야기를 나눈다. 이상하지만 마냥 이상하지만은 않은 광경이다. 둘이서 어떤 관계라도 피운 걸까? 하긴. 웬수 진 것도 아니니…….

캄보디아 현지에 파견된 수사관과 영상 통화를 하며 인증용으로 내 은신처에 남겨졌던 물건 600그램을 찾아주었다. 깽도 보고 싶었고 더러운 물건도 없애기 위해 정계장에게 편지를 보냈었다.

"임제훈이. 확인했다. 잘 처리하도록 하마. 건강 잘 챙기고 나오면 소주 한잔하자."

정계장과 소주 약속을 잡고 검찰청을 나설 때 깽이 말한다.

"박사. 징역살이하면서 느낀 거 많제? 교도소 가면 수많은 사람들이 있을 끼다. 도둑놈, 사기꾼, 깡패, 빵잽이, 뽕쟁이, 물총, 살인자 등등 또라이들. 인간 같지 않은 것들 많을 끼다. 거기선 한 곳에 모여 살아갈 수도 있다. 뽕방이 잘 없다. 그 모든 시간이 니한테는 더 많은 걸 느끼게 해줄 끼다. 니가 선택한 만큼 참고 견디다가 멀쩡한 정신으로 나오그라."

2019. 01. 07. 월

마침내 기결수가 되었다. 교도소로는 분류 심사를 받은 후 한두 달 안에 갈 수 있다고 한다. 기결수 방으로 오니 다들 나이들이 많다. 내가 가장 어리다. 나동 2층 2사 4방에서 거의 1년을 살았고 떠나올 때는 시원섭섭했다. 수함이와 문어가 이별의 눈물을 보여주었고 그땐 내 코도 살짝 시큰거렸다. 8층 2사 1방도 향방이다. 뽕쟁이들의 방. 역시나 이곳도 시끄럽다. 말이 끊기질 않는다. 다들 나의 죄명을 확인한 뒤 밀수 방법을 묻는다. 밤이 되니 역시나 카니발이 열린다. 듣고 싶지 않아도 들려온다. 저들의 이야기가.

"형님 이번에 텐텐 클럽 가입하신 거 아닙니까?"

오십은 넘어 보이는 아저씨가 칠십 가까이 보이는 할아버지에게 묻는다. 텐텐 클럽은 뭘 말하는 걸까? 야구선수는 아닌 것 같은데.

"텐텐? 모르겠다. 내가 몇 번째더라…… 모르겠네. 눈 한번 깜박거리니 30년이 지나가 있네. 동찬이는 잘 지낸다더냐?"

할아버지는 마약으로 몇 번째 들어왔는지도 기억이 나지 않을 만큼 많이 들어왔던 것 같다.

"동찬이 새끼…… 작년에 뒈졌습니다. 결국 목매달았습니다."

아저씨는 동찬이라는 사람을 그리워하듯 슬픈 목소리로 대답한다. 할아버지는 서글픈 목소리로 아저씨에게 말한다.

"그렇게 되었구나. 안타까운 생이여. 결국 그리되는구나…… 나도 이젠 그래야 하나. 끊어야지 하면서도 나가면 내 손에 주사기가 들려 있으니…… 동찬이하고 자주 놀았었는데…… 인생 쓸쓸하구나. 명선이 너는 그러지 말아라. 나가서 같이 한잔하자."

"예. 형님. 좋은 술 구해놓겠습니다."

두 사람이 말하는 술은 무슨 술일까. 소주? 양주? 아니면 차가운 술? 차가운 술이겠지.

노인들은 스스로 아직 젊다고 말하지만 그 나이대 사고방식의 틀에서 벗어나지 못하고, 자신이 옳다고 생각해왔던 것들은 자신도 모르게 우기고 만다. 젊은이들 또한 스스로 이미 깨우친 듯이 말하지만 그 나이대 사고방식의 범주에 머무르며 패기만 넘친다. 그리고 이들도 마찬가지로 자기 의견이 무시당하면 쉽게 흥분하고 만다. 나이와 상관없이 서로 지기 싫어하는 것은 어느 세대나 똑같다.

"에이, 아냐. 아냐. 나 저 영화 밖에서 보고 들어왔다니까!"

"형님! 저거 얼마 전에 개봉한 영환데 무슨 소리를 하십니까! 등기 빵 할까요?"

"그래! 하자! 50장 건다!"

늙은이가 졌다. 50장을 빼앗기게 생겼다. 저 영화는 영화 소개 프로그램에서 보았던 건데. 끼어들까? 아니다. 심리에 괜히 끼어들면 미움 살 테니 그냥 있어야겠다. 도우미를 불러서 확인한 두 사람. 늙은이는 중년에게 등기 50장을 준다. 시원스럽게.

"4022 접견. 접견 나오세요."

어머니가 오셨다. 오지 마시라고 말씀드려도 자주 오신다. 매번 전날 도착해 근처에서 하룻밤 주무시고 접견을 오신다. 쏭이나 자말에게 어머니를 부탁하면 내 죄를 아시게 될까봐 부탁도 하질 못하겠다. 대뜸 외국인이 찾아가면 당연히 이상할 테니까. 따로 부탁할 사람도 이젠 없다. 내 편지를 받은 이후 민경이로부터 답장이나 접견은 다행히도 없었다. 어머니와는 가끔 통화를 한다던데…… 어머니 연락은 받나 보다. 받지 말지. 어머니 얼굴을 보니 감사하고 죄스러워 괜히 또 퉁명스러워진다.

"왜 또 와요! 오지 말라카이! 말 참~ 안 들어요!"

"보고 싶어가 참을 수가 있으야지! 그래도 니가 여 있어가 딱 한 가지는 좋네."

"내 여 있는 게 좋아요? 좋아?"

"좋다! 언제든지 내가 보고플 때 와가 볼 수 있는데 안 좋을 수가 있나! 니 밖에 있을 때보다 훨씬 자주 본다. 짜슥아! 진즉 집에 가다놀 걸 그랬다!"

어머니가 밝게 이야기하신다. 나는 보이지 않는 곳에서 주먹을 꽉 쥐고 발가락들에 힘을 주며 댐이 터지지 않도록 노력한다. 12분을 참아야 한다. 그 시간이 너무 길다. 난 눈물이 너무 많다. 결국 눈물을 보이고 웃으며 접견을 끝낸다. 어머니는 항상 오전에 접견을 오셔서 2분을 더 보고 가신다. 고작 12분. 아들 얼굴 한번 보자고 그 먼 길 오셨을 걸 생각하니 마음이 아파 견딜 수가 없다. 접견실에서 나와 대기실로 가니 조용하다. 접견이 시작되기 전에는 시끌벅적하던 이들이 접견이 끝나고 나면 말이 없어진다. 접견 종료 대기실은 언제나 조용하다.

2019. 02. 22. 금

기결수 방이라서인지 사람들이 자주 바뀐다. 대부분 교도소로 이송을 간다. 미결수 방도 기존 멤버들이 빠진 뒤에는 빠르게 사람들이 채워졌었다. 대부분 눈이 풀려 있고 얼마 없는 짐을 가져왔다는 것이 여기와는 다르다. 여기는 다들 짐이 많다. 이송 가는 사람 외에도 변동 사항이 많다. 미결수 방에서는 변동 사항이 많이 없었는데. 옆방 사람과 싸워서 징벌 가고, 대뜸 싫다고 소리 지르다가 징벌 가고, 약이 덜 깨서 집에 가야 한다며 두꺼운 철문을 발로 차다가, 숨겨두었던 약이 걸려서, 섰다 치다가 걸려서, 부루마블 만들다가, 식빵으로 술 만들다가 징벌을 갔다. 많은 짐승들이 적응하고 적응하지 못하는 곳, 그곳에 내가 있다. 징벌 간 적이 없는 나는 적응을 잘하는 짐승인가?

2019. 02. 24. 일

    멍하니 천장만 보고 있다. 미칠 것 같다. 의사 선생님이 주는 약도 듣지 않는다. 난 미쳤다. 미쳐 있다. 미칠 것이다.

2019. 02. 25. 월

신입이 왔다. 나보다 어려 보이지만 키가 190은 되어 보인다. 가장 오래 있던 아저씨가 신입에게 인사를 하라고 한다.

"양요한입니다…… 스물여덟이고 고향은 제주도입니다…… 서울에서 살고 있습니다."

말투가 어눌하다. 약 때문일까. 혀가 짧은 걸까.

"그래. 단투가?"

"……술에 넣어 먹였습니다……."

"퐁당조가? 그럼 성도 껴 있겠네? 많이 받았겠는데? 미투에, 성 착취에, 뜨거운 여론 때문에 더 받았겠는데?"

"……15년 받았습니다."

"너무 쎈데…… 혹시 민짜 건드린 거냐?"

"……대학생이라고 했었는데…… 고1이었습니다……."

요한이 울먹이면서 말한다. 억울하다는 뉘앙스다. 질문을 계속하던 아저씨가 서서히 자리에서 일어난다.

"에라이, 썩을 노무 새끼야! 내 딸이 고1이다! 대학생이면 퐁당 해도 되는 거냐? 내 이날까지 약에 쩔어 살았지만 퐁당은 안 했다. 개새끼야!"

아저씨는 요한이를 때리기 시작했고 요한이는 웅크리고서 맞고만 있다. 두 사람의 요란스러움에 옆방에서 벨을 눌렀는지 까마귀들이 날아와 둘을 물고 나간다. 둘이 사라지자 네 명이었던 1방은 오후께 다시 여섯으로 채워진다. 새로 들어온 두 명 다 말이 많다. 향방에서는 조용하게 지낼 수가 없나 보다. 이제는 이들의 고통과 행동들을 조금은 이해하고 마음도 아프지만 역시 함께 사는 건 괴롭고 힘들다. 저들도 나의 딜레마와 고통을 이해하고 배려해주었으면 좋겠다. 하나 그럴 일은 없을 거다. 여긴 징역이고 향방이니까. 미친 사람들이 모이는 곳이니까.

2019. 03. 10. 일

2019년에도 여전히 바뀌지 않는 세상. 유전무죄 무전유죄. 썩어 빠졌다. 나처럼. MB는 보석으로 석방되었다. 10억을 내고 커다란 집으로 갔다. 황제 보석? 얼씨구! 국정농단 대통령의 가석방론도 떠돈다. 어마무시하다. 수천억을 횡령하고 권력으로 이득을 취하고 나랏일은 뒤로 미룬 채 딴짓한 대통령들이 나쁠까, 마약 판매가 나쁠까?

4. 이웃

"임제훈 씨? 이송! 짐 싸세요. 7시 30분에 데리러 옵니다."

야간 근무자가 이송 소식을 알려주고 지나간다. 기다리고 기다렸던 시간이다. 어디로 가게 될까. 2급을 받았으니 2급 교도소로 가겠지? 마약수는 독방을 주는 곳도 있다던데. 그런 곳으로 가고 싶다. 준비하고 있던 이송. 짐을 쌀 것도 없다. 침낭 안에 짐들을 쑤셔 넣고 급하게 얼굴만 씻는다.

침낭을 어깨에 둘러멘 채로 1층에 도착했다. 짐 검사와 신체 검사 후 수갑이 채워지고 포승줄에 묶인다. 호송버스에 올라 1년 넘게 지냈던 콘크리트 건물과 쇠창살들을 뒤로하고 커다란 철문들을 지나 밖으로 나왔다. 철창 안에서는 느끼지 못했던 봄기운이 넘쳐나고 있었다. 나무는 푸르렀고 꽃망울이 곧 터질 듯했다. 개나리가 산언저리를 노란색으로 물들일 준비를 하고 있었다. 남쪽으로 내려가는 길, 호송차 안에서 두 눈 크게 뜨고 봄을 흠뻑 담는다.

전주 교도소에서 두 명이 내리고 12시 반쯤 순천 교도소에 도착했다. 입소 심사를 하는데 교도관이 까칠하다. 지시에 잘 따르고 있는데 왜 이럴까? 혹시 가슴에 붙어 있는 파란색 때문인가? 파란색이⋯⋯ 예상은 했지만 편견과 선입견은 어디에나 있구나. 기분이 상한다. 역시 예상과 경험은 다르다. 내 옷과 이불들이 세탁기로 들어가서 물빨래만 되어 나온다. 세제라도 좀 넣지⋯⋯ 스머프는 짐들을 물세탁한다더니 사실이었다. 그런데 어디서 말리지? 새로 빨아야 할 것 같은데⋯⋯ 아, 말려서 가져다주는구나. 가져오면 새로 빨아야겠다. 냄새가 날 테니까.

신입방의 문이 열리는데 아무도 없다. 오늘 하루는 혼자 방을 쓸 것 같다. 조용하다. 고요함이 좋다. 관 모포 위에 누웠다. 올 때는 날씨가 좋았는데 천둥번개가 치고 비가 내리기 시작한다. 고스란히 들려오는 빗소리가 좋다. 비가 만들어내는 그 소리와 냄새. 흙냄새다. 떠나온 곳의 흙냄새와는 느낌이 다르다. 그곳에서 짧다면 짧은 시간 동안 많은 일을 겪었다. 겪지 않았어도 될 일들. 하지 않았어야 하는 일들. 계속 몰랐어야 하는 일들. 그 일들 속에는 흙냄새를 비롯한 수많은 냄새들이 있었다.

2019. 03. 12. 화

흐린 날씨에 비가 내리고 그치기를 반복하고 있다. 오전 9시가 넘으니 사동 주임이 인터폰으로 나를 부른다. 시간이 흘러 꼬질꼬질해진 고무신에 발을 구겨 넣고서 주임실로 들어간다.

"안녕하십니까."

먼저 살갑게 인사했다. 잘보여서 나쁠 것은 없으니까. 누군가가 했던 말이 입에서 입으로 전해져 내 귀로 들어왔었다. '관군과는 싸우지 말라.' 징역을 살다 보니 그 말뜻을 이해했고 따르려고 노력 중이다.

"마약방으로 갈래, 혼거 방으로 갈래?"

혼거방? 독방이라는 말인가? 정계장이 이번에는 약속을 지키는구나.

"혼거방으로요!"

"그래? 희안한 놈이구마이. 13방 들어가. 사소! 사소! 13방!"

13방은, 혼거방은…… 독방이 아니었다. 혼거라는 게 혼합 거실일 줄이야…… 간단하게 소개 후 조용히 앉았다. 점심시간이 끝나자 운동시간이라며 문이 열린다. 운동화를 신고 복도로 걸어가는 사람들을 따라간다. 복도 끝에 문이 있다. 그 문으로 환한 빛이 가득 들어온다. 한쪽 문만 열린 그 틈으로. 문을 지나한 발 내디디니 세 개의 짧은 계단이 밟혔고 그 끝에는 땅이 있다. 시멘트로 만들어진 게 아니라 흙과 돌이 섞여 잡초들이 자라나는 땅. 비가 와서 그런지 세상의 모든 냄새가 더욱 가까이 다가온다. 젖은 땅에서 올라오는 흙냄새와 이름 모를 풀들의 냄새. 새똥 냄새와 사람들의 땀 냄새까지. 온갖 냄새들이 순차적으로 혹은 뒤섞여서 풍겨온다. 1년 넘게 흙을 밟지 못했는데. 좋다. 발바닥의 감촉이.

"3041! 접견!"

누굴까? 설마 어머니는 아니시겠지…… 접견자 이름이 길고 길다. 너무 길어서 잘려 있다. 쑹이다.

"쑹! 웬일이고? 오지 말라니까. 인터넷 서신 해라 고마! 내 보고 시퍼가 온기가. 살 쫌 뺐는데 티 나나?"

"건강하셨죠? 게스트하우스는 잘 돌아가고 있습니다. 자말하고 식구들도 김회장님* 지시 따라서 일 보러 다니는 중이구요. 코인은…… 아시겠지만 지금 널뛰기 중이네요. 김회장님이 가지고 있어보자고 하십니다."

"그런 건 서신으로 하며 되지 말라꼬 왔노?"

"김회장님이 캄보디아에서 같이 찍은 사진 넣어드리라고 해서 왔습니다. 그리고 회장님이 고생하라고 전해달라 하시네요. 회장님은 재판 때 위증했다고 검에서 사건 만들었습니다. 회장

---

* 김형민을 말함.

님이 그렇게 만드신 듯합니다. 그래서 아직 수원에 계시구요."

"……다른 사건은 아이겠지?"

"아닙니다. 그리고 회장님이 마무리 지으러 간다고 하십니다. 썩은 것들 정리도 하신답니다. 건강 챙기시고 필요한 것 있으면 언제든 편지 주세요."

마무리…… 정리…… 어떻게 하려는 걸까.

2019. 03. 18. 월

To. 박사

살 빠졌다고? 그래. 살이나 왕창 빼고 있그라. 나는 여러 가지
일들 때문에 바빠가 편지 몬할 끼다. 그리 알고 답장하지 마
라. 히야가 니는, 아니 뽕쟁이들은 상상도 하지 못할 계획을
짜느라 고생이 많았었다. 그라다 보이 생각도 많았고. 이 안에
서 이렇게 편지 주고받기 싫었는데. 미안타 훈아. 원하는 대로
안 됐네⋯⋯ 니가 후회하고 안 하고를 떠나 이 길에 들어서게
하는 게 아니었다. 니 편지 읽고 울고 웃었다. 고맙다. 이상한
마음? 우습다 인마! 내가 목매달까봐? 그딴 걱정 안 해도 된
다. 니가 내를 어떤 놈으로 생각하든 그 이상으로 강하다. 그
라고 독하다. 지금부터 이야기하는 거 잘 기억해둬라. 이건 내
선택이고 후회 안 한다. 그래서 니한테는 미안타, 이 선택이.

　훈아. 인자 징역 살면서 호불호가 갈릴 끼다. 누가 니 사람
이고 누가 그냥 사람인지. 1심 끝나기 전에 강소장 연락 오드
라. 우리 형량 적게 받도록 힘써본다고. 하선들 많이 만들어서
나오라 카데. 역겨워서 진짜. 죽이고 싶어 죽겠는 기라! 얼마
나 빡치든지 그날 방 안에 있는 거 싹 다 뿌수고 징벌 갔다.

조용하이 혼자 대가리 굴리봤지. 어떻게 해야 이 새끼를 끝장낼 수 있을까. 그래가 이리저리 쑤시봤다. 만택이가 거물은 거물인갑다. 캄에서뿐 아니라 한국에도 돈깨나 뿌리면서 선 대고 있는 거 긋드라. 씨발. 나는 그때 그 선택 후회 안 한다! 니도 안 하제? 그 과정에서 만택이한테 팽당한 양반들하고 국내에서 오른손, 왼손 하는 사람들 사이에서 손가락에 꼽히는 양반들도 접촉됐다. 그림 그렸고. 이제는 색칠할라고 한다. 혹시나 일이 잘못돼가 먼 일 있드라도 니는 신경 쓰지 말고 니 길을 걸어가라. 흔들림 없이.

그라고…… 뭐? 나의 시끄러움이 그리워? 있을 때 잘하라 카는 말 못 들었나? 옛말이 틀린 게 없어요. 맨날 구박하고 쌩까드마 그리움 실컷 느끼고 있그라! 철저하게 준비는 했으나 어떻게 될지는 알 수가 없다. 먼 개소리를 하는지 모르겠제? 나중에 알게 될 끼다. 나중에 니가 알게 되며 슬퍼하고 화낼지도 모르겠으나 지금은 그냥 응원해줬으면 좋겠다.

보고 싶네, 내 친구. 어디에 있더라도 나는 나고 너는 너다. 언젠가 나를 보고 웃는 니 얼굴이 기억 안 날 수도 있을까…… 생각해봤는데 잊히지가 않는다. 니 웃는 얼굴이. 이렇듯 잃을 수 있는 것도 많지만 잊을 수 없는 것도 많다. 아직 우리 인생은 진행형이라는 거 잊지 마라. 항상 어디에도 있고 어디에도 없는 그곳에서 소주 한잔할 수 있는 그날을 그리워하며 편지 마무리한다. 사랑한다. 보고 싶은 친구에게, 친구가.

무언가 알 수 없는 위험한 일을 진행하고 있다. 더 이상 위험을 감수하지 않아도 살아갈 수 있는 돈이 있는데…… 대체 무슨 그림에 어떤 색을 채운다는 걸까. 그림을 설명하기는 어려웠던 걸까. 어떤 색이 채워질까? 붉은색, 푸른색, 하얀색 아니면…… 채우지 못할까? 응원이라. 마냥 기쁘게 응원할 수만은 없을 것 같다.

2019. 03. 19. 화

"3041, 짐 다 쌌냐?"

"예."

문이 열리고 밀차*에 짐을 실었다. 밀차는 오르막을 올라 위층으로 이동한다. 오늘은 출역 날이다. 정계장에게 편지를 보내놓았으니 독방은 어떻게든 해주겠지. 아니면 나가서 소주를 얼굴에 뿌려야지 뭐.

공장으로 나가기 전 봉투거실에서 봉투를 접으며 기다리면 공장으로 보내준다고 한다. 공장은 가고 싶은 생각이 없지만 물어보길래 심심해서 간다고 했다. 여기서도 유경험자부터 뽑는 건가? 인턴교육인 건가? 담당 주임이 나를 10방으로 안내해준다. 카드키로 철문을 열려고 하는데 귓속으로 들려오는 소리들이 다양하다. '파방' 하는 소리가 빠르게 연속적으로 들려오고 '샥', '슥' 소리가 일정하게 들려온다.

탈칵, 철문이 열린다. 일시 정지가 된 사람들의 시선이 내게로 모인다. 민소매 티셔츠나 반소매 셔츠를 입고들 있다. 아직

---

* 사동마다 배치돼 있는 짐수레. 밥 배식, 구매, 전방 등등 여러 가지 용도로 사용된다.

날씨가 싸늘한데. 문 바로 앞에 앉아 있는 사람은 땀을 비 오듯 흘리고 있다. 거실 중앙쯤의 책상에는 한 명이 누런 종이들을 고물 장수들이 좋아할 만큼 주변에 쌓아두고 있고 다른 이들은 검정색 끈을 한 손에 쥐고 봉투의 뚫린 구멍에 꽂으려는 사세로 내 쪽을 보고 있다.

"주임님, 작업 중에 신입이 웬 말입니까!? 방 꼬라지 개판인데 신입을 어떻게 받으라는 거여."

"그게 니가 할 일 아니냐. 어떻게든 잘하는 거. 난 모르겠다. 지금 온 걸 우짠다냐."

발 디딜 틈도 마땅치 않은 거실 안으로 발을 넣기가 그렇다. 방금 말한 저 까무잡잡한 남자도 무섭게 생겼고. 다른 방으로 바꿔달라고 해볼까. 호텔 왔냐고 욕하겠지. 어쩌지? 짐 많다고 지랄할 게 분명해 보이는데.

"빨리 들어와요. 뭐 하는 거여. 점심 못 먹게 하겠다는 거여? 얼른 짐 받아라. 애들아! 뭣 허냐."

밥상에서 일어난 무서운 남자가 애들을 찾자 바로 앞에 있던 눈사람 하나와 산적같이 생긴 아저씨, 깍두기 머리에 흐리멍덩한 표정의 남자가 다가와 짐과 이불을 받아 구석으로 밀거나 던져버린다.

"자리 없으니께 짐 위에 앉아서 소개해봐요. 징역 한 20년은 받은 겨? 뭔 짐이 저렇게 많은 거여?"

중후한 목소리의 무서운 남자가 불편함을 숨기지 않으며 소개하라고 한다. 주변의 시선이 느껴진다. 당연하게도 반기는 이는 없다. 서두르라는 감정이 열렬하게 느껴지도록 보고만 있다.

"임제훈입니다. 나이는 서른넷이고 죄명은 밀수 판맵니다. 4년 받았고 3년 정도 남았십니다. 삐딱한 놈 아입니다. 잘 부탁드리겠십니다."

"서른넷? 86? 나랑 갑장이네. 바쁘니까 짧게 말할게이. 방에서 트러블 생기면 안 되끼게 혹시라도 불만 있거나 요구사항 있으면 나한테 이야기혀. 내가 해결해줄라니까. 일단 일부터 끝내고 다 소개해줄 테니 앉아서 구경해. 내일부터는 너도 해야 되니께."

불만이 없어야 되고 방에서는 찍소리도 하지 말라는 솔로몬 같은 남자의 경고에 앉아서 지켜보았다. 다들 손이 움직이기 시작하자 기계처럼 종이 가방을 만들어내기 시작한다. 펀치로 종이 가방에 구멍을 뚫는 눈사람. 산적과 또 한 사람, 스핑크스 고양이를 닮은 남자는 짧고 뻣뻣한 종이를 그 종이 가방 안에 넣고 책상 위와 주변에 쌓는다. 솔로몬은 쌓여 있는 가방 안으로 직사각형의 작은 종이를 끼워 넣는다. 마지막으로 종이 가방의 뚫린 구멍에 줄을 끼우는 다섯 명. 일사불란하다. 빠르다. 한 시간 정도가 지나자 종이 가방들은 모두 완성되었고 차곡차곡 쌓아 노끈으로 묶는다. 솔로몬이 창틀에 대고 외친다.

"작업반장! 10방! 물건 빼가. 얼른, 얼른."

밀차 굴러오는 소리가 들려오고 열린 철문으로 종이 가방들이 모두 나간다. 방을 쓸고 닦은 뒤 점심시간 전에 솔로몬이 말을 걸어온다.

"밀수 판매라…… 어디 있다가 잡힌 거여? 한국? 필리핀?"

봉사원이 분명한 솔로몬이 반말로 질문해온다. 나도 반말로 대답할까? 반말하면 찍히려나. 멋대로 꼴리는 대로 막살면서 독방 찾아 삼만리 하는 게 정계장을 기다리는 것보다 빠를까. 아냐…… 죄인이…… 특실이 좋긴 하지만…… 그건 아니야. 혹시나 어머니가 접견 오셨는데 만나지 못하고 되돌아가신다면 걱정하실 거야. 조사 기간에는 교도관도 접견실에 따라 들어온다니까. 헛걸음을 하시게 할 수는 없지.

"캄보디아에서 잡혀왔습니다."

"어? 캄보디아면…… 형민이 알지도 모르겠네."

깽을 아는 건가? 손빈 뱀새끼가 깽을 매장시켰다는 소식 이후를 못 들었는데. 소문은 잘 해결됐을까? 뭐. 안 됐으면 어때. 나 편하자고 친구를 모르는 사람이라고 할 수는 없으니. 오해가 안 풀렸으면 내가 풀어주지 뭐. 같이 있던 당사자고 모든 서류를 가지고 있으니까 보여주면 된다. 손빈 뱀새끼가 어떤 짓거리를 했는지 알려주면 된다.

"예. 제 친굽니다."

"친구여? 아, 니가 그 박사구면! 이야, 이런 우연이 있나. 잘 왔어야. 편하게 앉아라, 친구야! 무릎은 왜 꿇고 있는 겨. 내 옆으루 와야! 오타쿠! 형 친구 자리 만들어서 짐 정리하고! 다들 나 대하듯이 해주세요. 알아들으셨죠이?"

솔로몬의 명령에 다들 알겠다고 대답한다. 오해는 다 풀린 건가? 하긴 형민이가 가만히 있었을 리가 없지.

"친구야. 나는 이상현이다. 편하게 지내자."

솔로몬이 부드러운 목소리로 나를 반겨준다. 이미 뱀새끼의 만행이 드러나 깽의 오해는 모두 풀렸다면서. 솔로몬은 피카츄다. 다른 사람들은 스머프 한 명이 보이고 나머지는 도우너들이다. 소개를 해주는데 다들 죄명이 비슷하기도 하고 또 다르기도 하다.

솔로몬은 광수대의 작업으로 억울하게 징역을 4년째 살고 있다고 한다. 죄명은 위계 및 폭행, 상해, 손가락 절단 등이며 조직 수괴로 되어 있고 총 6년 7개월을 받았는데 계속 재심 준비 중이라고 한다. 오타쿠는 일이 끝났는데도 땀을 계속 흘린다. 눈사람 같다. 눈사람의 죄명은 폭행 및 공갈 협박. 솔로몬의 수발을 들고 있고 솔로몬의 조직으로 들어가기를 희망하며 수행 중이라고 한다.

방 살림을 맡고 있다는 산적은 산적이 아니라 해적이었다. 배위에서 선원 두 명이 달려들어 자신을 죽이려 하여 죽일 수밖에 없었고 자수해 15년을 받았다고 한다. 오른쪽 골반에서 갈비뼈 있는 곳까지 길게 그어져 있는 흉터가 살벌해 보인다. 해적 옆에서 일하던 스핑크스는 해적과 사회에서부터 인연이 있던 동생이고 마찬가지로 방 살림을 도와주는 사람이라고 한다. 스핑크스는 뚤레로, 1년을 받고 반년이 남았다고 했다. 뚤레가 무엇인지 물어보니 절도라고 한다. 고개를 좌우로 뚤레뚤레 살핀다고 해서 절도는 뚤레라고 부른다고 했다.

나와 같은 스머프는 단투라고 한다. 흐릿한 눈빛에 자꾸만 없는 배추*를 찾는 놈은 성폭행으로 5년 형을 받아 살고 있다 했고 호빗처럼 작은 아이는 사기. 슈퍼맨의 악당 펭귄맨처럼 걷는 아저씨는 장애인 성폭행. 그리고 만기가 한 달 정도 남았다는 특수절도 한 명까지, 나를 포함 총 열 명이 꽉 차는 이 방에서 함께 지내게 되었다.

깽의 친구를 만나 편안한 벽 쪽 잠자리와 여러 가지 혜택들을 받으며 지낼 수 있게 되었다. 이것도 특혜라면 특혜인가. 그런데 솔로몬이 내 가슴에 달린 새로운 방표식과 수번표를 보더니 말한다.

"친구야. 너 2급인데 왜 3급 교도소로 온 겨?"

내일 면담 신청해서 확인해보라고 어드바이스를 해준다. 왜 3급 교도소로 온 걸까. 스머프라서. 아니면 교정청의 실수? 뭐…… 내가 마약에 손을 댄 것부터가 실수이니 탓하고 싶지는 않다. 정계장이 독방을 주기 위해서 손을 쓴 것일지도 모르고.

---

* 배드 트립bad trip을 이르는 은어로, 마약으로 인한 무서운 환각 체험을 말한다.

2019. 04. 22. 월

봉투거실로 온 지 한 달이 넘어서인지 나도 손에 익어 작업
이 익숙해졌다. 내 역할은 눈사람을 대신해 펀치로 구멍을 내는
거다. 모든 분야를 돌아가면서 해보았는데 펀치가 가장 빨라서
역할이 굳어졌다. 주5일 근무이고 하루에 180장에서 200장이
들어온다. 한 명의 분량이다. 다 합치면 평일에는 1,800장에서
2,000장을 펀치로 구멍을 뚫는다. 한 달 급여는 15,000원 정도.
밖에서 물건을 살 때 종이 가방에 물건을 넣어주던 가게 주인
들. 그 종이 가방들 가운데 교도소에서 만들어진 것들이 있었을
지도 모르겠다. 그런데 1,800장에서 2,000장을 우린 오전에 다
끝낸다. 모두 숙련자들이라서 빠르다. 그리고 솔로몬이 다른 방
보다 늦게 끝나는 걸 싫어해서 다들 더욱 열심히 한다. 거의 매
번 1등으로 일을 끝낸다.

만기가 된 절도자는 지난주 금요일에 만기방으로 갔다. 철문
을 나서며 그는 주임에게 귓속말을 했다. "시발 새끼야. 잘 살아
라." 하고 아주 작게 속삭였다. 주임은 노발대발했고 만기방 대
신 조사방으로 보내려고 했으나 아무도 들은 사람이 없다고 해
서 만기방으로 갔다. 철문이 닫히고 다들 배를 잡고 웃었다.

특히 솔로몬은 찍혀도 상관없다는 듯 아주 큰 소리로 웃었다. 우리 사동 주임이 조금 별로이긴 하다. 법자(법무부 자식)고 접견이 없는 사람들에게는 욕하고 막대하며 돈 있고 접견이 오는 사람은 귀찮아하면서도 은근히 챙긴다. 절도자는 법자였고 나이도 어려서 욕을 많이 먹었었다. 그래서인지 출소 전 만기 파워를 주임에게 사용한 것 같다. 주임은 볼살을 푸들푸들 떨면서 화를 식혀야만 했다. 어쩌겠는가? 들은 사람이 없다는데. 여전히 화가 안 풀렸는지 주말을 쉬고 와서도 씩씩거리며 꼬투리 잡을 것이 있나 돌아다닌다.

이제는 익숙해진 10방에서의 생활. 웃기는 상황도 많고 분위기가 이상해지는 상황도 많지만 한 달이 지나니 함께 지내는 사람들이 익숙해져서 참을 만하고 견딜 만하다. 그렇지만 여기 또한 수원구치소와 별반 다를 것은 없다. 하나 좋은 건 코킹하는 사람은 방에 없다는 것. 다만 정신과 약을 먹는 사람은 많고 매직쇼도 잘한다. 10방에서 정신과 약을 먹지 않는 건 솔로몬과 스핑크스뿐이다.

오전에는 종이에 구멍을 뚫으며 시간을 보내고 운동시간에는 족구 경기를 구경하며 주변을 천천히 달린다. 운동이 끝나고 들어와 씻고 편지를 보내고 받으면 어느새 폐방 점검 시간이 되어버린다. 솔로몬에게 장기와 바둑을 배우면서 등기우표를 바치고 책을 읽으며 취침까지의 시간을 보낸다. 그나마 2급수라서 어머니에게 한 달에 세 번씩 전화로 안부를 묻는다. 3분이지만 괜찮다.

어머니는 목소리를 들으면 보고 싶어진다며 접견을 자주 오신다. 오시지 말라고 아무리 말씀드려도 소용이 없다. 죄송함이 쌓인다. 어머니 말씀대로 비우고 채워야 하는데 쉽지가 않다. 무얼 비우고 무얼 채워야 할까? 그리움은 비워지지 않고 공허한 마음은 무엇으로도 채워지지 않는다. 적응은 되었으나 정신은 온전히 붙잡고 있기가 쉽지 않다.

2019. 05. 08. 수

"뭐!? 어딨다고? 구라치지 마, 형. 문 차고 욕까지 했는데 2중 독거에서 끈 묶고 있다고? 진짜 회장이야? 와, 배추 오네……."

배추가 배추를 찾는다. 배추는 배드 트립의 줄임말이라고 한다. 깍두기는 안 해본 마약이 없다며 연예인들하고도 자주 약하고 놀았었다는 소리를 늘어놓곤 한다. 스머프와 토론하는 것을 들어보면 각종 마약에 대해 박식하게 알고 있다. 정신과 약도 많이 먹는다. 지금 배추를 찾는 이유는 옆방에 있던 자칭 황회장이라는 사람이 교도관에게 욕하며 철문을 발로 찼는데도 조사 징벌조차 되지 않은 채 반대편 사동의 독방에서 잘 지내고 있다는 소식을 들어서다.

"이야. 진짜로 회장이었나 벼? 뺙 좋네. 장 받아주라 친구야! 장군은 받아줘야지. 왕 따먹어버린다!"

솔로몬과 차 하나를 떼고 접장기 중이다. 내 머리가 나쁜 건지 솔로몬의 머리가 좋은 건지 실력 차가 줄어들지 않는다. 등기우표는 풀로 주문해도 항상 모자라다. 가끔 이길 때가 있는데 솔로몬이 왠지 일부러 져주는 듯한 기분이 든다.

"친구야, 외통이네. 수금하자."

졌다. 눈사람이 다가와 한 손을 내밀며 말한다.

"먼지 아시죠?"

눈사람은 처음부터 한결같이 양아치 같다. 남자다움은 보이질 않는다. 건달이 되기는 힘들어 보인다. 그래서 솔로몬도 받아주지 않는 것 같다.

"이 새끼 이거. 내가 그런 말 쓰지 말라고 했냐, 안 했냐?"

"죄송합니다! 행님!"

솔로몬이 내 등기우표를 손에 쥐고 있는 눈사람의 뒤통수를 시원한 소리가 나도록 쳤다. 키 160에 몸무게 110킬로 가까이 나가는 눈사람은 팔 운동만 했는지 양팔만 우람하게 키워져 있다. 솔로몬의 손바닥 마찰에 앞으로 꼬꾸라지는 눈사람. 가르쳐도 안 빠지는 양아치의 색. 그 색이 빠지기 전까지는 솔로몬의 아래로 들어가기 어려울 듯하다.

"1중 운동!"

도우미의 우렁찬 목소리와 함께 운동 준비 후 장기를 두던 우리는 벌떡 일어섰다. 철문들이 동시에 열린다. '타다다다다다 다다다다달칵' 문 열리는 소리들이 왠지 기분을 상승시킨다. 갑갑한 방에서 벗어나기 때문일까. 오전에 비가 왔었는지 흙바닥이 젖어 있다. 비를 머금은 듯한 공기. 교도소 벽도 젖어서 더 붉게 물들어 있다. 주변을 둘러보니 초록색이 많이도 보인다. 여름이 다가오고 있음을 알리는 후덥지근한 온도. 멀리 보이는 산은 꼭대기가 보이지 않는다. 먹구름이 몰려와 흰 구름을 밀어낸 듯하다.

천천히 걸으며 뛸 준비를 하자 스머프가 옆으로 다가와 말을 건다. 재밌는 아이지만 말이 많은 편이라서 피곤하다. 방에서 불리는 별명은 분무기다. 텐프로에서 근무하는 여성 여덟 명을 임신시키고 낙태시켰다고 자랑하고 다녀서 생긴 별명이다.

"형! 아, 뭐 여쭤보려고 했는데. 아, 까먹었네. 이게 부작용이에요. 투약 안 하신 거 진짜! 잘하신 거예요! 누구요? 저 사람요? 아, 옥스퍼드. 1방에서 독방 쓰는 놈인데요. 어, 지금 총 쏜다! 저 새끼 지금 카스* 하고 있는 거예요. 머릿속에서. 미친 건지, 미친 척하는 건지. 부모님도 리스폰** 될 거라고 생각하면서 칼로 찔렀대요. 무기 받았다고 하더라고요. 도우미가 그러던데 조온나 똑똑하대요! 영어, 불어, 스페인어, 중국어 책들을 주문해서 본대요. 진짜 미친 건지는 안 밝혀졌죠. 그건 본인만 알 수 있겠죠. 미쳐서 일어난 사건이었으면 싶어요. 맨정신으로는 그런 짓 못 하죠. 인간이."

운동장 귀퉁이에서 붉은 벽돌을 향해 입으로는 총알들이 발포되는 소리를 만들고 양손으로는 소총 쥐고 있는 자세를 한 채 좌우로 흔든다. 지나가던 다른 죄수들이 '전방 수류탄!'이라고 말하며 낄낄거린다. 그러나 무기수는 벽을 행해 계속 총만 쏘고 있다.

---

* '카운터스트라이크'를 일컫는 말로, 1인칭 시점에서 총기류를 이용해 전투를 벌이는 슈팅게임 이름.

** 게임 속 유저의 캐릭터, 혹은 몬스터 등이 죽거나 사라진 이후 정해진 장소에서 재배치(다시 살아남)되는 것을 뜻하는 용어.

족구를 구경하며 운동장을 20~25분 정도 뛴다. 땀을 흠뻑 내고 들어오니 솔로몬의 기분이 상해 있다. 신발장 위에 있던 라면 한 박스를 16방에 가져다주라고 도우미에게 시킨다. 족구에서 졌나 보다.

"야. 오타쿠. 대가리가 세모여? 축구를 좋아하면 혼자 축구를 혀. 네트에 헤딩은 왜 하는 거여? 발 안쪽은 니 발이 아니냐? 아니여? 잘 생각 말고 토스 연습혀."

눈사람은 솔로몬의 말이 끝나자마자 천장에 테이프를 붙여 만든 토스 연습기로 가서 제기차기하듯 차기 시작한다.

"내일은 잘허자. 라면이 문제가 아니여. 승부는 이겨야 돼. 알겠냐?"

솔로몬은 눈사람을 훈련시키고 배추를 노려본다. 배추는 대학교 1학년 때까지 축구선수였다고 했다. 족구할 때 뒤에서 수비하는 포지션을 여기서는 뒤땅이라고 부르는데 배추는 수준급 뒤땅이었다. 대신 기분에 따라서 기복이 심한 편인 듯했다. 컨디션이 안 좋고 기분이 다운되어 있으면 플레이가 개판이라서 솔로몬이 항상 약을 구해준다. 매직쇼를 잘하는 해적과 호빗 그리고 펭귄맨이 주로 약을 공수해준다.

"오늘은 또 왜? 약을 처먹여도 배추가 오면 어쩌라는 거여. 너 지금껏 형을 기만한 거여. 화장실로 들어가고 싶냐. 비상벨 누르고 씨발피티*가 빨리 오나 니가 빨리 죽나 시험해볼 거여?"

---

* 재소자들이 CRPT를 '씨발피티'라 부르기도 한다.

배추는 솔로몬에게 애교를 피우고 솔로몬은 뒷머리를 잡으며 씻으러 들어간다.

2019. 05. 09. 목

이곳은 꿈속이다. 꿈속이라는 것을 알 수 있다. 꿈에서는 현실처럼 몸을 마음대로 컨트롤할 수가 없다. 익숙한 꿈이지만 매번 조금씩 다르다. 도시에 공항 활주로가 깔려 있다. 활주로는 회색 벽 사이에 가두어져 있다. 활주로 위에 내 몸뚱이가 서 있다. 시점이 바뀐다. 나를 향해 여러 사람들이 미쳐 날뛰며 달려간다. 여기는 꿈속이다. 꿈속이다…… 뒤쪽에서 달려가던 사람이 앞사람을 칼로 찌른다. 밀치고 때린다. 내 두 눈만 몸에서 빠져나온 듯 모든 것이 보인다. 4층에서 뛰어내리는 사람. 25톤 트럭을 몰고 질주하는 사람. 누군가의 목을 조르고 연탄을 피우는 사람. 끊임없이 나를 향해 다가오며 약을 받으려는 사람들. 구석진 곳에 숨거나 제정신이 아닌 사람들. 옥상에서 뛰어내린다. 밧줄에 매듭을 지어 목에 건다. 수면제를 먹고 가스를 켜둔다. 불을 지른다. 쾌락을 즐긴다. 두 눈이 내 몸속으로 빨려 들어가는 듯하다. 가스를 잠그고 밧줄을 자르고 불을 끄기 위해서 달려가보려 하지만 누군지 모를 이들이 약을 달라 애원하며 둘러싸고 놓아주지를 않는다. 앞으로 나아가려 해보지만 갈 수가 없다. 현실의 내 몸이 흔들리고 있다. 눈이 떠지지 않는다.

모든 걸 들을 수 있고 느낄 수 있는데 눈이 떠지지 않는다. 솔로몬이 비상벨을 누르자 야간 근무자가 왔고 야간 근무자는 TRS*로 까마귀들을 부른다. 꿈과 현실이 뒤섞인 채로 사람들에게 붙들려 몸이 흔들리고 있다. 시간이 얼마나 흘렀을까? 꿈속의 사람들이 수갑 채워진 내 모습을 보고 아쉬운 듯 입맛을 다시며 다른 곳으로 뛰어간다.

두 눈이 떠진다. 의무과 침대에 누워 있다. 비슷한 꿈들을 자주 꾸었지만 오늘처럼 사람들의 눈, 코, 입이 보이고 누가 누구인지 구분할 수 있었던 건 처음이다. 꿈속에서는 구치소에서 만났던 마약수들이 모두 있었다. 처음 보는 사람들도 많았다. 그중에 나만 안면이 있는 사람들도 있었다. 유명 연예인. 요리사. 재벌 3세. 정치인의 미성년자 딸과 아들. 모두 섞여 있었다. 나를 단순히 마약 밀수꾼이나 인터넷 판매상으로 정의하면 안 된다. 나는 자살인도자다. 위험한 상황을 만들어내는 시발점이다. 죽어서도 용서받지 못할 것이다. 그런 약을 나는 팔았다.

---

* trunked radio system. 주파수 공용 통신.

"유사장! 방에서 큰소리 안 나오게 잘 하이소! 행님 계시는데…… 큰소리 내면 뭔지 아시죠?"

눈사람은 솔로몬 옆에 딱 붙어서 사근거리며 펭귄맨에게 큰소리를 친다.

펭귄맨과 배추가 점심시간에 반찬에 욕심내며 말싸움을 했고 눈사람이 그런 둘 중 펭귄맨한테만 큰소리를 쳤다. 솔로몬이 벽에 기대앉아 부채질을 하며 오른손을 들어 올렸고 눈사람은 그런 솔로몬의 오른손 아래로 머리를 숙여 넣는다.

"이 새끼 이거…… 내가. 그러지. 말라고. 혔냐. 안 혔냐?"

솔로몬이 '또 그러면 안 된다'는 말을 한마디 한마디, 끝맺을 때마다 손바닥으로 눈사람의 뒤통수에 새겨준다. 항상 장난기 묻어 있는 말투로 새겨서인지 눈사람의 머릿속에는 각인되지 않는 듯하다. 아직 양아치의 색이 빠지지 않았다. 눈사람이 꿀렁거리며 일어나 예의 넘치게 인사한다.

"죄송합니다! 행님!"

솔로몬이 얼굴을 닦으며 말한다.

"니가 건달이여? 하지 말라고. 그런 거 하지 말라고."

솔로몬과 장기를 두기로 한다. 이제는 포를 떼고 둔다. 조금 실력이 늘었는지 등기우표 사라지는 속도가 줄어들었다.

영치금은 들어오지만 쏭이나 자말은 접견도 연락도 되질 않는다. 깽에게 편지를 보내어도 수취인불명으로 반송되어 온다. 어디로 이송을 갔는지 알 수가 없다. 깽도 쏭도 자말도 연락이 닿지 않으니 걱정이다. 도대체 무얼 하고 있길래. 연락이라도 하지.

"친구야? 신경 쓰이는 일 있냐? 어디에 정신이 팔려 있는 거여. 멍군 쳐야지 멍 잡냐?"

"아…… 미안. 장군이라고 외쳐야 멍군이라 하지."

눈사람이 옆에 공손하게 서 있다가 우리 대화에 끼어든다.

"제훈이 형. 고노야로…… 시누까?"

난 알아들었다. 죽고 싶냐고 묻는 거다. 바로 응징해주고 싶었지만 그러기도 전에 솔로몬이 오른손을 들었고 눈사람은 왼편에서 오른편으로 뛰어가 맞는다.

"좀만한 새꺄. 못 알아. 처먹는. 일본말. 쓰지. 말라고. 몇 번을. 말허냐? 오타쿠 새끼야! 어디 형들 대화에 끼어들어서 내 말을 짜르는 거여. 입술 짤리고 싶은 거여. 짤라줘? 친구야, 이 새끼 짤라부러?"

응징에 속이 후련해져서 그냥 붙어 있게 해주라고 말했고 눈사람 탓에 집중력이 흩어졌던 솔로몬의 헛수 한 번에 난 포진을 재정비할 수 있었다.

"아, 끝난 장기를. 아~!!!"

솔로몬이 탄식하며 오른손을 들었다. 퐉! 소리와 함께 눈사람이 허물어진다.

"아으. 워터파크 왔냐? 땀을 닦아도 닦아도 이 모양이냐! 너. 이번 판 내가 지면 니 뒤통수는 오늘 외통수 걸리는 거여!"

솔로몬이 손바닥을 털어내자 눈사람이 수건으로 솔로몬의 손을 닦는다. 그런 솔로몬에게 갑자기 배추가 칭얼거리기 시작한다.

"아, 배추 온다. 상현이 형. 심심해요. 나랑 놀아요."

솔로몬도 배추만큼은 포기해버린 듯 자주 변하는 배추의 텐션에 학을 떼고 있다.

"안정제 있는 사람? 기훈이 새끼 다운시키게 내놔봐들."

펭귄맨과 해적이 하나씩 꺼내 오자 배추는 간식을 받아먹으러 오는 고양이처럼 기어와서 옆에 앉는다. 솔로몬은 그런 배추를 교육시킨다.

"조용히 있으면 줄 거여. 니 자리 가서 대기혀."

배추는 솔로몬의 말이 끝나자 쇠창살 아래로 돌아가 얌전히 앉는다.

"야. 다한중."

솔로몬이 눈사람을 부른다. 시선은 장기판을 떠나지 않는다. 눈사람이 우렁차게 대답하자 조용히 말하라며 솔로몬이 눈사람을 응징하고 묻는다.

"얼마 남았냐?"

"석 달하고 나흘 남았습니다! 행님!"

"만기 파워로 기훈이 새끼 데리고 내려가."

눈사람은 솔로몬의 말이 진심인지 아닌지를 가늠하듯 머리를 긁적이며 서 있다. 배추는 울상이 되어 애원한다. 다가오려는 걸 솔로몬이 간식으로 마는다. 손가락에 힘을 주어 부셔버린다고 하니 움찔하며 멈춘다.

"형. 잘할게요. 저 징역 깨지면 가석방 안 돼요."

"그런 새끼가 공장 갔다가 하루 만에 내려오냐? 얼마나 빌어야 징벌 안 먹고 돌아오는 거여? 너 좀비여? 좀 떠나, 10방에서!"

"계장님한테 무릎 꿇고 우니까 봐주던데요? 형이 좋아요."

"기훈아. 너 가석방 안 된다니까? 희망을 버려. 버리고 씩씩하게 사는 거여! 다한증 손잡고 나가부러. 형이 너 때문에 머리가 아프다. 아퍼. 장군!"

솔로몬이 두 알의 정신과 약을 저글링하듯 던지고 받으며 말했다. 배추의 시선은 약에서 벗어나질 않는다.

"아…… 이 새끼들 때문에…… 다한증! 너는 오늘 외통수 걸려야겠다. 안되겠다."

생각지 못한 아군 같지 않은 아군 두 명의 견제 때문에 내기 장기에서 이겼다. 편지를 받을 시간이 되었다. 오사장의 편지가 왔다. 오사장도 쏭과 깽이 연락되지 않는다며 전국 교도소에 구축되어 있는 자신의 인프라망을 통해 흔적을 찾고 있다고 지난 편지 때 이야기했었다.

To. 박사

친구야. 보내준 서신 잘 받았다. 그동안에도 무탈하게 잘 지냈나? 나는 친구가 염려해준 덕분에 무탈히 잘 지내고 있다. 쏭하고 형민이는 아직 어딨는지 모르겠네. 연락 안 온 곳도 많으니 조금 기다려봅시다. 형민이랑 내랑 처음이라…… 한 10년 전쯤일 거다. 내 직계 13년 위 선배 모시고 동대구연합 잔치 있어 대구로 갔고 행사장에서 처음 만났다. 형민이는 부조금 봉투 받고 있었고 나는 선배가 잔치 도우라 캐가 이리저리 심부름하고 그랬었다. 서로 햇병아리 때였지. 사상이 덜 잡혀 있던 때였다. 위아래 모르고 날뛰면서 양아치 선배들의 혀 놀림에 놀아날 때였지. 그 행사 뒤로 계속 연락 주고받았고 전국 행사장에서 자주 만나고 그랬었다. 그러다가 내도 사고 치고 학교 가고 형민이도 학교 가고 한동안 연락 안 되다가 출소하고 또 행사장에서 만나가 연락 이어왔지.

그렇게 각자의 자리에서 살아가다가 형민이도 힘들어지고 나도 힘들어지고, 그때 마침 손빈 개자슥이랑 울산 친구랑 네 명이 소주 한잔하다가 선불 유심 이야기가 나와 부산대 네거리에서 폰 가게 시작하게 된 기다. 둘이 돈 보태가 가게 차렸고 그 뒤에는 뭐 니도 잘 알 끼고…… 가게 차리기 전에 형민이가 영길이 새끼를 찾아 댕기드라고. 부산에 있나 알아봐달라면서. 형민이 징역에 있을 때 영길이가 형민이 전처한테 투자 받아가 말아먹은 게 있는데 들어보이 등쳐먹은 거 비슷해가, 잡아가 돈 돌리받든지 지기든지 할라 카드라고.

레이다 돌리다가 영길이 잡았는데 배 째봐도 돈은 없고 돈 대신 약으로 갚겠다는 기야. 이래저래 고민하다가 잠깐만 하자고 둘이서 시작했다. 폰 가게에 정그이 새끼만 둘 수가 없어가 박사 니를 부른 긴데…… 우짜다 보이 여기서 이렇게 편지를 주고받고 있네. 내야 익숙하지만 니는…… 같이 마시던 소주가 그립네. 씨발! 괜히 필리핀 갔다가 조끗은 상황 나와서…… 강소장은 대체 우째 된 기고? 향*들 사이에서는 아직 난리다. 2년이 가까워지는데도 아직 시끌벅적하다. 전설처럼 되어가네? 소문의 스케일이 점점 커지고 커져간다. ㅋㅋㅋ

다음 편지 때 자세히 이야기 좀 해주소. 밥 잘 챙기 묵고 몸 관리 잘하소. 또 연락합시다.

오사장이 지난번 내 편지에 대한 답변과 질문을 해왔다. 손편지는 이렇게 여러 날이 걸려서 온다. 답답하기도 하지만 이렇게 시간을 들여 서로의 소식을 주고받는 것에 나름 아날로그 감성이 묻어 있어서 마음에 들기도 하다. 오사장하고 자주 다퉜었는데. 항상 옆에 있던 자말 때문에 오사장이 힘을 쓰진 못했고 오사장보다 논리적으로 말을 했던 나는 자주 말싸움을 이겼던 기억이 난다. 첫인상이 좋지 않았던 오사장. 시간이 쌓여갈수록 오해가 깊어졌지만 결국 오해가 풀린 뒤 오사장과 나는 서로 가까워졌다.

---

* 향은 향정신성의약품이란 의미로, 마약 관련 혐의로 구속된 마약수를 말함.

오사장은 단순하고 직선적인 사람이었다. 호불호가 확실했고 이득보다는 의리를 선택했다. 친구들이 자신을 이용하려고 하는 것을 알면서도 손해를 볼지언정 관계를 꿋꿋하게 지키며 살아온 인간. 나쁘게 판단하면 지금 시대에는 어울리지 않는 실속 없고 어리석은 깡패이고, 좋게 판단하면 시대를 잘못 태어난 건달. 오사장이 벗어지기 시작한 앞머리를 소중하게 여기던 게 떠오른다. 이마에서 땀이 튀어나오면 앞머리를 섬세한 손길로 넘기던 모습이 유독 기억에 남는다.

2019. 07. 03. 수

주임이 뜬금없이 전방 준비를 하라고 한다. 신청한 적도 없는데. 공장으로 가는 것도 아닌데.

"주임님! 제훈이 어디로 가는 겁니까?"

"4상 독거로. 빨리 싸."

솔로몬의 질문에 주임이 대답한다. 독방이라고 한다. 드디어 정계장이 약속을 지킨 건가? 솔로몬과 이별의 정을 나눈다. 숨막히던 포옹으로는 부족했는지 샴푸, 린스, 비누, 먹을 것들까지 바리바리 싸준다. 비닐 가방 다섯 개가 꽉꽉 채워진다. 나중에 연락하기로 약속하고 독방으로 이동했다.

독방은 침낭과 짐들을 정리하면 혼자 있기에 적당한 크기다. 짐을 풀고 누우면 가득 찰 것 같은 크기. 곳곳에 곰팡이가 보이고 눅눅한 냄새가 난다. 짐을 풀고 온 방을 A4 용지로 도배한다. 새하얀 방으로 만든다. 눅눅하고 얼룩진 장판을 관 수건으로 닦아보지만 장판에 새겨진 낙서들은 지워지지 않는다. 누군가의 기억처럼, 흉터처럼. 닦고 닦아도 변화가 느껴지지 않는 바닥까지 새하얗게 도배한다. 마르지 않은 용지들이 군데군데 불퉁불퉁 튀어나오지만 상관없다.

12시가 지나도 잠은 오지 않았다. 작은 창틀로 담장 너머의 불빛들이 보인다. 움직이기도 하고 멈추어 있기도 하다. 저 불빛은 무엇일까? 확인할 수가 없다. 수면제도 오늘은 내 편이 아닌가 보다. 홀로 고요하게 있는 것이 나쁘지만은 않다.

2019. 07. 09. 화

장마가 끝난 건지 햇볕이 뜨겁다. 태양을 바라보고 싶지만 눈이 부셔 눈을 감고 하늘을 바라본다. 모르는 이들이지만 운동장에 나와 있는 사람들이 반갑기만 하다. 담장 위엔 길게 늘어진 스프링 모양의 철책들이 설치되어 있다. 가시가 돋쳐 있지만 날카로워 보이지는 않는다. 할아버지 한 분이 클로버들이 피어 있는 곳에 멍하니 쭈그려 앉아 있다. 팔굽혀펴기를 하는 사람. 달리는 사람. 섀도복싱을 하는 사람. 걸으며 불경을 외는 사람. 그 뒤에서 성경 구절을 읊조리는 사람. 공터 같은 작은 운동장에서 사람들이 움직인다.

주변을 살펴보니 구석에 잡초들 사이로 민들레가 자라나 있는 게 보인다. 슬며시 꺾어 후 불어본다. 민들레 홀씨들이 바람의 승객이 되어 사방으로 흩어져 날아간다. 도착지는 알려주지 않고 사라져버린다. 민들레의 풍성한 솜털 얼굴을 만들어주던 홀씨들이 떠나버렸다. 내 탓일까? 홀씨들이 사라져버린 민들레 줄기는 텅 빈 집처럼 허전하다. 떠나버린 홀씨들은 되돌아오지 않을 것이다.

별일 없는 하루. 똑같은 하루. 누군가에게는 특별한 하루였을
지 모르지만 난 모른 채 보내는 하루.

2020. 02. 08. 토

운동시간. 달리고 달리다 보니 숨이 차올라서 다리가 느려진다. 숨을 고르며 산책하듯 걷는다. 맑은 하늘이지만 바람이 차다. 해가 구름에 가려졌다 나오기를 반복한다. 거기에 맞춰 나도 눈을 떴다 감는다. 평온히 감은 두 눈 속에서 해는 잘 익은 귤처럼 보인다. 운동장에 나온 사람들은 느릿느릿 걷거나 가만히 앉아 햇살을 받고 있다.

족구 코트에서 60~70대로 보이는 남성 여섯이 서커스 같은 족구를 하고 있다. 저게 가능한 동작인가 싶다. 머리가 희고 허리가 구부정해져가는 저 남자들은 몇 년 동안이나 족구 공을 가지고 놀았을까.

"야. 뽕. 몇 바퀴 뛰지도 않았는데 숨이 그리 가빠서야…… 약 하면 다 그런 거냐?"

중년 한 명이 옆에서 걸으며 말을 걸어온다. 내가 대답을 하지 않자 중년은 혼잣말을 하기 시작한다.

"얼마나 남았냐? 나는 17년 남았다. 옆집 이웃인데 인사는 하고 지내자. 원래 말이 없는 거냐 말을 못 하는 거냐. 약 때문에 말이 없어진 거냐?"

매일 밤마다 소리 지르는 그 사람인가? 나는 앞만 보며 걷는다. 담배 연기 같은 숨이 퍼져 나온다.

"내가 반말하니까 대답 안 하는 거냐? 꼬우면 너도 반말해. 괜찮아. 어차피 여기서 나이가 무슨 소용이냐. 반말해도 되니까 말 좀 해봐. 뽕이라고 불러서 그러냐? 뽕을 뽕이라고 하지 뭐라고 부르냐. 나는 사람 죽였으니까 백정이라고 불러도 된다. 너는 뽕. 나는 백정. 나는 14년 살았는데 아직 17년 정도 남았을 거야. 넌 얼마나 살았냐. 언제 나가고. 나갈 수는 있는 거냐? 큭큭큭."

짧게 밀었지만 하얀 머리카락이 고슴도치처럼 튀어나와 있는 중년의 얼굴을 바라본다. 이마는 평범한 크기. 눈은 작고 코는 크다. 입은 작은데 입술은 넓다. 키는 나와 비슷하지만 운동을 많이 하는지 몸이 좋아 보인다. 빤히 보고만 있으니 고슴도치는 두피를 긁적이며 내 눈을 마주 본다. 눈빛에서 느껴지는 것은 외로움. 말 상대가 필요한 것 같다. 얼마 전 옆방으로 이사 온 이 사람은 밤만 되면 내게 말을 걸었지만 나는 대답하지 않았었다. 나도 외로운 것은 마찬가지지만 이곳에서 저 사람과 무슨 대화를 할까. 사람은 어떻게 죽였는지, 나는 무엇을 하다 잡혀왔는지, 그런 뻔한 대화일 테니.

"잘생겼네. 옆에서 보니까. 그런데 살 좀 쪄야겠다. 밥 안 먹어? 영치금이 없는 건 아니던데. 신문도 읽고 책도 사보고 먹을 것도 시키던데, 사놓고 구경만 하냐?"

"사람 죽였다고 했는데, 왜 죽였어?"

"왜긴. 죽일 만했으니 죽였지. 듣고 싶냐?"

"해봐."

"그렇고 그런 이야기야. 뻔한 이야기. 돈 빌려주고 보증 서줬는데 떼어먹히고 사기당한 거지. 그런 나를 원망하며 마누라는 자식들 데리고 떠났고. 나는 내 돈 갖고 도망간 놈들 잡으러 다녔는데 어렵게 찾고 보니 뭐 하고 있는 줄 아냐? 좋은 아파트에서 저희 가족들과 행복하게 살고 있는 거야. 내 가족은 개박살이 나버렸는데. 정작 나를 망가뜨린 놈은 잘 먹고 잘 살고 있는 거야. 돈 달라니까 나한테 줄 돈은 없다네. 없으면 죽으라고 했지. 나도 죽을 거니까. 그런데 나는 살아버렸네. 조금만 더 깊이 내 배를 찔렀으면 뒈졌을 텐데. 그걸 못해서 지금 여기에 있다."

중년의 남자는 진짜 별일 아니라는 듯 무덤덤하게 이야기를 한다. 표정의 변화는 단 한 번, 마지막에 자신이 죽지 못했다고 말할 때였다. 진한 아쉬움이 엿보였다.

"후회해?"

운동장을 걸으며 물었다. 후회하느냐고.

"이게 참 이상한 게, 그놈 죽인 건 아직도 기분이 째져. 하지만 내가 못 죽은 게 억울해. 이게 후회일까?"

"아저씨, 또라이구나?"

"또라이에게 또라이라고 하는 너도 또라이 아니냐?"

"나는……."

2020. 02. 19. 수

코로나19 바이러스로 대구가 초토화되고 있다. 어머니가 걱
정스럽다. 그녀는 괜찮을까. 기억 속에 저장되어 있는 사람들
모두가 걱정스럽다.

2020. 03. 11. 월

　태국에서 마약왕이 체포되었다고 한다. 50대라는데…… 강
소장은 아니겠지?

2020. 04. 02. 목

    봄을 타는지 싱숭생숭하던 차에 더워졌다. 봄의 마차에서 내리지도 못했는데. 뛰어내리면 다칠 것 같은데. 어떻게 내리지? 비가 온다. 축축한 비 비린내가 코를 적신다. 떠나가는 봄비 냄새에 젖는다.

TV 속에서 육식동물이 사냥을 하고 있다. 초식동물은 잡히지 않기 위해 내달리다 결국 잡힌다. 죽을힘을 다해 달아나던 초식동물은 거꾸러졌고 그 뒤의 모습은 보여주지 않는다. 죽었겠지. 포기하고 안 하고는 관계없다. 넘어지면 죽는 거다.

2020. 06. 22. 월

　오늘 부분 일식이 있다고 했다. 오늘 못 보면 10년 뒤쯤 볼 수 있다고 한다. 여기서 볼 수는 없다. 10년 뒤에나 봐야겠다. 보고 싶은데…… 볼 수가 없다.

2020. 07. 14. 화

장마 기간의 하늘은 때로 퍼렇게 멍이 들어 보인다. 내 심장
도 푸르게 멍이 든다. 대한항공 사모님은 세 번의 집행유예를
받는다. 만세는 딱 한 번밖에 못 받았는데. 사모님 때문에 많이
들 가슴에 멍이 들겠다.

2020. 08. 17. 월

전광훈 목사는 광화문에서 종교 집회를 열었고 코로나에 확진되었다고 한다. 그곳에 수많은 사람들이 모였었다고 한다. 왜 모으고 모인 거지? 비례대표들도 몇몇 참석했고 코로나에 걸렸다. 종교의 자유라 말하는 전광훈은 제2의 이만희를 꿈꾸는 걸까. 그들 뒤에 숨어 종교를 이용해 정치하려는 놈들이 자살인도 자인 나와 다른 게 뭘까?

어떤 정치인은 '일본 이익에 편승하는 무리는 척결'이라고 말하며 렉서스를 몰고 다닌다. 전형적인 언행 불일치다. 국민들 편 가르며 정치하는 위정자들은 나와 똑같은 파륜자들이다. 국민은 뒷전이고 제 권력에 취해 제 배 먼저 채우고 제 가족만 챙기는 이들이 꼴에 무슨 정치를 한다고 거창한 주장을 펼치는 걸까? 지나가는 개가 웃을 바퀴벌레 소리다.

2020. 12. 12. 토

하나회가 뭐지. 나치 친위대 같은 건가? 골프가 알츠하이머에 좋은 운동인가? 법원은 5.18 관련 사건 재판에 참석하지 않아도 된다고 한다. 하긴 사법 농단 판사들도 알츠하이머에 단체로 걸렸으니 놀랍지도 않다.

옆방의 살인자는 타잔이라 불린다. 매일 밤 잠자기 전에 타잔처럼 소리를 지르고 잔다. 의식을 치르는 것처럼. 그가 언젠가 말했었다.

"전두환은 남한의 김정일이여! 살고 싶은 대로 살 수 있어! 누구의 말도 듣지 않아. 왜? 말하면 다 되니까. 말만 하면 넙죽 엎드리는 것들이 사방팔방에 널려 있는데 다른 사람 말을 듣겠냐!"

2021. 02. 10. 수

미얀마에서 군부가 쿠데타를 일으켰다. 소녀가 머리에 총을 맞고 죽었다는 소식이 신문에 보인다. 대체 왜 일반 시민을…… 자국민들을 쏘는 걸까? 흘라잉*이 원하는 건 역사에 악당으로 남기 위해서일까? 무슨 부귀영화를 누리려고? 흘라잉의 군사들아, 반드시 나중에 후회하고 괴로울 거다. 씻기지 않는 괴로움일 거다. 악몽에 시달릴 거다. 나처럼.

---

* 민 아웅 흘라잉. 미얀마 군사정부의 지도자 겸 현 미얀마의 총리.

"설날인데. 우리 엄마 혼자 외롭겠네. 죄송해요, 어무이. 1년도 안 남았십니다. 시간이 느리게 흐르지만 그래도 흐르긴 흐릅니다. 쪼매만 기다려주이소. 어무이. 예전에 내 뚜드리 맞고 댕긴다고 태권도부에 넣으셨지요? 거기서도 많이 맞았십니다. 그런데 맞은 놈은 아픈데 때린 놈은 안 아파하드라고요. 우짜까요? 나가서 주사기 한 방 줘뿌까요? 아, 투기한 새끼들도 줘야겠네. 줘도 되지요?"

2021. 03. 16. 화

5.18 공수부대원이 자신이 총을 쏘아 죽인 희생자의 유족들에게 사과했다. 용서를 구했고 용서받았다. 나는 용서받을 수 있을까.

Ⅲ 회상

5. 폰 팔러 가는 거 아이다

2021. 03. 19. 금

"타잔. 뭐해?"

"똥 싼다."

"내 이야기 들어봐. 그리고 어디서부터 잘못된 건지 말해줘."

"이미 몇십 번은 들은 거 뭘 또 듣냐?"

"내가 그때……."

    난 차를 몰고 한산한 도로를 지나 황금동으로 내달리고 있었어. 젠장. 콜*이 없으니 수성구까지 가야만 했지. 아니지. 말은 바로 해야지. 콜이 없는 게 아니라 그 진상들이 초이스**가 안 되는 거였지. 그래도 뒷말 안 나오게 하려면 캔슬될 게 뻔해도 가야만 했어. 새벽이라 도로에 차도 없어서 수성구에서 북구까지…… 초이스 보는 시간 20분 정도 잡고 그때 가장 빨리 끝나는 테이블이 한 시간 연장되어서 30분 정도 남았었거든. 총알처럼 달리면 가능했어. 왜 간 줄 알아? 콜 없어서 돈 못 번다는 소

---

* 주점에서 보도(보조 도우미) 사무실로 아가씨를 찾는 전화.

** 룸살롱에서 손님이 여러 아가씨 중 한 명을 선택하는 것.

리 나오면 두꺼비 궁디 차뿔라고.

"오빠야, 손님 몇 살인데?"

두꺼비가 손님 나이를 물었어. 두꺼비와 멸치가 담배 연기로 동그라미를 만들면서 뻐끔거렸는데 어두운 새벽의 도로가 얼마나 위험한지 모르는 것들이었지. 질문 같지 않은 질문을 왜 하는지도 도통 이해가 안 됐어.

"몰라. 바빠가 못 물어봤네."

"아, 진짜! 물어보라고 했짜나!"

"가시나 승질 하고는. 오빠야가 바빠가 못 물어봤다. 웃어라 웃어! 초이스 봐야지? 담부터는 물어보께. 웃어야 초이스 되지. 웃자."

"맨날 그 소리지!"

난 쓴웃음을 지으며 뒤쪽 창문을 조금씩 더 내렸어. 담배를 피우는 건 괜찮아. 초이스 들어가기 전에 피울 수 있어. 그래도 담뱃재는 똑바로 떨어야 될 것 아냐? 창문으로 바람이 들어와 스타일 망가진다며 담배를 창밖으로 꺼내기도 힘들 만큼 조금만 열어두고서 그 사이로 담배를 쑤셔대는데…… 담뱃재가 차 안으로 반 이상 되돌아왔어. 이미 뒷좌석 시트는 두 군데에 담배 빵이 생겼고.

"머리 망가진다! 열지 마라!"

"차에 불난 줄 알겠다! 너구리 잡나? 쫌 열고 피아라!"

"나이 물어보면 창문 열고 피우께!"

두꺼비의 목소리는 여자 중에서 상위 5프로 안에 드는 허스

키함을 가지고 있어. 두꺼비가 소리를 지르면 맞받아 같이 소리치고 싶었지. 씨발. 뒷다리를 확 물어버리고 싶었어. '알면 뭐가 달라지나? 나이 많으면 안 들어가려고? 지랄도 풍년이다. 어차피 니는 100프로 캔슬이다! 고마 조용하이 갔다 오자. 고만 좀 뻐끔거리라 두껍아!' 이렇게 말하고 싶었지.

하지만 안타깝게도 금두꺼비에게 이 대사를 치는 순간 사무실 영업은 끝이었어. 정말 안타깝게도 그 개념 없고 성질 더러운 두꺼비가 사무실 아가씨 대부분을 꼬셔왔거든. 노조 회장이야. 그러니 당연하게도 나보다 파워가 쎄. 난 출퇴근 버스 기사나 마찬가지였으니까. 혹여나 수틀려서 지랄해버리면 당장 밥값에 담뱃값, 아침에 집에서 마실 소주 두 병 값 그리고 토토할 돈이 사라지니까. 참아야만 했어. 아. 로또도.

동대구역 터미널 3번 도로에서 대로로 빠져나와 동부소방서 앞에서 유턴 그리고 계속 직진…… MBC 네거리에서 신호가…… 오케이. 통과. 법원 앞에서 신호등이 노란색으로 바뀌고. 카메라가 없어. 짭새도…… 없어. 위험요소…… 없네? 스캔 끝. 통과. 안전하게 신호위반을 하고 계속 달려. 왕복 8차선 대로 중앙에 설치된 야광 안전봉이 운전석 옆을 빠르게 스쳐 지나가. 단속 장비가 설치된 장소들은 이미 머릿속에 모두 저장돼 있어 찍히지 않고 사고 없이 빠르게 다닐 수 있었어. 그래야만 했어. 그때를 살아가려면 익숙해질 것에는 빨리 능숙해지는 게 좋았거든. 늦으면 뭐든 손해야.

콜 폰이 울어. 거지 같은 사장 새끼의 가게야. 사고만 터지고 실속이 없는 가게였지. 항상 손님들이 퇴근하는 시간쯤 우릴 불렀는데, 웨이터들과 함께 이미 반취한 아가씨들에게 술을 먹여서 어떻게 따먹어보려고 하는 좆같은 새끼였어. 우리 애들도 전부 가기 싫어했지. 블랙리스트 가장 꼭대기에 있는 곳이야. 거기에 내려갔다 하면 전부 떡이 되어 연락이 와. 몇 번이나 술에 전 시체들을 업고 올라왔는지…… 애들이 작전을 마치고 적진에 고립되어 구조를 기다리는 특공대처럼 메신저로 SOS를 보내오곤 했어. 'ㅃ' 'ㄹ' 'ㅅ' 'ㅂ' '!'

구조요청이 오는 대로 나는 내려가야만 했고, 내려갈 때마다 그 새끼는 사람 좋은 얼굴을 만들어 내게 실론티를 건네줬지만 난 이미 알고 있었지. 그 사람 좋아 보이는 얼굴 뒤에 숨은, 아쉬운 듯한 표정과 먹잇감을 놓친 하이에나의 눈빛을. 구멍만 한 동네 주점을 하면서 그것도 벼슬인 것마냥 아가씨들을 달콤한 말로 유혹하는데 요즘 애들이 바보인가. 물론, 순정의 사랑꾼들도 있긴 있지. 그래도 그 새끼는 아니었어. 그 사장은 먹고 버리기만 하는 좆같은 새끼라고 이미 소문났거든. 그래서 적진으로 안 보낸 지 패나 오래되었는데 오랜만에 전화가 왔던 거야.

시간이 꽤 지났으니 잊었다고 생각했던 걸까? 아마 다른 사무실에 모두 연락을 해봤겠지. 더 이상 연락할 곳이 없어서 연락한 거였을 거야. 장사 하루 이틀이겠어? '욕망은 버리고 손님 오면 연락해. 니가 놀려고 연락하지 말고.'라고 말하고 싶었지만 역시 그건 힘들었어. 가게 가서 얼굴 좀 비벼주고 콜을 받든가 술 마시고 진상 한번 부리든가 해야 했지. 장사가 시원찮아?
손님들 왔다 갔다 하는 거 보였는데. 하긴 초미시* 사무실에서
콜 들어가는 걸 보긴 했지만. 그래도 얄미운 건 얄미운 거니까.
우리 사무실도 초미시로 영업했어야 했는데, 하는 아쉬움이 있
었지. 시작할 때는 찬밥 더운밥 가릴 처지가 아니었지만 그래도
아쉬운 마음은 어쩔 수가 없었어. 어린 아가씨들은 너무 까탈스
러워 비위 맞추기도 쉽지가 않거든. 알지?

솔직히 힘들었어. 그리고 소장은 무슨 소장이야? 운짱**이었
지. 시급에 손대는 운짱. 시간비 3만 원에서 찐대*** 8천 원씩 가
져가는 시급 운전수였어. 처음에 두꺼비한테는 고마운 마음뿐
이었는데 그 마음은 어느새 삶에 찌들어 이리 치이고 저리 치여
서 사라지더라. 미운 감정이 더 크게 자리 잡아버렸지.

대구의 밤은 조용해진 지 오래되었어. 내가 조용한 곳만 골
라 다닌 것이 아니라면 밤거리는 과묵해진 게 확실했어. 밤에
술 마시러 다니는 사람들이 많이 사라졌지. 소비도시가 소비를
하지 않으니…… 전부 가정적인 남편, 아내, 자식들로 바뀐 걸
까? 신데렐라처럼 12시 종소리가 울리면 거리가 조용해졌거든.
동네마다 있는 술집 거리들, 평화시장의 똥집골목, 안지랑의 막
창골목, 칠성시장의 포장마차 거리도, 대학로의 번화가도, 북성

---

* 30대 이상 40대 미만 나이의 여성 도우미.

** 보도 사무실에서 운전하는 사람.

*** 아가씨들이 버는 시간비에서 수수료를 떼는 것.

로의 석쇠불고기와 우동집도. 동성로의 술집들도 12시만 지나면 고요해졌어. 얼큰하게 취해 어깨동무하며 낭만을 찾고 우정과 사랑을 부르짖으며 고성방가하는 사람들도 없어지고 사랑을 속삭이며 작업하는 사람들도 사라졌어. 분홍빛 자갈마당도 나라에서 청소해버렸는데 인근 상권들처럼 밤이 청소되어버린 것 같았어. 술집에 손님이 없고 현금이 돌지 않으니 나 같은 아래쪽 가난한 인간 군상들은 더욱 먹고살기 힘들어진 거지.

새벽의 끝. 어둠과 빛이 뒤섞여 어정쩡하게 잠이 오지 않을 항상 그런 시간에 아가씨들을 전부 퇴근시키고서 집 근처의 단골집에 가. 동구, 북구, 중구, 수성구, 칠곡, 경산까지 어찌나 그리도 제각각 떨어져 사는 아이들만 모인 건지. 출퇴근시키는 게 일이었어. 남들과 달리 애매한 시간에 잠들고 일어났기 때문에 하루의 언제가 나의 시작점인지는 불분명했어. 잠에서 깨어나 간단히 고양이 세수를 하고 MLB 경기 결과를 확인한 후 노랭이를 예뻐라 해주다가 단톡방에 메시지를 올리는 시간이 아침이었을 거야.

[나 - 출근 확인하자 공주님들]

[두꺼비 - 나 오늘 쉼]

[멸치 - 나 8시]

[진엄마 - 수미 언니 요즘 출근 잘하네용?! 나도 8시!]

[넓적만두 - 나두]

[설린 - 오빠 저두요~]

[보라 - 난 9시]

[현주 - 오늘 그날 Pass]

[나 - 두꺼비는 연락 없는 애들 전화 돌리바라. 멸치는 밥 묵고 있고!]

그렇게 출근 확인 후 경로를 설정해. 내가 사는 곳은 남구였고 사무실은 동구. 가는 길에 중구 픽업하고 동구 쪽 픽업해서 사무실에 넣어두고 북구 쪽에 데리러 가지. 그날그날 여러 가지 경우의 수가 발생하기도 하지. 칠곡과 경산은 너무 멀어서 택시비를 주거나 동업자를 보냈어. 사무실은 에쿠스라는 주점 대기실이었는데 동업자가 뒤를 봐주는 가게였지. 아가씨들은 직접 자기 발로 출근하는 경우가 거의 없어. 찾아가는 서비스. 그것이 우리 사무실의 기본 경영 방침이었지. 복지 시스템이었고. 뭐, 다른 사무실들의 기본 경영 방침이자 복지 시스템이기도 했어.

그리고 출근 전, 다가올 새벽에 있을 경기들을 파악하고 분석해. 스포츠가 과학임을 알게 돼. 돈 잃는 것도 과학이고. 저녁을 먹고 아가씨들과 화끈하게 하룻밤 사투를 벌인 뒤면 난 언제나 만신창이가 되어 단골집에서 하루를 마감했어.

"아지야. 오늘은 혼자네. 이쁜이들은 어데 가고?"

"이모, 말씀이 지나치시네요? 어딜 봐서 그것들이 이쁩니까? 징그럽십니다!"

"아가씨들 오머 일러줘뿐데이?"

"예. 그라이소! 이모, 오늘도 스페셜하게 주이소."

내 영혼의 동반자 얼큰이 국밥과 소주. 얼큰하고 진한 국물에 새우젓과 달짝지근한 양파간장을 넣고 땡추고추와 부추를 넣어. 마지막으로 소면을 넣고 섞으면 환상적이야. 소주 한 병 뚝 딱이고 공깃밥 한 그릇도 쓱싹이지. 배 속이 든든하고 따땃해져. 아침의 밝은 빛이 잠을 방해하겠지만 소주와 내 사랑 노랭이를 안으면 숙면 예약이거든. 물론 노랭이는 밤새 잤을 테고 술 냄새를 싫어하지만 나를 사랑해주니까 내가 잠들 때까지는 억지로라도 버둥거리면서 안겨 있어줘.

소주 한잔에 국물 한 숟갈 떠먹으면서 태블릿을 계속 봐. 눈을 뗄 수가 없었거든. 아리에타의 왼쪽으로 휘어 나가는 슬라이더가 너무 말도 안 되게 아름다운 궤적을 그리며 상대 우타자의 가장 가까운 곳에서 가장 먼 곳으로 부메랑처럼 빠져나가는 거야. 타자는 몸쪽 좋아하는 코스로 들어온 공이 마법처럼 사라지는 경험을 하는 거지. 예측하더라도 맞추기 쉽지 않았을걸? 운으로 맞추더라도 야수들에게 잡혀 범타로 물러나야만 했어. 메이저리그의 수준은 정말 아름다워. 난 메이저리거 선수들에게 빠져버렸지. 아주 깊이…….

강속구, 마구 같은 궤적을 그리는 변화구들을 던지는 투수들. 그 구종들과 수 싸움을 하며 힘과 유연성 구속을 따라가는 배트 스피드를 고루 갖추고서 상대하는 타자들 그리고 투수의 힘과 타자의 힘이 부딪혀 쏘아 올려진 공을 기가 막히게 잡아내는 야수들. 빠른 발과 강한 어깨. 타구의 방향을 순간적으로 파악하는 센스. 그 모든 것들이 경이로웠어. 아름다웠지. 움직임 하나 하나가 예술적으로 느껴졌어.

나는 그림이나 조각과 같은 예술 작품들에서 전혀 감동받지 못해. 하지만 메이저리그 선수들의 플레이 하나하나는 나를 사로잡아버려. 어쩔 땐 숨 쉬는 것도 잠시 잊게 할 정도야. 물론 종종 화가 나게 만드는 선수들도 있어. 주로 중요한 순간에 내 돈을 잃게 만드는 선수들이지. 그 시즌 아리에타의 투구 내용은 일찌감치 사이영상 수상을 결정해도 이상할 게 없었어. 미친 폼을 보여주며 존 레스터와 둘이서 컵스의 마운드를 이끌고 있었거든.

7회가 끝나고 점수는 2대 0. 그리고 6.5언더에 베팅해둔 상황.* 배팅된 30만 원이 54만 원이 되어서 내 계좌로 들어올 시간이 2이닝만 남은 상황. 2점 차니 신시내티도 포기하지 못하고 좋은 계투진이 올라왔고 아리에타는 투구 수가 80개라서 완투도 노려볼 만했어. 아리에타의 투구 내용도, 경기 진행 상황도 아름다웠지.

소주가 달달했어. 속에서 얼큰한 국물과 어우러져 달큰해졌지. 술에 취하지 않고 분위기에 취하는 것 같았지. 몸이 달아오르지만 술기운 때문은 아니야. 이미 승리감에 취해버린 거지. 매번 경험했던 느낌이지만 그 경기만큼은 날 배신하지 않고 예상대로 끝날 것을 확신한 거야.

[박사, 안 끝났나?]

---

* 경기가 끝날 때까지 양 팀 합산 7점 이하로 끝나는 데에 베팅해둔 것을 말함.

도석의 문자였어. 중학교 때부터 친구이자 동업자. 밤을 새웠을 리는 없고 자고 일어나서 연락했던 걸 거야. 출소한 지 1년이 지났는데도 특별함을 추구하고 있었어. 남들 다 쓰는 메신저를 쓰지 않고 문자를 했지. 언젠가 왜 카톡이나 라인 같은 메신저를 쓰지 않느냐고 물어본 적이 있었는데 남들과 똑같은 것을 하고 싶지 않다고 했어. 다 카톡을 쓴다고 자신도 따라 쓰고 싶지 않다고 했어. 필요성을 느끼지 못한다고 했어. 나는 전부 사용하고 있긴 하지만 문자나 메신저 모두 귀찮았어. 그래서 전화를 걸었어.

"어. 여보세요? 끝나고 밥 묵고 있다."

"끝나면 전화하라 안 카드나 인마!"

"쏘리. 깜빡해뿠네."

"까묵긴 멀 까묵어. 니 또 술 처묵제? 정산했나?"

"아직. 밥 묵고 할라고."

"빨리 해라, 인마. 할 거 하고 처무라."

도석이 전화를 끊자 한숨이 나왔어. 그제야 야구에만 집중돼 있던 의식이 현실로 돌아왔지. 국밥집 유리를 통해 들어온 밝은 빛이 형광등 불빛을 무색하게 만들었어. 자연의 빛이 가공된 빛을 찍어 누르고 있었어. 도로에 차들이 점점 많아지기 시작했고, 어두운 밤이 사라져가고 밝은 낮이 돌아오고 있었어.

정상적인 사람들이 활동하기 시작하는 시간은 비정상적으로 사는 내가 숨어 들어가야 하는 시간이지. 어둡고 조용한 곳에서 나는 안정감을 느꼈어. 왜인지 밝은 곳에서 나의 삶은 거짓 같왔거든. 다른 사람들에게 웃으며 좋은 말만 하는 내가 가끔 못 견디게 역겨웠고. 어둡고 조용한 곳에서는 웃지 않아도, 굳이 말하지 않아도 될 때가 있잖아. 그런 내 모습이 오히려 진실해 보였어.

깽에게 문자 한 통 보낸 후에 소주잔만 비우고 밥은 먹지 않았어. 그래도 배고프지 않았지. 사이트에 540,000이라는 디지털 숫자가 생겨났기 때문에. 환전 신청을 한 뒤 차에 올라 장부를 정리하고 사진을 찍고 나니까 긴 한숨이 튀어나왔어. 숨을 고르고 난 후 살짝 달아오른 몸으로 줄리아를 은행으로 움직였어. 정신은 멀쩡했어. 은행 도착 전에 54만 원이 입금되었고 도석에게 ATM기로 11만 원을 송금했지. 총 20만 원에서 기름값 2만 원을 뺀 나머지 금액의 반에다 2만 원을 더 보냈어. 도석이가 비상시를 대비해 모아두자고 해서 매일 모아두고 있었거든. 난 항상 매일이 비상시국이었는데.

그런데 웃긴 게…… 모아두자던 그 돈을 도석이는 말도 없이 썼던 거야. 그냥. 데이트할 때나, 행사 갈 때나. 필요할 때마다. 나중에야 알았지. 내가 12시간 정도 스트레스받아가며 아가씨들과 주점 사장들, 진상 손님들 비위 맞춰주고 굽실굽실 번 돈을 말이지. 거지 같았지만 그래도 해야 했어. 나는 빚쟁이고 인생의 바닥을 이미 내리쳤었거든. 어머니와 여자 친구에게 더이상 폐를 끼치고 싶지 않았고, 그럴 수도 없었어. 더는 실망감을 안겨주고 싶지 않았어. 그래서 정말 거지 같아도, 숨죽이고 살아가야 했어.

[정산 완료. 송금했다.]

장부를 찍은 사진과 찝찝한 기분을 문자로 날려 보낸 뒤 은행을 나왔어. 한여름이지만 새벽이라서인지 덥지 않았고 도로는 출근하는 차들로 가득했어. 줄리아는 비상등이 켜진 채 버스정류장 근처에 정차되어 있었는데 버스정류장에는 각양각색의 사람들이 버스를 기다리고 있었어. 그 사람들 모두 하나같이 나와는 달라 보였어. 세상의 시계는 움직이는데 나와 줄리아만이 그 자리에 멈춰 있는 것 같았지. 외롭고 괴로웠어. 어머니도 여자 친구도 있는데 느껴지는 이 외로움은 무엇인지 알 수 없었어. 세상 모든 것이 움직이고 다들 목적지가 있는데 나만 멈추어 있는 것 같았어.

너무 외로웠어. 술이 필요했어. 편의점에서 소주 두 병을 사 가지고 원룸 건물 주차장에 차를 세운 뒤 내려서니 2층 창문에서 벌써 나의 귀가를 알아차리고 반겨주는 이가 있었지. 내가 어떤 놈인지 상관치 않고 아무런 선입견과 편견 없이 그저 나라는 존재를 있는 그대로 사랑해주고 반겨주던 내 편. 그때만큼은 외로움이 멀어졌지. 입가에 저절로 미소가 지어졌어. 24시간을 통틀어, 내 하루 중 유일하게 외롭지 않은 시간. 가장 행복한 시간. 2층으로 올라가니 조용해져. 문을 열고 들어가니 노랭이가 달려와서 안겨. 난 녀석을 품에 안고 사랑스럽게 온몸을 쓰다듬어주었어.

"왔나?"

"어. 미안. 깨아뿠네? 누버가 더 자라. 시간 마차가 깨아주께."

"댔다. 예약 있어서 일찍 나가야 댄다."

그녀가 이불 속에서 빠져나와 불을 켜고 거실로 나왔어. 잠이 덜 깬 피곤한 모습이었지. 그녀와 함께 살았던 그곳은 미니 투룸이었는데 현관문이 열리면 바로 거실이고 오른편에 작은 방이, 왼편에는 화장실과 주방이 있었어. 현관문에서 세 발자국 떨어진 정면에 붉은색 소파가 있었고 그 소파 위에서부터 창문으로 두 발을 걸치고 노랭이가 먼저 나를 반긴 거였지. 노랭이는 줄리아의 엔진 소리를 기억하고 주차를 하는 순간부터 항상 나를 반겨줬어.

거실 공간은 태풍에라도 휩쓸린 것 같았어. 방에 들어가면 노랭이 장난감들이 이리저리 흩어져서 걸음걸이가 조심스러워질 수밖에 없어. 그것들을 대충 발로 밀어두고서 탁자 앞에 앉았지. 그곳에서만 4년째 살고 있다 보니 살림살이들이 가득했어. 전부 필요하기도 하고 필요가 없기도 했어. 나도 그녀도 뭐든 버리지 못하고, 좁고 답답해도 참고 살았던 거야.

"또 술 사왔나?"

"어…… 잠이 안 와서 한잔하고 잘라꼬."

그녀가 한숨지으며 노려봤지. 얼굴에서 실망감이 느껴졌어. 실망하지 않기를 바랐는데. 물론 어느 정도 예상하고 사온 거지만 역시나 표정이 어두워지더라고. 말없이 화장실로 들어가 문을 닫는 모습에서 차가움이 느껴졌어. 내 품 안의 노랭이도 분위기를 감지했는지 조용히 고개를 파묻고 얌전히 있었지. 사온 물건들을 탁자 위로 올려놓는 사이 노랭이가 내 앉은 다리 사이에 자리 잡았고 난 소주병을 열어 맥주잔에 가득 채웠어. 왼손은 노랭이의 엉덩이를 긁어주고 오른손은 소주를 홀짝홀짝 넘겨. 노랭이는 기분이 좋은지 내 왼손을 핥아주었고 나는 노랭이를 바라보며 소주를 비워나갔어.

언제부터인지 모르겠는데 나는 그녀에게 미안하다는 말만 되풀이했어. 이유가 있기도 하고 없기도 했지. 계속 나는 "미안해."라고 사과만 했어. 그녀는 그때마다 대꾸하지 않고 자리를 피해버렸어. 나를 피했던 걸까? 나의 사과를 피했던 걸까? 아니면 포기했던 걸까? 내가 선택할 수 있다면, 나의 사과를 피했던 거였으면 좋겠어.

8년 동안 알아온 그녀를 표현하자면 순수하다는 말이 적절할 것 같아. 난 겉으로 표현되지 않는 것들, 특히 여자의 속마음 같은 건 잘 알아채지 못해. 상황에 따라 짐작할 뿐이야. 그녀는 술을 좋아하지 않았어. 다른 사람이 있을 때는 분위기상 한 잔씩은 마셨지만 나와 단둘이서는 술잔을 채우지도 않았어. 담배도 피우지 않았지. 내가 담배를 물고 있을 때면 어김없이 한마디씩 던졌어. "니, 내보다 일찍 죽는다. 작작 피워라." 그런데 내가 미안하다는 말을 꺼낸 뒤로는 한마디도 하지 않았지.

클럽, 나이트는커녕 밤에 친구를 만나러 나가는 일도 좀처럼 없고 좋아하는 것도 크게 없었어. 유일한 취미가 '신화'의 앨범을 모으는 것과 콘서트를 보러 가는 거야. '신화'의 이민우를 가장 좋아했어. 이민우는 나와 1,000프로 다르지. 속은 모르겠지만 겉은 확실히 달라.

그녀는 여행도 좋아하지 않았어. 그렇다고 싫어하는 것 같진 않았는데 먼저 어딜 가고 싶다고 표현한 적이 없었어. 불필요한 행동을 한 적도 없어.

그녀의 모든 것이 나와는 정반대였어. '어떻게 우리가 오랫동안 연애를 할 수 있었을까?' 가끔 이런 생각을 할 정도였지. 다행히 공통점이 하나 있었는데 우린 다툼을 싫어한다는 거였어. 그토록 달랐던 우리가 헤어지지 않은 이유는 어쩌면 서로 '헤어지자'라는 말을 입 밖에 꺼내지 않았기 때문이지 않나 싶어. 나는 늘 미안해하고 그럴 때마다 그녀는 한숨지어. 지금 생각해보면 그때 우리가 사랑하고 있었던 게 맞는지 의문이야. 타잔. 듣고 있어?

내가 보도 사무실을 할 때 사무실 이름이 뭐였는지 알아? 횡단보도였어. 횡단보도. 안 웃겨? 이름 지어준 형이 있는데 처음에는 나도 유치하고 맘에 안 들었지. 그런데 시간이 지날수록 착착 감기더라? 사람들 머리에 각인되기도 좋았고. 그렇게 그 일이 어찌어찌 계속 이어졌다면 내가 지금 여기에 있는 일은 없었을까? 횡단보도는 신호등이 고장 나서 끝장이 나버렸어. 두꺼비가 문제였지. 지가 꼬셔온 보라를 질투해서 니 편 내 편 나누고 지지고 볶고 그러다가 끝나버렸어. 허무하게. 개고생해서 콜 폰 자리 잡아놨는데 하루아침에 끝이었지. 끝나고 나니 뭐랄까…… 허망하면서도 통쾌했어. 아. 이제 저것들 상대 안 해도 되는구나 싶었지.

274

그 뒤에 울진으로 갔어. 동업자랑 다방 하러. 꼬맹이 두 명 꼬셔서 데려갔는데 울진에 수 다방이라고 있었거든? 거기 아줌마들은 티켓도 끊고 사근사근 밀고 당기고 잘하는데 꼬맹이들은 영감들이랑 무슨 대화를 하느냐, 전화번호는 왜 주느냐며 시랄 지랄들을 했지. 보도 할 때는 잘만 주더니. 번호든 뭐든. 한 석 달? 한 달 바짝 개업 빨 받다가 두 달 손가락 빨고 정리했지. 그리고 정리할 때쯤 깽이 연락을 해왔어.

"임박사! 바쁜교? 연락 한번 하기 어렵네?"

"지랄…… 기분 좋은 일 있나? 목소리가 좋다? 해저탐험은 인자 끝났나 보네?"

"비꽈라 비꽈. 다방 망했다메? 부산 가서 폰 가게 할 낀데 같이 가자."

"폰팔이나 하라고? 이 나이에? 자신 없다."

"영업은 됐고 가게 관리나 쫌 해도. 내가 밖에서 볼일이 있다. 일할 아는 구해놨는데 믿고 맡길 수가 없다. 갈래?"

"언제 가노?"

"대답 시원하네! 거기 정리되며 올라가자. 얼마나 걸리노?"

"도석이하고 이야기만 끝내며 되지…… 정리할 게 뭐 있노. 내일 전화하께."

결정은 필요 없었어. 어차피 할 게 없었으니까. 봄이 시작되려 하고 있었어. 이번에는 망하지 않기를 바랐지. 결정이 내려지자 다음 수순들은 순식간에 정리되었어. 도석이는 깽한테 연락받아서 내 결정을 이미 알고 있었는데 버리기는 아쉽고 가지고 있자니 버거운, 무겁고 먼지 쌓인 짐 상자 하나 정리한 듯한 표정으로 간단하게 날 보내줬어. 또 망했지만 망해서 상처받은 것은 없었어.

그저 서운하고 섭섭했어. 그 서운함과 섭섭함이 혀끝까지 올라와 앉았지만 다방을 뒤로하고 걸어 나가는 도석이에게 뭔가 뱉어내기에는 스스로가 떳떳하지 못했지. 입안에서만 날뛰던 단어들을 뱃속으로 삼켜버리고 고요한 적막감 속에서 나는 플라스틱 의자 위에 앉아 있었어. 냉장고 선도 뽑아버려서 아무런 소리도 없었어. 내 숨소리만 규칙적으로 들릴 뿐이었지. 미약한 숨소리처럼 그때 내 주머니에는 얼마 안 되는 지폐 몇 장만이 있었어. 통장? 빚쟁이가 통장을 쓸 수 있겠어? 주머니에 있는 게 전부였어.

깽이 대구에서 며칠 쉬고 오라고 했었어. 한동안 바쁠 테니 대구에 가기 힘들 거라면서. 어머니에게도 다녀왔고 민경이와 막창도 먹으면서 며칠 동안 노랭이와 애틋한 시간을 가졌지.

그게 마지막 만남일 줄이야…… 그때 노랭이는 석 달 만에 만나는 나를 미친 듯 격하게 반겨주었어. 나도 그 사랑에 보답하듯 팔이 아플 때까지 엉덩이를 긁어주었지. 눈을 게슴츠레 뜨고서 고개를 들고 허공에 입질을 하는 노랭이는 귀여움 그 자체였어. 지금 나를 만나도 기억해주고 반겨줄까?

부산으로 가던 날, 깽이랑 밀양 휴게소에서 만나기로 하고 출발했어.

규정 속도 110킬로로 크루즈 컨트롤을 설정해둔 채 핸들만 조종하며 달렸어. 왕복 4차선 고속도로는 아무런 막힘없이 뚫려 있었고 앙상한 산들이 군데군데 초록색 옷을 입기 시작할 때였지. 2차선에서 일정한 속도로 달리고 있는데 사이드미러에 갑자기 하얀색 차 한 대가 빠른 속도로 가까워지는 거야. 비상 깜빡이를 켜둔 상태였어. 아우디 마크가 보였지. 병원 가는 임산부라도 타고 있나 생각했어. 아우디는 엄청난 속도로 줄리아 옆을 지나쳐 갔고 10분 뒤 깽에게서 전화가 왔어.

"어디고? 아직 도착 안 했나?"

"7킬로 남았다. 도착했나?"

"그래! 존나 느리네. 경운기 타고 오나? 오줌 안 싸도 되제? 그냥 계속 가라. 내가 니 경운기 찾으께."

"야이……."

일방적으로 전화가 끊겼지. 나쁜 새끼. 경운기라니. 줄리아에게! 5분쯤 뒤 시야에 비상등을 켜둔 채 달리는 하얀색 차가 보였어. 그 차가 서서히 줄리아의 속도에 맞추어서 속도를 줄였는데 짙게 선팅이 되어 있어서 차 안이 보이진 않았어. 아우디의 스포츠카 R8이었어. 솔직히 그 차와 비교하면 줄리아에겐 미안하지만 경운기가 맞아.

조수석 창문이 열렸고 그 안으로 선글라스를 끼고 운전하고 있는 깽이 보이는 거야. 조수석에는 외국인이 타고 있었어. 그때 깽이 돈이 있을 리가 없었거든? 나와 함께 망해버려서 그런 비싼 차를 몰고 다닐 여유가 없었거든. 깽이 내 표정을 읽었는

지 살짝 웃으며 손짓으로 따라오라고 했어. 재수 없었지. 크루
즈 컨트롤을 끄고서 나는 액셀을 밟으며 따라갔어. 속도가 금방
150킬로를 넘어가버렸는데 내 경운기…… 줄리아를 배려했는
지 속력을 더 높이지는 않더라고. 그럭저럭 따라갈 만했지. 도
착한 목적지는 온천장에서 가까운 모텔이었어.

"박사! 존나 느리네! 경운기 좀 팔아라! 그리고 인사들 해라.
여기는 제훈이라고, 내 친구다. 박사, 여기는 지화이라고 내하
고 같이 일 보는 부산 식구다."

깽이 나와 동남아 외국인을 번갈아 보며 서로 인사할 수 있
게 중간에서 다리를 놓아줬는데 부산 식구라는 거야. 외국인이
한국 조폭을 한다? 부산은 그럴 수도 있겠다…… 항구도시라서
외국 사람이 많으니까 그럴지도 모르겠다 싶었어. 나와 비슷한
키에 비쩍 마른 체형이었고, 머리는 M자 탈모가 의심되어 보였
어. 흰색 긴소매 남방의 끝을 살짝 접어 입고 있었는데 접혀 있
는 부분 아래로는 손목까지 문신이 내려와 있었어.

"반갑다. 온천장의 지화이다."

구수하고 정확한 부산 억양이 들려오는 거야. 딕션이 확실했
지. 그때 처음 오사장을 만났지. 외국인이 아니었어.

"어…… 반갑다. 나는…… 그냥 박사라고 불러도."

"자! 자! 자주 만날 사이니까 천천히 한잔하면서 알아가기로
하고 올라가서 좀 쉽시다."

모텔 안으로 들어서자 둘은 미리 방을 잡아두었던 건지 자연
스레 키만 받아서 엘리베이터로 올라서는 거야. 꼭대기 층의 가

장 안쪽에 위치한 방으로. 방문을 열자 화장실이 바로 보였는데 문이 열려 있었어. 청소를 하지 않았는지 코에 톡 쏘는 지린내가 들어왔어. 방은 넓었어. 퀸사이즈 침대 다섯 개가 들어차도 소파에 자리를 줄 수 있을 정도의 넓이였지. 그땐 몰랐는데 그 지린내가 뿅 냄새였던 거지. 둘은 다크서클이 보일 만큼 피곤해 보였어. 늘어지고 싶어하는 눈치였지. 난 좀 걷고 온다고 말하고 나가려 했어.

"열쇠 가꼬 나가고 문 잘 닫겼는가 확인해라."

"들어올 사람이 누가 있다고? 도둑놈 겁낼 놈도 아이면서."

한 바퀴 돌고 나서 모텔방에 키를 넣고 문을 열었어. 그런데 안쪽에 이중 잠금장치가 걸쇠에 걸려 있어서 활짝 열리지 않는 거야.

"머고 이거? 야! 깽! 일라라!"

"기다리라."

잠시 뒤 문이 열렸는데 둘 다 잠에 취해 있지는 않았어. 눈들이 아까보다 더 피곤해 보였을 뿐 잠을 잔 것 같진 않았어. 그때 수상쩍다 싶었지.

"문은 와 걸어놨노?"

"무서운 세상 아이가. 조심해가 나쁠 것 없지."

"조폭 두 명이 있는 방에 무슨……."

"흰소리 고마하고 소주는 난주 마시자. 우리 행사 간다."

그리고 사라졌다가 3일 뒤에 나타났지. 오자마자 한잔하러 가자고 해서 우린 술을 마시러 갔어. 뒷고기에 소주. 맛있었지.

아, 소주 땡긴다. 타잔은 소주파야? 막걸리파라고? 나랑 안 맞네. 같이 마시지 말자. 막걸리파는 좀 그래. 근데…… 우리 같이 한잔할 수 있는 날이 있으려나? 어쨌든 몇 잔 털어 넣고 본론으로 내가 먼저 들이밀었어. 궁금한 게 많았거든.

"뭐…… 오사장도 들었다시피 내가 이 새끼랑 뭘 해서 잘된 게 없어요. 폰 가게에서 일해도 게안겠능교? 깽. 그라고 저 차는 어디서 나타나셨고 가게는 뭔 돈으로 구한 기고?"

"히야 아이가. 박사야. 다 그런 게 있다. 알라 카지 마라."

"지랄하네. 설마…… 또! 에이, 아이겠지. 에이. 아이제?"

깽에게 눈으로 물었어. 설마 엑스 와이프냐고. 깽은 한숨 한 번 작게 쉬고 입을 열었지.

"눈치가 빠른 긴지…… 하긴 내 처지를 니가 잘 아니까. 설마 맞다. 고맙게도 또 도와주네. 가스나 승질이 더러버가 그렇지 의리는 일등 아이가. 이걸로…… 얼른 줘야지. 자세한 건 몰라도 되고. 가게에 오사장이 박아놓은 꼬맹이 한 놈 있다. 근데 쫌 떨떨하다. 니가 신경 써야 된다. 오사장이랑 내는 가게 자주 못 간다. 다른 거 일 봐야 되는 게 또 있어가…… 선불 유심 뽑는 거는 꼬맹이가 알아서 만들 끼야. 니는 개수 파악하고 관리하메 서울 친구한테 보내주기만 하면 된다. 가능하면 정상적인 손님도 올 수 있게 관리해봐라. 선불 유심 외에 나오는 수익은 니 다 주꾸마. 박사야. 선불 유심은 그냥 안정적인 형태로 유지할 끼고 내가 오사장이랑 추진하고 있는 일이 있다. 요게 메인이다. 조만간 상황 보고 말할께."

"불안한데? 냄새가 나는데…… 돈 냄새가 나는데……."

사이트 쪽일까? 여자 장사일까? 무얼까 계속 생각해봤지. 근데 그런 거라면 뜸 들일 것 같지 않았거든. 실패했던 예전을 생각해서 신중해진 걸까도 싶었어. 언젠가는 이야기해주겠지 싶어서 더 캐묻지 않았어.

다음 날 아침 부산대 네거리의 작은 휴대폰 가게로 갔는데, 가게 안에 진열되어 있는 휴대폰은 하나도 없었어. 텅 빈 휴대폰 진열대와 책상 하나. 그리고 충전기 몇 개와 커버 몇 개가 전부였지. 정상적으로 운영하기에는 이미 글러 먹었다 싶었어. 나처럼. 책상에는 깽이 이야기하던 얼빵해 보이는 덩치 한 놈이 엎드려 자고 있었는데 양팔에 칠부 문신을 조잡하게 한 돼지였어. 흑돼지.

깽과 오사장 그리고 내가 가게로 들어가자 의자에 앉아서 자고 있던 흑돼지는 벌떡 일어나 인사를 했어. 키가 컸는데 말투가 조금 어눌했어. 늘어난 테이프를 틀어놓은 것 같았지.

"안녕하십니까. 행님들."

"야이 좀만한 새끼야! 청소도 안 해놓고 그림 드러내놓고 머하노? 그것도 문신이라고…… 그걸 자랑하고 싶나? 여기서?"

"오늘이 오픈 날이 아니라고 하셔서……."

"그라머 오픈 날에 나오지 와 기나와가 여기 양아치 있소, 광고하노?"

"나오라고 하셔서……."

"하…… 오사장. 내 뒷골 땡긴다. 인마 이거 정리 안 되나?"

"미안하요. 우리 이야기나 하입시다. 정그이 니는 가가 커피나 사온나."

흑돼지가 커피를 사러 가고 하나뿐인 의자에 깽이 앉았어. 나와 오사장은 테이블과 벽에 등과 엉덩이를 기댔지.

"박사, 봤제? 아새끼 상태가 안 좋다. 딱 시키는 것만 하는 놈이다. 가끔 그것도 잘 못할 것 같으니까 니가 옆에서 잘 챙기야 긋다. 내한테는 따로 이야기할 필요 없고 하루 마감 치면 오사장한테 전달해라. 카고 오사장, 오늘 저녁에 행사 잡혔다. 준비해라."

"바로? 흠…… 알겠소."

"피곤해도 우야겠노? 가야지. 쪼매만 더 고생 쫌 합시다, 우리."

건달들은 무슨 행사와 잔치가 그렇게 많은지 저것도 못할 짓이다 싶었어. 다음 날부터 난 가게로 출근을 했고 통신사들에 연락해서 코드를 내려받았어. 3일 동안 전화와 담당자 방문으로 선불 유심 통신사들과 계약을 맺은 뒤 4일째부터 선불 유심을 찍어내기 시작했지.

흑돼지는 친구들이 많았고 그 친구들이 또 다른 친구들을 데려왔어. 한 명당 적으면 3~4개, 많게는 6~7개까지 유심이 만들어졌고 하루 20~30개 정도 물량이 나왔는데 그것들은 깽이 소개시켜준 서울 남자에게 전부 택배로 전달했어. 어려운 것도 힘든 것도 없었지. 흑돼지 빼고는 스트레스를 주는 사람도 없었

어. 보도 사무실과 다방을 할 때랑 비교하면 꿀보직이었지. 그
날그날 정산이 되었고 생활비도 크게 들지 않았어.

깽은 오사장과 행사 다니기 바빠서 일주일에 하루 이틀만 얼
굴을 볼 수 있었는데 돌아오면 바로 곯아떨어져서 대화도 거의
나누지 못했어. 엄청 피곤해 보였어. 다크서클은 코 옆까지 내
려왔고 눈동자는 실핏줄이 뚜렷이 보일 정도로 충혈되어 있었
지. 오사장도 마찬가지였어. 어느 날 갑자기 룸메이트가 생겼는
데 깽의 선배였어. 세금 때문에 도망자 신세라고 했지. 잠시만
깽이 같이 지내라고 했는데 건달은 아니었기에 편하게 대했어.
별로 말수가 없는 사람이었고 나도 그게 편했기에 같이 먹고 자
고 했지만 서로 깊은 이야기는 나누지 않았어.

그렇게 시간이 조금씩 흐르고 흘러 4월도 곧 끝나갈 때쯤 갑
자기 쾅 하고 터져버렸어. 깽이 터져버렸지. 피곤해 보이긴 했
지만 불만이나 짜증이 쌓인 느낌은 없었는데…… 깽은 화가 나
면 표정에 변화는 없지만 눈썹 끝이 올라가. 미세하게. 작은 변
화이지만 나는 알 수 있어. 눈썹 움직임이 없길래 그냥 피곤에
절어 있구나라고만 생각했지. 폭발은 의외였어. 룸메이트인 영
길에게서 들은 한마디에 터졌었지. 건달도 아닌 양반이 왜 행
사의 참여 여부를 깽에게 전달하는 것인지가 조금 의아스럽긴
했어.

"민아. 연락 왔는데 대전에 급하게 행사 있다 카네. 참나……
이 양반은 왜 내한테 연락하노? 니한테 바로 하지. 미안해가 카
나……?"

깽이 영길이를 부리부리하게 노려보면서 샤우팅을 했어.

"형님. 형님 사촌인지 오촌인지한테 전하이소! 자꾸 장난질 치며 같이 일 모한다고! 씨발꺼⋯⋯ 띄엄띄엄 보는 기가!? 머고!? 어!?"

"민아. 형은 니랑 형님이랑 먼 상황인지, 머때메 니가 화를 내는지 모르겠는데⋯⋯ 형은 아는 게 없다~ 갑자기 연락 와가 니한테 전해달라 카는 기다."

영길이의 아랫입술이 살짝 떨렸었지. 아는 게 있거나 겁을 먹었거나 둘 중 하나인데, 아는 거였지. 뭔가를.

"장난합니까?! 몰라!? 니가 아무것도 몰라!? 형이라고 불러줄 때 똑바로 하소! 이딴 식이면 같이 모한다고 전하이소! 박사. 나가자."

어안이 벙벙한 채로 나는 깽을 따라나섰지. 무슨 상황인지 이해가 되질 않았어. R8에 태워져서 달리는 동안 아무 말 없이 기다렸어. 묻고 싶은 것이 많았지만 묻지 않았어. 적막감 속에서 차는 계속 달렸고 깽의 전화가 계속 울며 떨었지만 관심을 기울이지도, 소리를 죽이지도 않고 깽은 바다가 보이는 곳까지 달렸어. 그러다 차를 멈추고 깽이 내게 말했어.

"와⋯⋯ 아무것도 안 묻노?"

"때 되면 말해주겠지 시퍼가⋯⋯ 와? 말 안 해줄라 캤나?"

"지금쯤 똥줄이 탈 끼야. 개새끼들. 영길이가 그 새끼다. 내 징역 있을 때 내 전처 꼬시가 투자받고 말아먹은 새끼. 정확히는 사기 친 기지. 그래가 수금하러 갔더니 돈은 없다 카고 돈 벌 수 있는 건 안다 캐가 오사장하고 같이 일 보고 다닌 기다. 행사 댕긴 거 아니었다. 니가 알아가 좋을 게 없어서 말 안 한 기다. 근데…… 이왕 시작한 거 지금이 배팅해야 되는 시점 같아서 오늘 영길이한테 샤우팅 한번 날린 기고 이제 곧 딜 들어올 끼야. 궁금해도 참그라 계속."

"안 궁금하다, 븅신아. 기다리는 주께. 그건 잘하니까."

"지랄…… 오래 안 걸릴 끼다. 숨기는 거 아이니까 오해 말고."

그날도 그다음 날도 깽은 행사에 가지 않았고 무언가를 느긋하게 기다렸어. 계속 가게로 출근하며 쓸데없는 시비를 걸고 장난도 쳤지.

"니 그냥 끄지라! 난 전혀 눈치 못 챘었다니까! 행사나 댕기라! 사람 존나 귀찮게 하네."

"또! 또! 승질은…… 박사야…… 니 시또*가? 병원 쫌 댕기라. 감정 기복이 그리 심해가 대겠나? 약 좀 무야 대는 거 아이가? 병원비 주께. 니 가끔 이상하다. 시간상 타이밍상 버럭할 때가 아인데 버럭한다. 병인가……?"

"……진짜? 그런 거 같기도 하고…… 가보까……."

"미친년. 가긴 어딜 가노?"

그때 깽의 아이폰이 울었는데 얼핏 보이는 번호가 길었어. 해외에서 전화가 온 거지. 깽이 가게를 나가면서 전화를 받았고

* 시간 또라이의 준말.

'여보세요'를 점점 크게 반복했어. 문이 닫히고 통유리창에서 모습이 사라지자 가게에는 나와 흑돼지만 남게 되었어. 흑돼지는 깽이 나가자마자 모니터에 온라인 게임을 띄웠어. 내 손바닥은 흑돼지의 뒤통수로 향했고 착 감기는 느낌과 소리가 났지.

"야이 새끼야…… 내 눈치는 안 보나? 뒷대가리에 눈이 없어가 안 보는 기가? 달아주까?"

흑돼지는 나를 쳐다보지도 않고 뒤통수를 한번 긁적이더니 모니터에 시선을 고정시킨 채 무서운 집중력을 보여주었어. 어떻게든 깽이 돌아오기 전에 한 판이라도 하겠다는 굳은 결의가 보였지. 깽은 한참을 돌아오지 않았어. 그날은 흑돼지의 친구들도 오지 않았어. 당연스럽게도 일반 손님은 없지. 백돼지인 나는 구경하고 흑돼지는 오랫동안 문도*를 가지고 놀았어. 식칼을 던지며 전장을 누볐는데 라인에서 움직일 생각은 없어 보였어. 킬데스**는 좋았는데 팀은 항상 졌지. 승패는 신경 쓰지 않고 식칼의 정확도와 CS***를 챙기기 바빠 보였어.

오후 6시쯤 손님 없는 가게를 집에 갈 생각이 없는 흑돼지에게 맡겨두고 나왔어. 대학로의 저녁은 밝고 화려하고 복잡해. 알지? 수많은 사람과 그 사람들을 유혹하는 냄새와 형형색색의 간판들로 넘쳐나. 근데 어디에 시선을 두더라도 전부 모르는 것

---

* 리그오브레전드 게임 캐릭터.

** 3킬 3데스, 이런 식으로 상대 캐릭터를 몇 번 죽이고 몇 번을 죽었는지를 말하는 용어.

*** 리그오브레전드에 나오는 미니언 몬스터.

투성이야. 그 많은 사람들과 건물들 중에 나를 아는 사람도, 나와 관계 있는 가게도, 건물도 없어. 그 작은 구역에서도 존재감 하나 없는 나라는 존재가 세상에서 할 수 있는 일이 무엇일까? 할 수 있는 일이 있을까라는 생각이 들더라. 그래서인지 터무니없고 허황된 작은 희망이지만 난 계속 도박과 로또를 손에서 놓지 못했지. 그따위의 희망이라도 없으면 비루해지고 기울어진 나를 지탱하고 살아갈 수 없었거든.

어쩔 땐 가끔 이런 생각도 했어. 만약 태국에 가지 않았고 큰 돈을 손에 쥐어보지 못했더라면, 그러면 혹시 지금보다는 괜찮은 삶을 살아가고 있지 않을까?라고. 그때의 난 모든 부분에서 하루살이와 다름없었거든. 술과 도박과 로또로 하루하루를 살아가는 하루살이.

혼잡한 퇴근 시간은 택시를 타기 힘들었고 차는 깽이 가지고 사라졌기에 난 걸어서 모텔까지 갔어. 먼 거리는 아니지만 걸어서 가니 30분이나 걸렸지. 주차장에 R8과 줄리아가 주차되어 있고 영길이의 오토바이가 주차 공간 한 곳을 차지하고 있었어. 방문을 열고 들어가니 뿌연 연기가 먼저 온 손님인 듯 군데군데 구름을 만들며 돌아다니고 있었어. 푹신한 일인용 소파에 깽이 앉아 있고 긴 소파에 영길이와 오사장이 앉아 있었지. 조용하고 무거운 분위기였어. 난 양말을 벗고 화장실로 들어가 샤워부터 했어. 샤워를 끝내고 나와도 가라앉은 분위기와 둥둥 떠다니는 하얀 구름들은 여전했지. 답답했어.

"박사야. 옷 입고 일로 와가 앉아바라. 이야기 쫌 합시다."

나는 그냥 의자에 앉았고 담배로 손을 뻗었어.

"살 쫌 빼라. 더럽다. 허여이 배 존나 나오고 짜리몽땅하이 머 꼬? 옷 입으라. 눈 썩는다."

농담인지 진담인지 헷갈렸는데 표정이 진지해 보여서 살짝 기분이 상했어. 일어나 옷을 입으면 더 맛이 갈 것 같아서 그냥 담배에 불을 붙였어.

"똥고집은…… 박사 니, 영어 쫌 하제? 니 태국에서 한 3년 있 었자나?"

"……뜬금없이 영어는 와?"

"중고폰 수출할라고. 캄보디아로. 영길 형님이 아는 루트 소 개해준다 캐가 해볼라 카는데 니가 영어 쫌 하니까 같이 가면 어떨까 싶은데?"

"……그렇게 막…… 비즈니스 할 정도는 안 되는데? 현지 가 서 통역사 구하그라. 자신 없다."

"엄살. 통역은 따로 구하겠지. 니 내랑 댕기면서 가이드처 럼 할 정도는 된다 아이가?"

"그런 거면…… 간단한 의사소통하는 거까지는 문제없는 데…… 그라며 가게는 우짜고?"

"가게는 오사장하고 떨떨이가 계속 할 끼고. 니랑 내랑은 왔 다 갔다 하머 댄다."

"언제 가는데?"

"조만간. 여권은 있을 끼고. 가나 안 가나?"

"……중고폰은 어디서 구할 끼고?"

"형님이 예전에 중고폰 매입했었다. 아직 네트워크 있다 카이 우린 가서 거래처만 만들먼 된다."

깽의 간단명료한 대답에 고민은 없었어. 예전 태국에서 지낼 때의 추억이 떠올랐지. 가야 하는 게 맞겠지 싶은 거야. 다시 자리를 잡고 무시당하지 않고 살아갈 수 있게 되는 건가 싶은 거야.

"대구 함 갔다 와야겠네."

"이번 주 안으로 갔다 온나. 아이다. 같이 갔다 오자. 나도 챙길 꺼 챙기야지."

5월이 시작되고 깽의 차를 타고서 우린 대구로 향했어. 고속도로는 한가했고 차는 시원하다 못해 무서운 속도로 달렸지. 난 안전벨트를 하고 있었지만 오른손으로는 손잡이를 잡았고 온몸에 힘을 주고 있었어. 속도계가 220킬로가 넘었거든.

"속도 쫌 줄아라! 집에 불났나?"

"천천히 가고 있구만 지랄이고. 사고 안 난다. 히야가 베스트 드라이버 아이가."

"지랄하네. 할 말 있으며 해라. 상한 얼굴 자꾸 찌그러뜨리지 말고."

"……."

"딴 사람들이야 폼 잡는다고 생각하겠지. 인상 드럽네 카면서. 그래도 나는 알지. 몇 년을 본 면상인데."

"……생각 중이다. 니가 모르는 게 좋을 거 가튼데. 모르게 하고 같이 가자니 찝찝하고 말하자니 난주 니한테 문제될까봐 겁도 나고…… 해야 하나 말아야 하나 생각 중이다."

"말해라. 결정은 내가 한다."

"……후회할 수도 있다. 들은 걸 후회할지도 모른다. 아마 그
럴 거라고 생각한다, 니는."

"그것도 내가 한다. 잘하는 거기도 하고. 말해라. 쩝쩝하게 뜸
들이지 말고. 캐릭터대로 가자."

"폰 팔러 가는 거 아이다. 물론 폰도 위장용으로 팔긴 팔 낀
데. 메인은 따로 있다. 듣고도 니가 안 한다 카머 난 안 잡는다.
그만큼 위험한 기고 불확실하기 때문에…… 나는 남은 인생 걸
고 가는 기다."

깽이 잠시 단어를 고르기라도 하듯 입을 다물었어. 난 그 입
을 보면서 기다렸어. R8은 여전히 빠르게 달리며 경운기들을
추월했지. 빠른 속도에도 핸들의 떨림이 없었어. 우리 줄리아는
160만 넘어가도 떨었는데…… 이런 차이는 확실하게 좁힐 수
없나 보다 싶었지. 그때 내 귀에 들려오는 단어는 익숙하면서도
비현실적인 단어였어. 깽의 입에서 나온 단어는 현실감이 떨어
졌지.

"마약."

"……마약?"

"그래 마약. 뽕."

"뽕? 언제부터? 영화에서 보던 그거? 주사기에 그거?"

"그래. 그거. 약 안 처뭇다! 그 눈까리 하지 마라! 건달 가오가
있지. 당장 힘들어가 잠깐 손댄 기지 오래 할 생각은 없다. 약은

절대로 안 물 끼고. 눈빛 지우라 캤다…… 뽑힐래!?"

"화, 씨발…… 존나 예상치 못했던 종목이네? 안전한 기가?"

"그걸 우찌 알겠노? 인생 건다 안 카나! 대신 약속 하나 하자면 니보다는 내가 먼저 죽는다. 니가 한다 카머 이건 약속한다."

"……돈은? 돈은 되나? 이 차도 약 팔아가 산 기가?"

"돈은 된다. 지금까지는 밑에서 코 묻은 돈 받고 했는데 상황을 내가 쫌 바깠거든. 그래가 짧고 굵게 해볼 낀데. 할래? 잘 생각하고 대답해라."

"하라는 기가…… 말라는 기가……? 믿으라는 기가…… 믿지 말라는 기가? 확신이 없노?"

"같이 하머 든든할 꺼 긋고. 믿어주면 고맙고. 확신은 없다. 나도 처음이니까. 위험한 건 확실하고."

"맞나……? 그래…… 아랐다. 죽지는 않겠지. 뒤지기야 하겠나?"

"쉽게 안 죽는다. 이미 내 인생이 드라마고 영화다. 여기서 더 내리갈 곳도 없다. 있어도 안 간다."

난 깽의 독백 같은 대답에 침묵할 수밖에 없었어.

"박사야. 우리 서로 약속 하나만 하자. 누구든지 어기면 때려죽이는 걸로 하고."

"뭔 약속?"

"약은 묵지 말자. 무슨 일이 있어도 약은 묵지 말자. 약까지 하는 순간 우리 진짜 못 돌아온다. 목표만 채우고 바로 끝내자."

"목표가 얼만데?"

"빚잔치하고 최소 열 장씩은 챙겨야 안 대겠나?"

"근데⋯⋯ 내가 니 때릴 수 있나?"

"⋯⋯글쎄? 그게 고민이가? 고민하지 마라. 때릴 일이 없을 끼야."

빚잔치하고 열 장씩이면 10억인 거야. 굵고 짧게가 어느 정도의 기간인지는 몰랐지만. 10억이란 거야. 10억. 마약. 뽕. 동떨어진 세계의 단어가 뇌에 들어왔지만 난 선택했지. 선택에 현실감은 없었어. 그래서 두렵지 않았는지도 몰라. 더 내려갈 곳이 없어서였는지도 모르고. 돈에 취한 걸지도 모르겠어. 마약은, 내 인생에서 영화나 소설에만 등장하던 허구 속 악인들의 대표 종목이었지. 그때까진 주변에서 마약을 하는 사람, 파는 사람을 본 적도 들은 적도 없었어. 예전 태국에서처럼 큰돈을 만지는 상상을 순간 떠올렸었지. 욕심이 나의 입에서 대답을 이끌어냈고 그건 주워 담을 수 없는 약속과 결정이었어.

욕심이 두려움을 이기는 순간, 나는 선택했지. 돈을 택했지. 구석에 몰려 있는 쥐. 본능적으로 빛을 향해 돌진하는 나방. 매혹적인 꽃을 찾아 날아가는 벌이 되어 비행기에 몸을 싣고 캄보디아라는 생소한 나라로 갔어. 구름을 밑으로 내려다보며 눈을 감았어. 해피엔딩을 꿈꾸면서.

5월 23일. 난 어두워진 비행기 안 창가 쪽 자리에 앉아 있었어. 어떻게 날짜를 이렇게 정확하게 말하는 거냐고? 기억나니까. 잊을 수 없으니까. 그리고 공소장에 나와 있으니까.

다섯 시간 정도의 비행을 마칠 때쯤 세상은 어둠으로 가득했지. 어둠 속 도시의 불빛들을 바라보는데 하늘에서 내려다본 캄보디아는 불빛들이 적었어. 이유는 알 수 없지만 차갑게 느껴졌었지.

그날 비행기 좌석이 없어서 나는 먼저 출발해야 했고 깽은 나보다 한 시간 늦게 도착하는 다른 항공사의 비행기를 타야 했어. 깽은 비행기를 타고 혼자 외국에 가는 경험이 처음이라고 했어. 내가 미리 예약을 하지 않은 탓에 같은 항공기를 탈 수 없게 된 거였고 깽은 공항에 도착하기 전부터 내가 출국 게이트로 들어가는 순간까지 최고조로 흥분 상태였어. 맥박을 측정해보았다면 아마 최고의 심박수가 나왔을 거야.

"박사! 기다리라…… 내 뉘뚜고 어디 가머 죽인다. 그러니까 미리미리 쫌 하라 안 카드나! 아~ 좆됐네. 박사…… 내 혼자 못 갈 것 같다. 가서 니 못 만나머 우야노. 영어도 못 하는데. 바로 미아 되는 거 아이가?"

내 실수로 벌어진 상황이라 큰소리도 낼 수 없었어. 무슨 건달 새끼가 별것 아닌 것에 그리 호들갑을 떨던지…….

"사람들만 뒤따라 나오머 댄다. 내가 니 찾을게. 지랄병 고마하고 닥치라……."

"속 터진다! 속 터져! 게을러 터져 가지고. 내 공황장애 있다! 비행기표 구하는 것도 똑바로 못 하나! 빙시가 어!?"

"……공황장애가…… 공황장애가……? 내 빙신 거 이제 알았나?"

게이트 바로 옆에 커피숍이 있어서 아이스초코 한 잔을 마시며 기다렸어. 대충 한 시간 반쯤 흘렀을 때 게이트에서 사람들이 우르르 몰려나오기 시작했지. 게이트 주변에는 누구를 기다리는지 알 수 없는 많은 사람들이 피켓을 높이 들고 까치발을 하고 있었어. 나도 까치발을 할 수밖에 없었어. 게이트에서 '나는 여기 처음 온답니다. 도와주실 분?' 하는 분위기를 폴폴 풍기며 걸어 나오는 깽이 보였지. 내가 오른손을 하늘로 쭉 뻗으며 부르자 깽은 요리조리 빠르게 눈알을 굴리더니 나를 찾아내고서 서둘러 다가왔어. 그놈 눈에서 긴장이 풀리는 것이 보였지.

"뭐고. 좆도 아이네? 별거 없네. 박사! 승무원 중에 한 명 진짜 이쁘던데! 만날 방법 없겠제?"

공황장애 치료제가 그놈에게는 이쁜 여자였던 거야. 우리는 대기 중이던 길게 늘어서 있는 노란색 택시들 가운데 가장 앞에 있는 차를 타고서 공항을 빠져나왔어. 공항 바로 앞에는 할리데이비슨 매장이 있었고 짧은 분홍빛 거리도 보였어. 그 거리의 끝은 어두웠어. 캄보디아 시간으로 밤 11시 반. 한국하고 두 시간의 시차가 있잖아? 왠지 과거로 온 듯한 기분이 들었어. 고작 두 시간 차이고 30분 지나면 같은 날이 되겠지만 그런 느낌이 드는 거야. 역시 동남아시아. 늦은 밤에도 후덥지근하더라. 겨울이 없는 곳. 눈이 내리지 않는 나라. 한밤중의 거리는 조용하고 어두웠어. 방콕의 밤과는 정반대였지. 가끔 불이 켜져 있는 술집들이 보였지만 화려하거나 눈길을 끄는 곳은 없었어.

한산한 시간이라서인지 센트럴 마켓까지는 금방 도착했어.

기사는 웬만한 신호는 다 무시하고 운전했어. 마켓 주위를 한 바퀴쯤 돌고 나니 호텔이 하나 보이더군. 딱 하나. 우린 편의점과 붙어 있는 그 호텔로 들어갔어. 예약을 하지 않았지만 빈방은 있었고 체크인은 빠르고 간결하게 끝났지. 하루 숙박료가 25불이었어. 조식은 없고 시설은 울진의 여인숙과 비슷했어. 엘리베이터가 있는 여인숙인 거지. 트윈베드룸이 25불인데 작은 침대 두 개를 빼고는 여인숙보다 낡고 불결해 보였어. 곳곳에서 곰팡냄새가 번졌고 침대 시트도 세탁한 것인지 의심스러울 만큼 연노란색의 얼룩이 몇 군데 눈에 띄었어. 화장실 안엔 녹슬고 묵은 때가 구석구석 자리 잡고 있고. 엘리베이터를 제외하면 어떤 면에서는 침대가 없는 여인숙이 더 나은 것 같았어.

호텔 이름은 징Zing이었는데 검색해보니 의성어나 속어로 쓰는 단어였어. 뜻은 쌩쌩, 활기, 열의. 노골적인 호텔인 거지. 간단히 샤워한 후 우린 침대를 하나씩 차지하고 누웠어. 커튼이 얇아서인지 전등을 껐는데도 밖에서 새어 들어오는 빛이 밝았어. 커튼에 한 번 걸러져서인지 적당한 빛이기도 했어.

나는 잠이 오질 않아 멀뚱히 허공을 바라보았고 깽도 쉽게 잠이 오지 않는지 이리저리 뒤척이는 것이 느껴졌어. 비행기에서 많이 자두어 그런지 아니면 첫날 밤이라 그런지 쉽게 눈이 감기지 않았어. 시간이 흐를수록 정신은 더 또렷해졌지. 온갖 그림이 눈앞에 떠올랐어. 상상 속에선 모든 것이 내 뜻대로 되었고. 달콤했어. 두려운 상상도 잠깐 했지만 마지막에 난 항상 승자가 되어 있었지.

강한 햇빛에 우린 오래 잘 수 없었어. 깽이 텔레그램으로 누군가에게 연락했지만 연결이 되지 않았어. 깽이 눈썹을 점점 양쪽 끝으로 올리며 커다란 브이 자를 만드는 게 보였지. 화가 나기 시작한 거야.

"씨발 새끼가 전화를 안 받노? 박사, 배 안 고프나? 먹을 만한 거 좀 사와바라."

간단하게 세수만 하고서 스냅백을 눌러 쓴 채 호텔 밖으로 나갔어. 지난밤의 적막했던 그 장소가 반나절 만에 달라져 있었어. 태양처럼 사람들은 열정적이고 역동적이었어. 센트럴 마켓이 프놈펜의 대표적인 관광지라는 것을 실감케 했지. 수많은 사람들과 물건들 그리고 다양한 냄새…… 마켓 안쪽에는 음료 외에는 먹을 만한 음식이 없었어. 비위생적이거나 맛이 없게 보여서 구미가 당기지 않았지. 음식 말고는 없는 게 없을 정도로 온갖 종류의 물건들이 있었는데 마구잡이로 쌓여 있었어. 가격들을 물어보니 퀄리티에 비해서는 생각보다 비싸고 상표 값에 비해서는 저렴했어. 당연히 모든 게 모조품들이었지.

마켓 건너편에 금은방이 많이 보였는데 가격은 한국과 비슷했어. 그런데 주변에 온통 가짜들만 판을 치고 있어서인지 금마저도 가짜가 아닐지 의심이 들었어. 마켓을 가로질러 호텔 반대편으로 나가니 커피숍이 하나 보였는데 주변과는 달리 깨끗한 가게였지. 테라스에는 외국인들이 선글라스를 쓰고서 음료를 마시고 있었어. 어쩌면 주변의 낡음 때문에 더 세련되게 보였을지도 모르겠다. 커피숍에서 샌드위치를 사고 편의점에서 콜라와 담배를 산 뒤 호텔방으로 돌아갔어.

"뭐 사왔노. 샌드위치? 꼴랑 이거 사는 데 한 시간이나 걸린 기가? 딴 거 없드나. 아침부터 빵 쪼가리고. 니 혼자 어디서 놀다 온 거 아이가. 혼자 맛있는 거 처묵고 이거 사온 기제. 맛대가리 존나 없네. 얼마고. 다해서 20불? 하루 호텔 값이가? 물가가 우째 되는 기고? 돈도 없는데 싼 거 사와야지! 맛도 없는 거 존나 비싸게 사왔네. 눈티 맞은 거 아이가. 어?"

깽은 양쪽 어금니를 꽉 깨물고 장난스럽고 허스키한 목소리로 말했지. 나는 단답형으로 대답할 수밖에 없어. 길게 말할 수 있는 시간을 주질 않거든.

"연락은?"

"위치 주소 보내준단다."

"데리러 안 오고? 뺑이 존나 돌리네?"

"할랑할 거라고 생각했나? 정신 바짝 챙기자. 이젠 더 물러설 데가 없다. 니는 중고폰부터 알아보고 상황에 마차서 움직이라. 나는 뽕쟁이들 상대할라니까."

몇 시간 뒤 텔레그램으로 전송되어온 위치 사진을 보니 구글 지도를 스크린샷한 것이었어. 호텔 주소였고 '도요코INN'이라는 이름의 호텔이었지. 곧장 체크아웃하고서 택시를 잡으려 근처를 돌았지만 거리가 너무 복잡해서인지 택시는 보이지 않고 툭툭이가 많이 보였어. 툭툭이에 올라 기사에게 호텔로 가자고 말하니 대답이 없는 거야. 사진을 보여주니까 그제야 미소를 지으며 출발했지. 더운 날씨 탓에 온몸에서 땀이 주르륵 흘러내리

는데 차와 오토바이들로 교통체증이 심해서 속도를 내지도 못
해. 도로는 땅에서 반사되는 열기와 온갖 냄새들로 가득했어.

가는 길은 간단했어. 그리 먼 거리도 아니었고. 골목 두 개를
지나자 큰 도로가 나왔고 우회전 후 계속 직진만 하면 되었지.
천천히 한참을 기어가다 보니 독립기념탑이 보였어. 인터넷으
로 보던 것과는 달리 크기가 크더라. 기념탑은 위로 올라갈수록
폭이 좁아지면서 여섯 층이 쌓인 연꽃 모양새였어. 그것만이 도
로 정중앙에 꼿꼿하고 웅장하게 서 있었지. 거기서부터 도로의
차선이 넓어져 속도가 올라갔어. 속도가 올라가자 아주 약한 바
람이 느껴졌는데 그 바람이 시원하게 느껴지는 거야. 얼마나 더
웠던지…… 아, 교도소 여름이 더 고약하긴 해.

고층 빌딩들이 차츰 눈에 들어오기 시작했어. 짓고 있는 건물
들도 보이고 별 특색 없는 빌딩들도 보였어. 가장 화려해 보이
는 건물이 눈에 들어왔는데 그게 '나가월드'였어. 카지노호텔이
라고 적혀 있더라. 툭툭이는 나가월드를 끼고서 골목으로 들어
섰고 골목은 꽤 긴 직선이었어. 넓진 않았어. 양쪽으로 건설 현
장들이 많이 보였지. 그렇게 쭉 가니 호텔이 보였어. 어제 묵은
호텔과는 달랐지. 진짜 호텔 같았어. 기사에게 돈을 주고 호텔
입구에 내렸어. 좌측에 다리가 하나 보였는데 볼록 튀어 올라와
있어서 그 너머에 무엇이 있는지는 안 보였어. 호텔 앞에 있던
벨보이가 우리의 캐리어를 받아주려 했지만 난 정중하게 거절
했고 깽은 그 사람에게 연락을 했어.

"예. 도착했습니다. 예? ……알겠심다."

통화는 짧았고 깽의 목소리는 저음이었어. 그 사람의 목소리는 주변 소리에 묻혀 내겐 들리지 않았어.

"나가월드 카지노로 오란다. 바카라 19번 테이블로."

다른 툭툭이로 2분 정도 되돌아간 곳은 니가월드 정문이 아닌 옆문이었어. 입구에는 정장을 입은 건장한 남자 두 명이 서 있었는데 들어서니 공항에서와 똑같은 보안 검색대가 입구부터 우릴 기다리는 거야. 여권도 확인하더라.

호텔 안은 깨끗하고 화려했어. 보안 검색대를 지나쳐 조금 걸어가니 오른편에 바가 보이고 왼편에는 넓고 확 트인 카지노가 보여. 90프로 이상이 바카라 테이블이었어. 슬롯머신, 텍사스 홀덤, 룰렛 등등에는 도박쟁이들이 비교적 얼마 없더라. 바카라 테이블 쪽은 테이블마다 8~9명씩 앉아 있었는데 바로 뒤에는 열 명 이상이 둘러싸고 딜러가 오픈하는 카드를 핏발 선 눈으로 주시하고 있었지.

카지노 안은 무척 시끄러웠는데 동양인들만 보였어. 서양인은 단 한 명도 없었고 중국인들이 가장 많은 것 같았어. 주로 중국어처럼 들리는 말들이 들려왔거든. 카드가 한 장씩 오픈될 때마다 탄식과 환호가 터져 나왔고 그 소리들이 뒤섞여 정신이 혼미해지는 것만 같았어. 19번 테이블을 찾았어. 미니멈이 가장 큰 테이블이었는데 다른 곳에 비해서는 사람이 적었지. 그런데 그처럼 보이는 사람은 없었어. 깽이 전화를 했지만 그는 받지 않았어. 깽이 아이폰을 내 얼굴로 들이밀면서 액정을 보여줬어. 조금만 기다리라는 메시지였던 거야. 소란스러워서 고함을 치지 않으면 문자로밖에 따로 대화할 방도가 없었지. 귓속말이란 게 있지만 우린 귓속말을 좋아하지 않아.

깽이 담배를 꺼내어 불을 붙였고 나도 담배를 물고서 기다렸어. 웨이터가 다가와 재떨이와 보리차 같은 음료를 권했지만 재떨이만 받아 들고 기다렸어. 10분. 17분. 25분. 메시지가 온 지 39분이 지났지만 그 사람은 오지 않았어. 약속이라는 개념이 없는 것 같았지. '조금만'이라는 기준을 모르는 것 같았어. 계속 메신저로 미안하다는 사과와 '조금만'이라는 단어만 남발했어. 깽의 눈썹이 V자를 넘어 알아볼 수 없는 모양으로 뒤틀리는 것만 보였어. 까무잡잡한 얼굴도 새빨갛게 물들어버렸었지. 그 사람을 만난다면 폭발할지도 모르겠다 싶었어. 이번 일은 이렇게 끝이 나지 않을까 생각도 했지.

한 시간이 지나고 70분이 넘어도 기다림은 계속되었어. 카지노 안의 사람들에게서 흘러나오는 광기에 영향을 받은 것처럼 깽의 얼굴에 분노를 넘어선 그 이상의 차가움이 깔리기 시작했어. 거울을 보지 않았지만 아마 내 얼굴도 크게 다르지는 않았을 거야.

"가자! 올 생각이 없는 거 같은데!"

깽이 내 말에 대답 없이 두 눈을 감았어. 눈가에 주름지는 부분이 잠시 떨리더니 말없이 발걸음을 옮기더라. 들어왔던 순서보다 훨씬 간소하게 옆문을 통해 우린 되돌아 나갔어. 바로 앞에 보이는 택시를 타고 나서야 우리가 이 나라에서 갈 수 있는 곳, 가야 하는 곳, 가고 싶은 곳이 없다는 사실을 깨달았지.

기사는 몇 번이나 어디로 갈 것인지 물었어. 우리가 계속 대답이 없자 이상하다는 표정을 지으며 미터기를 누르더군. 얼마든지 기다려줄 수 있다는 듯 창문턱에 팔을 기대고 밖을 보면서. 그렇게 멍하게 있다가 미터기를 보니 12,000이라는 숫자가 떠 있는 거야. 달러는 아닐 테니 그곳의 화폐인 리엘인 거지. 대충 4달러쯤 될 거고.

"민아. 어제 거기로 일단 갈까?"

"……그럽시다."

센트럴 마켓으로 가자고 하니 기사는 더 빠른 길인지 아니면 더 느린 길인지 우리가 왔던 도로와는 다른 쪽으로 달렸어. 계속되는 정체로 주위를 찬찬히 살피면서 되돌아갈 수 있었지. 택시는 톤레사프강 옆을 기었는데 강을 따라서 만들어진 긴 산책로가 보였어. 길거리에서 장사하는 사람, 조깅하는 사람, 버스킹을 하는 사람도 보였어. 다른 곳들보다 여유로워 보이는 사람들이 많은 것 같았어. 서양 사람도 많이 보였지. 강의 폭은 그리 넓지 않았고 물의 색은 맑은 하늘빛이 아니었어. 굳이 비유하자면 달달한 믹스커피의 색이랄까? 그렇지만 마시고 싶다는 생각은 들지 않았어.

중간중간 경찰인지 군인인지 모를 연녹색 제복을 입은 남자들이 보였는데 그들의 어깨나 등에는 AK소총이 둘러메어져 있었어. 그 모습이 조금 비현실적으로 보였어. 무슨 일이 생긴다면 저 총을 쏠까? 이런 생각이 드는 거야. 그때까지 난 실제로 총을 본 적이 없었거든.

택시 옆을 지나가는 작은 스쿠터가 보였어. 네 명이 타고 있는 거야. 아니 다섯이었어. 스쿠터 앞에 달려 있는 작은 장바구니에 갓난아기가 얌전히 앉아 있는 모습이 아주 인상적이었지. 징 호텔방 안으로 들어와서도 우린 한참 동안 대화가 없었어. 그런 긴 침묵이 깽의 전화로 깨겼어.

"형님. 내가 지금 먼 타국 땅에서 공중에 붕 떠 있는데 이거, 어떻게 받아들이면 되겠습니까?"

깽은 눈을 감고 침대에 상체만 누이고서 영길이의 전화를 기다렸어. 연락이 다시 오기까지 그리 긴 시간이 걸리진 않았어.

"오늘 안에 연락 안 되며 내 알아가 할라니까. 그리 아이소."

물어보지 않아도 어떤 대화가 오고 갔는지 짐작할 수 있었기에 굳이 묻지 않았어. 그냥 생각했지. 역시 마약은 영화 속에서나 볼 수 있는 장르였구나. 내 인생이 시트콤이고 블랙 코미디인데…… 갑자기 마약은 무슨…… 하지만 그 사람이 왜 만나주질 않는 건지는 이해가 되지 않았어. 장난이라면 너무도 재미없는 장난이었지. 그런데 고요한 방 안으로 어젯밤에는 들리지 않던 소리가 들려왔어. 가끔 발소리가 들려오곤 했지만 전날 밤에는 안 들리던 소리였지. 남녀의 신음 소리였어. 호텔 이름처럼 노골적으로. 심각한 방 안의 분위기에는 전혀 어울리지 않는 소리였지.

그리고 또 다른 소리가 들려왔어. 누군가가 방문을 두드린 거지. 똑. 똑. 똑. 세 번 노크를 했어. 벨보이도 룸서비스도 없는 이 호텔에서 방문을 노크할 사람이 있을 리 없기에 잘못 들었거나 다른 방의 노크 소리인 줄 알았어. 다소 빠르게 다섯 번의 노크 소리가 다시 한번 들려왔어. 난 깽을 봤어. 노크 소리가 우리 방에서 나는 것인지 확인한 거였어. 깽도 동시에 나를 보았기에 우리 방이란 걸 알 수 있었지.

걸터앉은 침대에서 문으로 다가가 작은 구멍에 눈을 가져다 대고 밖을 봤어. 구멍 너머에는 남자와 여자가 서 있었는데 남자는 속살이 비치는 얇고 하얀 긴 셔츠에 청바지를 입고 있었어. 오른쪽 팔 어깨부터 손목까지 문신이 있었는데 안경을 끼고 있었지만 순해 보이거나 스마트해 보이는 인상은 아니었어. 각진 얼굴에 보통의 체격이었어. 여자는 깡마른 미라 같은 모습이었어. 무릎 위까지 내려오는 원피스를 입었는데 키가 작아서 얼핏 보기에는 꼬맹이 같았어. 둘은 미소를 짓고 있었는데, 양손에 검정 봉지를 들고 있었어. 여자의 원피스가 타이트했다면 진짜 미라처럼 보였을 거야.

"남자 하나랑 여자 하나랑 봉지 들고 쪼개고 있는데?"

난 큰 소리로 누구냐고 영어로 물었지만 돌아온 대답은 한국어였어.

"내가 조금 늦었다~ 배고플까봐~ 먹을 거 가져왔는데~ 문 열어줄래?"

웬 미친놈인가 싶었지. 이상한 띄어 읽기로 말하면서 친구 집에 놀러라도 온 듯 다정한 말투로 반말을 했어. 그런데 그런 모든 말투와 행동이 부자연스럽지가 않았어. 잘못 찾아온 사람들이라고 생각하기에 타이밍상 한국어는 너무 뜬금없잖아? 깽을 보며 묻는 표정을 지으니 깽은 마른세수를 하곤 억지로 인상을 풀면서 문 쪽으로 다가왔어. 내가 문에서 비켜서자 깽이 문을 열었고 들어오라는 말을 하지 않았는데도 남자와 여자는 자연스레 우리 둘 사이를 비집고 안으로 들어왔어. 둘은 탁자 위에 봉지를 올리고 그 안에서 음식을 꺼내며 의자에 앉았어. 남자가 반갑다는 듯 조금은 듣기 거북한 하이톤으로 말을 했지.

"와서 앉아. 한국 식당에서 배달시킨 거야. 아직 점심 전이잖아? 빵 하나씩 먹고 배고플 텐데. 먹을 만할 거야. 뭐하고 서 있어? 편하게 앉아."

우린 열려 있는 문 앞에 서 있었고 그 둘은 테이블에 앉아 있으니 우리가 손님 같았어. 깽이 차분하게 말했어.

"미행한 겁니까?"

"너가 형민이구나. 반갑다. 잘생겼네. 목소리로만 대화하다가 만나니까 엄청나게 반갑다! 너도 그렇지? 형이 조금 늦게 왔다고 서운한 건 아니지? 미행? 미행이라…… 미행보다는 확인이었지. 응! 확인이었어. 별거 아냐. 아니잖아? 그치? 최근에 형 손발이 다 잘려버려서 스몰하게 위험한 상황이거든. 너희 둘뿐인지 아닌지 확인만 한 거야. 기분 상했어? 기분 풀어, 응? 서로 확실한 게 좋잖아. 그치? 동의하지?"

깽이 탁자로 걸어가 말 그대로 별거 아니라는 듯 의자에 털썩 앉았어. 나는 황당한 장면들을 보느라 뒤늦게 문을 닫고 탁자로 다가갔어.

"영길이한테 뭐라고 하지 마. 바싹 쫄아 있더라…… 조금 더 확인하고 싶었지만 영길이가 얼른 가달라고 해서 왔어. 내 동생 혼내지 마, 알겠지?"

그는 계속 음식들을 꺼내면서 입을 움직였어. 그 옆에 앉은 여자는 우리를 보고만 있었고.

"야 이년아! 그만 보고 뚜껑이나 열어. 배고파 뒤지겠다!"

그는 휴대폰을 들고서 어디론가 전화를 걸었어.

"어디야? 대충 세워두고 와. 배 안 고프냐? 그래, 빨리 와!"

계속 그의 원맨쇼를 지켜보고 있자니 정신이 없었지. 그는 포장을 뜯은 음식들을 젓가락으로 깨작거렸어. 삼겹살구이, 쌈장, 채소들, 김치찌개, 짜장면에 비빔밥까지. 여러 음식이 중구난방으로 탁자 위에 펼쳐졌는데 그 다양한 종류의 음식들은 한 곳에서 배달시킨 것 같았지. 포장지가 전부 동일했거든. 잠시 후 또 노크 소리가 들려왔어.

"야! 그만 처먹고 가서 문이나 열어!"

그는 방문 쪽으로도, 여자에게로도 시선을 주지 않고 비빔밥을 입속으로 떠 넣으며 버럭 소리 질렀어. 여자는 군말 없이 일어나 가서 문을 열었는데 키 크고 호리호리한 남자가 어색한 듯 고갯짓으로만 인사하며 들어왔어.

"광수야. 어서 와서 앉아라! 밥 먹자. 어제부터 운전만 하느라 고생 많았다."

미행이 아닌 확인 절차였다는 걸 당당하게 커밍아웃했듯이 언제부터 우릴 지켜봐왔는지도 친절하게 알려줬어. 남자의 텐션은 계속 높았지. 입속의 음식들이 이빨에 다져진 채 세상 밖으로 튀어나오는 건 신경 쓰지 않고 계속 이야기를 했어.

"여기 있는 광수가 최근에 잘려 아작난 내 손과 발의 동료이고 현재 유일하게 살아남은 오른발이야! 광수야, 인사해. 여기 잘생긴 형은 형민이 형이고 옆에는…… 누구?"

"제 친굽니다. 그냥. 박사라고 부르면 됩니다."

"광수야. 박사 형이라고 하네. 형 동생이니까 잘해! 근데 왜 박사야? 학위는 있어? 무슨 과목?"

난 눈을 끔벅거리며 앉아 있을 수밖에 없었지. 깽은 표정을 푼 뒤로 계속 포커페이스를 유지하며 남자만 보고 있었어. 서려 있던 차가운 분노와 시험당한 것에 대한 기분 나쁜 감정이라든가 황당한 만남의 당혹스러움도 얼굴에 드러내지 않았지. 그저 팔짱을 낀 채 남자에게 시선을 고정하고 있었어.

"형민이는 내 이름 알고 있을 테고. 박사는 내 이름 모르지? 몰라도 되나. 알고 싶어? 그냥 알려줄게. 잘 들어 형은, 재한이야. 아. 누구랬지? 아 맞다. 박사. 무슨 박사?"

내게 직접 말을 걸어오니 육체를 떠나 있던 정신이 그제야 돌아왔어. 난 입가에 미소를 장착하고 인사를 했어. 갑작스럽게 게스트가 되어버린 우린 그와 이상한 첫 만남을 가졌지. 이해되는 확인 절차라는 건 인정하지만 기분이 썩 좋지는 않았어. 지금껏 만나왔던 그 누구보다 정신없게 만드는 사람이었지. 그는.

"왜 둘 다 안 먹어? 배고플 텐데. 아! 다이어트 중인가? 박사는 해야겠지만, 형민이는 안 해도 될 것 같은데? 몸 만들려고? 형이 좀 도와줄까?"

"게안십니다. 나중에 먹겠십니다. 식사나 마저 하시지예."

그는 음식에만 집중하지 못하고 이것저것 주절거리며 천천히 밥을 먹었어. 그러다 작은 생수 한 병을 들이켜고 자리에서 일어섰지. 지저분해진 탁자는 아랑곳 않고.

"야. 그만 먹어! 사흘은 굶은 사람처럼. 내가 굶기기라도 한 줄 알겠다. 동생들 보고 있는데, 걸신들렸냐? 저렇게 잘 처먹는데 살은 왜 안 찌는 거야!? 체면 좀 차려! 여자가 조신하지 못하게…… 쯧쯧쯧. 나가자! 내 집으로 가자! 광수야, 가서 차 가져와. 너희는 짐 챙기고."

여자는 벙어리인가 싶었어. 왜 아무런 말도 하지 않는 걸까. 가까이서 보니 나이도 더 많아 보이고 얼굴도 한 성깔 하게 생겼는데. 저 정도면 발끈할 타이밍이 지나도 한참 지난 것 같은데. 말대꾸도 하질 않고 눈으로 할퀴지도 않았어. 그냥 고분고분 명령을 따르는 로봇 같았어. 얼굴 위에 박제된 표정을 덧씌운 것 같았지. 처음 문 앞에서부터 미소 짓고 있던 표정 그대로. 그 표정밖에 없는 것 같아 보였어.

광수가 차를 가져와 호텔 앞에 세웠고 재한은 광수에게 운전석에서 내리라고 말했어. 자신이 운전을 하겠다며 바꿔 탔어. 조수석에는 여자가 반듯한 자세로 앉았고 운전석 뒤에는 깽이, 중간에는 광수가, 조수석 뒤엔 내가 앉았어. 도로 위에서는 여전히 속도를 낼 수 없었어. 차는 그곳에서 실속 있는 교통수단은 아니야. 에어컨이 있어 시원하게 이동할 수 있다는 장점 이외에는 모두 단점뿐이야.

재한은 급발진과 급제동을 반복하면서 운전했어. 오른손 검지는 계속 핸들을 톡톡 때렸고. 자주 백미러와 사이드미러를 확인하고 입은 쉬질 않았어. 왼손으로는 휴대폰을 쥐고서 계속 통화를 하거나 누군가와 메시지를 주고받았지.

"예, 형님! 제가 이야기했었잖아요. 예, 예! 준비해주세요! 다시 준비되었습니다. 8개 먼저 가죠 뭐. 바로 또 준비할 테니까 마음 푹 놓으시고 준비해주세요! 네, 그럼요! 얼마나 걸리겠습니까? 그 정도면 뭐…… 그리고 동생들 왔는데, 좀 챙겨야 하지 않겠습니까? 신경 좀 써주세요! 예, 감사합니다! 연락 기다리겠습니다! 예."

"씨발 영감. 가증스러운 새끼. 내가 모를 줄 알아? 내 손발 자른 새끼가 너란 걸. 개새끼! 야! 광수야! 뒤에 저 오토바이 아까부터 계속 쫓아오는 것 같은데 아니냐? 한번 봐보라고! 뒤돌아앉아서. 똑바로 보라고!"

재한은 다음 신호등에서 녹색불인데도 정지선을 지나 급정거를 했어. 지나갈 듯한 속도로 달리다가 멈추어 섰고 자신이 말한 오토바이가 지나갈 때까지 움직이질 않았지. 뒤따라오던 모든 차들이 경적을 울렸지만 그 오토바이가 멀어지고 나서야 차를 출발시켰어. 오토바이는 초록색과 노란색이 섞인 귀여운 스쿠터였고 운전자가 헬멧을 쓰고 있었지만 누가 봐도 아줌마였어. 펑퍼짐한 아줌마. 커다란 가슴과 배가 나와 있었거든. 재한은 계속 운전만 했어. 그런데 주변을 빙글빙글 도는 기분이었어. 이전에 지나친 사거리의 표지판과 거리가 다시 나타났거든.

재한은 운전 도중에 전화기로 형님도 찾고 사장님도 찾으면서 계속 원맨쇼를 했어. 작대기, 한 통, 두 통이라는 단어, 후리와 슈팅이라는 단어를 자주 들먹였어. 그렇게 돌고 돌다가 광수에게 휴대폰을 주며 간판에 'Wing'이라고 적힌 가게로 다녀오라고 했어. 5분 후 광수는 달러 한 뭉치를 들고 왔고 재한은 전화를 돌려받아 곧장 어디론가 전화를 걸었어.

"예. 형님! 찾았습니다! 잘 쓰겠습니다! 예, 예, 연락 기다리겠습니다!"

재한은 통화를 종료한 후 곧바로 다시 형님이라는 사람을 향해 욕했어. 미친놈 같았지. 점심 무렵부터 차에 타서 내리고 보니 오후 6시가 지나 있었어. 우리가 도착한 장소는 낯익은 호텔 앞이야. 도요코INN 호텔. 분명 집으로 가자고 했었는데. 우릴 데려간 그 호텔이 집이라는 거야. 그땐 영문을 몰라 난감했지. 조심스러운 건가도 싶었어. 영화 속 첩보원보다 더 신중하게 느껴졌지. 그런데 그 모습이 한심하게만 보였어. 호텔 체크인을 하고 엘리베이터에 올라서도 재한의 입은 쉬질 않았어.

"형민아! 형이 무슨 말 하는지 알겠지? 그 영감이 그렇게 생겼어도 얼마나 응큼한데…… 아, 아직 못 봤지? 보면 바로 알 거야. 그런데 니가 만날 필요도 없는 양반이야. 신경 쓰지 마. 형이 말이야, 그 영감의 추악함을 알기 때문에 너는 편하게 비즈니스만 할 수 있게 해주겠다는 거야! 형이 너의 방패가 되어줄 거야. 술 잘 마셔? 잘 마신다고? 한잔해야 되겠네. 내 손발 자른 게, 그 영감이 분명해! 이유? 이유 따위는 생각할 필요도 없어.

그 영감이야. 분명해…… 그 영감이 아니면 내 수족을 자를 수 있는 사람은 없어!"

벨보이가 안내해준 방 앞에 도착하여 문이 열리고 닫힐 때까지 재한의 입은 멈추지 않았어. 호텔 시설은 그냥 깔끔했어. 호텔 이름에서 예상했듯이 일본식 인테리어였어. 화장실은 좁고 욕조는 더 좁아. 컴퓨터도 러브체어도 없어. 모든 것이 간편한 구조로 아기자기하기만 해. 단 하나, 훤히 트여 있는 창문은 마음에 들었어.

12층에서 내려다보이는 노을 지는 톤레사프강은 낮에 볼 때와는 다르게 제법 운치가 있었지. 정신없게 만드는 재한이 없는 틈에 우린 캄보디아의 일몰을 조용히 지켜볼 수 있었어. 그런데 곧 분위기를 망치는 쾅쾅 소리가 들려오더라. 문 옆에 분명 초인종이 있는 걸 봤는데. 이 호텔의 초인종 소리를 들어본 적은 없지만 분명한 건 저 소리는 아닐 거란 거였어. 누구인지 묻지 않아도 알 것 같았어. 문을 열자 역시나 들어가도 되느냐는 질문 따위는 건너뛰고 들어왔어. 이번에는 혼자서.

"자! 바로 일 시작해볼까? 둘 중에 누가 다녀올 거야? 박사가 가려나? 난 그럴 것 같아. 박사가 간다에 올인!"

"어디를 말입니까?"

재한의 갑작스럽고 이해되지 않는 말에 내가 되물었어.

"어디긴. 한국이지. 물건을 가져가야 장사를 하지. 뭐야? 여기서 장사할 생각이었어? 여기서 장사하면 재미없을 텐데? 4, 5일 안에 800그램 받을 거야. 누가 다녀올래? 아, 걱정은 하지 마.

절대로! 걸릴 일은 없으니까. 그건 걱정하지 않아도 돼. 안 걸리는 방법이 있어. 내가 장담할게!"

당연하게도 전혀 믿음이 가질 않았지. 세상에 절대는 없잖아? 그리고 그 남자가 말하니까 더 믿음이 안 갔던 거고.

"제가 갔다 오겠십니다."

"형민이 니가? 예상과는 다른데. 박사가 간다는 데 올인했는데 뭘 줘야 하나? 그래. 준비는 내가 철저하게 해줄 테니 며칠 푹 쉬어. 마음 푹 놓고. 오늘 한잔하러 갈까?"

"아입니다. 피곤해서 일찍 쉴랍니다. 내일 다시 대화하시지예."

"피곤하다고. 왜? 젊은 놈들 체력이…… 안 피곤하게 한 작대기 줄까? 안 해? 진짜? 진짜 안 하는구나! 그럼 방금 했던 말은 농담으로. 푹 쉬어. 하고 싶으면 언제든 이야기하고. 내일 광수 보낼 테니 같이 아침이나 먹자."

재한은 베이지색 탁자 위에 다이너마이트를 올려두고서 사라졌어. 거기에 부착된 시계에서 째깍째깍 소리가 나는 듯했지. 우리는 잠시 동안 움직이거나 말할 수 없었어. 나로서는 예상치 못했던 초대형 폭탄이었거든. 밀수하라는 거잖아. 마약 밀수. 마약을 가지고 비행기에 타라는 거잖아.

"박사. 내 갔다 올 동안 전부 다 빼먹고 있그라. 물건은 어디서 받는지, 얼만지, 어떻게 보관하고 포장하는지, 안전한 방법이 어떤 건지, 판매 루트는 어떻게 만드는지, 싹 다 알아내그라. 저 새끼 하는 꼬라지 보이 오래 못 가겠다. 상태 안 좋네. 한 방 주고 싶었는데 내 잘 참았다. 그쟈?"

"근데…… 니가 왜 가노? 가도 내가 가는 게 맞지."

"박사야. 헛소리 고마하고 시키는 대로 해라! 니 같은 새가슴이 무슨…… 장난인 줄 아나?"

"그래. 니 말대로 내가 새가슴이긴 하지. 근데…… 만약에 니가 잘못되면? 내 혼자 여기서 버틸 수 있을 거 긋나? 난 이용만 당하거나 버려질걸? 니 잘못됐는데 내가 이용만 당하고 버려지면 무슨 의미가 있노? 카고…… 니는 계보에 올라가 있고 전과도 있다. 니보다는 내가 가는 게 안전할 것 같은데? 내가 말했을 낀데. 어설프게 우정놀이 하지 말자고. 우리가…… 왜 망해서 여기까지 왔노? 내가 가는 게 맞다고 본다. 안전하다메! 니가 여기서 싹 다 알아내고 있어라."

"……게안캤나? 장난 아이다 이거…… 나중에 못 가겠다고 할 거 같으며 지금 미리 이야기해라."

"사람을 뭘로 보고…… 니까지 내 무시하나!?"

"진짜로 게안캤나?"

"갔다 올 동안 잘 빼묵고 있그라. 후딱 해치우고 오꾸마."

다음 날 아침 띵동 하는 초인종 소리가 들렸어. 누구지 싶었는데 미친 새끼인 거야. 벨을 눌렀다는 거에 잠시 놀랐지. 잠을 못 잤는지 재한은 눈이 빨갛고 다크서클도 내려와 있었어. 머리에는 새집을 지은 채로. 어제의 정신없던 재한은 어디로 사라졌는지, 정리되지 않은 피폐한 모습과 달리 어쩐지 차분해 보였어. 우리의 인사에 시크하게 고개만 끄덕거렸고 목소리도 어제보다 낮고 차분했지.

"물건 들어가기 전까지는 여기서 지낼 거야. 내 집은 그 영감이 알고 있어서 안 가. 그런 줄 알고 밥 먹고 광수랑 프놈펜 구경이나 다녀와. 마사지도 받고 맛있는 것도 먹고. 나는 볼일이 좀 있거든. 지녁에는 같이 술이나 한잔하러 가자. 광수가 영어도 잘하고 여기 지리도 잘 알아. 맘 편하게 놀다가 와."

광수랑 여기저기 다니다가 호텔로 돌아오니 저녁이었어. 밤에는 불편한 술자리를 가졌지. 재한은 아침의 차분함은 그새 어디로 갔는지 대화의 주제가 극과 극으로 바뀌었고 또다시 정신없이 떠들며 이리저리 주위를 살폈어. 불안정한 사람이었어. 주위가 산만해서 함께 있으면 나도 혼란스러워졌지. 술은 거의 마시지 않고 이야기만 하면서 술집 안의 이곳저곳을 자꾸 살폈어. 무언가를 찾고 있는 건지 누군가에게 관심받고 싶어서 그러는 것인지 가만히 있질 못했어. 술집은 나가월드 안에 있는 바였어. 불편하고 어색하면서 흥겨운 재즈 음악이 흐르는 그곳에서 재한의 목소리는 컸고 어울리지 않았지.

외우지도 못할 처음 듣는 이름의 붉은색 와인이 잔 속으로 흘러내렸는데 와인의 맛은 첫맛은 시큼했지만 점점 달콤해졌어. 메뉴판을 보지도 않고 웨이터에게 알아서 가져오라고 한 재한은 한 모금 마시더니 더 이상 손대지 않고 계속 깽에게 말만 했어. 했던 말을 반복하는 습관이 있는 것 같더라. 불편했어. 아주 많이. 바로 가기 전에 깽이 내게 말했어. 혹시 모르니 함께 자리를 비우지 말자고. 술에 장난을 치지 않는지 주의하라고. 불편하고 불만스럽고 불안했어.

바에서는 음악을 전부 라이브로 연주했는데 재즈와 느린 R&B 그리고 통기타만으로 만들어내는 잔잔한 포크 송까지, 이름도 모를 여러 악기를 가수들이 돌아가며 연주하고 노래했어. 카지노와는 달리 서양인들이 많았지. 주로 남자들이.

한 시간 정도 지나 불편했던 술자리가 끝이 났어. 편하지 않은 사람과 익숙하지 않은 음악들 그리고 와인까지. 마치 꽉 끼는 속옷을 입은 채 한여름의 아스팔트 위를 걸어가는 기분이었지. 땀이 차 허벅지 안쪽이 쓸려서 따갑고 계속된 속옷의 압박에 거기가 불편한 느낌. 그곳에 손을 집어넣어 정리하고 싶지만 주변의 시선 탓에 그럴 수 없는 상황 같은 거.

당연히 술에 취하지 않았고 깽은 두서없는 재한의 이야기에 맞장구쳐주며 정보를 유도했어. 난 미소와 함께 고개를 끄덕이며 감탄사를 연발하는 방청객이었지. 재한은 먼저 일어난다며 계산을 했고 깽에게 1,000달러를 내밀면서 즐기고 오라고 했는데 우린 잠시 앉아 있다가 호텔로 돌아갔어. 그렇게 일주일을 비슷한 일정들로 소화하며 마음의 준비를 했어.

"박사야. 형이 준비해놓은 거 절대로 걸릴 일 없으니까 걱정 말고 자연스럽게 행동해, 알겠지? 그럴 일은 없겠지만 혹시라도 잘못되면 몰랐다고 잡아떼! 진짜로 니가 이 안에 뽕이 어떤 모습으로 어디에 들어있는지는 모르잖아. 그치? 간단해! 걱정 말고 다녀와. 많이 긴장되면 한 방 꽂고 갈래? 하나도 겁나지 않을 텐데."

공항으로 가는 길, 차 안에서 재한이 내게 해준 말이야. 전혀 안심되지 않았어. 마지막 개소리에는 한 방 날려주고 싶었지.

"박사. 진짜 게안나? 지금이라도 내랑 바꾸자. 어?"

차 안에서 깽이 내게 다시 물었어. 바꾸자고. 바꾸자고 할까? 그럴까? 그러고 싶었어. 바꾸자고 말할 뻔했지.

"아, 게안타니까? 바꾸긴 뭘 바꾸노? 이게 환전인 줄 아나…… 갔다 올라니까. 신경 끄고 형님이랑 일할 준비나 잘해봐라. 도착해서 오사장 만나가 연락하게."

내 입이 나를 배신한 거지. 이륙시간은 충분히 많이 남았지만 재한은 차의 속도를 더 올렸어. 내 심장은 마치 180킬로로 달리는 엔진의 RPM처럼 빠르고 강하게 트램펄린을 탔어. 손바닥과 발바닥에서 다한증 환자처럼 땀이 차올랐고. 무서운데, 요놈의 주둥이는 속마음과 정반대로 겁먹지 않은 척을 했어. 나름 표정 관리도 하고 있었지만 겁먹은 티가 났을 거야. 둘은 출국장 앞에 나를 내려주고 떠났어. 재한에게 인터폴 수배가 걸려 있어서 함께 있는 모습이 노출되면 좋을 것이 없다는 판단이었어. 당연히 내 판단은 아니지…….

나는 혼자 공항으로 들어갔고 걷다가 문득 발걸음을 멈췄어. 선택의 기로에 서게 됐지. 열어보지 않은 천으로 된 싸구려 캐리어를 옆에 두고 우두커니 서서. 많은 사람들이 오고 가며 움직이는데 나 혼자 가만히 제자리에 멈춰 서서.

티켓팅을 해야 하는데 겁이 났어. 만약…… 잘못된다면…… 어떻게 될까? 모른다고 잡아떼면 진짜 괜찮을까. 정말 안전한 걸까. 이 도박이 괜찮은 건가. 잘못 배팅한 게 아닐까. 지금이라도 못하겠다고 연락할까? 그냥 캐리어를 버리고 몸만 한국으로 가버릴까. 며칠 동안 마음의 준비를 했지만, 괜찮을 거라는 말만 수십 번 들었지만, 괜찮을 거라고 스스로 수백 번 자위했지만, 막상 행동해야 할 시간이 다가오니 벌렁대는 새가슴을 마음대로 조종할 수가 없었어. 이미 주사위는 던져졌던 거지.

후퇴할 곳은 없었어. 뒷걸음질. 관망. 외면. 포기. 여기서 또 예전처럼 그런다면 계속 한심한 놈 취급을 당하며 살아가야 해. 모든 것들을 그저 정상으로 되돌리고 싶었어. 먹고사는 데 걱정 없을 만큼 돈을 벌고 여자 친구와의 사이도 다시 회복하고 싶었어. 결혼도 하고, 어머니를 모시고 노랭이와 행복하게 살고 싶었어. 난 배운 것 없고 가진 것 없고 학연, 지연, 혈연 같은 스펙도 없잖아? 남들과 다른 특별한 재능이나 가능성을 발견하기 위해 이것저것 시도해볼 수 있는 여유와 능력도 없었어.

누군가가 나를 도와줄 사람도 없었어. 스스로 망가뜨린 내 인생은 내가 스스로 일으켜 세울 수밖에 없었지. 뭐든 시작하지 않으면, 시작하지 못하면 아무것도 변하질 않아. 변하고 싶으니까 시작해야 했어! 두렵지만 시작해야 했어. 이건 찾아온 기회다. 이 기회를 놓치지 말아야 한다. 가자. 가자. 아무렇지 않은 척하며 겁먹지 말고 아무 생각 없이 그냥 가는 거다. 그런 생각을 하며 캐리어를 끌고 대한항공 데스크로 걸어갔어.

직원에게 여권과 캐리어를 내밀자 친절하게 이것저것 질문하며 도와줬어. 수화물 스티커를 붙인 캐리어가 화물 컨베이어 벨트 위를 천천히 이동하며 내 시야에서 사라져갔지. 아…… 이젠 정말 돌이킬 수 없구나. 한 시간 넘게 남은 출발 시간은 무엇과도 비교할 수 없는 초조함과 두려움으로 날 잡아끌었어. 놓아주질 않았지. 모두 취소하고 밖으로 뛰쳐나가고만 싶었어. 안내방송이 스피커를 통해 공항을 울릴 때마다 울고 싶어졌지. 움찔거리게 되는 거야. 이미 걸린 것 아닐까. 갑자기 경찰들이 체포하러 오는 것은 아닐까.

왼쪽 다리가 아래위로 떨리고 손톱을 계속 물어뜯게 돼. 자각하고 있지만, 의심을 사는 행동이지만 멈춰지지 않아. 불안했어. 캐리어는 무사히 엑스레이를 통과했을까? 깽은 방법을 직접 눈으로 지켜보고 설명을 들었다고 했지만 나에게 알려주진 않았어. 듣기 싫었거든. 말하지 말라고 했어. 깽은 괜찮을 거라며 자연스럽게만 행동하라고 조언해줬지. 조언이자 위로였고 주문이자 최면이었어. 그 조언에 알맞게 행동하려고 숨을 깊이 들이마시고 내쉬고를 반복해봤는데 전혀 도움이 되질 않았어. 씨발. 벌렁대며 크고 빠르게 움직이는 심장이 겉으로 드러나지 않게 하기 위해 떨리는 다리를 손으로 눌러야만 했어.

탑승 게이트가 열린다는 방송이 나왔어. 난 무표정하게 굳어 있을 얼굴에 마른세수를 한번 해주고, 흔들리는 다리는 강하게 비틀어 꼬집었어. 왼쪽의 보조개가 살짝 들어가는 미소를 만들고서 수상해 보이지만 말아라, 하고 그렇게 한 발 한 발 내디디며 줄을 섰어. 여유롭고 당당한 척 행동했지만 엄청난 긴장감에 휩싸인 채 비행기에 올랐어.

시간은 느리게만 흘렀지. 이제 절반은 성공한 것일까. 도착할 때 잡으려는 걸까. 비행기가 뜨면 체포하려는 걸까. 배정받은 창가 쪽 좌석에 착석하자마자 눈을 감았어. 혹시라도 떨리고 있을지 모르는 눈빛을 누군가에게 들킬까봐 겁났거든. 비행기가 이륙하기 전까지는 눈을 감고 있는 게 좋을 것 같았어.

그러다 무거워진 몸과 기체의 흔들림이 느껴져서 눈을 떴는데 비행기가 인천공항으로 착륙 중인 거야. 내가 미친놈일까? 흔들리는 눈빛을 감추고 싶어 눈을 감았을 뿐이었는데…… 나도 모르게 잠들어버린 거야. 말이 안 되지 않아? 어이가 없었지. 어떻게 잠에 빠질 수가 있었는지. 긴장이 풀어질 수가 없는데…… 나도 나 스스로가 이해되질 않았어. 지금 이렇게 이야기를 하는 것만으로도 심장이 벌렁거리면서 날뛰는데 그때 잠이 들었다니…….

비행기에서 내려 한껏 긴장한 상태로 최대한 앞만 바라보며 걸었어. 이리저리 살피며 괜히 불안감을 노출시키고 싶지 않았으니까. 환승 구역을 찾아서 계속 움직였지. 마약이라는 폭탄이 들어 있는 캐리어는 김해공항으로 향하는 국내선 비행기로 자동으로 옮겨졌고. 환승 구역에서 기다려야 하는 시간은 네 시간이었어. KTX를 타고 가거나 차를 타고 이동해도 비슷하게 부산에 도착할 수 있는 시간이지. 그 시간 동안 나는 속을 끓이며 기다려야 했어. 편하게 쉴 수 있는 공간도 없고 있다 해도 편안할 수가 없었지. 망상의 시간이 흐르고 지나가. 대부분의 시간을 흡연실과 커피숍을 오가며 보냈어.

연이어 흘러나오는 안내 방송 중에서 내 이름이 들리는 건 아닐지, 나를 찾고 있는 것은 아닐지, 뒤에서 망상이 쫓아와. 인천 공항이 우리나라 최고의 공항이기에 김해에서 입국 심사를 받는 것이 너 안전할 거라는 말에는 나도 공감하고 동의했어. 그런데 굳이 네 시간씩 기다렸다가 가는 것이 더 이상하게 보이지 않을까. 여기나 거기나 똑같은 보안 시스템이지 않나. 다를까? 괜히 더 의심을 사서 발각되는 것은 아닐까. 걸리면 진짜 억울한 척 모르는 일이라고 딱 잡아떼며 연기할 수 있을까. 내가? 이런 생각만 머리를 휘젓는 거야…… 믿어줄까. 나 혼자 독박을 쓰는 건 아닌지. 깽이 남아 있으니 뒤가 걱정되는 건 아니지만 돈을 벌지도 못했는데. 아직 돈은 만져보지도 못했는데…… 잘못되면 어쩌지? 어머니가 많이…….

처음에 깽이 간다고 했을 때 괜찮은 척 말고 내가 거기 남을 걸 그랬나. 걸리지는 않겠지. 정신없는 놈의 말을 믿어도 되는 걸까. 이제 와서 다른 선택을 하거나 되돌릴 수는 없지만…… 방아쇠는 이미 당겨졌는데…… 괜찮겠지, 해낼 수 있겠지? 지금이라도 캐리어의 인식표를 찢어버리고 자수하면 정상 참작되어서 풀려나지 않을까. 그다음엔?

의외로 김해로 가는 승객들이 많았어. 환승객들은 얼마나 되는지 알 수 없지만 그나마 적은 인원수가 아니라서 조금은 위안이 됐지. 입국 심사 때나 캐리어를 찾을 때 승객이 몇 명 되지 않는다면 아무래도 시선을 받을 테니까. 특히나 불안정하고 두

려움에 가득 찬 나를 본다면 수상하게 여길 거야. 그러면 두려
운 상황이 현실이 되고 나는 좆되는 거지. 이미 좆됐지만 그때
부터 진짜 좆되는 거였지.

김해로 출발한 비행기는 한 시간도 걸리지 않아 도착했어. 난
걸어가는 승객들의 중간쯤 끼어들어 앞서지도 뒤처지지도 않
은 채 입국 심사대를 향해 걸어갔어. 입국 심사대는 세 곳이었
는데 사람들이 각기 가서 줄을 섰어. 가장 왼쪽의 심사원은 삼
십 대 중반 날카로운 인상의 마른 여자. 무섭게 보였지. 중간 줄
의 심사원은 젊어 보였는데 샤프하고 스마트한 인상의 남자였
어. 옆의 여직원처럼 무서웠고. 오른쪽 심사원은 나와 비슷한
나이대로 후덕한 인상의 안경을 쓴 남자였는데 나처럼 착해 보
였어. 그래도 무서웠지. 그나마 다른 두 명에 비해 덜 무서워 보
여서 나는 오른쪽 줄에 섰어.

노란색 라인 뒤에 길게 늘어선 사람들이 한 명씩 심사대 앞으
로 가면 나는 한 발씩 앞으로 나아가야만 했어. 그 발걸음마다
지진이 발생했고 한 걸음마다 울렁거림이 더해졌어. 진도 3에
서 4로, 4에서 5로 점점 강해졌어. 멈추지 않고 흔들렸어. 잘못
하면 강진이 일어나서 나 스스로 무너지는 건 아닐지 두려울 정
도였지.

내 앞 사람이 노란 선을 넘어 걸어가. 난 노란 선에서 가장 가
깝게 서고 말았어. 표정 관리를 해야 했지. 별것 아니다. 여권을
내밀며 미소 짓고, 안경과 모자를 벗고 스탬프가 여권에 찍히면
여권을 돌려받고 지나치면 된다. 수십 번이나 겪었던 상황이다.

폭탄 빼고는 그때와 다를 것이 없다. 내 몸에는 폭탄이 없다. 터질 일이 없다. 당장에는 절대로 안 터진다. 그러니까. 그러니까. 진정하자. 병신아. 진정하자. 제발. 진정하라고 병신 새끼야. 제발! 심장아, 천천히 뛰어주라……

내 앞 사람이 심사를 마치고 통과해. 나는 오른발부터 내밀어 노란 선을 지나서 심사대 앞으로 걸어가 멈추어 섰어. 직원이 나를 바라보길래 미소를 보였지. 그 미소가 어색한지 자연스러운지는 거울을 볼 수 없으니 알 수 없어. 자연스러웠기를 바랄 뿐이었지.

"여권 주십시오. 안경이랑 모자도 벗어주시고요. 여기를 바라봐주세요."

수십 번 해왔던 절차는 까맣게 잊고서 미소만 짓고 있었던 거야. 직원은 친절했어. 인상 한번 찌푸리지 않고 해야 할 일을 했어. 난 미소를 지은 채 시키는 대로 행동했어.

"얼굴을 확인해야 하니 잠시만 무표정으로 계셔주시겠습니까?"

그 순간 뭐지 싶은 거야. 그런 질문을 받아본 적이 없었거든. 설마. 제발. 아닐 거야. 한순간 돌이 됐지. 직원이 여권에 스탬프를 찍은 뒤 다시 내밀었는데, 그제야 내게 걸린 흑마법이 풀리고 돌처럼 굳어버린 시간도 깨졌지. 그리고 심사대 사이를 빠져나갔어. 이제 캐리어만 찾아 공항을 나가면 오사장이 기다리고 있을 거야. 그럼 내 역할은 끝이 나는 거고. 미션 클리어인 거지! 조금 안정을 취한 뒤 캐리어를 찾으러 갔어.

수화물들이 하나씩 고무 커튼 사이에서 뱉어져 나왔어. 내려온 캐리어와 박스들은 컨베이어 벨트 위에서 빙그르르 천천히 돌았고 나는 폭탄이 들어 있는 캐리어를 한시라도 빨리 찾기 위해 눈을 부릅뜨고 살폈어.

몇 분의 기다림 끝에 나를 미치도록 힘들게 하던 캐리어가 눈에 띄는 거야. 그걸 잡기 위해 손을 뻗으려는 순간, 시야 한 귀퉁이에 검정색 제복을 입고 베레모를 쓴 공항 보안요원이 보였어. 오른손에 줄을 잡고 있었고 그 줄의 끝에는 검정색 개 한 마리가 묶인 채 코를 벌렁거리며 다가오고 있었어. 꼬리를 흔들고 있었는데 나를 반기는 것 같은 거야. 난 전혀 반갑지 않았지. 내게 오는 건가? 순간적으로 캐리어를 잡으려던 손을 거두어 휴대폰을 꺼내 통화하는 척 귀에 가져다 댔어.

다시 심장이 롤러코스터를 탔고 머리에서는 또다시 지진이 일어났어. 모든 게 흔들리고 무너졌지. 재앙이 온 거야. 저 검정색 제복과 개가 시야에 잡히던 순간부터 두 다리엔 힘이 빠져 있었어. 땅바닥으로 주저앉을 것만 같았지. 휴대폰은 땀범벅이 되었고. 나는 그들에게서 뒤돌아선 채 휴대폰을 귀에 붙이고서 얼음처럼 굳어갔는데 딱 두 가지, 떨리는 심장과 입꼬리만 느껴졌어. 뒤를 돌아봐도 될까. 괜찮은 걸까. 이대로 잡히는 걸까. 시작과 동시에 끝나는 건가.

그렇게 등을 돌린 채 얼마나 서 있었던 걸까? 2분, 5분, 7분, 아니면 단지 1분? 내가 얼마나 그렇게 서 있었는지 아직도 모르겠어. 천천히 휴대폰을 아래로 내리고 뒤를 돌아보았어. 휴대폰이 땀 때문에 미끄러져 손에서 빠질 뻔했지.

힘을 줬던 오른손은 늘어져서 떨리고 있었어. 전화가 와서 진동이 울리는 것도 아닌데 떨고 있는 거야. 뒤돌아서 보니 다행히 베레모와 그의 후각 파트너는 보이지 않았어. 사방을 천천히 둘러보았지. 느릿하게 둘러볼 수 있는 힘밖에 남아 있지 않았지. 나는 재빨리 캐리어를 집어내려 서둘러 세관을 통과했어. 온몸의 수분이 모두 빠져나가기라도 한 듯 캐리어에 의지하지 않으면 서 있을 수도 없었어. 쭈그려 앉아 오사장에게 전화를 걸었지. 받질 않는 거야! 두 번, 세 번, 네 번 전화를 안 받았어. 담뱃불을 붙여서 깽에게 전화를 했어. 텔레그램으로.

"박사! 도착했나? 별일 없었나? 오사장 만났나? 차 안이가? 짐은 잘 챙겼나! 와 대답이 없노! 게안나. 대답 쫌 해라! 씨발 자슥아!"

"씨발 자슥아…… 말 좀 하자…… 말 좀…… 오사장 오지도 않았고 전화도 안 받는다. 일단 택시 타고 이동하께."

"그 씨발 새끼 또 술 처묵네. 중요한 날은 처묵지 마라 캤는데! 그 새끼 인간 안 될 새끼다. 진짜 미안타, 박사야…… 일단 움직이라. 조심하고……."

난 길눈이 밝아. 한번 가본 장소는 잘 잊지 않고 헤매더라도 결국 찾아. 그래서 그 모텔을 못 찾아갈 리 없었어. 택시를 잡아타고 최대한 자연스럽게 뒤를 살피면서 먼저 서면 2번가로 갔어. 모텔과는 먼 장소로. 서면 시내를 가로지르다가 큰 도로로 나가서 다시 택시를 잡아탔어. 느낌상 미행은 없는 것 같았지. 그래도 혹시 몰라 지금 생각하면 뻘짓이었지만 수많은 사람들 사이를 지나고 지나면서 골목 이곳저곳을 들어가고 되돌아 나왔어. 한 번씩 뒤를 돌아봐도 누군가 계속 따라오는 느낌은 없었지. 그런 확신이 들 때까지 폭탄을 끌면서 걸어 다녔어. 그 많은 사람들 가운데 캐리어 안에 마약이 들어 있을 거라고 생각할 사람은 단 한 명도 없을 거야.

부산대 네거리로 향할 때도 뒤를 계속 살폈어. 자연스레 그렇게 되더라. 택시 기사가 백미러로 이상하게 바라보며 괜찮냐고 묻기까지 했어. 당연히 이상하게 보였겠지. 아무것도 아니라고 대답한 뒤에도 난 뒤를 살폈어. 솔직히 차들이 너무 많아서 저 차가 그 차 같고 그 차가 저 차 같아 미행이 붙은 건지 아닌지 확신할 수 없었어.

택시가 부산대 네거리에 도착했지만 나는 뒤를 살피며 택시에서 내리지 않았어. 기사가 목적지에 도착했다고 재촉했지. 난 대답 않고 뒤쪽에 갑자기 서는 차량은 보이지 않는지 살피다가 기사에게 온천장 네거리로 가달라고 말했어. 기사는 인상을 찌푸리며 고개를 갸우뚱했지만 구시렁거리지는 않았어.

모텔 앞까지 택시를 타고 가지는 않았고 네거리에 내려서 도로의 차들을 지켜봤어. 5분 정도 지나가는 차들을 우두커니 지켜봤어. 캐리어에 의지한 채로. 다행히 나를 향해 다가오는 수상한 차나 이상한 사람은 없었어. 그래도 불안해서 인적이 없는 곳을 골라 뒤를 살피며 걷다가 모텔로 들어갔어.

시간이 얼마나 흘렀는지도 몰랐어. 모텔에는 영길이도 오사장도 없었어. 많이 긴장하고 두려워서였는지 깨끗이 잘 정돈

된 그 모텔방이 그땐 낯설고 비현실적으로 느껴졌어. 문을 이중으로 단단히 잠갔지. 신발을 벗고 방으로 발을 내디뎌야 하는데 신발을 벗을 수가 없는 거야. 한쪽 벽에 머리와 등을 기댄 채 그대로 주저앉았어. 자세가 불편했지만…… 그렇지만, 그럼에도…… 너무 편했어. 휴대폰을 꺼내 깽에게 전화를 걸려고 보니 부재중전화 58통이 와 있는 거야. 매 순간 떨렸던 내 몸이 진동을 느낄 수 없었던 거지.

"야!! 와 전화를 안 받노! 별일 없나? 게안나? 말이 없노! 경찰서가? 씨발! 형사 바까바라! 내가 이야기할라니까! 형사님인교? 말 쫌 해보소!"

"민아……."

"어, 박사! 말하그라!!!"

"제발…… 말 쫌 하자. 말하지 말고 들어라…… 지금 당장 해야 할 꺼 없제? 없어야 된다. 별일 없었고 나도 폭탄도 안전하다. 할 수 있는 만큼 주의해서 왔다. 쫌 쉬게."

"폭탄? 그래…… 피곤하제? 푹 쉬고 있그라. 오사장 이 썹새끼 연락되는 대로 보내께. 아마 저녁 늦게나 연락될 끼야. 그때까지 푹 쉬라. 고생했다 박사야. 미안타……."

전화를 끊고 앉은 그대로 신발을 벗고 억지로 몸을 일으켰어. 캐리어를 구석에 밀어버리고 그 위에 새하얗고 커다란 수건을 던져서 덮어버렸어. 꼴도 보기 싫었지. 화장실로 들어가 물을 틀어 욕조를 채웠어. 따뜻한 물이 차올랐지. 피곤함과 긴장감을 풀어보려 했어. 정신이 말짱하지 않았거든. 내 감정들은 컴퓨터

부품들이 아니니까. 반나절 동안 심장과 마음이 심하게 오버클럭 당했는데 말짱했겠어? 그날은 어떤 날에도 비교가 안 돼. 지난 내 인생을 전부 끌어모아도 비교할 수 없을 거야.

그때 내가 선택한 것이…… 올바른 선택인가 누군가 묻는다면 그때의 나는 대답할 수 없어. 시작점이었기에 답을 몰랐거든. 대신 되물어봤을 거야. 옳은 선택은 무엇이고, 무엇을 근거로 판단하는 거냐고. 선택하는 상황이 모두 공정하고 공평한 것이 맞냐고. 그것이 합리적인 것이라 대답할 수 있냐고. 그렇게 만들어가려고 모두가 노력하고 있다고? 그래서 법이 있는 거라고? 그 대단한 법으로 아름답고 공정한 세상이 만들어졌을 거였다면 진작에 그렇게 되었겠지!

잠이 오려 할 때쯤 욕조 밖으로 나왔어. 속옷을 입기도 귀찮아 그대로 침대 위에 몸을 던졌어. 도요코INN 호텔의 침대보다 푹신했지. 나는 멍하니 천장을 바라보았어. 천장에는 침대를 모두 담아내는 거울이 붙어 있었는데 내 모든 것이 보였지. 방음이 좋은 건지, 사랑을 나누는 연인들이 없는 것인지 방 안은 고요했어. 내 숨소리만 들렸지. 고르지 못한 불규칙적이고 지친 숨소리.

제대로 마르지 않은 머리카락이 힘없이 늘어져 있었어. 왼쪽 볼 중간과 오른쪽 턱 아래에는 고름이 곧 튀어나올 듯한 샛노란 여드름이 보였고 거울 속에는 웃음기도 두려움도 흥분감도 침착함도 보이지 않는, 뭐라 묘사하기 어려운 이상하고 얼빠진 얼굴이 보였어. 그 얼굴이 내 얼굴이었던 거야. 뚱뚱한 배에 추해 보이는 몸이 내 몸인 거야. 깽의 말이 맞았어. 더러워 보였어. 밸런스가 이상했지. 괴물같이 이상했어. 거울 속의 나도 이상했고 머릿속의 나도 이상했어.

캄보디아에서 한국까지 그리고 모텔 안 침대 위까지 도대체 어디를 어떻게 지나와서 그렇게 누워 있었는지 아직도 실감이 나질 않아. 그때 깨달았지. 이제 정말 나는 마약에 깊이 관여되었구나. 마약은 더 이상 영화나 소설에나 등장하는 허구의 존재가 아니구나. 나는 오늘 마약을 가져왔고 마약과 함께 있구나. 지금 나는 모든 것을 걸었구나. 지금도 두렵고 앞으로도 두려워 이리저리 흔들리겠지만 생각하고 또 생각해서 선택을 해야만 한다. 그래야만 나와 깽이 절벽에서 떨어지지 않고 무사히 살 수 있을 것이다.

누군가가 나를 흔들어 깨웠어. 박사라고 부르면서. 눈을 뜨고 누구인지 확인하니 해골처럼 생긴 오사장이 나를 흔들고 있는 거야. 시간은 새벽이었어.

"박사. 미안하요. 내가 갔어야 했는데…… 전날 직계 선배가 불러가 새벽까지 꼬마 잡히뺐다…… 안 잘렸는데 차에서 잠이 들어뺐다. 미안하요."

입을 열 때마다 술 냄새가 담배 냄새와 섞여 코로 들어왔어. 미안하다고는 했지만 그 말과 표정 속에 진심은 느껴지지 않았어. 욕하고 싶었지. 제정신이냐고. 이게 지금 소꿉놀이하는 거냐고. 잠이 오느냐고. 술 냄새를 풀풀 풍기고 있으면서 미안하

다고? 씨발 새끼! 내가 여기까지 어떻게 왔는지 상상도 못 할
새끼가…… 쌍욕을 퍼붓고 싶었지. 실컷 퍼부어 화를 풀고 싶었
지. 하지만 참았어. 이미 지난 일이 돼버렸고 싸워서 풀릴 일이
면 싸우겠지만 이미 어제는 지나갔잖아.

"어떻게 들어왔노? 분명 이중으로 걸어났는데."

"빤스부터 입으라."

그제야 내 모습이 인지됐어.

"니가 전화도 안 받고 벨 눌러도 반응이 없어가 열쇠 받아가
열었는데 다 안 열리더라고. 아무리 불러도 안 일어나길래 빠루
가꼬 와가 문짝 뜯어뺐다. 주인장이 들어올라 카는 거 보냈다.
문 뜯은 거 보상해주기로 했으니까. 걱정 마라."

"……그래. 고생 참 많았네……."

한번 비꼬아주고서 난 화장실로 향했지. 내가 비꼰 말을 못
알아들었을 거야. 반응이 없었거든. 화장실 거울에 비친 내 얼
굴이 초췌했어. 살이 뭉텅이로 빠졌나 싶을 만큼. 몸은 전날과
같이 무겁고 둔하기만 했는데 어쨌든 차가운 물로 샤워를 하며
정신을 깨웠어. 다시 긴장해야 할 시간이 온 거지. 한동안 긴장
을 풀어서는 안 됐지.

씻고 나오니 오사장은 싸구려 캐리어를 열어 그 안의 물건들
을 꺼내고 있었어. 폭탄을 찾는 거였지. 한 번도 사용하지 않은
듯한 세면도구들과 동남아 스타일의 관광용 옷들, 짝퉁 오메가
시계와 짝퉁 루이비통 남성용 장지갑까지 캐리어 안에서 모든
것들이 나왔지만 폭탄으로 보이는 것은 없었어. 오사장이 가방

과 지갑 그리고 옷 속까지 꼼꼼하게 뒤졌지만 그 어디에도 폭탄처럼 보이는 것은 없었어.

"왜? 못 찾겠나?"

"없네…… 진짜 가져온 거 맞나?"

"그럴 리가…… 없을 리가…… 잘 찾아바라."

"없다. 다 뒤지봤다. 박사…… 장난치는 거머 고마해라."

앉아서 짐을 헤집던 오사장이 일어서서 나와 눈높이를 맞추었어. 한 발 다가와 얼굴을 가까이 들이밀었어. 나는 그 눈빛을 피하지 않고 깽에게 전화를 걸었지. 스피커폰 모드로.

"야…… 먼 상황이고? 폭탄은? 아무것도 없다. 뭐고?"

"안 피곤하나? 오사장 왔는갑네. 썹새끼 내한테 욕묵기 싫어가 전화도 안 하고 바로 갔나 보네?"

깽의 목소리는 걱정 섞인 부드러운 목소리였어.

"물건이 안 보인다고…… 우찌 된 기고? 니가 직접 봤다메? 물건 넣는 거."

"칼 있나? 니가 있을 리가 없지. 오사장 칼 가지고 있을 끼야. 캐리어 바닥 찢으라 캐라. 거기 보머 방망이처럼 생긴 거 있을 끼야."

오사장은 입고 있던 청바지의 왼쪽을 발목 위로 걷어 올리더니 칼집 속에 있던 칼을 꺼냈어. 칼을 항상 차고 다녔나 봐. 씨발, 참 살벌하지? 나도 칼이나 전기 충격기 아니면 호신용 스프레이라도 가지고 다녀야 하나 싶었지. 적어도 호루라기라도. 오사장이 캐리어의 아래쪽에 대고 칼을 쑤셔 넣은 뒤 좌우로 찢어서 양손을 쑤셔 넣고 벌려. 근데 잘 안 벌어져. 벌게진 얼굴로 손을 빼고서 다시 칼을 쥐고 갈기갈기 찢어발겨. 찢긴 캐리어를 지탱해주는 기둥에 검정색 테이프로 감겨 붙어 있는 굵은 소시지 같은 것이 보였어. 오사장은 쇠기둥에 붙어 있던 소시지를 밖으로 꺼냈지.

"있제? 나머지는 오사장이 할 줄 아니까 가르쳐주는 대로 쫌 도와줘라. 일정 정해서 연락하게. 고생하자 박사야."

오사장은 의사처럼 의료용 장갑을 끼고서 검정색 소시지를 뜯었어. 무슨 재질의 종이인지는 아직도 모르겠어. 옆에 버려진 종이를 만져보니 한쪽은 부드럽고 한쪽은 약간 꺼끌꺼끌했는데 사포는 아닌 것 같았어. 종이가 벗겨지자 투명한 빛깔의 길고 둥근 방망이가 나타났어. 반짝거리는 것처럼 보였어. 방망이 중앙을 칼끝으로 조심스레 긁어냈어. 폭탄 전문가처럼.

폭탄은 해체되자마자 그대로 넓게 펼쳐졌지. 네모 모양으로 진공 포장이 되어 있었어. 포장은 세 겹으로 되어 있었는데 오사장이 조심스럽게 칼로 찢었어. 투명한 우박처럼 보이기도 하고 다이아몬드처럼 보이기도 했어. 깨진 유리 조각을 진공 포장한 것 같기도 했는데, 포장이 찢겨 나갔어도 이상하지 않을 날카로움이 보였거든. 공기가 없던 곳에 공기가 들어가니 납작하게 압축되어 있던 포장지는 펑퍼짐해졌어. 그리고 순식간에 오줌 지린내가 진동했지.

중학교 때 학교 체육관에서 야간운동을 하다가 소변이 급할 때면 사용하던 양동이가 떠올랐어. 늦은 시간이라 학교 건물은 문이 잠겼고 야외 화장실은 멀었기 때문에 소변은 전부 체육관 옆 솔나무 아래 양동이에다 해결하고는 했거든. 그 안엔 뾰족한 바늘 같은 솔잎도 들어가 있었고 생을 마감하고 떨어진 송충이도 있었어. 한겨울이라 모든 것이 바로 다 얼어버릴 때였는데 거기에 소변을 보면 얼어붙어 뭉친 오줌 윗부분만 조금 녹고 얼고를 반복했지.

봄이 오고 초여름이 되자 낡은 양동이 안에서는 강한 암모니아 냄새가 났어. 그런데 그날 모텔에서 중학교 때의 그것보다 더 진하고 역한 지린내를 콧속 깊숙이 맞이해버렸던 거야.

무색무취의 마약이라고 들었는데…… 어떻게 그런 지독한 냄새가 나는 거지? 내가 그간 잘못 알고 있었던 건가 싶었어. 알고 보니 양이 많아서 냄새가 난 거더라고. 뽕쟁이들이 한 작대기, 두 작대기 정도로 사면 양이 적어 냄새가 안 난다고 했어. 그렇게 포장이 벗겨진 지독한 냄새의 마약은 반투명 상태의 고체였어. 크기가 각각 달랐어. 갓난아기 손 크기의 결정체도 있었고 굵은 소금 한 알 정도 크기의 것도 보였지. 손가락 한 마디만 한 것도 있었어.

"박사! 맨손으로 만지지 마라! 좆되고 싶나?!"

오사장의 큰소리에 놀라 들고 있던 걸 그 자리에 곧바로 내려놓았지. 저걸 가져오면서 얼마나 떨었는지 이야기했지? 얼마나 무서웠는지도. 실물을 눈으로 확인해보니 그냥…… 그저 그런 가볍고 반짝거리는 우박이었어. 냄새나는 우박. 힘이 빠졌지. 오사장은 바닥에 흐트러진 것들을 정리하지 않고 폭탄을 테이블 위로 가져갔어. 그리고 소파 위에 놓여 있던 백팩에서 세 가지 색의 종이테이프와 열지 않은 폴더폰 크기의 투명한 지퍼백 그리고 전자저울을 꺼냈어. 아주 작은 티스푼도 꺼내 저울 위에 올렸지.

"박사…… 장갑 끼라. 작업해야 된다. 일단 내 하는 거 보소."

저울의 전원을 켜고 폭탄을 올렸어. 저울에 표시되는 숫자가 780~810 사이를 왔다 갔다 하더니 809.04라는 숫자에서 멈췄어. 오사장이 무게를 찍어 깽에게 전송했지. 오사장도 냄새가 마음에 들지 않는지 마스크를 쓰며 내게도 하나 내밀었어. 에어컨은 가장 낮은 온도로 맞추었고 웃옷을 벗길래 나도 상의를 벗었지.

"니 몸의 터레기 하나라도 흘리지 마라."

오사장에게 텔레그램 메시지가 도착했고, 메시지를 내게 보여줬어.

[마린]

부산 1그램 20개 0.5그램 30개

대구 1그램 30개 0.5그램 15개

대전 1그램 20개 0.5그램 20개

수원 1그램 30개 0.5그램 30개

강남 1그램 50개 0.5그램 70개

강북 1그램 20개 0.5그램 15개

인천 1그램 30개 0.5그램 30개

3일 안에 끝낼 수 있겠제? 손님들 많이 기다린단다. 서두르자. 그라고 따로 100그램짜리랑 20그램짜리 하나씩 만들고 강남에 가면 그 두 개부터 던지고 위치 알리도. 남는 거는 알아서 잘 짱박아 두고. 주변 잘 살피고 조심하자. 오사장 당분간 술 묵지 마라. 비즈니스만 생각합시다.

이런 장문의 내용이었는데. 깽이 엄청 참았더라고. 욕도 안하고. 의외였지. 곧장 오사장이 움직였어.

마약 포장을 어떻게 했는지 내가 설명해줄게. 저울 위에 있던 마약을 옆에 내려두고 전원을 꺼. 숫자가 표기되는 디지털 계기판에 숫자가 사라지겠지? 그 상태로 저울 위에 작은 지퍼백을 올려. 지퍼백 안에는 아무것도 들어 있지 않아야 해. 지퍼백을 저울 위에 올려둔 채로 전원을 켜. 지퍼백의 무게가 숫자로 표기되어야 하겠지만 계기판은 0.00에서 숫자가 움직이지 않는 거야. 요즘 저울 참 좋아. 지금은 더 좋겠지?

어쨌든, 다시 지퍼백을 집어 내리면 계기판의 숫자는 -1.27로 바뀌어. 지퍼백의 입구를 열고 티스푼으로 마약을 떠서 지퍼백 안에 넣어. 지퍼백을 저울 위로 올리고 내리고를 반복해. 숫자가 1.00이 될 때까지 마약을 덜어내거나 집어넣기를 반복해. 약의 무게감을 찾아서 조절을 잘해야 빨리 끝나는 거지. 수백 개를 만들어야 하니까.

1그램에 조금 못 미치거나 반대로 조금 넘치는 숫자를 만들어내야 해. 지퍼백을 닫기 전에 공기를 뺀 뒤 작고 둥글게 말

아. 그렇게 말아진 지퍼백은 담배 모양이 되지. 그리고 여러 색의 종이테이프로 숨기는 거야. 겉으로 약이 보이지 않도록. 우린 1그램은 검정색으로, 0.5그램은 파란색으로 투명한 부분 없이 꼼꼼하게 둘렀어. 노가다야. 단순 작업이지만 노가다.

다 만들면 종이 가방 두 개와 흰색 양면테이프를 꺼내. 양면테이프까지 모두 붙이고 나면 끝이야. 아, 끝은 아니지. 던져야 되니까. 이게, 던지는 것도 쉬운 게 아니야. 더럽게 많이 돌아다녀야 돼. 대구에 도착하기 전 오사장의 교육이 시작되었어. '던지기는 이렇게 하는 거다!'라는 강의 같은 거였지.

"이것만 지키면 절대로 안 걸린다. 맨손으로 만지지 마라. 던질 장소가 건물이면 현관 입구에 비밀번호나 잠금장치가 없어야 된다. 밤에도 잠기지 않는 곳에만 던지라. 배전함, 소화전, 창틀, 화분 아래, 에어컨 실외기, 우체통, 계단 사이사이. 어디든지 던져도 된다. 사람들 눈에 안 띄고 비 안 맞을 만하며 어디든 상관없다. 물건 붙이고 사진 찍고. 건물에 붙은 주소도 한 장 찍고. 손님이 찾기 쉽도록 설명할 수 있게 한 장 더 찍으면 된다. 내가 먼저 한번 비주께."

오사장은 원룸이나 오피스텔이 많은 장소를 찾은 다음, 뒤에 있던 백팩을 끌어당겼어. 백팩에서 야구모자와 바이크 장갑 그리고 노란색과 초록색이 섞인 듯한 조끼를 두 개씩 꺼냈지. 상처가 많은 휴대폰도 함께 내게 건넸어. 스마트폰이긴 했어. 그리고 조끼에 있는 두 개의 주머니에 물건들을 색깔별로 나눠서 집어넣어. 내게는 각각 7개씩을 줬어.

오사장이 트렁크에서 깨끗하게 밀봉된 택배 박스 두 개를 꺼내 하나를 내밀며 말했어. 당연히 박스는 가벼웠지.

"누굴 마주쳐도 당황하지 마라. 니는 인자 택배기사다. 사진 찍을 때는 누가 보며 좋을 거 없으니까 사람 안 보일 때 찍고."

오사장이 말을 마치고 뒤돌아서 먼저 앞으로 걸어가는데 조끼 뒷면에 천국택배라고 적혀 있었어. 그 아래에는 060으로 시작하는 전화번호가 찍혀 있었고. 아마도. 아니 확실하게 내 등에도 찍혀 있었을 거야. 천국택배라고. R8을 몰고 다니는 택배기사들이라니. 웃기지 않아? 천국택배라니, 이름도 참……

난 오사장 뒤로 한 발짝 떨어져 걸으며 빌라 밀집 구역을 따라갔어. 앞서 걸어가던 오사장이 현관 입구의 문이 한쪽만 있는 건물을 찾아 들어갔고 첫 현장 실습이 시작되었지. 우체통은 안쪽에 손을 넣어 위나 옆에 붙였고, 배전함은 굵은 전선의 뒤나 위아래 구석진 곳을 찾아야 돼. 소화전도 마찬가지. 화분이 있다면 화분 바닥도 괜찮아. 물론 옮기기 어려운 커다란 화분이어야 한다는 조건이 달리긴 해. 창문은 창틀의 모서리나 비가 와도 젖지 않을 만한 위치에 던져야 하고. 공공화장실이 있는 곳은 변기 수조통 아랫부분의 물기를 휴지로 닦은 후에 붙여야 돼. 그 어느 곳에 던지더라도 두 개의 조건이 충족되면 돼. 물기 없는 곳과 은밀한 곳.

첨에 혼자 던질 땐 건물 안에서 누군가와 마주치기라도 할라치면 나도 모르게 흠칫했어. 하나 던지고 사진 세 장을 찍고 또 하나 던지고 사진 세 장을 찍고, 그런 식으로 계속 반복이야. 그

러다 보니 그 짓도 익숙해지고 자연스러워졌지. 반복되고 반복
되다 보니 나중에는 누군가를 마주쳐도 놀라지 않게 되었고 긴
장감이 줄어들더라. 같은 건물에 두세 개씩 던질 때도 있었어.

던질 만한 장소가 마땅치 않으면 택배기사 둘은 R8을 타고
또 다른 곳으로 이동했지. 이동 시간에는 던지고 찍어두었던 위
치 사진들을 콜라주 어플로 한 컷으로 모아서 그램 수와 위치
설명을 넣어 텔레그램으로 깽에게 전송했어. 그렇게 반복이야.
만들고 던지고 팔고. 만들고 던지고 팔고.

아 피곤해. 오늘은 끝! 내일 계속 이야기해줄게.

"야. 안 해도 된다니까? 안 들어…… 들리는데 안 들어……
누가 뽕쟁이 아니랄까봐 말 더럽게 많네."

6. 선택과 후회

2021. 03. 20. 토

고3 졸업반 때 운동을 포기하고 나서 속 담배를 피우기 시작
했는데 얼마 지나지 않아 어머니께 담배 피우는 것을 들켰지.
죽었구나 싶었어. 그런데 나를 앞에 앉히시고는 같이 피우자고
하시는 거야…… 반어법인 줄 알았어. 난 당연히 격하게 거부
했지. 무릎 꿇고 싹싹 빌었어. 잘못했다고…… 그런데 어머니는
평상시의 목소리로 같이 피우자고 말씀하셨어. 그 말이 죽기 전
에 마지막으로 한 대 피우라는 뜻으로 들렸지. 어머니가 젊은
시절 신암동에서 유명한 사람이었거든. 동구청 직원이 노상에
서 장사를 못 하게 하자 청장실로 찾아가 큰소리치며 청장 멱살
도 잡으실 만큼 성격이 대단하셨었지.

난 어머니에게 많이 맞고 혼나면서 자랐어. 아버지에게는 단
한 번도 혼나거나 맞은 적이 없었고. 그래서 무서웠어. 깽도 다
른 친구들도 우리 집에는 오려 하질 않았어. 카리스마가 장난
아니었거든. 아버지가 건강하실 때 아버지 친구들도 우리 어머
니를 어려워했었어. 내 눈앞에서 따귀를 맞으신 분도 있었어.
아버지 건강하실 때 동창들 부부 동반 계모임에서 아버지 친구
가 술에 취해 아버지를 좀 밀친 적이 있었거든. 그 장면을 목격

한 어머니는 곧장 아버지에게 달려갔어. 그때 난 너무 어렸기 때문에 울기만 했어. 다른 어른들은 소란스레 떠들기만 할 뿐 말리는 이 하나 없었지. 화가 나더라. 아버지는 왜 가만히 계시는 건지 화가 났어.

사건의 전말은 이랬어. 술에 취한 아버지 친구가 언제까지 그렇게 살 거냐며 술주정을 했는데 아버지는 그냥 웃어넘기곤 이렇게 사는 것도 다행이라며 분위기를 계속 바꾸려고만 하셨어. 그러자 그 친구가 멍청한 놈이라고 하며 아버지의 뺨을 몇 번 밀쳤던 거야. 어머니는 아버지한테로 달려가서 그 아저씨의 양쪽 뺨이 새빨개지도록 공평하게 한 대씩 날려주셨어. 소리도 기분도 시원했지. 그 아저씨는 곧바로 다른 어른들에게 끌려 나갔고 술이 깬 뒤 찾아와 사과했지만 어머니는 술버릇은 고치지 못하는 거니 모임에 참석하지 말라고, 참석하면 손바닥이 아니라 주먹이 날아갈 거라고 말씀하셨어.

그런 여러 전설 같은 장면과 이야기들을 난 어릴 때부터 직접 보고 들으면서 자랐어. 이제는 나이가 드시고 곁에 아버지도 안 계셔선지 많이 온화해지셨지. 처음 어머니가 온화해지신 걸 느꼈을 때…… 그때 기분이 참 이상했어. 슬프기도 하고 기쁘기도 했어. 오묘한 기분이었어. 어쨌든 담배는 진심이셨고 너무나 쿨한 어머니가 멋있었어. 원래부터 존경했지만 그때부터는 숭배하게 되었지. 어머니는 불교 신자, 작은외삼촌은 스님, 큰 외사촌은 목사님이셨는데 나는 신을 숭배하지 않고 어머니를 숭배하였지. 그래서 그때부터 어머니와 난 맞담배를 피워.

난 내가 믿는 신의 명령을 따를 뿐이야. 어찌 보면 나는 행운 아야. 수많은 이들이 신에게 기도만 하고 대화도 하지 못하는데 나는 나의 신과 대화도 하고 손도 잡을 수 있잖아? 누군가는 욕을 하거나 이해하지 못할 수도 있을 테지만 난 어머니의 말씀을 우선시했고 지금까지도 이것만은 후회하질 않아.

던지기 실습이 끝나고 언제 티켓팅을 할지 몰라 부산에서 지내고 있었어. 선불 유심은 흑돼지와 오사장이 관리했고 던지기는 오사장이 가르친 제자가 오사장에게 많이 맞으면서 열심히 했어. 나는 모텔에서 빈둥거리며 소주, 담배와 함께 아주 소액으로만 스포츠 토토로 메이저리그를 즐기고 있었어. 근데 아주 중요한 순간에 전화가 왔어. 깽이었지. 아웃카운트 하나만 잡으면 끝나는데 전화가 온 거야. 그때 위기였거든, 경기 상황이.

"어! 왜?"

"바쁜겨?"

"뭐, 그냥 그렇지."

"요년 요고! 또 때리났네? 오늘은 어디 때렸노?"

"메츠. 신더가드 던지는 날인데 위기다 지금……."

"얼마 때렸노?! 육백 다 꼬라박은 거 아이제?"

"내가 미쳤나! 민경이하고 엄마한테 주고 50 가꼬 놀고 있다. 소줏값하고 담뱃값은 벌어야지."

"쪼매만 기달리라. 쑈하는 긴지, 진짜 도라뺐는지, 박뿡 이 새끼 상태가 영 좆같아졌다. 혹시 내가 전화해서 개소리하며 알아서 잘 받아치라. 생각 중인 게 있으이끼네."

"박뽕?"

"박재한. 형님이라고 불러주는 것도 아깝다. 씹새끼! 진짜 사람 돌게 만드는데. 죽이뿌고 싶다."

"와?"

"광수가 검찰 뿌락치라 카메 눈깔이 뻘게지가 호텔 1층까지 뛰내리가가 외국인 붙잡고 살리달라고 한국말로 빌지를 않나, 1층부터 4층까지 존나 뛰올라 갔다가 내리갈 땐 캥거루처럼 내리오고. 몇 번 그카디 방에 들어와가 광수한테 욕하면서 칼질하는 거 내가 한 대 맥이가 일단 진정시키놨는데…… 광수하고 대화 중이다. 뭐가 진짠지. 박뽕이 와 저카는지. 계속 고할지 스톱할지 장고 중이니까 그렇게 알고 있고. 곧 오사장이 물건 남은 거랑 장비들 가꼬 니한테 갈 끼다. 오사장 왔다 가머 상황 보고 딴 데로 이동하고 일단 당분간 강대 빼고는 아무도 만나지 말그라. 고하게 되면 강대 통해서 돈 보내께."

"……알겠다. 몸조심하고."

"……걱정 마라. 니나 몸조심해라. 강대 빼고는 절대 아무도 만나지 마라. 박뽕 새끼가 장난칠지도 모른다. 아랐제?"

강대는 깽이 징역을 살 때 오른팔로서 수발을 들었던 놈인데 깽이랑 깊은 정을 나눈 사이었어. 깽이 말했잖아. 폭탄과 장비를 받고서 숨어라. 강대 외에는 만나지 말아라. 마약 일을 계속할지 그만할지 선택의 순간이라고. 박뽕이라…… 별명 참 잘 지은 것 같지 않아? 캥거루처럼 뛰다니…… 어떻게 뛰는 거지. 지금도 그걸 못 본 게 아쉬워. 주사기로 스팀팩을 너무 많이 맞아서 미쳐버린 거였을까? 그럼 같이 다니던 여자는 메딕*이었겠지?

통화가 끝나고 얼마 안 돼서 느닷없이 모텔방 문이 열리고 오 사장이 들어왔어. 뒤에 누군가가 따라 들어왔는데 흑돼지가 아니었어. 처음 보는 놈이었지. 이놈이나 그놈이나 벨의 사용 용도를 모르거나 노크라는 예절을 배우지 못한 듯했지. 뒤에 달고 온 새끼는 영강이라는 놈이었는데 던지기 제자였어. 요놈도 흑돼지였는데 유심 흑돼지보다는 덩치가 작았지. 지금 생각해도 이해가 안 돼. 그때 왜 달고 왔을까? 왜 오사장 밑에는 흑돼지밖에 없을까. 바다가 있는 도시라서? 나의 존재를 또 다른 흑돼지 하나가 알게 되는 순간이었지. 찝찝했는데 그 찝찝함이 재판 때 나오더라고.

오사장에게 백팩을 받아 폭탄의 무게를 확인하니 256그램이 남아 있더라. 또 누가 가져온 거지. 누구였는지는 아직도 몰라. 안 물어봤거든. 그때 그 사람도 무서웠겠지? 나처럼 알고 가져 왔을까? 나는 폭탄과 짐을 챙겨서 줄리아에 올랐어. 담배를 한 대 피우면서 골목을 살펴봤어. 모텔이 세 곳뿐인 짧은 골목이라서 주차되어 있는 차는 몇 대 없었어. 가까이 가보지 않아도 선팅이 짙지 않아서 사람이 있는지 없는지 얼추 보였지.

새벽이라서 도로에 차는 별로 없었어. 캄보디아에서 박뽕에

---

* 스타크래프트 게임 속 캐릭터. 테란 종족에게 마린이 스팀팩을 맞으면 메딕이 치료해준다.

게 미행당하고 한국으로 폭탄을 가지고 온 이후부터는 습관처럼 뒤를 자주 살피게 되었거든. 조금이라도 이상한 느낌이 들면 방향을 틀어 골목으로 들어가서 뒤를 확인했어. 괜찮다라는 생각이 들 때까지 계속 달리다가 차를 멈추고 폰으로 경기 결과를 확인했지. 씨발, 메츠가 역전패를 당한 거야. 캄보디아에서 일은 어떻게 돌아가고 있는지 정확히 파악도 안 되고, 담배나 피우며 답답한 마음을 연기로 달래야만 했지.

캄보디아가 어떤 나라인 줄 알아? 동남아에서 가장 긴 메콩강이 북에서 남으로 흐르고 최대 담수호인 톤레사프호가 있어. 우기가 끝나면 자양분이 풍부한 대지가 드러나서 천연자원이 아주 풍부하다네. 내전이 일어나기 전에는 캄보디아인들의 성격이 온화해서 미소의 나라라고 불렸다더라. 여기서 중요한 건, 과거형이라는 거야. 캄보디아의 우기는 5월부터 11월까지. 그리고 검색해보면 이런 안내 문구가 눈에 띌 거야. '캄보디아 프놈펜 내 치안은 비교적 안정되어 있지만 장기간에 걸친 내전의 폐해가 아직도 짙게 남아 있다. 특히 총기, 수류탄, 지뢰 등등 군사 무기들이 민간에 대량 유출되어 시장에서 공공연하게 거래되고 있다.' 이상하고 어정쩡한 정보지. 안전하다는 건지, 불안전하다는 건지. 다음 날 오전 깽한테서 전화가 왔어. 텔레그램으로.

"박사! 올스톱이다! 씨발! 나도 곧 가니까! 스톱해라!"

혼자 말했고 혼자 끊었어. 대답 한마디 못 했지. 이미 아무것도 안 하는 나에게 전부 멈추라고 하고서 끊어버린 거야. 형식적으로라도 '여보세요'라는 인사를 할 시간조차 주지 않고 끊어버렸어. 무슨 상황일까…… 황당했지. 예전에 깽이 징역 살 때 접견을 가서 잘 지내는지 물어봤었는데. 그때 깽은 가슴을 쫙 펴며 이야기했지. 강화 유리 부스 안에서.

"훈아. 박사야. 나는 여기서 그 누구보다 잘 산다. 내가 지금 여기까지 이송만 아홉 번째다. 재밌는 이야기해주까?"

12분에서 15분의 짧은 시간 동안 필요한 물건들과 수번들을 메모해 몇 명에게 접견물을 넣어야 하는지 묻고, 또 보고 싶어 하는 책이나 잡지들도 물어야 하고, 얼굴 보고 안부 묻기도 빠듯한데 갑자기 재밌는 이야기를 한다는 거야. 난 접견 시간이 얼마나 남았나 아래를 보며 확인했는데, 26분이나 남아 있었어.

"여기 청송은 접견 오는 사람이 거의 없어가 아는 주임들은 시간 마이 준다. 오늘은 내랑 각별한 주임이라서 시간 넉넉하이 주신 기다. 잘 들어라. 건달들은 배방되며 방에 드가기 전에 양말 벗고 들어간다. 왜냐? 들어가서 싸움 나며 양말 때메 미끄럽거든. 이해되나? 방에 물건 던지 넣고 딱! 들어가 리빙박스 중간에 내리놓고 '방에 건달 있습니까?' 먼저 물어보는 기야. 있다 할 때 동생이며 바로 자리 차고 선배며 일단 후다* 따일 때까지는 놔둔다. 건달 없으며 바로 방에 왈왈이**를 찾아. 그라고 그 자리에서 기나오라 카는 기지. 간혹 만기 다 됐다고 겁대가리 상실해가 달라드는 경우도 있어. 그라머 다시는 못 까불구로 반

---

* 뒷조사한다는 의미의 은어.

** 수감방에서 목소리가 가장 큰 사람.

죽이는 기야! 징역 진짜 쫍거든. 소문 금방이다. 쪽까면 끝인 기라. 징벌 먹고 또 추가 뜨고 이송 가더라도 반은 죽이야 돼. 합의? 동네에서 공금으로 내준다. 머 그런 걸 물어보노! 안 궁금하다고? 들어라 쌍년아. 어쨌든. 안 그라머 누군가는 또다시 기어오르거든. 여기서 중요한 건 굴러들어온 돌이 박힌 돌을 빼내야지 굴러댕기면 안 된다는 기야. 내가 자리 잡잖아, 그라면 꼭 그 방에 몇몇은 내한테 붙어가 이전 봉사원을 까. 옆에서 꼬리를 존나게 흔들어. 살랑살랑! 나머지는 눈치만 보면서 중립 지키는 기고. 그런 놈들은 내공이 씨거나 코걸이*일 확률이 높아. 한마디로 징역은 힘의 차이대로 철새들은 따라댕긴다는 기다. 니가 보기에도 내가 마이 변했제? 상황과 환경이 이래 만들드라. 내가 징역에서 노란색이고 타이틀 달고 있으니까. 쪽 까이머 좆되거든. 여기는 주먹 쎄고 목소리 크고 막나가는 놈이 1등이다. 니는 내가 변한 모습이 어색하겠지만 내가 이렇게 변해뿠다. 싫나? 대답이 웁노! 박사야. 내가 징역 안에서는 도라이 중에 상도라이거든? 그 누구한테도 안 밀린다. 이 안에서는 맞고 틀리고가 중요한 게 아이다. 몰라도 아는 척, 틀려도 맞는 척, 내가 말하면 그게 사실이 되고 진짜가 되는 기야. 여기도 작은 사회다. 이 안에서는 심리 붙으며 '내가 맞네. 니가 틀리네' 카면서 지랄하는 것들 천지삐까리다. 근데 그건 병신들이나 하는 기고. 내가 된장 보고 똥이라 카면 똥이고 먹으라 카면 먹어야 된

---

* 교도관에게 몰래 투서를 넣거나 고자질하는 사람을 의미.

다. 이게 징역 안의 생활이고 강자들의 삶이다. 나는 강자다. 그러니까 내 걱정은 하지도 말고 가끔 이래 얼굴이나 보러 온나."

양말을 신으면 왜 미끄러질까, 후다는 뭐고 왈왈이는 뭐하는 놈일까, 교도소 안에서의 내공은 뭐고 코걸이는 뭐지, 심리는 또 뭐고, 모르는 이야기만 하면서 뭐가 재밌을 거라는 건지, 이해가 되질 않았지. 그땐 시간이 없어서 물어보지 못했지만 여기 들어와서 하나씩 의미를 알아갈 수 있었어. 타잔도 그렇지? 캄보디아에서 어떻게 박힌 돌을 빼내려는 걸지 궁금한 거야. 걱정도 됐지. 진짜 한국으로 온다는 걸까? 징역이 아니라 캄보디아라서 걱정이 됐어. 그저 믿고 기다릴 수밖에 없었지. 피곤하기도 하고 조용한 곳이 필요해서 백팩만 어깨에 둘러메고 모텔로 들어갔어. 어깨의 폭탄은 언제나 무거웠어. 그런데 무게가 점점 익숙해지는 것 같기도 했어. 따뜻한 물로 샤워도 하고 간짜장도 시켜 먹고 담배도 피우고. 폭탄과 함께였지만 목으로 넘어갔어. 그렇게 한참을 기다렸지. 이삼일은 기다렸을 거야. 그러다 전화를 받았지. 자신이 누구인지 밝히며 다급하게 말했어.

"박사야! 재한이 형인데, 형민이 좀 말려봐! 내가 장난을 좀 쳤다고 화가 났는지 대화가 안 돼. 오늘 물건도 보내야 하는데 일 그만둔다고 하면서 돌아간다네. 너가 형이 장난친 거라고, 화 풀라고 하면서 형민이 설득 좀 해줄래? 형 진짜로 장난이었거든. 억울해! 응?"

"민이가 스톱하라고 하면 저는 스톱입니다. 저는 민이 못 말립니다. 형님이 말려보시지예. 그 새끼를 제가 무슨 수로 말리겠습니까? 뭔지는 모르겠지만 일단 통화는 해보겠습니다."

"그래! 박사야 부탁할게! 잘 좀 말해줘."

"근데…… 형님이 무슨 장난을 치셨는데요?"

"……아, 내가 심심해서 반응을 좀 보려고. 큭큭큭. 조금 다른 모습을 보여줬거든. 그런데 장난이 좀 심했던지 오해를 풀려고 해도 풀리지가 않네."

박뿅이 기가 팍 죽은 목소리로 말하다가 갑자기 웃는 그 소리가 이상하게 소름 끼치는 거야. 목소리에도 모양이 있잖아. 그때 뚜렷하게 보였어. 두려워하고 있는 게. 약해져 있었어. 마린은 메딕의 도움이 필요해 보였어. 그 메딕이 그때는 나였지.

"그러니까…… 어떤 장난요?"

"장난! 장난이 장난이지! 장난이 따로 있어? 그냥 장난이었다니까!"

맛이 갔구나 싶더라. 어떤 장난을 쳤는지, 어떤 미친 짓을 했는지는 이미 알고 있었는데. 내가 궁금했던 건 내게 뭘 원하는지, 뭔가 다른 생각이 있는 것인지였거든. 내 느낌이 맞는지 확인한 거였거든. 그냥 미친놈으로 느껴지더라. 국가대표 선수들도 하지 않을 운동법을 몇 번씩 반복하고, 칼로 광수를 찌르려 했다는 건 완전 미친 짓이잖아. 장난이 아닌 거지. 스팀팩을 너무 많이 맞은 거지.

"박사야. 대답이 없냐? 장난이었다니까. 오늘 물건 보내야 돼. 준비 끝났어. 너가 받아야 돼! 돈 안 벌 꺼야? 장사해야지. 응?"

"저는 민이 말만 듣습니다. 연락드리겠습니다."

나도 내 말만 하고 먼저 끊어봤어. 그때만큼은 깽이 판을 쥐고 흔들고 있다는 생각이 들었지. 그런데 또 며칠 연락이 없는 거야. 깽도. 박뽕도. 걱정되더라고…… 설마 신변에 이상이라도 생긴 건가? 연락도 하지 못할 정도로 다친 건 아닐까? 다구리*에 장사 없다고 혹시나 연락도 취할 수 없는 상황이 된 건가? 한 번, 딱 한 번 전화를 걸어봤는데 받질 않았어. 신호는 3초 안에 끊어졌고. 수신을 거부했던 건데, 그때는 몰랐었지. 그래서 시간이 지날수록 걱정이 확신 비슷하게 되는 거야. 좆된 거 아닌가 싶었지. 오만 생각이 다 드는 거야. 로밍으로 전화를 걸어도 안 받고. 환장하겠더라고. 어떻게 해야 할지 모르겠더라.

오사장이 계속 만나자는 식으로 연락해 왔지만 깽이 아무도 만나지 말라고 해서 이런저런 핑계로 피했어. 오사장이 나보다 많은 정보를 가지고 있을 것 같진 않아서 말하지도 만나지도 않았지. 도석이한테 이야기하기에는 너무 긴 이야기이기도 했고 죽을 것 같기도 해서 못 했지. 깽을 찾으러 캄보디아로 가야 하나 싶은 거야. 근데 어디에 있을 줄 알고. 그곳에 아는 사람 하나 없는데. 있어도 쓸모없는 미친놈뿐이고. 캄보디아에 있는 친구가 연락이 되지 않는다고 경찰에 신고할까도 생각했어. 근데 그럼 이것저것 물어볼 테고, 사실대로 이야기할 수도 없으니…… 사실을 이야기하더라도 수배만 될 뿐 찾을 수 있거나 생사를 확인할 방법도 없잖아. 그럼…… 방법이 없다는 답변만

---

* 몰매나 패싸움을 말한다.

듣게 되겠지. 남은 방법이라고는 전화를 거는 것뿐인데. 계속 카톡, 텔레그램, 로밍으로 번갈아가며 전화를 해봤지만 받질 않는 거야. 충전기에 꽂아둔 채 어떤 반응이라도 생기기를 바라며 계속 전화를 했어. 계속. 설마, 혹시, 제발, 아니기를 바라면서. 이틀을 더 환장하게 만들고 나서야 메시지가 왔어.

[마린 – 박사, 대구로 가라. 지금 바로.]

누구인지 확인하고 싶어서 전화를 했어. 안 받더라.

[마린 – 내다. 지금 통화 몬한다. 대구역 가서 전화해라.]

일단은 믿고 출발했어. 대구역까지 줄리아의 힘을 최대한으로 끌어올려서. 한 시간 십 분 만에 대구역 뒤편 한적한 곳에 잠시 정차를 하고 전화를 했어. 깽의 전화기는 응답이 없고 텔레그램 '마린'으로 전화가 왔어.

"마! 와 이리 늦었노! 형이 빨리 서두르라 안 카드나. 6번 사물함 1110이다. 후딱 안에 든 거 가꼬 나와가 전화해라."

깽이었어. 지 할 말만 하고 끊어버리더라. 박뿡 전화기로. 씨발. 진짜…… 갑자기 정신 사납게 만들더라고. '형'이라고 했잖아? '히야'라고 했으면 아마 다시 전화 걸어서 욕했을 거야. 서둘러 모자를 쓰고 턱에 마스크를 걸쳤어. 완전 가리면 수상할까봐. 백팩 속에서 폭탄을 꺼내 차에 두고 현수막 가게 주인한테 견인되는 일 없도록 해달라는 부탁을 했어. 손에 2만 원을 쥐여주고 대구역 계단을 올라갔지. 대구역 가봤어? 안에는 백화점도 지하철도 있지. 사람이 항상 많아. 6번 사물함 안에 뭐가 있을지는 예상이 됐지. 폭탄이지 뭐.

한껏 긴장한 채로 모자를 깊이 눌러썼어. 대구역 사물함을 써 본 적이 없어 위치를 몰라 잠시 헤매다가 티켓 창구 근처에서 6번 사물함을 찾았어. 문을 여니까 안에는 크기를 줄여놓은 종이 가방이 있었어. 백팩의 지퍼를 반쯤 열고서 종이 가방을 넣고 닫았어. 주위를 둘러보지 않고 줄리아를 세워둔 현수막 가게 앞으로 걸어갔지. 가게 주인에게 인사치레는 건너뛰고 이동하면서 마린으로 전화를 걸었어.

"찾았나?"

"예. 자리 이동해서 물건 확인하려고 합니다."

"확인하고 전화해라."

근처에 조용한 곳이 어디 있을까 하다가 달성공원으로 갔어. 거리도 멀지 않고 사람도 별로 없거든. 거긴 노인들의 산책로가 된 지 오래야. 동물원이 있었지만 늙고 갈 곳 없는 동물 몇 마리 남은, 지나간 세대의 유물이 된 장소지. 비교적 한산한 곳에 정차한 뒤 장갑을 끼고 저울을 보조석 발판 쪽 평평한 곳에 놓고 종이 가방을 열었어. 폭탄이 돈과 함께 들어 있더라. 폭탄은 3킬로였고 돈은 9천 달러였어.

"확인했습니다."

"수고했다. 자리 잡고 대기해라."

깽은 그때 대답을 듣지 않고 끊는 콘셉트를 잡았어. 누구와 있긴 있는 건데. 박뿅이라면 그런 연극을 하지 않았을 거란 말이지. 고속도로에서 가까운 곳으로 이동해 모텔을 찾아 파괴력이 몇 배는 더 강해진 폭탄과 돈이 든 가방을 들고 올라갔어. 연락을 기다렸지만 연락은 없었어. 고요하게 꼬마만 잡힌* 채로 시간이 흘러갔지. 그래도 생사 확인도 되었고 거기다 폭탄에 돈까지 손에 넣었으니 일단 걱정했던 일은 없는 것 같아서 맘이 놓였지. 새벽이 되어서야 마린으로 전화가 왔어.

"전부 불태우고 정리해라! 내 연락 빼고 받지 말고!"

잠결에 받은 전화였는데, 불태워버리라고 했어. 정리하라고. 근데 난 뻥카라는 것에 내 줄리아를 걸었지. 만약 위험한 상황이었더라면 이름이나 별명으로 부르면서 버리라고 했을 거야. 30분 뒤 다시 전화가 왔어.

"불태왔제? 잘했다. 뭐? 돈은 가꼬 있다고? 그라머 그건 아침에 은행 가가 해외 송금으로 보내라. 1,500딸라는 환전해가 박사 주고. 그래! 돌대가리 새끼야! 7,500딸라만 송금하라고!"

내 예상이 정확했지. 뻥카. 그래서 다음 날 장난 좀 쳤어.

"박사. 잘 잤는겨. 아침은? 물건 안 태왔제? 뭐!? 미친년아! 그걸 태우머 우야노! 씨발! 이리 손발이 안 맞아가 멀 해묵노! 어, 놀래라. 새끼야! 그래 역시 박사다! 물건 가꼬 올 때 뒤에 미행은 없드나?"

"박뽕 때문에 항상 뒤 살피게 됐다. 원맨쇼를 해라! 우째 댄 기고?"

"길다. 와서 이야기하자. 급하다. 할 일이 존나게 많아졌다. 일단 물건 다해서 3킬로 넘제? 3킬로는 니가 알아서 쌍박아놔라.

---

* '꼬마 잡는다'는 짜증 나도록 기다리게 만든다는 경상도 지역의 말.

나머지는 부산 가서 돈이랑 같이 오사장 주고 1,500딸라는 니 여비로 쓰고. 이제 마린으로 연락해라."

하나씩하나씩 준비를 했어. 나름 침투전과 시가전은 겪었잖아? 아래에서는 어떻게 움직이는지 확인도 했고. 이젠 깽이 만들어놓은 전장으로 가서 서포트만 잘하자 싶었지. 내가 할 수 있는 일, 해야 하는 일을. 폭탄도 꽤 익숙해졌고 함께 있어도 크게 위축되지 않게 되었지. 무엇이든 함께 지내면 익숙해지나 봐. 그게 좋은 것이든 나쁜 것이든.

두 번째는 아주 편안한 비행이었어. 아무런 긴장도 두려움도 없었지. 약간의 기대와 흥분이 그 자리를 대체한 거야. 우리의 목표가 금방 이루어질 것 같았어. 깽이 오픈카에 아리따운 아가씨들을 태우고 공항으로 와서 나를 끌어안으며…… 이런 상상을 하면서 갔었지. 캄보디아의 하늘은 여전히 빛이 적었어. 듬성듬성 난 내 수염 같았지. 난 수염이 멋있게 자라는 배우들이 부러워. 따라 하고 싶지만 수염이 이상하게만 올라와. 얍삽해 보이지 않아? 수염이 올라와도 듬성듬성, 일본 앞잡이처럼 보여서 관리를 할 수가 없어. 면도를 자주 할 필요도 없어. 일주일에 한 번 정도 슬쩍 밀면 깔끔해지지. 지저분해지거나 관리할 만한 수염들이 내겐 없어. 입국 수속을 밟고 E비자를 신청하니 35달러를 내라고 했어. 원래 20달러인데 준비한 사진이 없어서 15달러를 더 받더라. 하나뿐인 입국 게이트로 나갔어. 지난번 내가 서 있던 자리에 깽과 광수가 서 있었어.

광수는 자연스러운 미소로 지난번보다 밝게 나를 맞아주었지. 깽은 예상대로 끌어안으며 반겨주었어.

"박사! 고생했다! 좃 빠졌제? 오줌 안 질깄나?!"

내가 기습적으로 딱밤을 날렸는데 얄밉게 피해버리더라.

"이게 도랐나? 만나자마자 갑자기 지랄이고! 와, 머 삐진 거 있나?"

난 아래를 보며 한숨 한번 쉬었다가 다시 고개를 들어 양팔로 깽의 어깨를 잡고 부드럽게 바라봤어. 트릭이었지. 순간적으로 깽의 머리를 향해 오른 주먹을 날렸어. 빠르게. 씨입새끼! 눈 하나 깜빡하지 않고 왼팔을 들어 막더라. 더 열 받는 게, 힘을 주어도 내 주먹은 아래로 내려가질 않더라.

"쌍년아 한 대만 처맞자. 이때까이 사람 피 말리게 만들고 원맨쇼만 존나 하다가 지 먼저 계속 전화나 끊어뿌고 어디서 배워 처먹은 염병질이고!"

"에이, 와 카능교? 잘 해결됐다 아이가? 그라고 니가 때린다고 내가 맞나. 봤자나? 자동으로 피해지고 막아지는 걸 우짜노. 열중쉬어하고 눈 감아주까. 꼭 한 대 치야 풀리겠나?"

힘이 빠졌지. 힘들어서가 아니라 사실이라서. 열중쉬어 시키고 눈까지 감겨야지만 한 대 때릴 수 있다면…… 안 때리고 말지. 안 그래?

"박사. 일단 현재로서는 생각 이상으로 이득 봤다. 원맨쇼는 무슨. 니가 잘해줬으이 이리 댄 기지. 자세한 건 내일 이야기하고, 가자. 호텔 잡아놨다."

주차장에 오픈카랑 아가씨는 없었어. 재한이 운전하던 렉서스 E300을 타고 공항을 빠져나갔어. 차에 타고서 난 가장 먼저 박뽕부터 찾았어. 궁금했지. 깽이 그때를 떠올리기만 해도 진절머리가 난다는 듯 고개를 좌우로 흔들었어.

"캄폿이라고, 작은 도시에 빌라 하나 잡아가 가스나들이랑 지가 좋아하는 약이랑 같이 처박아줬다. 매달 생활비도 챙기주기로 했고. 자세한 건 내일 이야기하고…… 하루 늦었지만 생일 축하한다, 박사야. 고마 바로 한잔하러 가까? 예약해놨다."

"술도 못 처묵는 기 먼 술이고? 댔다고마. 피곤하다. 쉴란다."

잊고 있었는데 그 상황에서 내 생일을 기억해주더라. 괜스레 쑥스러워 틱틱거렸었지.

"니보다 쏘주는 못 마시도 양주는 다르지. 와, 후달리나? 오늘 등유 말고 휘발유로 밸브 한번 꼽아보까? 누가 많이 드가나? 내는 6,000cc급인데. 니는 티코쯤 되나?"

"내일 하루 종일 꽥꽥거리지 말고, 도전하지 마라. 포기 받아준다."

"지랄! 이게 아직도 내를 무시하네? 술 부심은…… 그래 술 말고 니가 내 이기는 게 머 있겠노? 내가 졌다 졌어. 니 이기라."

곧장 광수가 예약해둔 KTV로 향했어. 한국인이 운영하는 주점이었어. 한국에서 놀던 익숙한 주점. 상석에는 깽이, 오른쪽에는 내가, 반대편에 광수가 앉았어. 술은 임페리얼 17이 들어왔고 여러 과일이 담긴 접시와 모듬 튀김, 마른안주, 마요네즈 그리고 견과류들이 테이블 위에 올려졌지. 안주까지 비슷했어. 초이스를 하기 전 한국인 사장과 현지인 마담이 들어왔는데 나만 빼고 서로 반가워하더라. 명절날 만난 친척들 같은 느낌이랄까? 어색해하면서 엄청 반기더라고. 사장이 술을 마시며 말했어.

"아이고. 그래도 이렇게 다시 찾아와주시니 감사합니다. 그땐 얼마나 놀랐던지."

"아입니다. 우리가 실수했었지요. 보상은 그때 그걸로 충분합니까?"

"그럼요! 다시 찾아주신 것만으로도 감사합니다. 오늘은 즐겁게 노시다가 가십시오."

"나가에 방 잡아놨는데 데리고 가도 되지요?"

"그럼요! 마담에게 이야기해두겠습니다. 자, 한 잔 더 하시죠!"

사장은 시원하게 마시고 나갔고 마담이 어색한 한국어와 영어로 광수에게 이야기했어. 에이스들 부른다고 고생했다고. 캔슬 그만하라고.

"여기 왔었는갑지?"

"두 번. 한 번은 박뽕하고. 씨발 새끼. 여기서도 절정이었다. 한국말 하나도 못 하는 년한테 갑자기 지 이름은 어떻게 알았냐고. 지가 처음에 웃으면서 말해놓고서. 술도 안 처문 놈이 언제 약 처묵고 쩌린 긴지 갑자기 가시나 싸대기 때리고 대가리 지뜯고. 여기서 처음 내한테 처맞았었다. 그 뒤에 바로 호텔 사건 있었고. 씨발. 징그럽다 그 새끼. 술이나 묵자. 광수야 머하노? 팁 달라고 설레발치는데. 어서 주고 초이스 보자."

광수가 몰랐다는 듯이 눈을 깜빡이며 50달러를 마담에게 줘여줬어. 애가 눈치가 좀 없었지. 첫 조가 초이스 들어왔는데 가장 하얗게 생긴 여자 한 명이 깽을 보면서 웃었어. 당연히 자신을 초이스할 거라는 여유와 자신감이 느껴졌지. 여우상에 가슴도 크고 홀복도 잘 어울렸어. 근데 깽은 그 시선을 외면했어. 여자의 표정이 굳어졌어. 난 구멍 동서는 만들고 싶지 않았기에 초이스를 하지 않았어.

그런데 광수가…… 깽만 바라보던 그 여자를 초이스했어. 깽은 최대한 불편한 내색을 감추며 술을 들이켰는데 광수 큰일이네, 생각했지. 깽 이 새끼가 작은 거에 뒤끝이 쩔어. 그 여자는 광수 옆에 앉았지만 깽을 바라봤어. 노려봤다기보다는 뭐랄까…… 그 있잖아. 그런 눈빛. 하여튼 그런 눈빛이었어.

"우리 광수, 내일부터 박사한테 눈치 쫌 배워야긋네. 쪼매 불편하네? 웃어. 웃어. 머라 카는 거 아이니까. 웃어. 괜히 옆에서 오해할라. 분위기까지 깨지는 말자. 박사 니는 싸납게 생긴 아를 골랐네? 취향 참…… 머하노, 가스나들아. 술 안 따르고."

"형님. 애들 전부 한국어 모르는 것 같습니다."

"확인해본 기다. 우리 말 알아들으믄 쫌 그렇잖아. 대화가 안 된다는 거, 이럴 땐 참 좋아. 몸으로만 대화하면 되니까. 그자?"

우리는 폭탄주를 만들어 마시고 마시고 또 마셨어. 깽과 광수는 여자들과 몸으로 대화하며 낄낄댔지. 광수는 간지러움을 타는 건지 아파하는 건지 아님 느끼는 건지 가끔 웃으면서도 얼굴을 찡그렸어. 애매한 표정이었지. 내 파트너는 영어도 한국어도 못 했고 나는 크메르어를 못 했어. 당연히 지금도 못 해.

우린 대화를 할 수가 없었어. 여자는 술을 따르고 마시며 다소곳하게 앉아 있었고. 우린 서로의 이름만 알았어. 나는 훈이라고 하자 여자는 날 미스터 훈이라고 불렀고 자신을 킨이라고 했어. 영어를 할 줄 아는 깽의 파트너에게 본명을 물어봐달라고 했었는데 괜히 물어봤다 싶었지. 너무 긴 이름이 들려오는 거야. 외울 수가 없어. 그래서 그냥 킨이라고 불렀지. 킨은 내 옆에 가까이 붙지도 멀리 떨어지지도 않은 채 나를 챙겼어. 나는 킨이 미소 지으며 따라준 술을 마셨어. 달콤했지, 술이.

타잔, 술 좋아해? 막걸리 만들어줄까? 킨에게는 술을 권하지 않았어. 난 술집 여자의 생활도 그들의 고충과 애환도 알잖아. 잘 알기에 귀찮게 치근덕대거나 함부로 대하지 못하겠더라. 민경이 때문만은 아니야. 직업여성들의 삶을 알고 이해하기에, 그들의 어쩔 수 없음을 알기 때문이지. 킨은 싫어도 웃으며 나를 접대해야 했고 자리가 끝나면 스스로 옷을 벗고서 나를 상대해야만 했어. 그것이 그녀가 선택한, 선택당한 삶이었던 거지. 어떤 사연이 있는지, 무슨 사연이 있어 그 자리에, 내 옆자리에 앉아 있는지는 알 수 없어. 하지만 이것만은 확실해. 좋아서 앉아 있는 건 아니라는 거.

술집 가서 무슨 그런 생각이냐니? 입장을 바꿔봐, 타잔. 물론 타잔을 자기 옆에 앉힐 여자는 없겠지만. 타잔도 취향이라는 게 있을 텐데 만약 타인의 선택으로 그 자리에 앉아야 했다고 생각해봐. 에이, 그런 식으로 말하면 안 되지. 타잔 되게되게 편협하구나. 졸렬해. 그렇고 그런 인간처럼 굴지 마.

2021. 03. 21. 일

　호텔에서 맞은 아침은 눈이 부셨어. 회색빛 커튼이 제 일을 하지 않았지. 따가운 햇살이 계속 감긴 눈을 노크했어. 손으로 눈을 가리고 일어나 보니 킨은 침대에 없었지. 얼른 커튼을 치고서 태양의 휘어진 손가락 관절을 막았어. 암막 커튼으로 방패를 쳐봤지만 완벽하게 막을 수는 없었어. 방 안 여기저기를 계속 노크했지. 머리가 아파 캐리어에서 비상약으로 챙겨온 아스피린 두 알을 입에 넣고 가슴까지 올라오는 냉장고에서 생수를 꺼내 마셨어. 역시 프놈펜의 랜드마크이자 총리의 호텔이라서 그런지 고급스럽더라. 욕망과 쾌락이 넘치는 장소이니 당연한 것인지도 모르지. 카지노의 열기와 광기가 방 안까지는 미치지 못해서인지 안락했어. 테라스에서는 톤레사프강도 보였고. 커다란 로터리는 수많은 오토바이와 툭툭이 그리고 드문드문 보이는 차들을 품고 있었지.

　테라스에서 담배를 피우며 거리를 보고 있는데 발소리가 들리는 거야. 돌아보니 문이 열려 있었어. 문을 덜 닫고 간 거 같았어. 신경 쓰이는 여자구나 생각하며 투덜거릴 때 익숙한 한국어가 들려왔어.

"어이! 박사, 히야 왔다! 어제 좋았는겨. 속 아파 디지긋네. 새벽 내내 변기하고 전쟁했다. 씨발."

"오바할 때 알아봤다."

"모닝은? 했나? 기스나는 와 보냈노? 다 같이 밥 물라 캤디마?"

"대가리 아파가 안 했다. 나도 어제 마이 빨았자나."

"다시 부르께. 밥 묵고 놀다가 해라. 할 껀 해야지."

"일 안 하나?"

"당분간은 니가 할 일이 없다. 내가 해야 되는 기다."

"그라머 와 불렀노?"

"또. 또. 삐딱선 탄다. 같이 있고 싶어가 불렀지 쌍년아. 카고 곧 니가 할 일이 많아질 끼니까 그때 힘들다고 튀지나 마라."

"밥은 됐고 궁금한 거 많다. 이야기나 듣자."

"새끼 급하기는…… 있어바라. 커피는 한잔해야지."

깽이 전화로 광수에게 커피를 사오라고 시켰고, 우린 두꺼운 투명 재떨이에 담뱃재를 떨며 앉아 광수를 기다렸어. 광수와 커피가 오자마자 나는 물었지.

"일단 상황부터 듣고 싶은데. 광수는 와 민이랑 같이 있는 기고? 확실히 하기 위해서 묻는 거다. 기분 나쁠 테이끼네 미리 사과부터 하께."

광수는 말주변이 별로 없어 우물거렸지. 그렇게 순한 아이가 어쩌다 박뽕을 만났을까. 광수가 우물거리는 사이에 깽이 대답했어.

"광수는 믿어도 된다. 광수야, 옷 벗어라."

광수의 오른쪽 팔뚝과 배에는 붕대가 감겨 있었어. 셔츠 안에 감춰져 있던 붕대들을 보니 전날 광수가 인상을 찌푸리던 모습이 떠올랐지.

"내가 조금 늦어가 박뽕이 휘두르는 칼에 베있다. 심한 건 아이고. 지낼 만하제?"

"예. 다시 한번 감사했습니다⋯⋯."

"댔다. 낯부끄러우이 그런 말은 인자 고마하고⋯⋯ 광수 니가 박사하고 할 일이 많을 끼다. 니가 아는 거 다 알리주고. 알아가 잘하겠지만 박사한테 깍듯하이 잘하고."

"박뽕은 이제 안 봐도 되는 기가?"

"미쳐 돌아가서 스톱할까 했는데 박뽕이 니한테 전화하고도 안 되겠던지 그 형님이라 카는 양반한테 연락하드라. 그게 강소장이라는 양반이고. 협상하느라 니한테 연기한 기다. 약도 태웠다 카고⋯⋯ 괜찮은 호흡이었다. 강소장하고도 대화로 잘 풀렸고⋯⋯ 아마 강소장 위에 또 있을 꺼 긋기는 한데. 보다 보면 알게 되겠지. 박뽕은 캄퐃에 같이 댕기던 가스나랑 현지 염산 몇 명이랑 처박아놨다. 강소장이 불쌍한 양반이라 카메 약도 주라 캐가 줬고. 살리는 놨는데 그 새끼는 이제 신경 안 써도 될 끼다. 니 오는 날 물건 3킬로 더 드갔다. 오늘 저녁에 오사장이 받을 끼고 박뽕이 하던 일, 내가 하기로 했다. 한국에 확실히 준비하구로 일주일 시간 벌어놨고."

"조건은?"

360

"국내 경비 그램당 10까지 올렸고. 경비 자체를 우리가 처리하기로 했다. 원래 인마들은 수도권 위주로만 장사했는데 전국으로 넓히자고 내가 제안했고 국내팀도 늘릴 끼다. 1그램이 80에 팔리는데 경비 10 빼고 파는 놈 200딸라 주고 나머지 남는 거 강소장이랑 반치기로 했다. 대신 약값은 내가 내고."

"물건값이 얼만데?"

"그램당 50딸라. 대충 5만 원 잡으라고."

"니가 해야 할 일은 뭐고?"

"장사 외에 나머지. 물건 보내고 던지고 판매팀이 팔면 정산해주고. 여기서 뽕쟁이들 상대하는 게 내 일이지."

"내가 해야 될 일은?"

"국내에서 니가 3킬로 감은 거 팔아야지. 광수한테 장사 배워서 시작해라. 얼마에 팔든 70 아래로만 팔지 말고. 그라고 광수 니도 70까지 팔아도 된다. 니가 파는 거에 반 가지가라. 가서 박사 꺼 유심 사온나."

광수가 나가자 깽이 말했어.

"박사야. 광수 니가 잘 관리해라. 혹시 모르니까."

"근데…… 일 너무 크게 벌이는 거 아이가?"

"박사야. 어차피 시작한 거 크게 놀아보자. 니는 내가 최대한 숨겨서 살릴 끼고…… 내는 이제 발 뺄 수도 없다. 어쩔 수 없다. 어차피 시작한 거 아이가. 하자. 그래야 목표 빨리 채우지. 짧고 굵게 끝내뿌자."

"짧고 굵게…… 국내는 어떻게 돌릴 끼고?"

"일단 오사장이 두 팀 꾸리기로 했고 한 팀 더 만들 끼다. 아는 동생들로 한 팀 만들라고. 물건은?"

"믿을 만한 사람한테 맡기났다. 그 사람은 그게 뭔지도 모른다."

"당장은 광수까지 우리만 아는 한 팀 만드는 거니까 그리 알아라. 오사장은 올라와가 장사하며 자연스레 알게 될 테이끼네…… 그라고 몇 놈 이쪽으로 올릴 끼다."

"누구? 사람 많아가 좋을 거 없을 거 같은데……."

"그래. 그건 니 말이 맞네. 그라며 그건 쫌 더 지켜보고……."

"혹시…… 위험한 상황이며 올리라."

"그건 아이고…… 후딱 이 세계 뜨구로 장사나 잘해바라. 씨발. 건달이 머하는 짓거린지……."

"아직 못 내리났네…… 민아, 일단 지금만 생각하자. 그런 거 잠시 내리놔라."

말이 끝나기 무섭게 투명색 재떨이가 깽의 손에 들렸고 그것이 나에게로 날아왔어. 날 죽일 듯이. 순식간이었어. 그 시점에서 왜 화를 내는 건지 당혹스러웠어. 나는 얼어붙었어.

"야이 씨발 새끼야! 내려놔? 뭘 내려놔!"

민간인인 나로서는 전혀 이해할 수가 없었지. 예전에도 가끔 느꼈던 거지만 형민이나 도석이가 나를 친구로 생각하는 건지 아니면 건달로서 날 민간인으로 대하는 건지 기분이 묘해질 때가 있었어. 이건…… 이런 주제로 대화하자니 너무 껄끄러운 부분이라서 말을 꺼내기가 쫌 그랬어. 아니, 많이 그랬지. 설명하기도 힘들어. 어떤 반응이든 누구 한 명은 상처받을 테니까.

어쩌면 셋 다 상처받을 수도 있지. 회복되기 힘든 상처가 생겨서 아물지 않으면…… 그건 싫거든. 재떨이가 깨지며 연갈색의 조각들이 허공에서 아래로 떨어졌어. 자연스레 내 시선은 밑으로 내려갔어. 무서웠지. 나에게로 향하는, 처음 맞닥뜨리는 형민이의 분노가. 무서운데, 이해가 되질 않으니 동시에 나도 가슴속이 뜨거워지고 분노가 차올랐어.

대체 내려놓는 것이 왜 화가 나는 일인 걸까? 이해할 수 없었고 어떤 반응도, 말도, 행동도 할 수가 없었어. 차오르는 분노와 두려움을 한 줌 남은 내 이성이 잡아당겼어. 아래로, 가슴 아래로…… 형민이는 계속 샤우팅을 했고 표정은 건달 표정을 유지한 채로 내 얼굴 가까이 다가와 있었지. 형민이의 양 볼과 꽉 움켜쥔 두 주먹이 떨리는 게 보였어.

마지막 순간을 맞이한 타자 같았어. 9회초 2사 만루 투 스트라이크 쓰리 볼 상황의 타석에 선 것 같았어. 애매하게 들어오는 공에 배트를 휘두를 것인가 참을 것인가를 고민하고 있는 타자 같았지. 찰나의 고민. 형민이가 뒤돌아 발코니로 나갔어. 뜨거운 세상을 보며 섰지. 마치 힘겹게 참고 참아서 볼넷을 얻은 타자처럼 보였어. 그런데 걸음걸이와 뒷모습에서 기쁨의 흔적은 보이질 않았어. 배트를 휘둘렀다면 역전으로 끝낼 수도 있지 않았을까 후회라도 하는 것 같았지. 나는 재떨이가 내 옆을 지나갔을 때 그 순간 그대로 멈춰 있었어. 발코니를 통해 들어오는 시끄러운 경적 소리가 무색하리만치 우리 사이에는 적막감이 흘렀어. 침묵이 우리 사이의 거리를 벌여놓았지.

그때의 난 전혀 이해를 하지 못했어. 건달은 마약에 손대는 게 아니라고 말했지만 이미 건드려버렸잖아. 마약을 먹고 안 먹고를 떠나서 손을 댄 거잖아. 나름 그때 내가 할 수 있는, 해야 하는 충고이자 조언이었어. 그런데 지금 생각해보면 깽이 얼마나 많은 스트레스와 중압감을 겪었을지…… 영어 한마디 못 하면서 혼자 얼마나 힘겹고 외로웠을지…… 순간순간 해야만 하는 선택과 행동의 무게가 얼마나 버거웠을까 싶은 거야. 형민이에게 내가 했던 말은 지금까지 살아온 인생 그 자체를 버리라는 얘기와 같을 수도 있겠다는 생각이 든 거지. 그렇게 서 있는 형민이를 그냥 보고 있을 수밖에 없었지.

잠시 후 뒤돌아 나를 보는 형민이의 얼굴에는 후회하지 않는다는 표정이 어려 있었어. 깽은 그나마 동점이라도 만들어 다행이지, 배트를 휘둘러서 졌다면 역적이 되었을 거라고 생각하는 것 같았지.

"박사. 미안타…… 그리고 고맙다. 참아줘가…….""

뭐라고 답해야 좋을지 모르겠는 거야. 사과를 하자니 어색할 것 같고 화를 내자니 화도 나질 않고 뭘 어떻게 해야 할지 몰라 할 때 깽이 다가와서 뭘 해야 하는지 보여줬어. 라이터를 켜며 내 쪽으로 내밀었어. 난 담배를 물었는데 흥분 때문인지 손이 떨렸어. 내 담배에 불을 붙여주고서 깽도 담배를 피워 물었어. 경적 소리는 계속 끊이질 않고 들려왔어. 시끄럽긴 했지만 우리 둘을 감싸고 도는 침묵의 무게를 줄여주는 것이기도 했지.

담배 한 대를 다 피우기도 전에 태양이 떠 있는 맑은 하늘에서 비가 떨어지더라. 그 비가 뜨겁게 달구어진 모든 것들을 식혀줬지. 시뻘겋게 달구어진 내 마음은 조금씩 식어갔어. 떨림도 서서히 멈췄고. 그렇게 어느 정도 진정이 된 뒤 난 다시 물었어. 아무 일도 없었던 것처럼.

"당장 우리 생활비는 우짤 끼고?"

"니가 챙긴 딸러 오사장 통해서 받아놨다. 니가 가지와도 되는데 혹시나 니가 노출될까봐. 저쪽도 감추어놓은 거 많을 거니까. 환전소는 아마 강소장 쪽에서 운영하거나 주로 이용하는 곳일 끼야. 첫 거래 하는 곳은 아닌 거 긋드라. 강소장하고 가까운 건 확실해 보였고. 그 돈 우리 쓰라고 주드라. 집 구하고 이리저리 쓰라고 만 딸러 보태가. 아무튼 당장은 돈도 시간도 쪼매 여유가 있는 상황이고 광수한테 장사하는 거 들었는데 씨바 꺼, 난 좇도 모르겠드라. 그니까 그건 니가 배아서 다 팔아라."

"판매팀이 따로 있다메? 그쪽 규모는 어느 정도 되는데?"

"마린 폰으로 보니까 닉네임이 열일곱 개 있드라. 저거끼리만 달에 소매만 대충 3킬로 정도 판다 카드라. 도매는 따로고. 그리고 도매는 싸게 날리는 거라 경비는 파는 놈 부담이고 그램당 3 받기로 했다. 정산은 파는 놈이 40프로 가져가기로 했고. 웬만 하며 도매는 위험해가 잘 안 한다 카드라. 나도 아는 건 지금 이게 전부다."

노크 소리가 들려 문을 여니 광수가 들어와 테이블 위에 네모난 플라스틱과 계산서같이 생긴 종이 여러 장을 올렸어.

"오, 광수. 구멍 동서님. 어제 좋드나?"

광수는 그저 뻘쭘한 듯 웃으며 고개를 아래위로 흔들었는데, 좌우로 흔들어야 했어. 광수는 눈치가 없었지…… 나쁜 아이는 아니었어. 진짜야. 뽕쟁이라고 다 나쁜 놈은 아냐. 나 봐, 내가 나쁜 놈으로 보여? 집을 구하고 나서 광수에게 장사하는 법을 배웠는데 시작은 텔레그램 아이디 생성이었어.

"형님 닉네임은 뭘로 하시겠습니까?"

닉네임이라. 명함이자 간판이잖아. 뭐든 첫인상이 중요하지. 비대면 영업이니까 닉네임이 얼굴이 되지 않겠어? 내가 장고에 빠지자 깽이 답답한지 끼어들었어.

"아이스맨 어떻노. 아니면 아이스걸? 여자인 척해도 되잖아. 어차피 통화할 것도 아이고."

"광수야, 여러 개 만들라며 폰 많아야 되나? 많이 들고 다니는 건 귀찮은데……."

"유심만 여러 개 있으면 폰 하나에 몇 개든 만들 수 있어요."

"맞나. 그라머 아이스걸이랑 마초. 일단 두 개만 만들어도."

광수는 유심과 휴대폰, 충전 코드가 적힌 작은 종이를 방에서 가지고 나왔다. 휴대폰에 유심을 바꿔 끼워가며 정해둔 닉네임들로 계정을 생성했지. 옆에서 유심히 지켜봤는데 어렵지 않았어.

"형님, 첫 판매 하시는 데 두세 달 정도 걸릴 거예요. 광고를 계속 올려야 하는데 사람들이 첫 광고 올라온 기간을 중요시하더라고요. 워낙 사기꾼들이 많아서요. 광고는 연지사에 주로 올리고요. 망한 회사 게시판이나 유튜브, 트윗, 페이스북, 인스타, 텀블러 같은 SNS에도 올려야 해요."

"연지사? 그게 뭐고?"

"저도 박뽕한테 들은 건데 예전부터 뽕쟁이들이 주로 거래하는 사이트라고 하더라고요. 구글에 아이스, 작대기, 크리스탈, 빙두, 얼음 술, 차가운 술, 이런 거 검색하면 첫 페이지에 나오게 만들어야 돼요. 참고로 크리스탈은 웬만하면 광고할 때 안 쓰는 게 좋아요. 아이돌 크리스탈 아시죠? 절대로 1페이지에는 못 올라가니까 다른 은어를 광고해야 돼요."

이게…… 판매가 처음엔 쉽지가 않더군. 광수한테 배워서 열심히 매크로처럼 광고를 올려도 한참 동안 첫 판매가 이루어지지 않았어. 사기꾼이라고 하거나 백반 같은 다른 이물질을 섞어 파는 놈들이 있다며 너도, 니년도 그런 거 아니냐며 찔러보고 가는 사람들뿐이었지. 대화가 잘 풀려도 항상 마지막에는 인증을 해달라고 했는데, 그래서 필로폰과 전광판 어플로 날짜와 시간 그리고 손님이 원하는 문구를 적어 사진이나 영상을 찍어 보내줬어. 그래도 판매까지는 이루어지지 않았지. 내가 얼마 안 된 판매자라는 것이 문제였어. 문제점을 알지만 시간만이 해결해줄 수 있는 부분이라고 생각했어.

그렇게 한참이나 고운 모래 한 알만큼도 팔지 못하고 있었지. 그러다가 방법이 하나 생각났어. 그것 관련해서 깽한테 물어보려고 했더니 많이 피곤해 보이더라고. 깽은 하루 24시간 강소장의 판매팀을 상대하느라 항시 대기 중이었거든. 내가 도와주려 해도 자신의 일이라고 고집부리며 혼자서 판매팀들을 상대했지. 국내에 던져진 물건이 없어서 팔지 못하는 일이 생기지 않

게 국내팀 동선 관리도 혼자 했고. 항상 휴대폰만 신경 쓰고 소
파에서 쪽잠을 자며 일했어. 강소장의 판매팀은 많이 팔았어.
광고문구나 사진, 영상을 올리는 것은 젊은 나와 광수가 더 퀄
리티 있고 양도 많았는데 그런 우린 팔지 못했지.

"민아…… 한 가지 제안할 게 있는데."

"먼데?"

피곤해서인지 깽의 목소리는 많이 낮은 저음이었지.

"손님들이 자꾸 샘플을 요구하네. 돈 주고 사가라 캐도 샘플
을 20만 원에 안 살라 칸다. 사기 아니냐고, 물건 좋은 거 맞냐
고…… 그래서 조금 손해 보더라도 공격적으로 해보면 어떨까
해서."

"본론만 짧게! 머 그리 돌리노?"

"샘플 공짜로 뿌리면서 해보자."

"공짜로? 샘플만 공짜로 묵을라고 아이디 계속 바까가면서
먹튀하는 것들이 대부분이라 카드라. 그래서 지금은 샘플도 돈
받고 주는 기다."

"샘플 100개! 딱 10그램만 투자하자. 별로 효과 없었다 캤더
라도 나는 지금 그 별로도 없다."

깽이 하는 일의 수입 구조는 판매팀이 1킬로를 팔면 1억3천
에서 1억5천을 손에 쥐는 거였어. 1킬로는 1,000그램이잖아?
1그램에 80만 원이나 75만 원 사이로 거래가 되는데 단골은 가
끔 차비로 5만 원 정도 빼줬어. 그렇다고 해도 1킬로 모두 소매
로만 판매하면 7억5천에서 8억이야. 어마어마하지.

경비, 판매팀 정산, 약값, 그리고 마지막에 강소장과 나누어도 3킬로에 4억에서 4억5천이 남아야 돼. 이 돈이 적은 돈이 아니잖아? 엄청 큰돈이지. 한 달에 4억 원가량을 벌었던 거야. 깽 혼자. 그런데 그린 줄 알았는데, 아니었어. 깽은 거의 매일 한 번씩 강소장을 만나러 다녀왔어. 깽은 강소장을 만나는 두 번에 한 번은 화가 나서 돌아왔어. 왜 그런 건지는 물어봐도 답이 없었지. 인상만 더 찌그러뜨릴 뿐이었어. 페트병처럼. 가면 갈수록 시간은 우리의 대화가 적어지도록 만들었어.

처음 시작한 약장사는 가르침을 주거나, 가르쳐줄 수 있는 사람이 없었지. 광수도 나와 별반 다름이 없었어. 나보다 두 달 먼저 왔고 판매를 가르쳐준 사수가 박뽕이었거든. 보험회사에 처음 입사했을 땐 교육도 받고 인쇄된 스크립트를 받았기 때문에 그 내용을 기초로 읽고 기억하면서 응용만 하면 됐었는데, 그런데 이건…… 일반 회사와 다른 것이 당연하지만 모르겠는 거야. 비슷하거나 조금쯤 겹치기라도 하는 기본적인 맥락 같은 것이 없었어. 알아볼 곳도 없었지. 깽이 관리하는 판매책들에게 물어봐달라고 부탁하려 해도 깽이 판매하지 않는 조건으로 시작한 거라서 물어볼 수도 없었거든. 아는 판매자도 없지, 그래서 생각하고 하다가 인터넷에 떠도는 판매자들에게 손님인 척하며 대화를 시도해봤어.

다른 판매자들은 나와 달라도 너무 달랐어. 팔겠다는 것인지 말겠다는 것인지 싸가지가 없었지. 질문에 대한 대답은 평균 5분에서 한 시간 이상 지나야 받아볼 수 있었고 어떤 판매자들은 대화 도중에 사라져 며칠 동안 답이 없다가 다시 연락 오는 경우도 있었어. 그러고도 전혀 미안해하지 않았어.

여러 판매자들과 대화를 통해서 아주 중요한 사실 한 가지를 깨달은 것이 있다면 이것, 마약은, 말 그대로 거래지 영업이 아닌 거야. 손님이 왕이 아니라 마약을 가진 자가 왕이라는 거야. 철저하게 원하는 자가 '을'인 거지. 이제껏 내가 갑이 되어서 영업을 해본 적은 단 한 번도 없었기 때문에 상상조차 못 했지. 을들은 당연히 내가 순종이 아닌 변종으로 보였을 것이고 갑이 을처럼 팔려고 하니 더 짙은 의심이 들었을 거야. 곧바로 방식을 바꾸어보았지. 방식을 바꾸니까 확실해지더라. 장사가 안 되는 이유는 두 가지였어. 신용과 갑과 을의 이해. 마약 거래 방식의 본질. 난 깽을 설득해서 뿌렸어. 샘플을.

"어디 뿌리주꼬?"

"서울, 인천, 수원."

"300개 뿌리자. 안 한 말들이 많은데…… 그건 난중에 하고 골고루 뿌리주께."

곧장 텔레그램의 수많은 대화방들 중에서 샘플을 요구했던 '을'들 중 나를 차단하지 않은 '을'들을 골라서 텍스트를 적어 보냈어. 복사, 붙여넣기, 복사, 그리고 붙여넣기.

마초 - 샘플 선착순 10명 맛보기 무료 이벤트 중!

이벤트 이용 후 3일 안에 구입까지 이어지면 5만 원 할인!

하루도 지나지 않아 스무 명 이상의 '을'들이 연락해왔어. 거의 같거나 비슷한 답장이었어. '저요.' '맛보고 구입하겠습니다.' '낚시 아니죠?' '짭새냐?' 대충 그런 식의 답장이었어. 깽이 준비해둔 특공대들이 강남, 강북, 인천, 수원 위주로 샘플들을 투하했고 나는 투하된 곳에 '을'들을 보냈어. 그리고 우린 무지하게 바빠졌지. 돈이 들어왔고 특공대들은 쉴 시간 없이 폭탄들을 설치하고 다녔어. 광고는 광수가 도맡아서 올리고 연락이 오면 나는 폭탄을 떡밥 던지듯 뿌렸어. 모여든 물고기들에게 '갑'이 되어 거래를 했지.

깽은 입금 확인을 한 뒤 위치 사진을 내게 전송했어. 우린 피곤함도 잊은 채 계속 웃었어. 돈이 쌓여가니 피곤이란 건 쌓이지 않고 미소는 비워지지 않는 거야. '을'들은 또 다른 '을'들을 데려왔고 내가 시키는 것은 뭐든 했어. 구글에 댓글 작업을 시키고 유튜브 조회수가 올라가게끔 시켰어. 그만큼 보상도 해주었지. 물론 폭탄으로. 나는 친절하고도 신용 있는 '갑'이 되어갔어.

[King - 마초님은 답장이 항상 빨라서 좋아요. 충성을 다하겠습니다! 샘 서비스 좀……]

[성지 - 아이스걸님은 엄청 친절하시네요! 충성을 다하겠습니다! 서비스 좀……]

[반 - 물건 좋네요! 어디 거예요? 북한산은 아니죠?]

그렇게 일주일 동안 혼자 320그램 넘게 팔아버렸어. 나와 깽은 입이 찢어졌지. 갑자기 바빠진 특공대가 힘들어해서 월급을 두 배로 올려줬어. 통장에서 찾은 돈이 무려 2억4천이 넘었어.

순식간에 너무도 큰돈이 손에 들어왔지. 특공대의 월급과 경비를 제외하고도 2억2천. 손가락으로만. 얼굴도, 목소리도, 나에 대해서는 그 어떤 것도 내보이지 않고 간단한 터치로만. 큰돈이 벌렸어.

"이 개가튼 년 존나게 잘 파네! 광수야! 가서 히야들 담배랑 피자 쫌 사온나. 얇은 걸로 알제? 카고 오늘 한잔하게 예약해노코."

광수는 신이 나서 짐을 챙겨 나갔고 나가면서 마담에게 전화를 걸어 예약을 했어.

"진작 니 말 들을 것을, 시빨꺼! 강하게 어필했었어야지!"

"염병하고 있네. 했어도 안 들었을 거면서."

"머. 그딴 지난 일은 지난 일이고."

깽이 갑자기 인상을 찡그리고 담배를 물었어. 무거운 이야기를 할 것 같았지. 표정이 다양하게 바뀌었어. 그 표정들이 하나같이 묵직해 보여서 들떠 있던 난 갑자기 불안해졌지.

"먼 일이고? 갑자기 머 그리 심각해지노? 머가 안 되나. 혹시 뭐…… 문제 생겼나?"

"늙은 여우 새끼한테 당한 거 긋다. 첨에 박뽕 꺼 똥 치우는 거 일도 아니라고 생각했고 자신도 있었다. 그래서 우리 유리한 방향으로 조건 걸고 시작한 거라고 생각했는데 뚜껑 열어보이 내용물이 마이 틀리더라. 지금 니가 팔아서 번 돈 빼고는 남는 거 하나도 없다. 니기미 지금 오히려 마이나스다."

"도대체 왜? 마이너스! 그럴 리가……"

"씨발. 우리 생활비 대는 것도 벅찼다. 아쉬운 소리도 해가면서…… 씨발! 박뽕 개새끼가 그전에 물건들을 계속 외상으로 가꼬 왔었고. 그걸 처먹고 처돌아가 운전하면서 허공에 처뿌리고. 광주팀은 잡힐 때 8킬로 가지고 있었는데 1킬로는 새들이 먹었고 나머지 7킬로는 잡힌 새끼들이 어디 숨가놓고 입 다물고 있다 카네? 공중에 떴단다. 그라고 판매팀 정산도 똑바로 안 해줬었고…… 약값 밀린 거만 11억이 넘고 정산 밀린 거 2억에 이리저리 로비하는 떡값하고…… 씨발! 빚만 20억이 넘었었다. 그동안에 1억5천 깠고. 박뽕 개새끼. 씹어 먹어도 모자랄 판에 생활비 줘야 되고 우리 빚잔치는 둘째고 생활비도 아쉽드라. 내가 돈부터 벌어놓고 정리한다고, 이건 아인 것 같다고 이야기해도 지 혼자 결정할 수 없다면서 이리저리 말 돌리고. 그래가 약값이라도 외상 안 되냐고 물어보면 첨에는 된다 캤다가 다음에 만나머 박뽕 일기장 한 개씩 풀면서 힘들겠다고, 미안해 죽겠다는 식으로 굽실거리지…… 여우다 여우. 늙은 여우. 그 위에 누가 있는지 이 씨발 것들한테 가지고 놀림당하고 있는 기분이다."

황당했지. 그래도 돈이 손에 쥐어지니까 아무렇지도 않았어. 상관없었어, 그때는. 마냥 기분이 좋았었거든. 아직도 정확히는 몰라. 알 수 없어. 강소장이 가지고 논 건지, 진짜 박뽕의 개짓거리 때문이었는지는. 가지고 논 거겠지? 내 생각도 그래.

2021. 03. 22. 월

타잔. 내가 킨에 대해 이야기했었지? 내가 킨이랑 잠자리는
안 했어. 그냥 잠만 잤어. 진짜야. 깽은 킨이랑 대화가 잘 됐어.
언어 말고 아이 때문에. 킨은 스무 살이었는데 세 살짜리 아이
의 엄마였거든. 깽은 아이를 좋아해. 많이. 깽의 누나들이 자신
과는 다르게 결혼 후 아이들을 많이 가져서 그런 건지도 모르
지…… 내게 조카들 사진을 보여주며 "귀엽지 않나?" "예쁘제?"
"저번에는……" 하며 자주 자랑했거든. 그런데 난 그럴 때마다
겉으로는 장단을 맞춰주었지만 속으로는 항상 기분이 이상했
어. 마냥 조카들이 좋아서, 그냥 아이들은 예쁘니까, 자신의 핏
줄이고 가족이니까, 라는 그 이유들이 전부가 아니라는 걸 난
알고 있었거든. 아이를 잃었었어. 아빠가 될 거라고 많이 행복
해하던 깽이.

기억나. 사랑하는 연인과의 사이에서 세상에 나타날 뻔했던
아이. 얼굴도 본 적 없는 아이. 머리는 자신을 닮지 않았으면 했
고 성격과 외모는 자신을 닮았으면 하는 마음으로 어서 곁으로
와주기를 기다렸었어. 태명만 있고 이름은 없었던 아이. 세상에
나타나지 않은 아이. 깽과 그녀를 울렸던 아이. 어쩌면 두 사람

을 흔들었던 아이. 흔들리고 떨어져 깨져버린 두 사람. 그 아이에게 해줄 수 없었던 것들을 다른 아이에게라도 해주고 싶었던 것 같아. 깽은 킨의 아이를 보자마자 같이 살자고 했어. 남자아이였어. 이름이 역시나 엄청 길었는데 '눈'이라는 글자가 들어가 있어서 눈이라고 불렀어. 귀엽고 작은 천사였지. 그런데 킨은 아이의 엄마였지만 어렸어. 지금 생각해보면 완전한 로맨스는 아니었어. 둘 다 정은 있었던 것 같아.

우린 짧다면 짧은 시간에 번 돈으로 빚 정리도 하고 적당한 크기의 게스트하우스를 통째로 빌려서 사용했어. 프놈펜은 휴양지는 아니어서 풀빌라가 그리 많지도 않았고 시설도 인테리어도 눈에 차지 않았거든. 조금 외곽 지역으로 빠진다면 만족스러운 풀빌라를 구할 수 있었는데 강소장을 만나려면 한 시간 이상은 소비해야 할 거리라서 배제했지. 프놈펜에서 지내는 게 비즈니스적으로 좋겠다는 것이 이유였어. 내가 이야기했지? 거긴 차가 시간을 버는 데 유리한 이동수단은 아니야.

통역사도 구하고 보디가드도 구했지. 아, 통역사가 쏭이고 보디가드는 자말이야. 쏭은 경상도 사투리도 할 줄 알아. 교환학생으로 대구에서 대학생활을 했더라고. 어설프긴 하지. 자말은 호리호리한데 쌈을 정말 잘해. 물론 덩치가 전부는 아니지만. 어쨌든 자신보다 두 배 정도 차이 나는 사내도 가볍게 넘겨버리더라고…… 대단했지. 첨 봤을 땐 뭐 이런 사람이 다 있나 싶었어. 이리저리 휙휙 빠르게 움직이면서 깽하고 싸웠……다기보다 깽이 테스트를 했는데 여유 있어 보였어. 깽보다 잘 싸우더

라. 별로 말도 없는 사람이었는데 나중에 가까워지니까 용병 출신이라고 말해줬어. 어디서 용병 생활을 했는지까지는 말해주지 않았어. 과묵한 친구였지.

나는 계속 약을 팔았어. 아주 잘 팔렸어. 나 말고 다른 판매팀들도 더 잘 팔게 됐지. 박뽕과는 다르게 깽은 일을 쉬지 않고 돌아가게 만들었거든. 근데 박뽕이 계속 발목을 잡더라.

"훈아. 강소장이 물건 보내야 될 시점인데 자꾸 미루네? 외상값 펑계 대면서 일단 공장장이랑 협상 중이라고 기다리라 카는데…… 뒷구녕 찬 거 아이겠지?"

"사고 없이 잘 돌아가게 해주는 니를 두고 더 투자하면 했지 구멍 뚫었겠나? 진짜로 힘든 건 아닐 끼고…… 딜레이시키는 건 이상하네."

그러고서 내가 다시 말했어.

"강소장 나도 같이 한번 만나보자."

"치아라. 그건 안 된다."

"아니. 어차피 국내팀 오사장이랑 흑돼지 두 마리, 둘 다 내 얼굴 알고 있고 금마들 잡히면 적어도 셋 중 한 마리는 처불껄? 강소장한테 내를 감춘다 한들 의미가 있겠냐, 이 말이다."

"여기서 위험할까봐 카지. 딴 거 때메 카겠나? 그라고 니 말이 쫌 더 확률이 높겠지만 아가리 잘 잡아놨으이끼네. 조끗은 짓만 안 하며 이 새끼들은 안 나불거릴 끼다. 빙신들이긴 한데 그마이 빙시겠나?"

셋 중 둘은 빙시였어. 상병신. 근데 이게 마약수는 형량 거래가 되니까…… 솔직히 생각만 해도 아직 화가 나지만 이해가 되기도 해. 검사랑 수사관들이 보통이 아니잖아. 얼마나 어르고 달랬겠어? 나도 그렇게 시달렸는데. 버림받을지도 모른다고 생각했을지 모르지. 버릴 생각이 없었는데. 잠깐만, 나 물 좀 빼고 올게.

어디까지 이야기했더라? 아. 우린 쏭을 통해서 한국어를 할 줄 아는 사람 셋을 더 구하고 그 사람들을 시켜서 광고를 계속 올렸어. 난 붙여넣기로 팔고 또 팔았지. 웬만하면 판매폰은 내가 쥐고 있었어. 광수나 다른 사람에게 시켰어도 됐지만 그건 안 되겠더라. 혹시나 휴대폰이 분실되거나 부서지거나 사라져버리면…… 끔찍하겠다 싶더라고. 깽이랑 강소장을 만나러 가던 날은 쏭에게 맡겼어. 신신당부하고 강소장을 만나러 갔었지. 처음 만난 강소장은 예상 밖의 인간이었어. 장소는 사우나였는데 그 더운 나라에서 사우나라니 웃기지 않아? 그냥 시원한 커피숍에서 만나지 왜 사우나에서 만나는 걸까 싶었어. 그런데 깽은 강소장을 거의 대부분 사우나에서 만났다더라.

장소가 너무 진부하지 않아? 영화 보면 어둠의 세계에 몸 담고 있는 사람들은 항상 사우나에서 만나고 그러잖아. 문신도 오픈하고. 알몸을 보이면서 '나는 너에게 겨눌 무기를 가지고 있지 않아. 그러니까 긴장 풀어.' 그런 거 있잖아. 알지? 그래서 강소장도 어련히 범죄자처럼 생겼거나 그런 분위기를 풍기겠거니 예상하고 갔어. 우리가 먼저 도착했고 탕에 들어가 있었어. 온탕에. 나도 진부한 놈인 거지. 사우나는 온탕. 이런 거 알지? 탕에서 몸에 힘을 풀고 둥둥 떠 있는데 50대 후반에서 60대 초

반으로 보이는 옆집 아저씨 같은 편안한 인상의 남자가 다가왔어. 깽이 탕에서 나가 인사하길래 강소장인 걸 알았지. 배가 많이는 아니지만 티 나게 앞으로 나왔고 누가 봐도 순하고 인심 좋아 보이는 인상이었어.

"허허허, 마린.* 내가 조금 늦었지? 막내가 감기 기운이 있어서 조금 늦었어. 미안해. 밥은 먹었고? 볶음밥 할 텐가?"

말투도 점잖고, 목소리도 부드럽고 온화했어. 사람을 편안하게 만드는 그런 느낌이었지. 마약 조직의 보스인데 바로 눈앞에서 보고 있어도 매칭이 되질 않았어.

"아입니다. 아가 마이 아픕니까? 병원은요?"

깽이 걱정스러운 듯한 표정과 말투로 강소장에게 물었어.

"다녀왔어. 간단한 감기래. 별것 아냐. 마린 피곤할 텐데 자꾸 이렇게 보자고 해서 더 피곤한 건 아닌지 모르겠어."

강소장은 내가 깽의 옆에 서 있음에도 누군지, 왜 함께 있는지를 묻지 않았어. 깽도 나를 굳이 소개하지 않았지. 나도 인사하지 않았어. 그게 정상이 아닌 건 알았는데 그땐 그게 자연스러웠어. 난 가만히 휴대폰을 만지작거리며 둘의 이야기를 들었어. 둘은 조곤조곤 대화를 나누었지.

"마린이 너무 잘해줘서 공장에서 다시 신용을 찾았어. 물건 가져올 수 있을 것 같아. 그런데…… 얼마 전에 공장 주인이 잡혀서 주인이 바뀌었어. 바뀐 주인이 그 사람 가족이긴 한데 욕

---

* 박뿔이 쓰던 마린 폰을 깽이 이어서 썼기 때문에 강소장은 깽을 부를 때 늘 마린이라고 불렀다.

심이 좀 있네…… 물건값이 올랐다고 하더라고…….”

“얼마나 올랐습니까?”

“그램당 80달러는 줘야 할 것 같아. 자네가 힘들 텐데 도움이 되시 못하는 거 같아서 마음이 불편하구먼. 이래저래 미안하네…… 마린 자네가 아니었다면 막막했을 거야.”

“일단 외상 된다 카이 다행이네요. 이번에 얼마나 될 꺼 같습니까? 제법 보내야 될 낀데요.”

“70개 준비될 것 같아. 며칠 안에 가져다줄게.”

70개면 7킬로야. 그 뒤로 적당히 의미 없는 대화들이 오갔고 도무지 알 수 없는 그 사람과 함께 밖으로 나왔어. 강소장은 오래된 체크무늬 남방에 싸구려 면바지를 입고, 원래는 하얀색이었을 시장표 운동화를 신고 있었어. 비서나 보디가드도 없었어. 그는 깽과 가볍게 인사를 나누고 낡은 오토바이 위에 올라탔어. 헬멧의 끈을 턱 아래에 채우고서 강소장은 도로 위 오토바이들의 물결 속으로 사라졌지. 어쨌든 그때는 모든 게 애매했어. 어떤 상황인지 도무지 파악이 안 되더라.

“박사. 어떻노?”

“모르겠다. 믿는 구석이 있긴 있을 낀데. 안 그라머 이런 일 못 할 낀데. 돈도 있을 낀데…… 저런 차림으로 혼자…….”

“다른 건 보이는 거 없드나?”

“그냥 왠지 모르게 기분 나쁘다는 거?”

“야, 그래, 내가 먼 기대를 하겠노. 니는 장사나 해라.”

그래. 맞아. 그 뒤로도 강소장은 깽이 쭈욱 상대했어. 난 장사만 했지. 그런데 만나고 나서 조금 불안해지더라고. 보이는 것이 전부가 아니라는 건 확실했으니까. 나는 강소장과의 틀어짐을 대비해서 자말과 약을 구하러 다녔어. 거기서는 구하기 엄청 쉬운 게 마약이야. 대마초는 기본이고 필로폰과 코카인, 헤로인 등을 콜걸들과 툭툭이 기사들이 그윽한 미소를 지으며 팔았거든. 가격은 적당히 싸. 내가 한국에 파는 가격에는 한참 못 미쳤어. 강소장한테서 가져오는 가격보다 비싸게 사게 되긴 하겠지만 되팔아도 충분히 남는 장사였던 거지. 그런데 양이 문제였어. 대량으로 구하는 건 쉽지 않았어. 도매상이나 공장이 필요했어. 소매가 있으면 도매가 있을 거고 도매가 있으면 공장이 있겠지? 공장이 과연 하나뿐일까. 강소장과 관계없는 공장도 있지 않을까, 차근차근 접근하면 되지 않을까 싶은 거야.

그래서 자말이랑 여기저기 다녔어. 그리 어려울 것 같지 않았는데, 어려웠어. 자말은 어디를 가도 나를 따라다녔어. 그게 자말의 일이었거든. 뒷골목, 우범지대, 나이트클럽, 외국인 전용 바, 카지노 같은 곳들. 마약이 돌아다니는 곳들을 다니며 만난 딜러들에게서 약을 샀어. 공장은커녕 도매상 찾기도 힘들더라. 모르는 건지 알아도 알려주지 않는 건지 다들 뒤통수치려고만 했지. 사기도 당했어. 그러다가 클럽에서 마야를 만났어. 마야는 클럽 DJ였는데 피부가 정말 하얬어. 머리는 노란색을 넘어 금색으로 물들어 있었는데 예뻤어. 첫눈에 반한 건 아니고 내 스타일이었다는 거지.

아니, 타잔! 그렇게 말하면 안 되지. 사랑하는 거랑 좋아하는

380

거랑은 다르지. 엄연히 달라! 난 민경이만 사랑했어. 마야는 좋아했던 거고. 다르다니까. 아무튼. 마야한테 잘보이려고 노력 많이 했지. 돈 좀 썼어. 마야가 디제잉할 때 골든벨도 한번 울려주고, 옷이랑 가방도 사주고, 꽃도 줬어. 부끄러워서 내가 직접 주지는 못했고 자말에게 간곡히 부탁했지. 자말도 싫다고 했는데 내가 한쪽 무릎 꿇으니까 전해주더라. 아니, 자말한테 꽃을 바친 게 아니라 마야한테 전해달라고 했다고. 타잔, 자꾸 대화 안 되게 이럴 거야? 그럼 이제 이야기 안 한다.

그런데 이게 얽어걸린 거지. 우연이었어. 마야랑 사귀고 난 뒤에 알았어. 마야가 마약을 한다는 걸. 다 하더라. 대마, 뽕, 코카인, 뭐든 안 가리고 다 하더라. 편식을 안 하더라고. 함께 보낸 세 번째 밤이었어. 나한테 권하더라. 안 했어. 진짜 안 했어. 나 여기 들어와서 마약 검사도 받았어. 안 했다니까! 공소장 깔까? 솔직히 궁금하긴 했어. 도대체 뭐길래 그렇게 환장을 하는 건지. 깽과 약속했으니까 안 한 거지 약속 같은 게 없었다면 했을 수도 있을 거야. 인터폴 수배 뜬 뒤에 정말로 진지하게 할까 말까 고민한 적이 있었거든. 약속이 아니었다면 했을 거야.

마야가 약을 한다는 걸 알고부터 이것저것 물어봤지. 어디서 구하느냐, 대량으로 구할 방법은 없느냐, 나는 팔고 싶다, 비즈니스를 하고 싶다고 어필했지. 내가 약을 하고 싶은 생각은 없다는 걸 이해시키느라 애 좀 먹었어. 약을 팔려고 하면서 어떻게 안 하느냐, 어쩌고저쩌고 뒷말이 많았지. 어쨌든 마야가 거기 클럽에 놀러 오는 놈팽이들을 소개시켜줬는데 나름 그쪽에서 어깨에 힘주고 다니는 놈들의 아들딸들이었지. 만나서 있는 척 좀 하니까 한 놈이 제안해오더라. 자기 아빠한테 한번 이야기해보겠다고. 도매상 하나 뚫은 거지. 그때부터 강소장을 통하지 않고도 약을 대량으로 구할 수 있게 됐어.

한국으로 약을 보낼 때 우리는 이렇게 했어. 먼저 긴소매, 긴바지 체육복을 입고 땀이 나지 않도록 에어컨을 강하게 틀어. 얇고 질긴 의료용 장갑을 끼고 마스크랑 모자도 써. 빵모자는 참 구하기 어렵더라. 빵모자를 눌러쓰고 작업에 들어가. 필로폰을 소형 진공 포장기로 진공 상태로 만들고 그걸 화장실에서 비누로 깨끗하게 씻고 물기를 닦아. 다시 진공 포장을 해. 또 씻기고 물기를 닦아줘. 총 세 번을 그렇게 했어. 그리고 한쪽은 부드럽고 한쪽은 까끌까끌한 검정색 종이가 있는데 사포 비슷해. 사포일지도 모르지. 그건 항상 강소장이 줘서 정확한 명칭은 몰라. 그걸로 진공된 필로폰을 둘러싸고 한 번 더 진공 포장을 해. 그러면 모양이 샌드위치 크기로 만들어지거든. 하나에 800~1,000그램 정도로 만들어. 그 샌드위치 폭탄들을 캐리어 안쪽 바닥에 있는 지퍼를 열고 접착 본드로 붙여서 채워. 다 채우면 접착이 완전해질 때까지 정수기용 생수통을 올려둬. 반나절 정도. 폭탄들이 잘 붙었는지 확인한 뒤 캐리어가 여행용으로 보이게 하려고 그 속에 옷, 세면도구 등등 온갖 잡다한 물건들을 채웠어. 단 한 번도 공항에서 걸렸던 적은 없어. 거래가 계속 이어지니 나한테서 소매로 사던 고객들 가운데 통으로 사가는 고객들도 점점 늘어나더라. '통'이 뭐냐면 10그램을 한 통이라고 하거든. 한 달에 5킬로씩 한국으로 보냈어. 통으로 사는 고객이 많은 달에는 두세 번씩도 보냈지. 그런데 이게…… 내가 블라인드로 SNS 뒤에서만 장사를 했잖아. 고객 중에 경찰이랑 검찰도 있는 거지. 알고 있었지만 구분이 되겠어? 누가 검찰이고 경찰인지. 그놈들도 내가 누구인지 알 수가 없는데.

아…… 도매거래를 안 했어야 했는데. 돈이 되니까. 그것도 목돈이 들어오니까 했지. 고작 열 통짜리 거래 한 번에 흑돼지가 잡혔어. 폰 가게에서 유심 찍어내던 놈, 기억나지? 그래도 나름 내 방식대로 단속을 피하는 방법이 있었거든. 물건 버린다고 생각하고 적당한 양의 폭탄을 던져주고 돈을 거기에 현금으로 두라고 해. 그런 다음 돈은 회수하지 않고 한동안 지켜보는 거지. 일이 틀어지면 돈은 버리는 거야. 진짜 고객이든 아니든 우선 확인만 하는 거지. 고객이라면 거기에 돈을 두고 다시 오는 일은 거의 없겠지. 그런데 우릴 잡으려는 덫이라면 다시 오거나 올 때까지 기다릴 거잖아. 확인만 하고 왔으면 끝인 거였어. 근데 이 돌대가리 새끼가 말을 안 처듣고 돈을 가지러 간 거야.

흑돼지 새끼가 뒤 밟혀서 작은 흑돼지도 잡혔어. 그 새끼들이 연락이 안 되자 일이 틀어진 걸 알고 오사장은 바로 캄보디아로 날아왔어…… 그때 바쁘다고 흑돼지를 보내는 게 아니었어. 하던 대로 특공대를 보냈어야 했어. 일이 틀어지는 데는 이유가 있어. 그 두 새끼가 추기 시작한 칼춤이 한 명 한 명 목을 자른 거지. 목 없는 놈 하나가 여기서 타잔이랑 토킹 어바웃 중이네. 아, 먼저 칼춤을 춘 놈은 따로 있어.

2021. 03. 23. 화

어디까지 말해줬더라…… 아, 들어봐. 이번에는 다르다니까. 오늘 먹식* 들어오면 보내줄게. 들어봐, 일단.

흑돼지들이 체포되고 나서 나는 혼란스러웠어. 두려웠지. 집에 경찰이 찾아가고 어머니나 민경이에게서 자수 권유 전화가 오는 건 아닐까…… 수배자가 되어 한국으로 못 가게 되는 건 아닐까…… 두 사람에게서 전화가 올 때마다 멈칫거리게 되더라. 나와 달리 깽은 언젠가 이런 날이 올 줄 알았다는 듯 태평스러웠어. 하던 일을 계속했지.

나는 그러지 못했어. 주문하는 손님들이 모두 경찰과 검찰로 보이기 시작하더라. 그때부터는 통거래는 물론이고 도매거래도 하지 않았어. 최대 반 통까지만 팔았어. 난 장사 폰을 광수랑 쏭에게 줘버리고 현지 경찰에 줄을 대려고 준비했어. 깽도 강소장에게 사고가 터진 걸 이야기하고 뒤를 봐주는 경찰 라인을 소개해달라고 했지. 언제 인터폴이 뜨는지, 언제 잡으러 올지는 알아야 하니까. 그래야 도망을 칠 수 있잖아?

---

* 교도소에서 수감자들이 매주 2회 식품과 생필품이 구매 가능한데 그중 먹을 것을 말한다.

마야 친구 중에 스켈리라고 있었는데 난 그의 아버지를 소개
받았어. 비리 경찰이었지. 형사였는데 딱 조건에 부합하는 사람
이었어. 그 사람에게 매달 만 달러를 주기로 하고 수시로 확인
하고 연락 달라고 했어. 깽은 강소장에게 캄보디아 마수대 팀장
을 소개받았는데 그 사람에겐 매달 3만 달러를 주기로 했지. 라
인 두 개를 만들어놓고 있었어. 그때는 든든했는데 지금 생각해
보면 쓸데없는 짓이었어. 처음에 인터폴 수배가 된 걸 어떻게
알았는지 알아? 아냐, 흑돼지들이 아니야. 매일 연락하던 손빈
이 하루 연락이 안 됐어. 깽이 무척이나 걱정했었지.

손빈이 깽에게는 의미가 있던 친구였지. 우리가 망할 대로 망
해버린 뒤에 깽은 배를 탔어. 도피였지. 그때 손빈이 깽을 위로
해준 적이 있는데 그 한마디가 큰 도움이 되었다더라. 그 한마
디가 뭐였는지는 나도 몰라. 그때의 나는 위로할 정신도 없었고
도석이나 다른 친구들은 위로 같지 않은 위로만 했다고 하더라
고. 그런 손빈이 연락이 안 되니까 깽이 난리가 난 거지. 한국에
연락할 수 있는 곳은 모두 연락했지. 소식을 알 수 없었어.

이유는 모르겠지만 깽은 손빈이 잡혀갔다고 확신했지. 제발
마약 관련이 아니기만을 바라면서 기다렸어. 삼일, 딱 삼일째
연락이 왔어. 손빈에게서. 손빈은 대포통장 말고도 여러 가지
일을 했었어. 대포폰, 유심, 일수, 보도, 안마 같은 거. 그 많은 일
중에서 우리랑 엮인 일로 잡힌 게 아니길 바랐었지.

"박사. 왔다! 빈이다! 친구야, 와 이리 연락이 안 되노. 먼일
있……."

깽이 전화를 받는 도중에 목소리가 점점 작아졌어. 나도 숨죽였지.

"어. 지금 어디고? 수원? 그래그래, 알았다. 걱정하지 말고 있그라. 내가 니 오해 풀어주께. 니가 한 게 머 있노? 내한테 주기만 했지. 나도 내가 쓴 거 아이다. 미안타. 미리 이야기해줄걸 그랬네. 그래. 바까바라. 내가 통화하꾸마."

수원. 걱정. 오해. 사과. 이어지는 단어들이 숨을 조여왔어.

"예. 제가 김형민입니다. 예? 먼 말인겨. 마약이요? 그럴 리가…… 내는 정사장이라는 양반이 환치기한다 캐가 판 긴데. 빈이한테 구해달라고 내가 부탁했고 그걸 내가 다시 팔았을 뿐입니다. 몇 번을 물어봐도 똑같습니다. 알았으머 내가 팔았겠습니까? 나도 피싱이랑 마약 장사하는 놈들한테는 안 팝니다. 예. 드가가 정리하지요. 예. 드간다니까요!"

전화를 끊고 깽은 소파에 쓰러지듯 앉았어. 한참 동안 말이 없었어. 나도 말을 걸 수 없었고. 깽은 생각하는 자세를 하고 눈과 입은 닫아버렸어. 생각하는 자세가 뭐냐면, 이 새끼는 똥 쌀때 대가리가 잘 돌아간다더라고. 그 자세야. 똥 싸는 자세. 화장실이 아니면 주로 의자 끝에 걸터앉아. 거실 벽에 걸려 있던 육각형 시계의 초침이 한 칸씩 움직였고 깽의 손에 들려 있는 전화기는 계속 떨렸어. 얼마나 그렇게 있었는지는 기억이 안 나. 깽의 입이 다시 열리기 전까지 난 숨쉬기도 힘들었거든.

"빈이가 살리달란다. 살리달라 카네…… 박사. 내 드가야겠다. 니가 여기서 일 보다가 내가 상황 정리하머 들어온나."

그때 깽은 선택하기 어려운 결정을 하려 했어. 내가 물어봤지, 너는 어떻게 되는지 알고 가려는 거냐고.

"내 누범 기간이 깨졌나? 깨질 때가 되긴 했는데…… 동종 전과가 아이긴 해도 징역 피하기는 힘들 끼야. 재수 없으며 1~2년? 누범 깨졌으면, 잘되며 집유도 나올지 모르고. 니는 조용하이 내 재판 끝날 때까지만 장사하다가 정리하고 들어온나."

그때는 적당히 대포통장 판매로 넘어갈 수 있는 상황이라고 생각했던 거지. 그렇게 생각했던 게 자연스러웠고. 그런데 믿던 도끼에 발등 찍힌 거지. 손빈은 딱 삼일만 버텼어. 깽을 공적으로 쌓아 올렸지. 검찰에는 마약 판매상으로, 건달 세계에는 뽕쟁이로. 자신은 아무것도 몰랐던 것처럼. 마약 일을 하지 않은 것처럼.

왜 잡혔는지 알아? 아 당연히 모르겠지. 이 새끼가 무슨 자신감이었는지 마누라 지인 통장을 우리한테 준 거야. 마약 거래 통장은 거래를 막지 않아. 추적해야 하니까. 그래서 한 달만 쓰고 버려. 손님들 잡혀가는 거는 연락이 없으면 티가 나. 아, 이 사람 연락이 없네. 잡혔겠구나 하고 넘어가면 끝나는 거지. 통장주를 신경 쓸 이유도 시간도 없어. 그럴 필요가 없잖아. 통장주는 경찰이 소환하면 기껏 도박사이트에 이용됐을 거라 예상하고 갈 거야. 그런데 마약 거래에 이용되었다고 하면 펄쩍 뛰겠지. 그리고 바로 손빈이 통장을 빌려달라고 해서 빌려준 거라고 말했겠지. 멍청하게 입도 맞추지 않고 통장을 받아온 거야. 무슨 생각이었을까. 아직도 이해가 안 돼.

깽은 그래도 한국으로 가려고 했어. 더 늦기 전에 정리하려고 했지. 한잔하면서 이야기하더라고.

"아직 다들 정신은 말짱하제? 빈이 구속됐다. 강규도 연락 안되는 거 보면 달린 거 같은데…… 정그이 새끼 따이면서 같이 따인 거 긋다. 내가 드가서 정리할까 한다. 내 선에서 정리해볼 끼다. 오사장, 박사가 다 할 줄 안다. 너거끼리 남은 거만 처리해라. 깔끔하이 끝내고 연락 기다리고 있그라."

나는 이미 들어서 알고 있는 내용이었지. 깽의 선언이 끝나고 오사장이 물었어.

"친구야…… 마음 굳은 기가. 다른 방법도 있지 않겠나?"

"다른 방법이라…… 뭐가 있겠노. 잡힌 아들 버리는 거? 그라고 도망댕기는 거? 지화이 니도 해봤자나. 도망댕기는 거 되다. 힘들며 미쳐갈 끼고. 타국에서는 더 힘들지 않겠나? 계속 약 팔면서 도망댕기다가 나중에 혈관에 주사기 박을 수는 없다 아이가. 찌르고 찌르다가 번지점프로 마무리하고 싶나? 친구야, 내가 머리가 나쁜 기가? 다른 좋은 방법 있으며 좀 알리도."

"수발이 잘해주며 괜찮을 끼다. 상황 좀 지키보다가 결정해도 안 늦다 아이가?!"

"수발이는 내가 가든 안 가든 당연히 해줘야 되는 긴데 그게 방법은 아이지. 내가 썩다가 나와도 약 안 팔고 묵고살 수 있다 이제. 너거가 있으니까 내가 갈라 카는 기다. 내가 드가야 정리가 된다. 최대한 살릴 수 있는 사람은 살리야 안 대겠나? 너거가 살아야 내가 살지. 그라이 가는 기다."

며칠 뒤에 언제 들어갈지 고민하고 있을 때 연락이 왔어. 손빈 전화기로. 정계장이었지. 나랑 오사장도 공적으로 쌓인 걸 그날 알게 되었어. 깽은 당연히 나랑 오사장 둘 다 관계없고 중고폰이랑 법인회사를 하고 있다고 이야기했지. 정계장은 안 믿었어. 나랑 오사장을 바꿔라, 같이 들어와라, 같이 안 오면 의미 없다, 깽 혼자 오면 자수 인정 안 해준다, 다 같이 사이좋게 손잡고 들어오면 자수 인정해주겠다, 그러더라고. 그날부터 하루에 한두 번꼴로 둘이서 연락을 주고받더라. 애인처럼.

"그런 이름들은 들어본 적이 없십니다. 호씨면 흔치 않은 성인데. 기억 못 할 리가 없지요. 그 사람들을 내가 만났다고 치입시다. 본명을 말했겠십니까. 마약 파는 놈들이. 근데 계속 이랄 낍니까. 들어오라 캤다가 들어오지 마라 캤다가. 내가 자수한다는데 와 자꾸 애먼 아들까지 낑굴라 캅니까? 계장님요, 고만 드가게 해주이소. 좀 드갑시다, 예? 하…… 알았심다. 보고 연락드리지요."

"아, 씨발. 개좆같은 장면이네 이거. 못 들어오게 하고 정보원으로 쓸라 카나…… 보자~ 오, 영감 젊었을 때 사진이네? 타로시는 실물이 낫네. 박뽕 씹새끼는 사진이 낫고. 캄박은 못 본 놈이고…… 힐링 이 영감은 지금이 더 젊어 보이네. 아, 이 양반이 곡성이가? 영감이랑 볼 때 말이 없어가 현지인인 줄 알았는데…… 만리장성도 이 양반 꺼고. 청풍명월하고 페라리도 같은 놈이었네? 럭셔리는 젊게 보이네, 목소리 존나 아저씨 같드마. 화이트천사는 누고? 인마는 우리 팀 아인데. 굿필도 노스아이스도 로뽕이도 모르는 놈이고. 존나게도 마이 보내네, 씨부랄 거!"

타잔, 타잔은 〈해바라기〉 봤어? 아니, 영화 말이야. 김래원 나
오는 거. 봤지? 거기서 슬픔과 분노를 누르지 못한 태식이가 소
주를 병나발 불면서 적을 모두 찢어 죽이려고 혼자 클럽으로
가. 술만 마시면 태식이는 슈퍼파워가 되거든. 클럽으로 들어가
는 태식이가 검정색 슈트를 입고 있는데 저승사자처럼 보이더
라. 근데 저승사자가 딱 한 명에게는 선택권을 줬어.

[병진이 형. 나가 있어. 뒈지기 싫으면.]

보통 그 정도로 머릿수가 차이 나면 안 나가는 게 정상 아냐?
그런데 병진이 형은 잠시 잠깐의 고민 끝에 나가는 걸 선택해.
그리고 기회를 준 태식이에게 고맙다고 말하지. 절름발이가 되
어버린 몸을 지팡이에 의지하면서 태식이 옆을 지나치며 클럽
을 빠져나가. 뒤에 남겨둔 식구들로부터 병신이라는 욕을 들으
면서. 병진이 형은 단 한 번도 뒤돌아보지 않고 앵글 속에서 사
라져. 클럽을 나가기 전까지 병진이 형은 걸음을 멈추고 싶은
마음이 전혀 없었을까? 그 장면은 그런 선택이 쉽지 않은 상황
이잖아. 물론 영화이기에 그랬겠지만……

어쩌면 우리도 그런 힘든 선택을 해야 할 때가 있을 것 같단
말이지. 그게 지금 현재일지도 모르고. 그 선택이 후회로 남을
지 최고의 선택이 될지는 일단 살아남아야 알 수 있겠지. 안 그
래? 타잔. 오늘은 소리를 좀 길게 지르네? 내일은 운동시간에
나오지 마. 또 13방이랑 싸움 붙을라.

2021. 03. 24. 수

타잔…… 또 현실 같은 꿈을 꿨어. 매일 꾸는 꿈인데 적응이 안 돼. 잠을 자지 말아야 하나. 어? 벽에서 거미가 내려오네. 놀아주러 왔나? 내가 외로워 보여서? 난 외롭지 않은데. 신문에 나오길, 태국에서 마약왕을 잡았다는데 호씨라네. 우리 만택 씨겠지? 드디어 잡힌 걸까. 또 빠져나가려나?

2021. 03. 25. 목

'아, 안 돼…… 아, 아……!!!'

눈이 떠진다. 새벽이라는 걸 알 수 있다. 사방이 고요하다. 세 살 먹은 아이도 아닌데 싸버렸다. 어린아이가 잠자리에서 오줌을 싸는 것처럼 오줌 대신 정액을 싸버렸다. 서른다섯에 몽정이라니…… 팬티 속에 올리고당을 뿌린 것 같다. 끈적임과 함께 허벅지를 타고 내려오는 올리고당이 느껴진다. 반바지까지 젖기 전에 수건과 팬티를 들고 화장실로 들어간다. 팬티를 빨고 씻는다. 젠장!

"뿡! 이 시간에 왜 씻냐? 쌌냐? 쌌구나? 흐흐흐, 쌌네."

씨발. 타잔에게 들켰다.

"타잔. 그 입 다물지! 내일은 13방 대신 나랑 한판 뜰까?"

꿈에서 알몸도 아니고 맨살이 하나도 안 보일 정도로 여며 입은 여자가 강아지 머리 쓰다듬듯 나를 몇 번 쓰다듬어준 것이 전부였다. 물론 나도 옷을 입고 있었고. 전혀 에로틱하지 않은 꿈이었다.

2021. 03. 26. 금

옆집에 자칭 혁명가라는 양반이 왔다. 혁명가는 공무집행방해로만 열일곱 번째 징역을 살고 있다고 한다. 3방에는 타잔. 5방에는 혁명가. 그 사이에 내가 있다.

"제훈아. 아저씨는 정치 똑바로 안 하는 것들헌테 꾸지람했을 뿐이여! 시장 놈에게 한마디, 딱 한 마디 했는디. 참나. 지가 알아서 한다는 거여. 알아서 못 하니께 나가 간 것 아니겄냐. 이번에 나가면 성태 이노무 자슥 한 방 쳐부러야 쓰겄다!"

"진짜 할 낍니까?"

"내가 한다면 하는 놈이여!"

"그라머 정확하이 쳐주이소. 어설프게 하지 말고. 한데 목소리 하나는 우렁차시네!"

"체게바라도 목소리가 컸을 꺼여. 혁명가가 목소리가 작아서 어따 쓰겄냐!"

"목소리만 크머 타잔이지. 우째 체게바라가 댑니까? 체게바라는 목소리만 컸던 게 아니에요. 그렇게 따지면 국회에 있는 것들 싹 다 체게바라게요?"

"그것은 또 아니제. 나처럼 타당하게 우렁차야 혀. 나처럼!"

"......."

"그것들은 전부 매미여. 상대편만 썩었다고 우렁차게 씨부렁거리지. 정작 지들은 썩어가는 것을 몰러야. 매미랑 똑같혀! 우렁차기만 하지 저들 자신은 몰러. 나무에서 떨어지기 싫은 매미들이여. 안 그냐? 왜 말이 없어야!"

"어이! 잠 좀 자자. 조용히 못 하냐!"

"누구여! 누구가 우리의 혁명적인 대화에 껴드는 겨!"

"나 13방이다. 씨발놈아!"

"너냐? 그려 잘 자라!"

내일은 13방과 체게바라의 싸움을 볼 수 있겠구나. 재밌겠다.

2021. 03. 27. 토

비가 온다. 봄비인가…… 창밖을 보니 비둘기들이 있다. 땅콩을 던져줘도 움직임이 없다. 메두사와 달콤한 눈 맞춤이라도 한 걸까? 어젯밤에는 봄을 타는 죄인들이 많은지 다양한 소리들이 들려왔다. 아나키스트처럼 정부를 욕하는 소리. 트럼프로 카드 할 사람 구한다는 소리. 김학의가 부럽다는 소리. 조국이 피해자라고 외치는 소리. 석희 형이 박사와 친구라는 소리. 청장들만 탈 수 있는 헬기가 있다는 소리. 그 헬기를 자신이 만들었다는 소리. 전두환보다 골프 잘 친다는 소리. 아는 누나에게 강간당했다고 미투에 동참하겠다는 소리까지 들려왔다. 참지 못해 나도 소릴 질렀다. 나처럼 선을 넘지 말라고. 자신의 행위는 자신이 기억하니까. 선을 지키라고. 넘지 말라고.

2021. 03. 28. 일

"뿡, 잠 안 자? 왜 자꾸 노크를 해."
"어! 들렸어? 나만 들리는 줄 알았네. 쏴리~"

2021. 06. 02. 화

편지가 왔다. 발신자가 깽이다. 연락이 닿지 않던 깽에게서 편지가 왔다. 인천구치소에서 보내왔다.

To. 박사

잘 있었나? 아픈 곳은 없고? 연락 없어가 걱정했겠네? ㅋㅋㅋ 한동안 밖에 나가 있었다. 조건부로. 강소장 잡아왔다. 진즉 잡았는데 코로나 때문에 못 오다가 5월 30일에 들어왔다. 그때 이야기했제? 강소장 연락 왔었다고. 그 뒤로 여기저기서 긁어모은 정보로 자말이랑 쏨 시켜 찾게 했다. 강소장 현지 와이프 알제? 국정원에 연락했다. 내가 그 와이프 찾고 강소장 잡겠다고. 그래서 국정원 요원들이랑 같이 올라가 와이프 뒤를 밟았다. 태국에서 잡았는데 캄보디아, 미얀마, 베트남 왔다 갔다 했드라. 계속 밀수하며 장사하고 있었고. 자세한 건 만나서 이야기하자. 조만간 니 인천에서 땡길 꺼다. 그때 보자.

깽이 만택 씨를 데려왔다. 이번에는 그때처럼 도망칠 수 없었나 보다.

타잔. 내가 어떻게 잡혔는지 이야기해줄게.

2018년 1월 21일에 깽이 살던 집으로 한잔하러 갔어. 인터폴 수배가 되기 전에 필리핀으로 가려고 했던 오사장은 필리핀 공항에 도착하자마자 잡혀버렸어. 그때부터 우린 따로 살았어. 혹시나 누구 하나 잡히더라도 한 명은 자유로워야 도와줄 수 있으니까. 그날은 깽과 함께 지내던 킨이 모델 친구를 불러서 간 거였어. 그런데 다음 날 아침 일찍 누가 노크를 했어. 쏭이나 자말이겠거니 하고 작은 구멍으로 밖을 봤는데 모르는 남자가 서 있는 거야. 잠깐 쎄 하더라고, 느낌이. 난 조용히 깽을 깨웠어. 깽이 보더니 아파트 관리인이라고 했어. 문을 열었는데 계단에 숨어 있던 현지 경찰들이 우르르 나타났어. 어안이 벙벙했어. 어이가 없었지. 권총을 들고 겨누면서 들어오는 것도 아니었어. 그냥 어슬렁거리며 들어오더라. 우리에게 돈을 받던 팀장도 있었어. 형사 한 명이 여권을 확인하고 나서 팀장이 어딘가로 전화를 걸었어. 정계장이었지.

"김형민이. 임제훈이. 곧 만나자. 매듭 풀 수 있을 때 풀지 그랬냐……."

우린 그대로 끌려갔어. 경찰서로. 차에서 난 팀장에게 물었어.

"돈이 부족했던가, 도박한 거야? 얼마가 더 필요해?"

"돈은 부족하지 않아. 이번에는 그쪽을 잡는 게 돈이 돼서 말이야. 그동안 고마웠어."

경찰서는 오래된 학교 같았어. 닭장 같은 유치장에 갇히고 나

398

서야 실감이 나더라고. 산소 부족으로 재판 받기도 전에 먼저 죽을 것 같은 곳이었어. 덥고 좁고. 바닥은 쓰레기장에 벌레들이 득시글거렸어. 유치장에 갇혀 있는 현지인들의 표정도 더러웠고. 화장실엔 변기만 달랑 하나 있었지. 엉덩이만 가려지는 높이의 벽 뒤에. 휴지도 당연히 없었지. 깽은 화가 나서 같은 방 현지인 놈들 중 눈빛이 가장 좆같은 놈 하나를 밟았어. 소란스러워지자 경찰이 왔는데 그냥 스윽 보고만 가더라.

팀장 놈은 대화가 안 됐어. 휴대폰도 모두 압수해 가서 강소장에게 도움을 요청할 수도 없었어. 깽이 한국에 안 가기로 하고 나서 강소장과 계속 일을 했거든. 이틀에 하루꼴로 강소장과 깽이 판매팀 정산을 했지. 우리가 연락을 받을 수가 없으니까 일이 잘못되었다는 걸 알겠지 하고 도와주기만을 기다렸어. 밤이 지나가고 해가 떴지만 도움은 없었지. 정계장만 우릴 찾았어.

"김형민이. 계속 니 휴대폰으로 연락 오는 거 호만택이지? 잡을 수 있다면 너희 형량은 많이 줄어들 거다."

"하루나 연락 안 됐는데. 잡히겠십니까? 생각 좀 하고 말하이소. 와요? 전화 받게 해줄랍니까. 욕 쫌 하구로. 우리 던진 게 만택이 같은데."

"그래. 받아봐. 욕을 해도 돼. 그런데 뭘 해야 너희가 살 수 있을지 고민하고 나서 그래야 할 거야."

깽이 마린 전화기를 돌려받고 확인해보니 메시지도 와 있었어.

[강소장 – 마린, 어디 아픈 거 아니지? 이거 보면 연락줘.]

"이 양반 보소…… 가꼬 노나?"

깽은 호만택에게 메시지를 보냈어. 솔직히 전화는 안 받을 것 같았거든. 그런데 바로 전화가 오더라. 태연하게.

"어, 마린! 걱정 많이 했어. 술 많이 마신 거야? 오늘 시간 돼? 어제 정산 오늘 받을 수 있겠어?"

"아…… 예. 죄송합니다. 술병 나서 연락 못 드렸네요. 몇 시에 보실까요?"

"두 시간 뒤에 괜찮아?"

"예. 그때 뵙겠습니다."

깽이 잠깐 생각을 하더니 정계장에게 전화를 걸었어.

"만나기로 했는데, 우짤랍니까? 카드 한번 내밀어보이소. 5분? 오케이. 그라입시다."

깽이 전화를 끊고 똥 누는 자세를 만들었어. 한 손으로는 정수리를 쓰다듬었는데 머리를 빠르게 굴리려는 것 같아 보였지. 난 조용히 기다렸어.

"여보세요. 검사가 머라 캅니까? 그래요? 알겠십니다. 그냥 숨으라 캐야긋네. 원하는 거? 내 말고 다 빼주이소. 내 공범들 전부. 호만택이랑 내랑만 해도 실적 짭짤할 긴데 그 정도는 해줄 수 있짜나요? 집유면 충분하이끼네. 빨리빨리 이야기하이소. 시간 얼마 없십니다."

다시 연락이 왔을 때 검찰은 깽의 거래를 받아들였어. 그런데 우린 호만택이 절대로 나올 리가 없다고 생각하고 있었어. 그렇잖아. 타잔 같으면 나가겠어?

나는 마수대 사무실에 남고 깽이 형사들이랑 호만택을 잡으러 갔어. 기대는 안 했어. 나라도 나가지 않을 테니까. 난 나를 지키는 형사 둘에게 돈을 줄 테니 전화 한 번만 쓰자고 부탁했어. 그리고 자말에게 전화했어. 꺼내달라고 연락한 게 아냐. USB 위치를 알려줬지. 그게 가장 중요했어. 당연한 거잖아.

네 시간쯤 지났을 때 사무실로 깽이 들어왔어. 그 뒤에 형사두 명이 다정하게 만택 씨 팔짱을 끼고 들어왔고. 깜짝 놀랐지. 만택 씨 가슴팍에는 누군가의 발자국이 선명하게 찍혀 있었어. 수갑도 무려 네 개나 손목에 치렁치렁 달고 있었지. 그 모습을 보는 순간 살았다 싶었어. 집행유예로 나가겠구나 싶었지. 죽지도 않았고, 돈도 벌었고, 수배자에서 벗어나 징역도 피할 수 있을 것 같았어.

그 사람은 한마디도 하지 않았어. 아무에게도. 저 멀리 정신이 나가 있어 보였지. 그냥 우리와 눈을 번갈아 마주쳤어. 우리에게 다른 할 말이 없는지 묻는 듯한 표정이었어. 우리는 말을하지 않았어. 무슨 말을 하겠어? 그와 우리는 분리되어 갇혔어. 다행히 나랑 깽은 떨어뜨려 두지 않고 함께 있게 해주었어.

그날 밤 우린 유치장으로 가지 않고 팀장의 사무실에 있는 회의용 책상에 수갑이 채워지는 호사를 누렸어. 한 손은 자유로웠지. 담배도 주고 물하고 피자도 주더라. 그날 밤 깽이 사무실 바닥에 누워서 이야기했던 게 아직 기억나.

"박사야. 나가면 이젠 돈 걱정 없이 살아라. 어무이하고 제수씨 잘 챙기고. 그리고 우리 엄마랑 누부야들도 쫌 챙기도. 아마 우리 가족들은 접견 안 올 끼야. 니가 신경 좀 써도. 조용한 데 집 지어가 맘 편하게 살고 있그라. 그 옆에 내 집 지을 땅도 사놓고. 내 집은 내 스타일대로 지을 꺼니까. 그냥 땅만. 왜 말이 없노. 울지 마라. 질질 짜고 지랄이고. 검사가 약속 지킨다고 했으니까 믿어보자. 믿을 수밖에 없는 포지션이고. 훈아…… 내일이 또 당연스럽게 오듯이 시간은 흘러간다. 우리가 내일을 만나러 가는 걸지도 모른다. 일 분 일 초 하루 한 달 일 년 그렇게 흘러가고 만나게 되겠지. 이 시간이라는 놈은…… 잡을 수 없고 잡히지도 않고 곁에서 머무는 듯 머물지도 않는다. 그라니까 내 말은 많은 시간을 잘 보내고 나중에 밖에서 만나자 이 말이다. 사람들이 머라 씨부리든지 서로에게 화내고 미워하고 시샘하지도 말자. 남자답게 눈물 흘리지 말고 하늘 보면서 살아가그라. 인자 땅바닥 보면서 울지 않아도 된다. 알았제!"

1월 23일 오전 우린 이민국으로 옮겨졌고 유치장에 갇혔어. 우린 만택 씨와 분리되지 않고 같은 방에 들어갔어. 철문이 잠기자 만택 씨가 입을 열었어.

"자네들 덕분에 오랜만에 내 이름을 쓰게 되는구먼……."

깽이 갈매기 눈썹을 하고서 물었어.

"와 잡힌 깁니까? 일부러 잡히준 거 긋은데 와 그랬십니까? 아무리 생각해봐도 이해가 안 댑니다. 이유가 멉니까?"

만택 씨는 웃었어. 처음 보는 표정의 얼굴로. 한 꺼풀 가면을 벗은 것 같은 얼굴이었어. 지금도 뭐라 설명하기가 어려워.

"허허허. 세상에 명확하게 이해되는 것이 어디에 있겠나? 마린. 세상살이는 상대성이야. 나는 자네들에게 기회를 준 걸세. 자네들은 이해하기 힘들지도 모르지. 나는 자네에게 지금도 기회를 주고 있는지도 몰라."

"그런 거, 안 해도 되지 않았습니까. 기회…… 지금 이 상황에서도 기회를 주고 있다, 이 말입니까? 무슨 기회를 말하는지 모르겠습니다. 진짜 이해 안 되는 양반이시네. 내가 이때까지 보여줬던 모습만으로는 부족했습니까. 기회를 주기 전에 사람 보는 능력부터 키워야 댈 거 같은데요."

만택 씨는 크게 웃었어. 하하하. 너무도 호탕하게 웃었지. 한동안 웃던 만택 씨는 이민국 직원을 불러서 크메르어로 대화하더니 수갑을 차고 밖으로 나갔어. 창살로 빼꼼히 보니 옆옆 방으로 들어가더라. 깽이 욕을 하며 불러도 대답은 없었어. 그 말들은 허무하게 철문 사이에 끼어서 만택 씨에게 가지 못하는 것 같았어. 난 직원을 불러서 돈을 주며 이것저것 부탁했어. 접이식 침대가 있어야지만 누울 수 있었거든. 바닥은 경찰서와 똑같이 더러웠어.

나는 누운 채로 천장에서 천천히 돌아가는 커다란 선풍기 날개를 보며 밤을 맞이했어. 선풍기 날개 옆에 도마뱀이 보였어. 쏭이 예전에 도마뱀이 집에 들어오면 좋은 징조라고 이야기해줬어. 도마뱀이 우리를 축복해주는 것 같았지. 유치장에선 다른 건 다 팔면서 전화기랑 맥주는 안 팔더라. 술이 없어서인지 잠은 오지 않았어.

밤이 깊어갈수록 층간 소음이 심해졌어. 누군가 위에서 영어로 욕을 했고 사과하는 소리도 들렸어. '쫙' 소리가 다섯 번 울렸는데 누군가가 계속 '미안. 그만해!'라고 했어. 기타 소리도 들리고 철문을 두드리며 노래하는 소리도 들렸어. 고요하지 않고 거룩하지도 못한 밤, 우린 잠들 수 없었어.

"씨발 새끼들아, 닥쳐라!!!"

깽이 소릴 질러댔지만 더 시끄러워졌어. 술이 그리운 밤이었어. 취하고 싶지만 취할 수 없는 밤이었지.

이민국에서 2월 3일을 맞이했어. 우릴 데리러 와야 하는 한국 검찰은 12일이 지나도 오지 않았어. 왜 그렇게 시간이 걸렸는지 아직도 이해가 안 돼. 한국 대사관 직원이 딱 한 번 왔었는데 지낼 만한지만 물어보고 그냥 가려고 했어. 깽이 붙잡았지.

"보소. 수원지검이랑 전화 통화 한번 시켜주이소. 멉니까 이게. 언제 오는지라도 확인해주소!"

대사관 직원은 의례적인 대답만 하고 갔어. 확인해보겠다고 했지만 우리가 한국으로 돌아올 때까지 끝내 답을 해주지는 않았어. 그날 밤에도 익숙한 층간 소음들이 들려왔어. 막을 수 없는 소음이었지. 그런데 들리지 않던 소리가, 아니 들려서는 안 될 소리가 들려왔어. 나도 모르게 벌떡 일어났지. 깽도.

"마린? 박사?"

뒤쪽 쇠창살 너머로 만택 씨가 보였어. 자유로이 서 있었어. 절단기를 손에 든 남자가 옆에 있었어.

"이제…… 완전하게 깨달았을까? 나는 여기서 이런 사람이야. 왜 배신한 거지? 왜 도와달라고 말하지 않은 거야? 난 마린 자네에게 내 옆을 줄 생각이었어. 다른 놈들은 지 몸에 바늘을 찔러대기 바빠 비즈니스에는 안 어울리기든. 계속 함께해도 나쁠 게 없었는데 왜 그랬지? 나는 가겠네. 며칠 뒤에 검찰이 오니까 그들과 함께 가서 내 연락을 기다리시게. 오래 보지 못하겠지만 그때는 내 옆에 서겠지."

우린 아무 말도 하지 못했어. 사다리로 낮은 담을 넘어가는 만택 씨를 보고 있을 수밖에 없었지. 소리도 지르지 못했어. 절단기를 들고 있던 사내가 권총을 바지춤에 쑤셔두고 있었거든. 그의 모습이 사라지고 직원을 불렀어. 오지 않았어. 현지 경찰, 이민국 직원까지 모두 그의 손아귀에 있었던 거지. 왜 빼달라고 하지 않았냐고? 모르겠어. 그냥 말문이 막혀 있었던 것 같아. 우리 둘 다.

타잔. 나 27일 남았는데…… 시간이 멈췄어. 어떻게 하면 좋을까. 만기병이라고? 어떻게 고치지. 나가면 된다고? 시간이 안 가는데? 아, 눈이 이렇게 많이 오냐~ 오늘도 운동은 못 하겠네.

나가면 약을 할 거라고? 왜? 하지 마라, 타잔. 혹시라도 시한부 받으면 하든가. 그 전에는 절대 하지 마. 스티븐 킹 알지? 몰라? 책 좀 읽어. 그 사람 책을 읽다가 이런 문장을 봤어. '중독은 계속 퍼주어도 마르지 않는 재능'이라고. 무슨 뜻인지 모르겠지! 나? 나도 정확히는 모르지…… 그냥 느낌으로 아는 거지. 왜 말했냐고? 그냥.

타잔, 뽕쟁이가 해줬던 이야기가 있어. 그놈 여친이 징역 살고 나와서 둘이 징역 이야기를 꽃피웠는데 아, 물론 둘이서 술 한잔한 상태였대. 그냥 '술' 말고 '얼음 술'. 그 여친이 자기와 같은 방에서 지내던, 마약 했던 언니의 에피소드를 이야기했다더라. 그 언니가 멍한 얼굴로 말했대. 눈 떠보니 20년이 지나 있었다고. 그 말을 하면서 '어쩜 아직도 내가 깨지 않은 걸까.' 그랬대. 그 이야기 듣고 소름이 돋았지.

구치소에 같이 있던 다른 뽕쟁이들에게서도 이야기 많이 들었는데, 한 뽕쟁이는 주사를 놓을 때 혈관을 잘 찾지 못하는 간호사들이 이해가 안 된다더라. 자기는 눈 감고도 온몸의 혈관을 찾을 수 있다면서. 또 한 놈은 여자 친구가 섹스 도중에 갑자기 등에 날개가 생겼다며 16층에서 창문 밖으로 날았대. 날았겠어? 날개가 생겼겠냐고. 떨어졌겠지. 이 새끼는 그걸 보고도 약을 못 끊었어. 또 이름은 기억 안 나는데 영감님이었거든. 그 영감님이 말하더라. 뽕 하면 끝이라고. 뽕 끊으려고 대마, LSD, G, 코카인, 약이라는 약은 다 해봤는데 뽕이 최고래. 뭘 하더라도, 참고 참아도 마지막은 뽕이래. 결국 끝까지 뽕을 하게 된다는 거지. 괜히 뽕쟁이라고 불리는 게 아니라더라.

주변 사람들 다 떠나고 인생에서 가장 가깝던 가족, 가족이 없어진다더라. 나한테 나가서 절대로 마약 묵지 말라고 했어. 한 번만 하는 건 없다고. 뒈진 다음에 다시 살아날 수 없듯이 한 번은 없대. 내가 영감님한테 물어봤어. 이번에 나가면 참을 생각 없냐고. 영감님이 말했어. 죽기 싫어서 교도소에 들어온 거라고. 몸 챙기러 들어왔다는 거지. 인생을 마약에 빼앗기고 모든 걸 포기해버렸대. 끊겠다는 생각 자체도 포기했다더라. 어때, 무섭지? 이래도 하고 싶어?

어쩌면 선택과 후회는 같은 단어일지 몰라. 내게 후회는 무언가를 잃어버린 거고 선택은 무언가를 가지는 건데 같은 의미처럼 느껴져. 난 죄를 반성할 시간을 갖게 됐고 사랑하는 사람들을 잃은 거야.

타잔. 우리가 느끼는 죄의 무게는 측정 불가능한 것일지도 몰라. 마약 중독에 적당량이란 없는 것처럼. 안 그래, 타잔? 어이, 타잔……!

에필로그

출소 후 이야기, 그 삶의 무게

캄보디아에서 구류된 시간까지 포함 1,480일. 오래되어 벽처럼 단단해져버린 시간이 이제 하루도 남지 않았습니다. 오늘 아침 공장에 출역해서 점검을 받을 때는 울컥했습니다. 마지막이라는 생각에 만감이 교차하더군요. 오전 점검이 끝나자마자 운동을 나갔고 함께 족구를 하며 마지막 작별을 나누었습니다. 친한 이들 모두와 똑같은 약속을 했습니다. 인연이 된다면 밖에서 만나자고, 여기서 다시는 만나지 말자고.

운동이 끝나기 전 교도관의 부름에 공장으로 올라가지 않고 만기방으로 왔습니다. 만기방에서는 점검을 받지 않아도 된다고 들었습니다. 폐방 점검 때 한번 누워 있어봐야겠습니다. 교도관이 어떤 반응을 보일지 궁금하네요. 라디오를 들으며 창밖을 바라봅니다. 밖에 나가도 라디오를 듣게 될까? 보고 싶었던 영화와 드라마도 많은데 라디오를 찾아 들을까 모르겠네요.

쇠창살이 없는 창밖을 보는 기분은 어떨지…… 이제 새로운 아침이 오면 수많은 쇠창살들과 작별합니다. 24시간 TV가 나오는 방이 어색하면서도 신기하게만 느껴집니다. 바닥에서는 온기가 올라오고 공기중에는 시큼한 냄새가 배어 있네요.

아무도 청소를 하지 않았나 봐요.

"마스크 착용하고 계세요."

지나가는 CRPT의 말에 몸이 자동으로 반응하며 따르네요. 지시 사항에 나도 모르게 자연스레 반응하는 이 몸으로부터 언제 벗어날 수 있을까요? 이곳에서 익숙해진 모든 것을 털어내고 나가고 싶은데…… 쉽지가 않습니다. 사회에 나가서도 이렇게 자동 반응을 하는 건 아닌가 모르겠습니다.

드디어 출소일 아침. 아직 밖은 환해지지 않았습니다. 예전에는 밤 12시가 지나고 날짜가 바뀌면 내보내주었다고 합니다. 하지만 그 시간에 갈 곳 없는 사람들이 많아서 사고가 일어날 수 있기 때문에 이제는 아침이 밝아야 내보내줍니다. 저는 뜬눈으로 밤을 보냈습니다. 그런데 전혀 피곤하지 않았어요. 출소증명서와 백신접종 확인서, 입소 때 영치되었던 옷가지와 신발, 그리고 남아 있는 영치금을 돌려받고 교도소 밖으로 걸어 나갑니다. 영화처럼 커다란 철문으로 나가지는 않네요.

저 멀리 초소가 보입니다. 당직 교도관도 보이네요. 초소를 지나쳐 나오자 은빈 씨가 저를 기다리고 있습니다. 은빈 씨는 형민이의 전처인데 헤어진 뒤에도 서로 연락하며 잘 지내는 사이였어요. 형민이가 저를 위해 부탁을 해둔 것 같습니다.

대구로 가는 차 안에서 겨울 세상을 눈에 담아봅니다. 차문 유리가 제 손에 의해 열리고 닫힙니다. 비죽비죽 자꾸만 웃음이 나옵니다.

앙상한 나무도, 밝아지는 하늘도, 차 안의 따뜻한 온도도, 몸을 감싸고 있는 부드러운 사제 옷도, 톨게이트 입구도, 고속도로도, 스쳐 지나가는 건물들도, 그저 감격스럽습니다. 저보다 다섯 살이 많은 은빈 씨가 어색해하는 저를 위해서인지 쉬지 않고 이런저런 말들을 합니다. "어머니께는 연락해서 오시지 않도록 했다." "살이 많이 빠졌다." "미신이긴 하지만 오늘은 집에 바로 가지 말고 내일 들어가라." "안에서 쓴 글은 어떻게 할 거냐." "민경이에게는 연락하지 않을 거냐." "이제 누나라고 불러라."

"잠시만요, 누나. 전화 한 통만 할게요."

어머니에게 전화를 걸어봅니다.

"엄마. 나 나왔어요."

어머니께 목소리로 먼저 인사를 드리고 내일 아침 일찍 찾아뵙겠다고 말씀드렸습니다. 대구에 도착해 은빈 씨 친구 미용실에서 머리를 다듬고 파마를 합니다. 친구분은 제가 어디서 왔는지 알고 있는 눈치입니다. 미용실 바로 옆에 있는 서점에서 조남주 작가의 신작 『서영동 이야기』를 사와 머리가 완성될 때까지 읽습니다. 서점에서 직접 책을 사 읽는 날을 기대했거든요.

모텔로 들어와 혼자 고요하게 밤을 보냅니다. 이런 조용한 시간이, 타인의 눈치를 볼 필요 없는 이 순간이 그리웠습니다. 앞으로 해야 할 일들이 정리되지 않은 채로 눈앞에 놓입니다. 너무 많네요. 일기장을 펼쳐보면 더 명확하게 알 수 있을 것 같습니다. 이제 어떻게 살아야 할지 걱정이 밀려옵니다.

예전에도 취업하기는 쉽지 않았지만 더구나 전과자라는 꼬리표까지 생겨서 막막합니다. 평생 저를 쫓아다닐 뽕쟁이라는 편견과 선입견이 무섭습니다. 추징금은 4억 가까이나 되는데 어떻게 갚아야 할지…… 갚을 수 있을까요? 다시 나쁜 선택을 하게 되면 어떻게 하죠?

아직은 미약하지만 저 자신을 믿도록 노력해보려고 합니다. 그리고 교도소에서 공책에 기록해둔 글은 새롭게 타이핑하고 다듬어서 반드시 출판사에 보낼 것입니다. 이것만은 꼭 실행하고자 합니다. 제가 많은 것을 잃고 알게 된 마약이라는 놈의 실체를 사람들에게 알려주어야 하니까요. 어떤 출판사에서도 받아주지 않는다면 사비를 들여서라도 출간할 생각입니다.

선불 유심과 중고 휴대폰을 산 뒤 버스에 올라 어머니가 계시는 합천의 조용하고 작은 시골 마을로 출발합니다. 무척이나 설레고 떨립니다. 역시나 도착하여 어머니를 마주하자 두 눈에 눈물이 차오르네요. 어머니의 손을 꼭 부여잡고 안아드렸습니다. 어머니도 저도 쉽게 눈물이 그치진 않았어요. 그렇게 저의 징역살이를 어머니와 함께 정리하였습니다.

합천에서 어머니와 함께 지내려 하였지만 어머니는 대구로 가 원룸을 구하고 일자리를 찾으라 하셨습니다. 합천에서는 일할 곳이 없을 거라면서요. 맞는 말씀입니다. 어머니 집에서 슈퍼라도 다녀오려면 걸어서 30분은 걸리거든요. 화통한 성격의 어머니는 바로 다음 날 대구에 집을 알아보라 하셨습니다.

은빈 씨에게 부탁해 차로 함께 집을 보러 다니고, 서문시장에 가서 옷과 신발도 샀습니다. 어머니가 주신 돈으로 집을 계약한 뒤 동사무소에 가서 전입신고를 하고 출소자 긴급생활지원 프로그램도 신청하였습니다. 석 달 정도 월세는 나왔습니다. 그리고 곧장 구직을 위해 출소하기 전에 신청해두었던 허브일자리 프로그램 담당자분을 만났습니다.

그런데 일자리 구하기가 쉽지 않습니다. 추징금과 빚이 문제가 되었습니다. 법무부에서 주최하는 취업박람회도 가서 여러 중소기업에 이력서를 제출하였습니다. 기술이나 경력은 문제가 되지 않았습니다. 제 통장을 사용하면 월급을 압류당하기 때문에 어머니 통장으로 받을 수 있는지가 저에게는 중요했습니다. 그런데 그렇게 하면 산재보험에 가입할 수가 없다고 합니다. 사고가 일어나 다쳤을 때 상당히 곤란하다고 했습니다. 저는 그것까지 감수하고 일하고자 했지만 회사 입장은 달랐습니다.

허브일자리 프로그램으로는 구직이 힘들다는 판단에 아르바이트 자리를 알아봤습니다. 호프집, 바텐더, 웨이터, 편의점 면접을 보면서 제 상황을 있는 그대로 이야기했습니다. 나중에 일하는 도중 전과자라는 사실과 마약범이라는 사실이 알려지면 구차해질 게 뻔하니까요. 시선도 달라지겠죠. 뽑히지 못했습니다. 당연한 것이겠죠. 혹시나 손님과 트러블이 발생하거나 저의 전력이 알려진다면 서로 곤란해질 테니까요. 배달 일은 위험하다고 어머니가 반대하셔서 하지 않았습니다. 어머니가 하지 말라고 하는 것은 하지 않겠다 마음먹고 나왔거든요.

하지만 포기하지 않겠습니다. 언젠가는 누군가의 이해와 배려로 저 같은 출소자도 일할 수 있게 되리라 생각합니다.

이제 이야기를 마쳐야 할 때인 것 같습니다. 아마도 사회의 기생충과도 같았던 저의 이야기가 불편하셨을 분들도 있으리라 생각합니다. 저도 잘 압니다. 제가 뭐가 잘났다고 이런 글을 쓸까요. 이유는 오직 하나입니다! 여러분에게 마약에 대한 위험을 알리려는 것입니다.

마약에 대해 조금이라도 호기심이나 관심을 허용해서는 안 됩니다. 누군가의 유혹이나 타의에 의해 어쩔 수 없이 마약을 하게 되었다면 그 즉시 상담받기 바랍니다. 호기심에 어쩌다 단 한 번이라도 경험하였다면 고민하지 말고 상담받고 치료받으세요. 분명 큰 도움이 될 것입니다. 그것이 스스로를 지키고 가족을 위하는 길입니다.

설마 중독될까 생각하겠지만, 결코 아닙니다. 제가 만난 마약범 모두 처음의 기억과 느낌이 너무 강렬했기 때문에 반복할 수밖에 없었다고 말했습니다. 이렇게 빠져들게 되면 자기 자신을 잃어버립니다. 소중한 사람도 잃게 됩니다. 호기심과 유혹에 굴복하지 마세요. 지금 눈앞에 삶을 가로막는 높은 장벽이 있다고 해서 마약으로 그 벽을 넘으려 하지 마세요. 마약으로는 절대 넘지 못합니다. 희열은 한순간이고 이후로는 나락으로 떨어질 뿐입니다. 몸이 부딪힐 바닥도 없는 곳으로 끊임없이 추락하는 겁니다.

저는 현재 저 자신을 위해 정신과 처방 약을 꾸준히 복용하고 있습니다. 불안감에 사로잡힌 과거의 제가 되지 않기 위해서요. 또다시 잘못된 생각으로 교도소에 가게 된다면 어머니마저 잃게 되겠죠. 그래서 병원 약을 먹으며 교도소에서 쓴 일기를 자주 꺼내어 읽습니다. 당시의 결심을 잊지 않기 위해, 예전 같은 과오를 다시는 반복하지 않기 위해서 말이지요.

이 글을 읽는 당신의 마음이 보다 더 단단해지기 바라겠습니다. 그리고 응원하겠습니다.

PS. 소설 속 등장 인물이기도 한 홍석 형은 책 출간에 도움이 되길 바라며 아래처럼 추천사를 써 보내주었습니다. 감사의 마음 전합니다.

"최근 마약이 너무도 쉽게 우리 사회에 노출되고 있는데, 이 책을 읽는 독자들은 저와 같은 실수나 잘못된 생각을 하지 않기를 간절히 바랍니다."

— 최홍석(베트남에서 필로폰 밀수 및 판매로 수감, 2021년 출소.)

※ 마약·약물남용 상담, 치료 및 재활 안내: 1899-0893

1그램의 무게

초판 1쇄 발행 2023년 6월 26일

지은이   임제훈
펴낸이   김요안
편집   강희진
디자인   김이삭

펴낸곳 북레시피
주소 서울시 마포구 신수로 59-1
전화 02-716-1228 팩스 02-6442-9684
이메일 bookrecipe2015@naver.com | esop98@hanmail.net
홈페이지 https://bookrecipe.modoo.at
등록 2015년 4월 24일(제2015-000141호) 창립 2015년 9월 9일

ISBN 979-11-90489-80-5 03810

종이 · 화인페이퍼 | 인쇄 · 삼신문화사 | 후가공 · 금성LSM | 제본 · 대흥제책